Christopher Abendroth ist seit drei Jahrzehnten passionierter Autor von Fantasy- und Science-Fiction-Geschichten. Sein Debüt, die dystopische Science-Fiction-Novelle »Der salzige Geschmack unserer Freiheit«, gewann den renommierten deutschsprachigen Literaturpreis für Phantastik SERAPH 2023 in der Kategorie »Bester Independent-Titel«. Nun legt er mit »Traum von Klauen und Dämmergrün« den Auftakt seiner ersten Fantasy-Trilogie vor.

Privat ist er Familienvater mit Leib und Seele. Wenn ihm das Schreiben Zeit dazu lässt, durchstreift er als Khajiit die Reiche Tamriels oder verbringt verträumte Tage in der freien Natur. Im Urlaub bereist er gerne ferne Kulturen und Naturwunder.

CHRISTOPHER ABENDROTH

TRAUM VON KLAUEN UND DÄMMERGRÜN

DIE MACHT DER WELTENWANDLER

BAND I

1. Edition, 2023

Christopher Abendroth
Burgwallstraße 29
01920 Panschwitz-Kuckau

abendroth@abendwelten.de

Lektorat: Veronika Moosbuchner
(https://www.lektorat-moosbuchner.de)
Korrektorat: frei & fantastisch – Lektoratsservice
(https://steffifrei.de/lektoratsservice/)
Coverdesign: Ria Raven Coverdesign
(https://riaraven.de)
Karte: Eigenkreation mit Wonderdraft

Verlag: BoD · Books on Demand GmbH, In de Tarpen 42,
22848 Norderstedt, bod@bod.de
Druck: Libri Plureos GmbH, Friedensallee 273, 22763 Hamburg

ISBN: 978-3-7578-1248-5

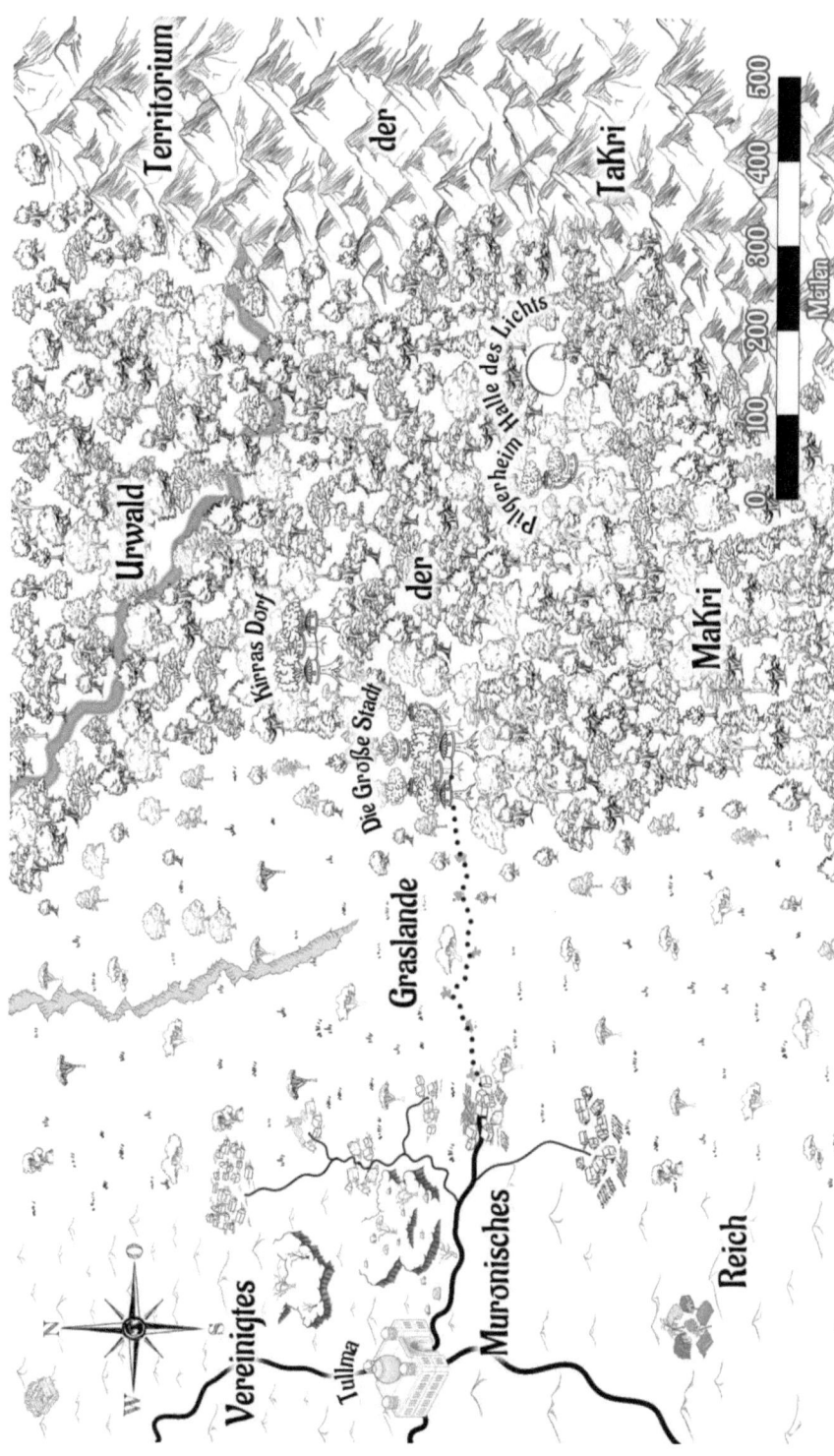

Anmerkung des Autors:

Am Ende des Buches befindet sich ein Glossar, verfasst von meinem Protagonisten Talaan höchstpersönlich. Er wollte sich nach den Ereignissen dieses ersten Bandes ein paar Notizen machen und das halbe Dorf und ein paar Würdenträger haben Kommentare hinzugefügt.

Oder anders ausgedrückt: Das Glossar ist mit Sicherheit unterhaltsam, enthält aber milde Spoiler. Das darauffolgende Personenverzeichnis hingegen ist vollends unverfänglich.

ERWACHEN

Talaan erwachte – zum ersten Mal in diesem Leben. Mit der Gier eines Ertrinkenden sog er mit aller Kraft Luft in seine Lunge und riss die Augen auf. Sofort brach eine verschwommene Flut aus grellen Grüntönen über ihn herein und zwang seine Lider, sich wieder zu schließen. *Sollte der Himmel nicht blau sein?* Jenseits dieser Überlegung fand er jedoch nichts als wabernden Nebel in seinem Kopf. Etwas stimmte ganz und gar nicht.

Mit der Erfahrung von tausend Lebensjahren drängte Talaan jegliche aufkeimende Panik zurück und folgte dem Pfad des inneren Friedens. So zur Ruhe kommend, sandte er all seine anderen Sinne aus.

Er spürte weichen Boden unter dem Rücken, seine Finger strichen über feuchte Erde. Ein stetes, friedvolles Rauschen erfüllte die Luft und flüsterte ihm mit der Sprache eines fremden Waldes zu. All die Gerüche, die in seine Nase strömten, wirkten durch und durch neuartig und bemerkenswert intensiv. Überdies machten sie auch deutlich, dass er inmitten unberührter Natur lag. Mit Sicherheit gab es hier Raubtiere. Er musste auf die Beine kommen – sofort!

Also befahl Talaan seinen Augen, sich zu öffnen. Stoisch ertrug er das formlos changierende Grün und wartete darauf, dass sie sich an die neuen Lichtverhältnisse gewöhnten. Mal rückte kurz ein mannshoher Farn in den Fokus, der sich über ihn beugte, mal der Ast eines darüber aufragenden Baumes. Dann wieder glitt sein Blick an den Stämmen gewaltiger Baumriesen entlang. Doch so sehr er sich bemühte, etwas länger zu betrachten, stets verschwamm es immer wieder vor seinen Augen. *War die Klinge vergiftet gewesen?*

Woraus dieser Gedanke auch immer erwuchs, ergab Gift durchaus Sinn. Talaans Verwirrung, an einem fremden Ort zu sein, die zerfasernden Blicke und der Nebel in seinem Kopf passten ins Bild. Der erste Versuch, sich aufzurichten, offenbarte zudem, dass seine Glieder ihm nur widerstrebend gehorchten. Stöhnend ließ er sich wieder auf den Rücken sinken. Irgendwo über ihm setzte ein schrilles Kreischen ein, das sich schnell zu einem wilden, vielstimmigen Tohuwabohu steigerte. Geschwind fegte es durch die Bäume und entfernte sich zur Linken. *Affen!* Es hatte ihn wohl in einen Dschungel verschlagen.

»Weltenwandler.«

Ruckartig setzte er sich auf, Adrenalin schoss durch seine Adern und endlich stellten sich seine Augen scharf. Hohe wie niedrige Farne, exotische Palmen, Schlingpflanzen, die kleinere Baumstämme und mächtige Säulen der Baumriesen umschlangen – all das erfasste er innerhalb zweier Herzschläge. Doch nirgends sah er den Sprecher. Nur langsam begriff er, dass diese vier Silben nicht durch die Ohren zu ihm gedrungen waren, sondern aus seiner Erinnerung.

Kaum tastete Talaan nach jenem Fragment, schossen kalte Hände aus dem Nebel der Vergangenheit hervor und eine erste Reminiszenz zog ihn hinein. Dieses Wort war eines der letzten Dinge gewesen, die er gehört hatte, bevor ihm das Leben entrissen worden war.

»Es ist erneut geschehen«, murmelte er ungläubig. Seine Stimme klang rau und fremd. »Ein neues Leben.« Er blickte sich um. Nichts von alledem, was er sah, schien vertraut. »Und eine neue Welt.« Seine Zunge formte diese Sätze nur widerwillig.

Wie hatte es Talaan an diesen Ort verschlagen? Seinen Abschied von jenem Idyll, das die Elfen den *Jungen Wald* nannten, fand er mühelos und kristallklar in seinem Gedächtnis wieder. Selbst das abgründig melancholische Gefühl, dass dieser Ort nicht länger seine Heimat gewesen war, schmeckte ebenso bitter wie damals. Danach hatte eine ziellose Wanderschaft gefolgt, doch ihr Ende verschwand im Nebel.

»Weltenwandler«. Mit der Zunge verlieh er diesem fremdartigen Wort Klang und Realität im Hier und Jetzt.

2

»Aber du wirst lernen, Weltenwandler«, hatte der Mann gesagt, bevor er Talaan mit seinem Schwert durchbohrt hatte. Unweigerlich betastete er seine Brust und erstarrte. Zwar spürte er keine Wunde, jedoch fühlten seine Finger weiches, dichtes Fell. Wie in Trance wollte er sein Gesicht betasten, als urplötzlich zwei klauenbewehrte Pranken nach ihm hieben. Mit einem entsetzten Aufschrei sprang er auf, stolperte über seine eigenen Füße und prallte unsanft auf den Boden.

Nirgends konnte er das Tier ausmachen, das ihn angegriffen hatte. Das ließ nur einen Schluss zu. Bemüht um so viel innere Ruhe, wie er nur finden konnte, hob er erneut die Hände und schaute sie fassungslos an. Auf ihren Innenseiten fand er Haut vor, die Außenseiten jedoch waren von sandfarbenem Fell überzogen. Statt Fingernägeln ragten Krallen aus den Fingerspitzen. Talaans Fokus verschob sich. Weißes Fell bedeckte Brust und Bauch, der Rest seines Körpers wies eben jene beige Fellfärbung auf. Die Beine wirkten auf den ersten Blick seltsam verkrüppelt, bis er erkannte, was er wirklich sah: die Hinterläufe eines Pumas. Sie endeten in raubtierhaften Pfoten statt in menschlichen Füßen. Das buschige, längliche Ding dazwischen akzeptierte er nur widerwillig als Schwanz.

Knurrend sprang er erneut auf die Füße – er weigerte sich, sie Pfoten zu nennen - und kam wankend wie ein Matrose auf Landgang zum Stehen.

Wenigstens muss ich nicht wie ein Tier auf allen vieren laufen.

Auf das Schlimmste gefasst, betastete er nun sein Gesicht. Als er Schnauze und Schnurrhaare fand, wo sich Mund und Nase befinden sollten, entfuhr ihm ein weiteres Knurren. Ein ungewohnt befriedigender kehliger Laut.

Tausend Jahre ein Mensch unter Elfen und nun bin ich – was? Ein Scheusal?

Mit äußerster Konzentration wagte er mit einem Raubkatzenfuß einen Schritt. Talaan schwankte, doch er stürzte nicht. Diese vermaledeiten Beine fühlten sich vollends anders an, aber sie gehorchten seinem Willen. Was auch immer er jetzt sein mochte, sein Geist blieb Herr über den Körper. Ein Monster war er nicht.

Mit einst geübtem Blick versuchte er, die Himmelsrichtung einzuschätzen, scheiterte jedoch schon im Ansatz. Das grünschimmernde Zwielicht des Dschungels war dichter als alles, was er kannte. Schulterzuckend setzte er sich bedachtsam Schritt für Schritt in Bewegung. Zwar wusste er keinen Deut, wohin er nun gehen sollte, doch stehen zu bleiben und auf ein Wunder zu hoffen, war nicht seine Art. Schließlich hatte er nichts zu essen und keine Jagdwaffen, um das zu ändern. Vielleicht fand er ja einen Pfad. Dann würde er weitersehen.

Bereits zwei Stunden Wanderung brachten Talaan an den Rand der absoluten Erschöpfung, erforderte allein das Laufen seine vollkommene Aufmerksamkeit. In diesem Körper fühlte sich das Bahnen eines Weges durch das überwucherte Unterholz wie ein Balanceakt auf einem Hochseil an – einem Seil, auf dem Wurzeln und Schlingpflanzen unentwegt nach den Füßen griffen. Hinzu kam, dass ihm hinter jedem Farnwedel ein Tiger auflauern oder sich auf den kräftigeren Ästen Panther die Lefzen lecken könnten – ganz zu schweigen von Giftschlangen und tödlichen Spinnen, die sich im dichten Blattwerk verbergen mochten.

Talaans Nerven waren zum Zerreißen gespannt. Zehn Jahrhunderte Erfahrung in der Wildnis und auf der Pirsch halfen gerade erniedrigend wenig. Nichts hatte ihn auf das grüne Chaos eines Dschungels vorbereitet, den es in einer halbtierischen Gestalt zu durchqueren galt. Denn auch wenn ihm das Laufen zunehmend besser gelang und sich das Dickicht geringfügig lichtete, ließen ihn seine schärferen Sinne Entfernungen völlig falsch einschätzen. Bei so manchem Rascheln oder Knacken schnellte er kampfbereit herum, nur um dann zu erkennen, dass sich irgendetwas viel tiefer im Unterholz seinen Weg bahnte.

Gerade als Talaan durchaus sehnsüchtig über eine kurze Rast nachsann, zahlten sich die andauernde Wachsamkeit und seine empfindlichen Raubtierohren endlich aus. Er vernahm etwas, mit dem er inmitten des Urwaldes nicht gerechnet hätte: Stimmen. Noch vermochte er nicht, die Worte zu verstehen, doch gab es keinen Zweifel, dass mindestens zwei Männer durch die Wildnis streiften und sich dabei unterhielten. Und sie kamen näher.

Widersprüchliche Impulse ließen ihn untätig verharren und wertvolle Augenblicke verrinnen. Sollte er auf sich aufmerksam machen, in der Hoffnung, Hilfe zu erhalten? Oder galt es, sich so gut es ging, vor feindseligen Blicken zu verbergen? Schließlich musste er fremden Augen wie ein gefährliches Tier anmuten und ein Pfeil im Leib war das Letzte, was er sich wünschte.

»… verabscheue diese Art der Jagd«, drang ein erster verständlicher Satzfetzen an seine Ohren. »Dieser drohende Krieg mit dem Westen ist scheußlich.«

»Glaube mir, ich wäre jetzt auch lieber bei Frau und Kindern, anstatt diesen Teil des Dschungels zu durchstreifen. Doch sollte ich einen dieser Wilden zur Strecke bringen, die Noarr auf dem Gewissen haben, ist es mir das wert.«

Unter protestierendem Gezwitscher stiegen Vögel nicht weit von Talaan entfernt auf und verdrängten jedes gesprochene Wort. Ganz sicher hatten die beiden Männer sie aufgescheucht – und das verhieß nichts Gutes. Denn ein Blick an sich hinab genügte, damit er sich ein Aufeinandertreffen ausmalen konnte. Fell und Klauen sowie ein Lendenschurz aus schlichtem, grauem Gewebe machten deutlich, wer hier einer der Wilden sein würde, nach dem die Menschen suchten. Auf keinen Fall wollte er als Kriegsgefangener in einem Käfig landen, wobei »Jagd« und »zur Strecke bringen« noch Schlimmeres als das vermuten ließen.

Ohne langes Federlesen wandte er jedes Quäntchen seiner neu erlernten Körperbeherrschung auf, um zu einer Mulde zu schleichen, die von einer offenliegenden Wurzel eines Riesenbaumes gestützt wurde. *Sollen diese Raubkatzenpfoten einmal zeigen, was sie wert sind.*

»… das Fell abziehen«, vollendete einer der Männer gerade einen Satz, als ein kleiner Zweig am Boden unter Talaans Gewicht mit einem dumpfen Knacken zerbrach.

Er erstarrte mitten in der Bewegung. Die Stille, die folgte, bedeutete Unheil: Die Kundschafter hatten ihn bemerkt. Noch während er versuchte, seine Aussichten auf ein geräuschloses Entkommen einzuschätzen, brach auch schon einer der Späher aus dem Unterholz hervor. Doch glich er nichts, was Talaan je gesehen hatte.

Gebleckte, messerscharfe Zähne blitzten zwischen zurückgezogenen Lefzen auf. Gelbe Raubtieraugen starrten ihn voll tödlichen Zorns aus einem Pumagesicht an. Das befremdliche Wesen hielt einen mörderisch spitzen Speer wurfbereit in der einen Hand und zielte mit der anderen auf Talaans Brust. Ein angespannt hin und her pendelnder Schwanz rundete das Bild des aufrecht stehenden Pumakriegers ab. Nur mühsam gelang es Talaan, nicht zurückzuweichen.

»Bist du närrisch?«, fauchte die Werbestie. »Wir stehen kurz vor einem Krieg mit den Menschen des Westens und du schleichst hier allein durch den Dschungel?«

»Von Schleichen kann wohl kaum die Rede sein, Rashek«, erklang eine Stimme unvermittelt hinter Talaan und ein zweiter Werpuma trat lautlos zwischen Farnen hervor. »Er hat derart viel Krach gemacht, als wäre er ein Junges.« Ein raspelndes Bellen folgte, das für Talaan erst Momente später als Lachen erkennbar war. Der kampfbereite Krieger knurrte missfallend. Talaan immer noch skeptisch musternd ließ er endlich den Speer sinken.

Nun, da die unmittelbare Gefahr des Todes gebannt zu sein schien, ergaben einige Beobachtungen zusammen ein Muster.

Die Fellfarbe der Pumamänner glich der seinen. Auch die Lendentücher um ihren Hüften ähnelten dem, das Talaan trug. Und zu guter Letzt begriff er erst im Nachhinein, dass die Krieger eine fremde Sprache verwendeten, die er dennoch verstand. Das Wieso entzog sich ihm indessen restlos. Er war nicht einer jener Wilden, die die beiden Werpumas jagten. Er gehörte zum selben Volk wie sie.

Als sich das Schweigen dehnte und die forschenden Blicke des Gelbäugigen immer bohrender wurden, fühlte Talaan sich gedrängt, etwas zu sagen. Die Wahrheit erschien ihm am pas-

sendsten. »Ich bin vollkommen verloren.« Befremdlich ungewohnt formte er mit der Zunge seine ersten Worte in dieser
neuen Sprache. »Wäret ihr so freundlich, mir eine Richtung zu
weisen?«

Die Augen des Kriegers namens Rashek verengten sich
misstrauisch. »Nicht so schnell. Fangen wir doch damit an, dass
du Maresh und mir erklärst, wer du bist und woher du
stammst.«

Eine allzu natürliche Frage, leider kam sie nicht minder
ungelegen. Talaan wusste rein gar nichts über diese Welt und
das Volk der Pumawesen. Zudem trugen improvisierte Lügen
selten Früchte. Darum nannte er seinen Namen, während er
hektisch eine möglichst vage und unverfängliche Antwort
suchte. Der Feind kam aus dem »Westen«, das schied schon
einmal aus. »Ich komme aus dem Norden, um zu helfen.
Gerüchte eines drohenden Konfliktes gehen bei uns um.«

»Talaan?«, fragte der andere Krieger, Maresh, und kratzte
sich ratlos hinter den halb aufrecht stehenden Ohren. »Du
musst wahrlich weit im Norden geboren sein, dass selbst dein
Name derart fremd anmutet.«

Es brauchte eine Weile, bis Talaan die Worte des Mannes,
dessen Augen einen sanften Bernsteinton aufwiesen, vollends
verstand. »Maresh« bedeutete sinngemäß »fest am Speer« und
Rashek »guter Pirscher«. Auch »Talaan« wohnte eine Bedeutung inne, doch schien »Freund der Elfen« – noch dazu in der
Zunge des *Schönen Volks* gesprochen – inmitten dieses Dschungels fehl am Platze.

Zu seiner Erleichterung antwortete Rashek an seiner statt:
»Vielleicht stammt er von der anderen Seite des großen Stroms.
Von denen haben wir lange nichts mehr gehört und wir
wissen, wie seltsam die Leute dort sind.«

»Verzeih ihm bitte seine ruppigen Worte«, wandte sich
Maresh an Talaan. »Er ist von Natur aus ein alter Griesgram
und erträgt zudem schon drei Tage lang meine Gesellschaft.«

Der Gescholtene zuckte nur mit den Achseln und maß
Talaan von Kopf bis Fuß. »Wenn er so gut kämpfen wie
schleichen kann, ist er ohnehin keine Hilfe.«

»Ich bin heute nicht ganz ich selbst«, verteidigte sich Talaan. »Aber gib mir ein Schwert und ich werde mich euch in der Schlacht beweisen.«

»Ein Schwert?« Der urplötzliche Zorn in Rasheks Stimme ließ Talaan nun doch zurückweichen. Prompt trat er sich auf den Schwanz und fiel der Länge nach hin. »Das ist ein Werkzeug der Menschen, nur für den Krieg gemacht!«

»Na, na«, wiegelte Maresh ab. »Siehst du nicht, dass es unserem neuen Freund offensichtlich nicht gut geht?«

Rashek knurrte nur und kniete neben Talaan nieder. Mit festem Griff packte er sein Kinn und besah sich seine Augen und Ohren genau. »Keine sichtbaren Anzeichen einer Vergiftung und für Trunkenheit sprichst du zu klar. Aber mein Kamerad hat Recht – du scheinst an irgendeiner seltsamen Krankheit zu leiden. Vielleicht kann dir die Kräuterfrau der *Großen Stadt* helfen.« Sorge in der Miene eines Pumas zu sehen, verstörte Talaan beinahe mehr als der zähnefletschende Zorn. Es schien so durch und durch menschlich.

Dennoch ergriff er Rasheks dargebotenen Unterarm und fand sich von kraftvollen Muskeln rasch wieder auf die Beine gestellt.

Maresh musterte ihn indessen kritisch. »Unsere Rache für Noarr wird warten müssen, schätze ich.« Er brummte nachdenklich.

Sein Gefährte zuckte sichtlich verärgert mit den Schnurrhaaren, stimmte aber schließlich zu. »Ohne Hilfe findet der Fremde aus dem Norden niemals zur *Großen Stadt* – nicht in seinem Zustand.«

Auch wenn Talaan es skurril und beängstigend zugleich fand, die beiden Pumamenschen bei ihrem kleinen Gespräch zu beobachten, durchströmte ihn Erleichterung bei ihren Worten.

»Heißt das, ihr werdet mich hinbringen?«, fragte er mit aufkeimender Hoffnung.

»Wir können dich ja schlecht zum Sterben zurücklassen.« Rasheks Stimme war ein einziges Grollen.

Maresh bemühte sich um ein freundliches Lächeln – etwas, das im Gesicht eines Pumas nicht minder fremd wirkte wie

Sorge. »Was mein Freund meint, aber nicht über die Lippen dringt, ist eine einfache Weisheit, die selbst bei den MaKri im Norden gelten dürfte: Es ist stets vorzuziehen, ein Leben zu bewahren, anstatt eines zu nehmen. Komm jetzt. Der Weg ist weit, ganz besonders, wenn deine Füße dich nicht so recht tragen wollen.«

»Habt Dank, das ist gütig von euch«, entgegnete Talaan seinen unerwarteten Helfern.

Was auch immer diese neue Welt für ihn parat hatte: Das hier war ein guter Anfang, so befremdlich ihm dieses Pumavolk auch erscheinen mochte.

Rashek – nach wie vor noch leicht missmutig – und der wesentlich umgänglichere Maresh erwiesen sich als meisterhafte Führer. Sie hielten zielstrebig eine Richtung, ganz gleich wie oft sie natürlichen Hindernissen oder Jagdgebieten von Raubtieren auswichen. Sie bewegten sich nicht durch den Dschungel, als würde er ihnen gehören, sondern vielmehr, als durchstreiften sie das Heim eines altvertrauten Freundes.

Schon bald begriff Talaan endgültig – so sehr es seinen Waldläuferstolz kränken mochte – dass all seine Kenntnisse hier keinen Wert besaßen. Er musste sich den beiden Pumakriegern vollends anvertrauen – und konnte es auch. Mit dieser Einsicht legte er all sein vergebliches Lauschen, Spähen und Fährtenlesen ab und gab sich ganz und gar den Freuden seiner geschärften Sinne hin. Seine Nase ließ ihn Tiere in der Nähe wittern, die er nie zu Gesicht bekam. Seine Augen machten selbst die kleinsten Bewegungen aus, sodass es ihm immer noch schwerfiel, sich zu konzentrieren. Diese neuen Ohren vermochten mit zunehmender Übung sogar eine huschende Maus am Wegesrand präzise auszumachen.

Mit nicht minder großem Erstaunen erfüllte ihn der Regenwald an sich. Er pulsierte schier vor Vitalität – beinahe wie der *Junge Wald* und zugleich dennoch ganz anders.

Die Bäume dort waren jung und voller Leben, da sie die Zeit niemals berührt hatte. Der Dschungel hier mutete frisch an, weil er sich ständig aufs Neue selbst gebar.

Die Pflanzen des Urwaldes schienen darauf bedacht zu sein, ihre Lebensenergie zur Fülle zu nutzen, um dann der nächsten, ebenso kraftvollen Generation Platz zu machen. Inmitten dieser Schnelllebigkeit ragten überall alte Bäume wie monumentale Säulen der Beständigkeit empor.

Unzählige fremdartige Tiere krochen, liefen, flogen oder kletterten umher. Sie kreischten, trällerten, fauchten, jammerten. Unverwandt sah Talaan sich um, wobei er die verwunderten Blicke seiner Begleiter betont ignorierte. Für sie mochte dies alltäglich sein, für ihn jedoch erschien der Urwald als nicht versiegen wollende Quelle der Überraschungen und Wunder.

Das Außergewöhnlichste von allem blieben indessen seine Führer selbst. Dennoch wagte er kaum, sie offen anzusehen. Regenwälder und ihre Ureinwohner, Tiere wie Menschen, kannte er aus unzähligen Berichten. Nie zuvor hatte er von einem vernunftbegabten Volk von Tiermenschen gehört. Die beiden verstörten ihn auf mehr als nur eine Weise. Sie bewegten sich mit der tödlichen Grazie von Pumas. Ihre Körperspannung, wie sie lautlos durch Farn und Unterholz glitten, die kampfbereit gehaltenen Speere … Sie waren ihren vierbeinigen Vettern so ähnlich, dass der aufrechte Gang nicht ins Gewicht fiel.

Dass ihre armselige Ausrüstung nahelegte, dass sie einem Stamm Wilder entsprangen, half nicht unbedingt, viel Vertrauen in einen höheren Grad an Zivilisiertheit zu setzen. An dem Gürtel, der das Lendentuch hielt, hingen in einer groblederen Scheide ein schlichtes, kurzes Messer und ein kleiner Beutel aus grobem Stoff. Die Speere wiesen zwar Stahlspitzen auf, waren aber sonst von simpler Machart.

Eventuell hat mich das Leben unter Elfen einfach zu sehr verwöhnt, dachte Talaan bei sich. Die Schmiede des Waldvolks konnten Wochen damit verbringen, Jagdmesser wie diese aus dem Stahl herauszuarbeiten und feine Muster hineinzuziselieren. Vielleicht sollte er sich in Milde und Demut üben, da er selbst nur einen Fetzen Stoff an einem Lederriemen am Leibe trug.

Zumal sich die beiden Krieger, all diesem Wilden und Tierhaften zum Trotz, wie gewöhnliche Männer unterhielten. Während sie wie selbstverständlich die Umgebung im Blick behielten, sprachen sie voller Liebe von Heimat und Familie, gedachten in Trauer der Gefallenen und lachten über ganz banale Scherze.

Dass Talaan nun, wie sie auch, ein Fell hatte, vertiefte den Graben zwischen ihnen auf eigenartige Weise mehr, als dass es half, ihn zu überwinden. Sein Überleben hing davon ab, so schnell wie möglich überzeugend einen MaKri zu mimen. Denn unter keinen Umständen durfte irgendwer herausfinden, dass er eigentlich ein Mensch war. Also lauschte er aufmerksam und achtete auf jedes Detail.

Eine gefühlte Ewigkeit später verspürte er für zweierlei Dinge enorme Dankbarkeit. Zum einem gewöhnte er sich allmählich an seinen neuen Körper. Das Laufen fiel ihm leichter, da sein Schwanz sich nach und nach von einem Ärgernis in eine echte Hilfe verwandelte. Zum anderen beschlossen seine Führer endlich, in einer Lichtung an einem schmalen Bächlein Rast zu machen. Denn bei aller Faszination für diese neue Welt, glich ihre Wanderung für Talaan einem Gewaltmarsch. Selbst Alltägliches, wie aufrechtes Gehen und dabei das Gleichgewicht zu halten, kosteten unverhältnismäßig viel Kraft. Beim Versuch, sich auf dem Boden niederzulassen, brach er einfach zusammen.

Augenblicklich fand er Maresh neben sich, der seine Nase befühlte. »Dehydriert, würde ich sagen. Wir haben es wohl übertrieben.« Ohne weitere Umschweife ging er zu einem nahestehenden Baum und schnitt ein trichterförmiges Blatt von einer Pflanze ab, die dessen Stamm umrankte. Damit kehrte er zu Talaan zurück und reichte es ihm. In dem Blatt hatte sich randvoll Wasser gesammelt. »Trink.«

Er tat, wie ihm geheißen und hätte den ersten Schluck beinahe wieder ausgespuckt. Die Flüssigkeit schmeckte bitter wie Wermutkraut. Nur Mareshs verwunderter Blick ließ Talaan es widerwillig hinunterschlucken. Giftig würde das Wasser nicht sein und so weit im Norden konnte »von der anderen Seite des großen Stroms« nicht liegen, dass ein Fremder das nicht wüsste.

»Hab Dank«, sagte Talaan schließlich, nachdem er aus reiner Vernunft den ungewöhnlichen Kelch geleert hatte. »Habt ihr vielleicht auch Proviant dabei?«

»Selbstverständlich«, entgegnete Maresh. Während er den Beutel an seinem Gürtel öffnete, fügte er noch hinzu: »Es ist ein wenig seltsam, dass du keinen mit dir führst.«

»Meine Reise ist eher rau verlaufen«, erwiderte Talaan so vage wie möglich. »Am Ende ist mir vom Reisegepäck nicht mehr geblieben als das, was ich am Leibe trage.« Das war nicht einmal gelogen.

»Kein Speer? Kein Messer und kein Proviant?« Der durchdringende Blick Rashek ließ seine Worte umso mehr wie ein Verhör klingen.

Allein schon, um Zeit zu gewinnen, biss Talaan von dem Streifen Trockenfleisch ab, das Maresh zu Tage gebracht hatte, und kaute begeistert. Wann hatte er das letzte Mal etwas derart Köstliches gegessen? Tatsächlich fühlte er sich, als wäre er am Verhungern. Er beließ es bei einem Schulterzucken und riss gierig einen weiteren Happen ab.

»Lass es gut sein«, wiegelte Maresh ab. »Du siehst doch, dass er viele Strapazen hinter sich haben muss.«

»Schlechte Vorbereitung ist die größte Mühsal auf einer Wanderung«, hielt Rashek dagegen und rümpfte missbilligend die Schnauze. »Bestimmt wieder so ein Narr, der seiner Liebsten etwas beweisen möchte.«

Bei diesen Worten tauchte ungebeten das Bild der wunderschönen Ginuthal vor Talaans innerem Auge auf, wie sie bleich und reglos auf ihrem Totenbett gelegen hatte. Unweigerlich verkrampfte sich sein Herz.

Rashek deutete seine kummervolle Miene offensichtlich falsch. »Dachte ich es mir doch. Ich habe schlechte Neuigkeiten für dich. Der Letzte, der mit dieser Einstellung in die *Große Stadt* kam, atmet nicht länger.«

Maresh fügte hinzu: »Du musst ziemlich dumm sein, wenn du glaubst, der Kampf brächte etwas anderes als Narben und

Tod. Wir haben im vergangenen Monat mehr von unserem Volk verloren als im gesamten Jahr davor. Dabei hat der Krieg mit den Menschen noch gar nicht begonnen. Das sind alles nur Grenzscharmützel.« Trotz seiner harschen Worte reichte er Talaan ungefragt einen zweiten Streifen Trockenfleisch.

Bevor dieser sich seinem Hunger erneut hingab, rumorte alles in ihm, eine Sache richtigzustellen:»Ich bin ganz sicher nicht hier, um mich irgendwem zu beweisen. Jedes Leben ist kostbar, jedoch genügt ein Aggressor, um zwei Seiten in einen Konflikt zu stürzen.« Unweigerlich dachte er an die Toten von *Ferragun* und schob jegliche Erinnerung daran rigoros beiseite. Zurück blieb ein Nachhall des Grauens, der ihm unter das Fell kroch. Er würde sich dem eines Tages stellen müssen, aber dieser Tag war nicht heute.

Maresh schien es nicht entgangen zu sein, denn er betrachtete Talaan nun eine ganze Weile nachdenklich, bevor er ihm weiteres Dörrfleisch gab.»Iss, trink und komm wieder zu Kräften.« Mit diesen Worten erhob er sich und gesellte sich zu Rashek, um selbst seinem Proviant zuzusprechen.

Allzu willig folgte Talaan dem Rat des Kriegers. Mit Heißhunger verspeiste er den zweiten Streifen.»Das ist das beste Trockenfleisch, das ich seit Jahren gegessen habe«, versicherte er seinen Gefährten zwischen dem Kauen. Das mochte mit daran liegen, dass er in diesem Leben noch nie etwas zu sich genommen hatte.

»Wie man sieht, treibt es der Hunger rein«, meinte Maresh trocken und biss betont missmutig einen weiteren Happen von seinem eigenen Fleisch ab.

Nachdem ein drittes Stück den Weg in Talaans Magen genommen hatte, fand er die Kraft, hinüber zum Bach zu gehen und Wasser zu schöpfen. Das Spiegelbild, das ihm fremd aus dem träge dahinfließenden Gewässer entgegenblickte, ließ ihn innehalten. Wohl hatte er erwartet, dass sein Antlitz dem seiner Begleiter ähneln würde, es schließlich aber selbst zu sehen, war äußerst verstörend. Er blickte in das Gesicht eines Raubtiers. Es mochte das seine sein, doch wehrte sich alles in ihm dagegen, dass dies real sein könnte.

Rubinrote Iriden, stellte er fest – ein weiteres irritierendes Detail. Neugierig wandte er den Kopf ein wenig nach links und rechts. Auf gewisse Weise behagte ihm sein neues Ich sogar. Wildkatzen haftete eine unter der Oberfläche schlummernde Erhabenheit an, eine natürliche Eleganz, die ihn stets in den Bann gezogen hatte. Er entblößte die Zähne und schauderte. Diese leicht gebogenen Fangzähne machten einen schrecklich scharfen Eindruck.

Mareshs Stimme drang auffällig laut zu ihm hinüber: »Da hast du den Beweis, Rashek. Unser junger Freund kann nicht wegen seiner Liebsten hier sein. Dafür ist er zu offensichtlich in sein eigenes Spiegelbild verliebt.«

Beide lachten lauthals.

Mit den Gedanken viel zu sehr bei dem, was er sah, erwiderte Talaan gelassen: »Das kann dir nicht passieren, ich weiß.«

Rasheks Lachen schwoll an, während sein Freund brummte: »Was soll das denn heißen? Ich bin mit einer Frau gesegnet, die mein Gesicht für das schönste der Welt hält.«

Probehalber zuckte Talaan mit seinen neuen Ohren. Als Mensch war er damit stets gescheitert. Nun vermochte er es sogar, sie gezielt in eine Richtung zu drehen. »Wer versteht schon die Frauen«, parierte er.

Nun konnte sich auch Maresh das Lachen nicht mehr verkneifen. Unweigerlich lächelte Talaan. Obwohl sich für ihn selbst das Lächeln befremdlich anfühlte – mit einer Schnauze reichten seine Mundwinkel viel zu weit nach hinten – tat dies seiner zunehmend steigenden Gemütslage keinen Abbruch. Derart anders schienen die Pumamenschen doch nicht zu sein. Verspielt tippte er eine Kralle in das träge fließende Wasser und vertrieb so sein Spiegelbild.

DER MAIGAN

Die Zeit floss im Dschungel seltsam dahin. Das dichte Blätterdach narrte Talaan jedes Mal aufs Neue, wenn er versuchte, den Stand der Sonne zu prüfen. So blieb nur eine vage Vermutung, dass seit ihrer Rast einige Stunden vergangen waren. Auch sein Orientierungssinn spielte ihm im wechselhaften grünen Zwielicht mehr als einmal den Streich, er würde eine Stelle wiedererkennen. Jetzt kapitulierte der Fährtensucher in ihm endgültig.

Jahrzehnte bevor ihm der Ehrenname Talaan zugesprochen worden war, hatten ihm die Elfen den Beinamen Jaquimo verliehen – eine verballhornte Form des Titels »meisterhafter Waldläufer«. Sie hätten angesichts seiner derzeitigen Lage vermutlich milde gelächelt. Erst recht, da er genau in jenem Augenblick schwor, sie würden im Kreis gehen, als sie jäh aus dichtem Buschwerk hinaus auf eine erstaunliche Lichtung traten.

So weit das Auge reichte, nahm niedriges Gras den Platz des Unterholzes ein. Kleinere Bäume und Farne fehlten vollends. Einzig die gewaltigen Stämme der Riesenbäume erhoben sich himmelwärts und bildeten mit Ästen und Blattwerk sonnendurchflutete Bögen einer kolossalen Kathedrale.

»Es gefällt ihm, würde ich sagen«, meinte Maresh wohlwollend.

Rashek indessen ließ ein stolzes Lächeln aufblitzen und deutete mit einer ausschweifenden Geste auf alles vor ihnen. »Willkommen in der *Großen Stadt!*«

Für einen Moment erwog Talaan, ob sich sein Begleiter einen sonderbaren Schabernack erlaubte. Dann überwand sein Verstand die Pracht der Baumriesen und er sah wirklich, was der Krieger meinte. Vielleicht ein Dutzend Schritt über dem Grund schmiegten sich erste Rundhütten um die Stämme der

Riesenbäume. Kleine wie große Häuser formten Kragen um die Hälse der Bäume in ganz unterschiedlichen Höhen. Nicht selten entdeckte er sogar zwei oder drei in einem gewissen Abstand übereinander. Um die Hütten herum verliefen hölzerne Stege, von denen nur wenige durch Strickleitern vom Boden aus erreichbar waren. Abenteuerlich anmutende Hängebrücken verbanden alles miteinander.

»Was für ein Anblick«, brachte Talaan schließlich ehrfürchtig heraus.

»Das will ich meinen!« Rashek und klopfte ihm ausgelassen auf den Rücken. »Die *Große Stadt* ist der Stolz der MaKri und zugleich Dreh- und Angelpunkt des Handels mit den Völkern der Menschen. Ihm haben wir unsere zahlreiche Bevölkerung und den Wohlstand zu verdanken.«

Erst jetzt verstand Talaan, dass der Begriff MaKri »Waldvolk« bedeutete und wie tief er in der Lebensweise dieser Wesen wurzelte. Das hätte den Elfen gefallen.

Nun, da sein Verstand sich vom Staunen erholt hatte, fiel ihm das geschäftige Alltagsleben am Boden auf. Marktstände säumten hier und da die Füße der Riesenbäume, anderswo machte er die Werkstätten von Kürschnern, Schreinern oder Seilern aus. Lediglich die Schmieden fand er – als einzige Hütten mit solide gemauertem Kern – in größtmöglichem Abstand zu den Stämmen. Wohin er auch blickte, herrschte emsiges Treiben. Kinder spielten Fangen und tobten unbekümmert zwischen den Erwachsenen herum, die sich daran nicht im Geringsten störten.

Neugierige Blicke begegneten ihm, als er von den beiden Kriegern begleitet durch den lebhaften Trubel schritt. Ein fremdes Gesicht schien selbst hier aufzufallen.

Talaan zwang sich, nicht unentwegt seine Füße anzustarren. Zwei sprechende Pumawesen mit Zähnen und Klauen hatten seine Gelassenheit bereits gründlich auf die Probe gestellt. Eine ganze Stadt zu sehen, in der es von diesen Werpumas nur so wimmelte, verlangte einiges an Selbstbeherrschung von ihm.

Wie als Antwort auf seine unbestimmten Ängste stieß ein vielleicht vierjähriges MaKri-Mädchen im vollen Lauf mit ihm zusammen, stolperte rückwärts und fiel hintenüber. Als sie mit überraschten, aufgerissenen Katzenaugen zu ihm aufblickte und nicht so recht zu wissen schien, ob nun Schmerz oder Schrecken überwog, rührte sich unweigerlich Fürsorglichkeit in Talaan. Er machte nun seinerseits Kulleraugen, so gut er nur konnte. »Hast du dich auch so erschreckt? Meine Güte – so klein und erschreckst schon so Große.«

Das Kind rümpfte die Schnauze, wackelte zweimal damit und entschied sich gegen den Schmerz. »Wirklich? Ich hab dir Angst gemacht?«

»Ehrenwort«, beteuerte er und reichte ihr die Hand. »Und jetzt hoch mit dir, junge Kriegerin.«

»Ich werde keine Kriegerin«, behauptete das Mädchen und ließ sich aufhelfen. »Ich werde irgendwann eine *Maigan* sein«, sagte sie mit dem Brustton der Überzeugung. Damit wuselte sie davon.

Maigan?, dachte Talaan verwundert. Das bedeutete »vom Schicksal Erwählte«. Den Sinn indessen verstand er nicht. Welch eine seltsame Bezeichnung für einen Beruf. Er gestand sich widerwillig ein, dass es für ihn viel zu lernen gab.

Schulterzuckend verwarf er diese Gedanken und schaute der Kleinen lächelnd hinterher. Sie hatte geradezu niedlich ausgesehen mit ihren großen Augen und den Flauschohren. Dankbar nahm er dies als Zeichen, dass er sich eines Tages an die Gesellschaft der MaKri gewöhnen könnte.

»Wie es aussieht, fällt es dir nicht schwer, neue Freundschaften zu schließen«, meinte Maresh schmunzelnd. »Dann können wir dich ja beruhigt allein lassen. Rashek und ich werden jetzt erst einmal nach einem Platz Ausschau halten, an dem du Obdach findest.«

Sein Freund fügte hinzu: »Schau dich derweil in Ruhe um oder pack bei den Handwerkern mit an, wenn du magst. Morgen kannst du die Kräuterfrau aufsuchen und wir werden sehen, was aus dir werden soll.«

Talaan schüttelte die Hände der beiden, wie er es bei den Bürgern beobachtet hatte: Hand an Unterarm. »Habt Dank, ihr zwei. Ohne euch hätte meine Reise sicherlich ein unliebsames Ende genommen.«

Damit verabschiedeten sie sich und ehe Talaan sichs versah, verschwanden seine Retter im Strom der Passanten und ließen ihn allein zurück. Für einen Augenblick fühlte er sich inmitten der Menge ebenso ratlos und verloren wie nach seinem Erwachen im Dschungel. Dann übernahm sein Pragmatismus die Führung und er beschloss, diese ungewisse Situation – wie sein neues Leben – als das zu nehmen, was es war: ein gewaltiges Abenteuer.

Auf diese Weise bestärkt tauchte er in das bunte Getümmel der Stadt ein und überließ es dem Zufall, was oder wen es mit sich bringen würde.

Ohne ein bestimmtes Ziel vor Augen ließ Talaan sich wie ein Fisch vom Strom treiben und tat, was der Schwarm tat. Nur so konnte er mehr über dieses außergewöhnliche Waldvolk erfahren – und lernen musste er. Sein weiteres Leben, vielleicht sogar sein Überleben hing davon ab. Dennoch fiel es ihm schwer, bei der Sache zu bleiben. Immer wieder brach sich kindliches Staunen Bahn.

Mal, wenn der Wind das Blätterdach der *Großen Stadt* zerzauste und plötzlich ein breiter Strahl goldgelben Sonnenlichts an Stämmen und Hütten vorbei Richtung Boden schoss. Oder sooft hoch oben MaKri über wild schwankende Hängebrücken eilten, als gäbe es die schwindelerregende Höhe nicht. Nicht zuletzt waren da die Pumamenschen selbst. Allein ihre Augenfarben boten eine faszinierende Vielfalt, die meisten davon in exotischen Varianten wie tiefviolette Amethyste oder charismatisch leuchtende Smaragde. Ihrer vollkommen unvertrauten Mimik und Gestik hätte er stundenlang zusehen können.

Indessen gelang es Talaan dann doch, sich auf die wesentlichen Dinge zu konzentrieren. Es galt, so viel wie irgend möglich über das alltägliche Leben des Waldvolks zu lernen. Am Ende dieses Tages wollte er genügend darüber erfahren haben, um keine unliebsamen Fragen zu provozieren.

Also ließ er sich weiter treiben und beobachtete, ohne ins offensichtliche Starren zu verfallen. Nicht alle MaKri trugen einen grauen Lendenschurz und die Frauen zusätzlich ein Tuch über den Brüsten. Immer wieder sah er farbenfrohe Sprenkel, die seine Aufmerksamkeit fingen. Grundlegend schienen die Pumamenschen enganliegende Stoffe zu meiden. Hosen, Westen und längere Gewänder hielten sich stets großzügig bemessen, wenn auch elegant fallend. Zunächst tat er diese auffallend andere Kleidung als ein Zeichen eines höheren Ansehens ab, doch schon bald machte Talaan gegenläufige Beobachtungen: Der Respekt, der sich in angedeuteten Verbeugungen oder durch eine ehrfurchtsvollere Ansprache ausdrückte, wurde meist Älteren entgegengebracht. Kasten beziehungsweise Ränge schien es, zumindest in diesem Teil der Stadt, nicht zu geben.

Zwei Passanten, die vor ihm ohne erkennbare Hast von hier nach da geschlendert waren, strandeten an einem der vielen Handwerksstände am Fuße eines Riesenbaums. Talaan gab vor, sich ebenfalls für die Waren zu interessieren, die hier auslagen. Während er bunt lasierte Töpferwaren in Augenschein nahm, beobachtete er äußerst interessiert, was sich nun zwischen Händlerin und Kunden abspielte. Ein Gespür für die hier gepflegte Kultur des Feilschens und handelsübliche Preise stellten elementares Wissen dar.

Man begrüßte sich wie Altbekannte und plauderte gleichermaßen über dies und das und nebenher über die Schüsselchen, die erworben werden sollten. Zu seiner großen Irritation besiegelten ein Handschlag und ein paar Worte des Dankes den Handel, dann wechselte die Ware den Besitzer. Münzen oder sonst irgendein erkennbarer Gegenwert wurde jedoch nicht getauscht.

Als die Töpferin seine neugierigen Blicke falsch verstand und zu ihm kommen wollte, nickte er ihr nur höflich lächelnd zu und folgte anderen Passanten zu einem unbekannten Ziel. Nur am Rande bekam Talaan noch mit, wie die Frau schulterzuckend zu ihrer Werkbank zurückkehrte und den Pinsel in die Hand nahm.

Einige Stände später blieb ihm das Verhältnis der MaKri zu Geld nach wie vor ein Rätsel. Dafür machte er einen Brauch aus, der damit vielleicht zusammenhing.

Nicht selten geschah es, dass ein Bürger für ein freundliches Hallo bei einem Handwerker anhielt und sich beide in ein längeres Gespräch vertieften. Dabei griff der Gast selbst zum Werkzeug, um einfache Handgriffe abzunehmen. Die Meister widmeten sich indessen ohne Eile dem kunstfertigen Teil ihrer Zunft. Fand die Unterhaltung ein Ende, legte der Besucher alles zurück an seinen Platz und zog weiter. Allmählich verstand Talaan, was Rashek mit seinem Rat gemeint hatte, er könne sich nützlich machen.

Voller Neugier machte er an einer überdachten Bühne halt. Die Seiten und die Rückwand beherbergten mit Büchern und allerlei Krimskrams vollgestopfte Regale. Vor dem Podium saßen in einem ausladenden Halbkreis auf einladend aussehenden Sitzkissen Kinder verschiedenen Alters. Sie blickten gebannt auf das, was eine durch die Jahre ein wenig welk gewordene MaKri in hellblauer Robe mit einem Stock in den Sand zeichnete. Überrascht erkannte er das Schema eines einfachen Flaschenzugs, das die Gelehrte in simplen Worten erläuterte.

Nun stellten Seilzüge keine Erfindung der Neuzeit dar. Doch veränderte sich Talaans Blick auf das Volk der MaKri mit dieser Beobachtung grundlegend. Selbstverständlich musste das Waldvolk den Flaschenzug erfunden haben – anders hätten sie die Rundhütten niemals so weit über dem Boden errichten können. Als er diese Bauwerke näher betrachtete, wurde ihm klar, über welch beachtliches Verständnis der Statik und der Zimmermannskunst sie verfügten.

Mit ihren Lendenschurzen und den Speeren wirkten die MaKri wie primitive Urwaldbewohner. Doch jetzt, da er genauer hinsah, erkannte er seinen Irrtum. Ihre Werkzeuge zeugten durch Vielfalt und Verarbeitung von hoher handwerklicher Fertigkeit. Die Stoffe, die er bei einer Weberin begutachtete, sahen schlicht aus, erwiesen sich aber als angenehm weich und fein gearbeitet. Auch die Speere, die er bei einer

Schmiede in die Hand nahm, besaßen Spitzen aus hochwertigem Stahl und er fand sie perfekt ausbalanciert.

»Brauchst du einen, Freund?«, erkundigte sich die Schmiedin und schenkte Talaan ein blitzendes Lächeln, das jedoch von den scharfen Fangzähnen ruiniert wurde. »Mir scheint, ich habe dich vorhin ohne Waffe in die Stadt kommen sehen.«

»Ich bin dir aufgefallen?«, fragte er überrascht und stellte den Speer behutsam zurück in den Waffenständer. Bei der regen Betriebsamkeit, die hier herrschte, wunderte es ihn doch, dass er so viel Aufmerksamkeit erregte.

»Ha! Jungspunde.« Mit einem Auflachen schüttelte die MaKri heiter den Kopf. »Nein, so unwiderstehlich bist du nicht, Süßer. Aber Maresh ist mein Gatte.«

Talaan horchte auf. »Du bist seine Frau?« Kurzentschlossen nahm er sich eine rohe Messerklinge aus einer Kiste und setzte sich auf einen Schemel am Schleifblock. Das war etwas, auf das er sich verstand. »Er hat von dir gesprochen.«

»Ist das so?«, fragte sie lauernd, während sie in der Glut des Schmiedeofens stocherte.

Er begnügte sich mit einem wissenden Lächeln und machte sich in aller Seelenruhe daran, die Schneide mit der einen, dann mit der anderen Seite über den Schleifstein zu führen. *Für den Jungspund lasse ich sie jetzt schmoren.* Er stutzte und sah die MaKri überrascht an. Für einen Augenblick hatte er vergessen, dass er mit einem Pumamenschen sprach.

Die Schmiedin durchbohrte ihn inzwischen mit durchdringenden Blicken. »Was hat Maresh über mich erzählt?«

Schmunzelnd widmete er sich wieder dem Ausschärfen. »Er sagte, du würdest sein Gesicht so lieben, wie es ist.«

Die eben noch sehr finstere Miene der MaKri hellte sich auf. »Einer meiner größten Vorzüge, will ich behaupten.« Mit einem zufriedenen Lächeln wandte sie ihre Aufmerksamkeit abermals dem Hüten der Glut zu, in der Eisenrohlinge glommen. »Also? Benötigst du einen Speer?«

Talaan, der das Geschäftsgebaren des Waldvolks längst nicht verstanden hatte, lehnte dankend ab. »Ich möchte mich nur nützlich machen«, behauptete er, wenngleich das nur einem Teil der Wahrheit entsprach.

Diese Art von Arbeit beherrschte er blind, was ihm die Möglichkeit bot, sich ausgiebig umzuschauen. So fand er das erste Mal die Gelegenheit, mit Mareshs Frau eine weibliche MaKri zu studieren, ohne dass es nach zweideutigen Absichten aussah. Im Gegensatz zu den Männern besaß sie einen wesentlich feiner geformten Schädel und wies auch sonst eine klar feminine Gestalt auf. Gleichzeitig wirkte sie nicht minder kraftvoll und agil als jeder Pumamann.

Ein beiläufiger Seitenblick von ihr genügte, um hastig wieder die vorbeikommenden Passanten ins Auge zu fassen. Also arbeitete Talaan weiter die Schärfe aus dem Stahl heraus und ließ die Blicke schweifen. Etwas Unbestimmtes, nicht wirklich Greifbares kitzelte seinen Verstand wie eine Feder die Nase, nur bekam er es nicht zu packen. Er beobachtete und grübelte erfolglos, bis er seine Arbeit beendet hatte. Stumm hielt er Mareshs Frau die Schneide zur Kontrolle hin.

Die begutachtete sie gegen die Glut des Ofens und hob anerkennend die Brauen. »Bei der werde ich vorsichtig sein müssen, wenn ich sie in das Heft einfüge. Du kannst wiederkommen, Jungspund.«

»Gut«, erwiderte Talaan, griff nach der nächsten rohen Klinge und ging weiter seinen Überlegungen nach. Erst als er zum letzten Schliff ansetzte, fiel es ihm wie Schuppen von den Augen: Ganz gleich, wohin er auch blickte – ob zu den Marktständen, zu den Werkbänken oder den Flanierenden – überall sah er mehr Frauen als Männer.

Zunächst vermutete er, es läge am Konflikt mit den Menschen, der die Männer an die Waffen und in den Dschungel gerufen hätte. Doch dem widersprach, dass er nicht weniger weibliche MaKri den Speer führen sah als männliche. Die Frauen waren beim Waldvolk eindeutig gleichberechtigt und zudem vielleicht doppelt in der Überzahl.

Gerade wollte Talaan nach einer dritten Klinge greifen, als ein herzzerreißend menschlicher Klageschrei durch die Luft fetzte. Der Fluss aus Bewegung und Unterhaltungen stockte und sämtliche Köpfe drehten sich in dieselbe Richtung.

»Oh, nein«, stöhnte Mareshs Gattin. Alles Burschikose fiel von ihr ab. »Nicht schon wieder.« Hastig blickte sie auf die Rohlinge in der Glut und schüttelte missbilligend das Haupt. »Ich kann nicht fort. Schaust du bitte, wie schlimm es diesmal ist? Und komm zurück, ja?«

So gut er konnte, schenkte er ihr ein aufmunterndes Lächeln. »Aber sicher.« Mit einem unguten Gefühl folgte er den anderen MaKri zum Stadtrand, von dem nun lautes Wehklagen drang.

Die Rücken der Herbeigeeilten bildeten eine undurchdringliche Mauer. Sie umringten eine undefinierbare Mitte, in der jeder nur vorstellbare Schrecken lauern mochte. Das unentwegte Klagen drängte sich in Ohren und Herz gleichermaßen und ließ Schlimmstes erahnen.

»Holt die Kräuterfrau, Verbandszeug und etwas Klargebranntes!«, rief eine Frauenstimme aus dem Zentrum der Versammelten. Panik schwang in ihr mit. »Schnell, verdammt!«

»Und beim Schöpfer: Bildet eine Gasse, damit die Hilfe durchkommt!«, forderte eine andere.

Bewegung kam in die Menge, während einige Bürger davoneilten, um die Aufträge zu erfüllen. Bald fand Talaan sich nicht nur am Rande der Versammlung, sondern auch am Eingang der Schneise wieder, die sich formte.

»Was ist geschehen?«, fragte er einen Mann ihm gegenüber, der eine blutige Lederschürze trug.

»Girrad ist von Soldaten des Westens überfallen worden.« Seine grüngrauen Augen blickten auf die nicht minder blutbeschmierten Hände hinab, die er unentwegt walkte. Offenbar war er Schlachter. »Er wurde schwer verletzt von Jägerinnen gefunden, die für mich auf der Pirsch waren. Es sieht wohl nicht gut aus.«

Was tun diese Menschen nur? Die MaKri sind fremdartig, aber keine Monster, dachte Talaan erbost.

Zwei Dinge wurden ihm deutlich bewusst: Zum einen, wie groß diese Stadt war und zum anderen, dass er selbst etwas für den Verwundeten tun konnte.

»Wo wohnt eure Kräuterfrau?«, fragte er den Mann.

Der winkte geistesabwesend in eine ungefähre Richtung. Doch als ihm der Sinn dieser Frage klar wurde, sanken die Ohren niedergeschlagen herab. »Das sind mindestens eine Strickleiter und acht Brücken. Auch ist Shaila nicht mehr die Jüngste.«

Mitten in diese aufgeregte Menge aus Pumamenschen zu treten und alle Blicke auf sich zu ziehen, war das Letzte, was Talaan in diesem Augenblick vorhatte. Ganz sicher würde er damit diverse Sittenregeln ihrer Gesellschaft brechen. Wie sie auf Magie zu sprechen waren, wollte er sich erst gar nicht ausmalen. Schließlich hatten sie nach einer Kräuterfrau und nicht nach einem Heiler oder Priester gerufen. Doch Girrad aus Feigheit sterben zu lassen, kam schlichtweg nicht in Frage.

Er holte tief Luft, zwang sein Herz zur Ruhe und trat in die bebende Gasse, die von den unruhigen MaKri gebildet wurde. Erste Köpfe drehten sich in seine Richtung. Mit jedem Schritt, den er tat, wurden es mehr.

Murren und Geraune wurden laut, bis einer rief: »Mach Platz für die Kräuterfrau, Fremder!«

Unbeirrt hielt er auf den Verwundeten am Ende der Schneise zu. Eine Jägerin kniete über ihn gebeugt und presste ihm sichtlich verzweifelt die Hände auf den Bauch. Blut sickerte durch das Fell ihrer Finger. Doch beinahe schlimmer ging Talaan die Wehklagende unter die Haut, welche hemmungslos weinend leicht abseits stand und auf Girrad hinabsah.

Talaan richtete seinen Willen auf diese drei MaKri aus und drängte die Feindseligkeit der Meute so gut es ging zurück. Deren Zorn konnte er ertragen, den Tod dieses Mannes und das Leid der beiden Frauen nicht. Auf diese Weise brachte er den Spießrutenlauf aus vergifteten Blicken und Anfeindungen hinter sich, bis er endlich neben der Jägerin niederknien konnte.

»Wie viel Blut hat er verloren?«, fragte er und schob ein Augenlid Girrads nach oben. Die Pupille reagierte kaum und war geweitet wie in finsterster Nacht. Sein Atem ging flach und unregelmäßig.

»Zu viel«, sagte die Kniende traurig. Sie schaute auf und Zorn umwölkte ihre Stirn, der rasch die gelben Augen erreichte und diese in Flammen steckte. »Was geht's dich an? Tritt sofort für die Kräuterfrau beiseite!«

»Ich kann ihm helfen«, antwortete er mit fester Stimme und erwiderte ihren Blick mit erzwungener Ruhe.

»Was soll das heißen?« Die Gelbäugige fletschte die Zähne. »Du bist weder Schamane noch Kräuterfrau. Verschwinde, Jüngelchen!«

Nur mühsam hielt Talaan ihrem Zorn stand. In diesem Augenblick trat alles, was er an den MaKri fürchtete, geballt zu Tage. »Ich weiß nicht, was eure Heilerinnen zu tun vermögen, aber bis Shaila hier ist, wird Girrad nicht mehr am Leben sein.«

Zwar setzte die Jägerin zu einer wütenden Erwiderung an, schüttelte jedoch nur müde das Haupt. »Wenn du nicht weg bist, sobald sie auftaucht, ziehe ich dir persönlich das Fell ab.« Trotz ihrer harschen Worte fehlte ihrer Stimme nun alle Schärfe. Stattdessen traten ihr selbst Tränen in die Augen.

Diese Kapitulation genügte Talaan als Zustimmung. Behutsam legte er eine Hand auf die sich kaum regende Brust Girrads und schloss die Lider.

Zehn Jahrhunderte in einer von Magie durchdrungenen Welt waren nicht spurlos an ihm vorbeigegangen. Jenes Zauberbuch, das er jenseits des *Jungen Waldes* an sich gebracht hatte, enthielt mehr Zaubersprüche, als ein Mensch in so vielen Jahren lernen konnte. Den Heilzauber jedoch, der für ihn einen unermesslichen Wert besaß, hatte er sich in mühevoller Arbeit angeeignet. Die hochkomplizierten Sprüche und die nicht minder anspruchsvollen Gesten verziehen keine Fehler in Konzentration und Ausführung. Folglich zwang er seinen Puls zur Ruhe und kanalisierte den Atem, während er die Formel in der Sprache der Alten rekapitulierte.

Doch ehe er die erste Silbe aussprechen konnte, formten sich die Worte im Geiste als leuchtende Fäden. Sie verschmolzen vor seinem inneren Auge zu einem hellblau glühenden Muster verwirrender, graziler Komplexität. Bereits in der Entstehung spürte Talaan die betörende Macht, die diesem Geistessymbol innewohnte. Welch Wunder war dies? Vor lauter Staunen zerbrach beinahe der Fokus der Konzentration und das Ornament drohte zu ermatten. Im letzten Moment besann er sich des Ernstes der Lage und rettete damit die Inkantation.

Nun wappnete er sich gegen die wahre Herausforderung der Heilung. Er ließ dem Lebensgespür freien Lauf, das der Zauber mit sich brachte, und tastete mit ihm nach den Lebensströmen Girrads.

Die Verletzung klaffte als rote, vielfach verästelte Kluft im weißglühenden Geflecht seiner Lebenskraft. Ungebändigt schrie sie ihm ihren Schmerz entgegen. Nur widerwillig ging er auf die Pein zu, tauchte ein und ertrug sie.

Tiefer hinab sank er zu den durchtrennten Blutgefäßen, Muskeln und Nervenbahnen. Dort angelangt entfesselte Talaan die volle Macht des Heilzaubers und lenkte sie in die schreckliche Wunde. Äderchen wie Adern schlossen sich, Muskelfasern und ganze Stränge wuchsen zusammen und die Qual verebbte nach und nach zu einem leisen Flüstern. Als auch die Haut vollendet war, veränderte er den Strom der Magie derart, dass er nun durch den gesamten Körper des Geheilten floss und ihm neue Kraft spendete.

Erleichtert, dem Schmerz standgehalten zu haben, und glücklich darüber, dass Girrad überleben würde, ließ Talaan den Zauber ins Nichts zerfasern. Das glühende Geistessymbol erlosch mit einem Schlag.

Er öffnete die Augen und die große Welt um ihn herum drang wieder in sein Bewusstsein. Die Jägerin wich in Ehrfurcht vom Geheilten zurück, wobei sie ihren Blick nicht von ihm ließ. Die Wunde hatte sich vollkommen geschlossen. Selbst das Fell war wieder intakt, wenn auch hoffnungslos blutverschmiert.

»Er braucht nun viel klares Wasser und Ruhe«, sagte Talaan zu der Gelbäugigen. »Den Blutverlust kann ich nicht ausgleichen.«

Diese sah abwechselnd Girrad und ihn entgeistert an. Erst jetzt wurde er sich bewusst, dass ein kristallenes Schweigen in der Luft lag. Ein jeder starrte ihn an. Nun manifestierte sich die Gewissheit dessen, was er schon vor seinem Spießrutenlauf geahnt hatte. So sehr die Pumamenschen ein Werk sonderbarer Magie zu sein schienen, so fremd mochte ihnen dennoch vorkommen, was er eben vollbracht hatte. Inmitten einer Meute von MaKri, vor der es kein Entrinnen gab, war nun die entscheidende Frage, ob Zauberei beim Waldvolk als Ketzerei oder Wunder galt.

Die Lippen der nicht länger klagenden Frau, die sich neben Girrad auf den Boden fallen ließ, formten ein Wort. Formten es erneut, während sie den Bauch des Mannes betastete und einmal mehr, als sie seine Hand ergriff. Es wirkte wie ein stummes Schutzgebet gegen Teufel. Ihre blaugrünen Augen, die sie zu Talaan erhob, glichen aufgewühlten Teichen und sie flüsterte: »*Maigan*.«

Ein Raunen ging durch die Versammelten und einige MaKri schnappten den Ausruf auf und wiederholten ihn tuschelnd.

»*Maigan*«, erklang es hinter ihm.

»*Maigan!*«, rief die Gelbäugige und reckte ihm einen blutverschmierten Finger entgegen.

Ein lauter Ausruf brach sich irgendwo in der Menge Bahn: »Er ist ein *Maigan!* Ruft die Ältesten herbei und bringt Girrad sofort einen Schlauch Wasser!«

So er den Tonfall der Bürger richtig deutete, pflegte das Waldvolk zumindest keine Feindschaft gegen die Zauberei.

Erleichterung durchströmte Talaan. *Die Hexenverbrennung fällt heute aus. Na, immerhin etwas.*

Davon bestärkt wandte er sich an die Jägerin mit den gelben Augen: »Was hat die Aufregung zu bedeuten?«

Die Angesprochene neigte kurz respektvoll das Haupt, um ihn mit leuchtendem Blick wieder anzusehen, der in deutlichem Kontrast zu dem zornigen Feuer zuvor stand. »Du ehrst unsere Stadt mit deinem Besuch, *Maigan*. Bitte vergib mir, dass ich an dir zweifelte und dich fortjagen wollte.«

»Du hast recht gehandelt, mein Kind«, sagte eine Frauenstimme, die noch rauer als die der gewöhnlichen MaKri klang – geradezu rauchig. Sie gehörte zu einer Pumafrau, die sich durch ihr würdevolles Auftreten ebenso von den anderen unterschied wie durch ihr tiefgrünes Gewand, das von Silberornamenten geziert wurde. Ein wenig grau hatte sich in ihr sandfarbenes Fell geschlichen. »Du hast das Überleben Girrads im Blick gehabt und der *Maigan* trägt nicht die Zeichen seines Ranges. Aber jetzt seid alle so freundlich und tretet beiseite.«

Die Kräuterfrau, um niemanden sonst konnte es sich bei dieser imposanten Erscheinung handeln, nickte Talaan kurz zu und ließ sich neben dem Geheilten nieder. Der gab blutverschmiert und mit geschlossenen Augen immer noch ein Bild des Jammers ab. Mit raschen, geübten Bewegungen tastete die Alte den Liegenden ab.

»Das ist gute Arbeit, *Maigan*«, sagte sie mit flüchtigem Seitenblick zu Talaan. »Und ein Wunder, das mich mit Staunen und Freude erfüllt.« Sie griff nach einer von vielen lederumhüllten Trinkfläschchen, die an ihrem Gürtel baumelten, und entkorkte es. »Das wird die Blutbildung anregen«, erklärte sie dem Bewusstlosen und flößte ihm den Inhalt ein. Zu den Umstehenden gewandt sprach sie: »Besorgt eine Trage und seid behutsam mit ihm. Girrad hat für heute genug durchgemacht.« Damit erhob sie sich und sorgte mit in die Luft gestreckten Händen für Stille. Alle Blicke richteten sich auf sie und auch das letzte Tuscheln erstarb.

»Seit Anbeginn der Zeit gab es jene, die vom Schicksal die Begabung der Magie zugeteilt bekamen und sie stets mit außergewöhnlicher Weisheit verwendeten«, erklärte die Kräuterfrau mit dem feierlichen Tonfall einer Predigerin. »Diese MaKri werden *Maigan* genannt und ihr Erscheinen bedeutete immer, dass unser Volk Beistand gegen ein großes Übel erhält.« Sie deutete auf Talaan. »Die Gabe des Erwählten, der nun vor uns steht, ist die Heilung. Viele von uns sind überzeugt, dass der Krieg mit den Menschen des Westens unvermeidbar ist. So diese dunkle Stunde kommt, wird die Macht dieses *Maigan* die Verluste und die Schmerzen des Waldvolkes mindern.«

Unter heftigem Jubel der Menge wandte sich die Alte nun Talaan zu. Mit der Andeutung eines geneigten Kopfes bot sie ihm die Hand dar. »Ich bin Shaila, die Kräuterfrau dieser Stadt. *Maigan*, sei willkommen.«

Nach Art der MaKri ergriff er ihren Unterarm und schüttelte ihre Hand. »Ich danke Euch. Mein Name ist Talaan. Bitte belasst es dabei.«

»Wie es dein Wunsch ist, *Maigan* Talaan«, erwiderte Shaila.

Er seufzte resigniert. Ehrentitel waren ihm zuwider.

»Nun, da wir das Ganze hier sehr würdevoll und gediegen hinter uns gebracht haben: Darf ich jetzt anfangen, zu schnaufen und zu keuchen? Hohes Alter und die Hast, um Leben zu retten, sind keine guten Freunde.«

All die Anspannung brach sich in diesem Augenblick Bahn und ein herzliches und äußerst befreiendes Lachen platzte aus ihm heraus. Die Kräuterfrau lächelte dankbar und sackte mit einem Stöhnen ein Stückchen in sich zusammen.

Tatsächlich ein wenig keuchend fuhr sie fort: »Die anderen Ältesten werden bestimmt auch bald hier sein, um dich zu begrüßen.«

Talaan wusste nichts, was er hier und jetzt lieber vermeiden würde als das.

Shaila verwickelte ihn in ein intensives Gespräch, das ihn wenigstens die Aufmerksamkeit der umstehenden Schaulustigen vergessen ließ. Sie wollte wissen, wie lange er in der *Großen Stadt* verweilen wolle, wo er herkäme und solcherlei Dinge. Vor allem aber fragte sie ihn über Kräuter und Heilpflanzen aus, da sie offenbar glaubte, seine heilende Gabe und Kräuterkunde gingen Hand in Hand. Ihre Enttäuschung über seine Unkenntnis verbarg sie mit dem erfahrenen Geschick des Alters.

Die ganze Zeit fühlte er sich wie ein Gaukler auf dem Hochseil. Ein falscher Schritt und er würde fallen. Weder kannte er die Lage der Siedlungen der MaKri, ihre Geschichte, ja nicht einmal die Tiere, die in diesem Dschungel lebten. Da machte es die Sache auch nicht besser, dass nach und nach die anderen Ältesten eintrafen.

Häuptling Firr strahlte wie ein kleines Kind, als er den Handschlag mit Talaan tauschte. Amisha, die Vertreterin der Frauen, begrüßte ihn hin und her gerissen zwischen herzlichem Überschwang und ehrfürchtigem Respekt. Harjit, Vertreter der Männer, redete von der Ehre, dass endlich wieder ein Mann vom Schicksal erwählt worden sei. Lediglich der Schamane Tonri, ein düster dreinschauender Kauz, beließ es bei durchdringenden Blicken und einem ernsten »Willkommen«. Doch allesamt sprachen sie ihn beharrlich mit »Maigan« an und alle Versuche, sie davon abzubringen, blieben erfolglos.

Irgendwann gab Talaan es auf. Nur fühlte er sich durch diese Kapitulation noch mehr wie einen Hochstapler. Eine schwer greifbare Magie hatte ihn, einen Menschen, in diesem Körper stranden lassen. Aber das Gesicht eines MaKri zu tragen, machte ihn bei Weitem nicht zu einem der ihren. Hinzu kam, dass er sich erst recht nicht *vom Schicksal Erwählter* nennen konnte. Die Zauber, die er zu wirken vermochte, hatte ihm nicht die Fügung zugeteilt. Lange Studien und ausgiebige Übung bildeten die Säulen seines Könnens.

Doch die Ältesten merkten offenbar nichts von seinen Zweifeln und übergingen seine halbgaren Antworten mit immer neuen Fragen. Was er von den zunehmenden Zusammenstößen mit den Spähern des Westens hielt? Ob er hier sei, weil er glaubte, dass es einen offenen Konflikt geben würde? Als ihm nichts übrigblieb, als dies zu bestätigen, verlangten sie zu wissen, wann der Krieg seiner Meinung nach ausbrechen würde. Ihre Worte prasselten auf ihn ein wie ein Hagelsturm, vor dem er sich wegducken wollte. Sobald es die Höflichkeit erlaubte, sprach Talaan von seiner weiten Reise und der zusätzlichen Erschöpfung, die der Preis für die Heilung Girrads gewesen war.

Das ließ den Fluss ihrer Anfragen endlich versiegen. Freundlich und zuvorkommend entschuldigten sie sich vielmals für ihren Überschwang. Doch in dem Moment, als sie sich um Unaufdringlichkeit bemühten, brach der Damm, der die MaKri um ihn herum zurückgehalten hatte. Sie drängten auf ihn ein.

»Der Schöpfer segne dich, *Maigan*«, sagte eine wildfremde Frau und sah ihn voller Verzückung an.

»Hab Dank«, murmelte Talaan verlegen.

»Wirst du bei der Geburt unseres Kindes bei uns sein und über uns wachen?«, fragte eine andere. Sie nahm seine Hand und legte sie auf ihren Kugelbauch, der nach Zwillingen aussah.

Nur mühevoll gelang es ihm, sich dieser intimen Berührung nicht zu entziehen. »Selbstverständlich, gebt mir Bescheid«, hörte er sich erwidern.

»Ein *Maigan*«, raunte irgendwer in der zweiten Reihe und berührte mit ausgestrecktem Arm die Oberseite von Talaans Schnauze. Diesmal zuckte er unweigerlich zurück.

»Ich bin ein Zauberkundiger, kein Heiliger«, knurrte er.

»Du bist ein Wunder zur rechten Zeit«, korrigierte ihn jemand neben ihm und verneigte sich ehrfurchtsvoll.

»Und so ein hübsches noch dazu!« Die Frau, die den Platz der zurückweichenden Schwangeren eingenommen hatte, zwinkerte und küsste ihn kichernd auf die Wange.

Talaan stellte sich das Nackenfell auf. Was sollte dieser Wahnsinn? Ein *Maigan* schien hin und wieder zu erscheinen, doch diese Pumamenschen verehrten ihn wie einen Heiland.

So ging es in einem fort. Keinen schien es zu interessieren, dass es ihm zuwider war, für die Heilung dieses Jägers derart angehimmelt zu werden. Lediglich als ihn jene Frau lang und fest umarmte, die erst um Girrad geklagt und seit seiner Heilung geduldig gewartet hatte, wusste Talaan für einen Moment, wofür er den ganzen Trubel auf sich nahm. Dankbar lächelnd nickte er ihr zu, als sie sich voneinander lösten, und für einen Augenblick schien ihm, sie verstünden einander.

Dann brach der Tumult wieder über ihn herein. Angeführt von den Ältesten und von einer Traube schaulustiger MaKri verfolgt, machten sie sich auf, um ihn in sein neues Heim zu bringen.

Der Weg die Leitern empor und erst recht über die Hängebrücken erwies sich als wahre Tortur. Hatte ihn schon das Laufen auf ebenem Boden mit diesen seltsam geformten Beinen auf eine harte Probe gestellt, so verlangte ihm der schwankende Untergrund mehr ab, als er bewältigen konnte. Vor den Augen der Ältesten und der Gaffer krallte er sich an den Halteseilen der Brücke fest, wie ein Matrose bei heftigem Seegang. Da half es nicht gerade, dass Seile und Holz unter der Last der vielen MaKri bedenklich knarzten und der Abgrund zu seinen Füßen taugte, um das Genick zu brechen.

Abermals narrte ihn dieser vermaledeite Körper, als ein unerwarteter Ruck durch die letzte Hängebrücke ihres Weges fuhr und er knurrend in die Knie ging. Sicherlich wäre er der Länge nach gestürzt, hätte ihn Harjit nicht am Arm zu packen bekommen.

»Habt Dank«, sagte er und dies nicht zum ersten Mal. Um seine Scham zu verbergen, bemühte er erneut dieselbe Ausflucht. »Die Erschöpfung setzt mir stärker zu, als mir lieb ist.«

Verständnisvoll nickte der Vertreter der Männer und half ihm, wieder auf die Füße zu kommen.

Nur noch ein paar Schritte, dann habe ich es geschafft, betete Talaan einmal mehr sein neues Mantra herunter.

Offenbar schwitzten die MaKri nicht, sonst wäre sein Fell klatschnass gewesen, als er endlich den vergleichsweise festen Steg vor einer Rundhütte im Herzen der Stadt erreichte. Freilich schwankte die hölzerne Konstruktion, die um das Haus herumführte, zusammen mit dem Riesenbaum träge im Wind, aber das schreckte ihn nun längst nicht mehr.

»Diese Unterkunft ist dein, solange du bei uns verweilen möchtest«, verkündete Häuptling Firr und deutete einladend auf die Tür. Die Ruhe, die sein neues Heim versprach, glich Balsam. »Ich bin für meine ebenso wortgewandten wie langen Reden gefürchtet. In Anbetracht des Tributs jedoch, den dir die Heilung Girrads abverlangt hat, belasse ich es bei ein paar kurzen Worten.«

»Hört, hört!«, unterbrach ihn eine MaKri aus dem Tross mit keckem Unterton. »So ihm das gelingt, wird heute ein denkwürdiger Tag, liebe Freunde!« Ein fröhliches, flüchtiges Gelächter brandete auf und selbst Firr stimmte ein. »Ich will sagen: Die *Große Stadt* heißt dich als ihren Gast willkommen, *Maigan* Talaan. Alles ist so gut vorbereitet, wie es die knappe Zeit erlaubte. Vielleicht erweist du uns ja sogar die Ehre und beschließt, dich hier niederzulassen?«

Die Erschöpfung eines endlos langen Tages in einem neuen, ungewohnten Körper lastete inzwischen schwer wie ein Mantel aus Blei auf Talaans Schultern. So kam es von Herzen, als er sagte: »Habt Dank für dieses Obdach und eure Gastfreundschaft. Ein Ort, an dem ich mein Haupt betten kann, ist das wertvollste Geschenk, das ihr mir machen konntet.«

Peinlichst darauf bedacht, es nicht wie eine Flucht aussehen zu lassen, winkte er in die Runde und wandte sich der Hütte zu.

Er hatte es schon halb hineingeschafft, als Harjit, der Vertreter der Männer, ihm hinterherrief: »Eines noch, *Maigan*. Da du deine Zeichen nicht trägst: Hast du bereits dein Einführungsritual vollzogen?«

Ein Ritual? Talaan seufzte. Das klang nach weiterem Lärm um seine Person. Zugleich aber mochte es nützen, mehr über seine Aufgaben als *vom Schicksal Erwählter* und die MaKri zu erfahren. »Dazu hat sich seit meiner Erwählung keine Gelegenheit ergeben«, gab er zur Antwort. Als daraufhin keine weitere Frage folgte, trat er endlich in die Rundhütte und ließ die anderen hinter sich zurück.

Im Innern hieß ihn ein wohltuendes Dämmerlicht willkommen. Auch die Stimme Firrs, der draußen offenbar doch noch zu einer Rede ansetzte, drang nur gedämpft an Talaans Ohren. Ohne der zweifellos liebevoll eingerichteten Behausung eine nähere Beachtung zu schenken, machte er sich auf die Suche nach einem Nachtlager. Nachdem er den Stamm des Riesenbaumes, der durch die Mitte der Hütte wuchs, halb umrundet hatte, fand er schließlich, was er suchte: Zwar kein Bett, aber das verlockend kuschelig anmutende Fell mit Kissen darauf war alles, was er sich in diesem Augenblick wünschen konnte.

Restlos erschöpft brach er auf seinem Ruhelager mehr zusammen, als dass er sich hinlegte. Alle Muskeln schmerzten und ihm brummte der Kopf. Stöhnend rollte er sich auf den Rücken. »Diese Stadt ist vollkommen von Sinnen«, erzählte er dem mit trockenen Palmenblättern gedeckten Dach. »Wenn das so weitergeht, fliehe ich zu den Menschen und lasse mich in einen Kerker sperren. Dann habe ich wenigstens meine Ruhe.«

DAS TIER IM INNERN

Talaan erwachte aus einem traumlosen Schlaf der Erschöpfung, weil etwas seine Schulter berührte. Widerwillig murrend öffnete er die Augen einen Spalt und blickte in die zähnefletschende Fratze einer Löwin. Mit einem panischen Aufschrei rollte er blitzartig von der Bestie fort, stieß unsanft gegen ein Regal und fing im letzten Moment einen Krug auf, der herabstürzte.

Entgeistert sah er das Raubtier an, das sich als nicht minder entsetzt dreinblickende MaKri entpuppte. Sein erwachender Verstand rückte die Ereignisse der vergangenen Stunden an den rechten Platz und machte ihm bewusst, dass er mehrere Schritte über dem Grund keinen Löwenangriff zu befürchten hatte.

»Ach du meine Güte«, stöhnte Talaan und setzte mit wild hämmerndem Herzen das Gefäß auf den Boden. »Mach das bitte nie wieder.«

Die MaKri, die auf den zweiten Blick noch ein halbes Mädchen war, senkte die Ohren. »Es tut mir leid, *Maigan*. Du hast geschlafen wie ein Toter.«

Er fühlte sich wie ein Narr. »Schon gut. Das war ein harter Tag heute. Da bin ich wohl ein wenig dünnhäutig. Wer bist du?«

Ein unsicheres Lächeln blitzte auf. »Hritani, *Maigan*. Ich bin die jüngste Tochter der Familie auf dem nächsten Baum.« Ihr Lächeln wurde breiter und selbstbewusster. »Wir sind jetzt Nachbarn.« Sie zog einen großen Korb mit Tragegurt zu sich, der neben ihr stand, und öffnete den Deckel. »Mutter hat mich gebeten, dir etwas von unserem Abendmahl vorbeizubringen.« Mit einem schiefen Grinsen fügte sie hinzu: »Ich wollte nicht, dass es kalt wird. Sonst hätte ich dich schlafen lassen.« Sie lupfte die tönerne Abdeckung eines irdenen Kruges und ein

Wohlgeruch stieg in Talaans Nase, der ihm das Wasser im Mund zusammenlaufen ließ. Urplötzlich brach Heißhunger über ihn herein.

»Richte deinen Eltern meinen aufrichtigen Dank aus, Hritani. Bitte entschuldige, dass ich dich so erschreckt habe.« Das Mädchen lachte auf. »Ich glaube, du hattest den größeren Schreck von uns beiden.« Fröhlich sprang sie mit einer Geschmeidigkeit auf die Füße, um die er sie grenzenlos beneidete.

Sie trug den Korb zu einem runden Tisch, der unter einem der Fenster stand. Dämmerlicht kündete von einem fortschreitenden Abend. In Windeseile hatte sie Krüge und Töpfchen aufgetischt, aus einem Schrank Teller und Besteck besorgt und ein fruchtig aussehendes Getränk in einen Becher gegossen.

»Lass es dir schmecken, *Maigan.*« Ihre Augen funkelten, als sie das sagte.

»Ich danke dir, Hritani. Ich habe Hunger wie ein Bär.«

Sie lächelte stolz und huschte zum Ausgang. Im Türrahmen blieb sie stehen und drehte sich zu ihm um. »Bist du immer noch böse?«

»Was meinst du?«, fragte Talaan, der sich auf einem Schemel am Tisch niederließ.

»Deine Krallen«, sagte sie und deutete auf seine Hände.

Verwundert besah er sich seine Finger. Gerade wollte er fragen, was sie meinte, als es ihm dämmerte. Ein Blick auf die Hände der jungen MaKri zeigte keine Krallen. »Oh, das …« Er versuchte, sie einzufahren, doch wusste er nicht wie. »Die sind so, seit ich ein *Maigan* bin. Das geht bestimmt irgendwann weg.«

Darüber schien Hritani erleichtert zu sein und huschte aus dem Haus hinaus in die Nacht.

Zurück blieb ein grübelnder Talaan, der sich bemühte, seinem Körper einen einfachen Befehl zu erteilen – vergeblich. Dann jedoch wurde er sich wieder der lecker duftenden Speisen auf dem Tisch bewusst und er beschloss, dass es wichtigere Dinge gab.

Mit großem Hunger und gewaltigem Appetit tat er sich aus jedem Töpfchen etwas auf. Kaum dass er die Gabel das erste Mal zum Mund geführt hatte, hielt er wohlig seufzend inne. Er kannte kein einziges der Kräuter, mit denen Hritanis Eltern kochten, aber das runde Aroma aus herb, süß und würzig ließ ihn seine Sorgen für eine Weile vergessen.

Eine neue Welt voller kulinarischer Eindrücke. Das ist den ganzen Maigan-Trubel doch fast wert.

Während er Bissen für Bissen bedächtig auskostete, blickte er sich erstmals richtig in seinem Zuhause um. Die MaKri schienen ein die Gemütlichkeit liebendes und gastfreundliches Volk zu sein. Es fing damit an, dass die Tür eigentlich keine war, sondern nur ein Rahmen. Offenbar hielten die Pumamenschen nicht viel davon, andere auszusperren. Das vordere Viertel am Eingang bildete einen geräumigen Wohn- und Gästebereich. Dicke Teppiche bedeckten den Boden. Genug Sitzkissen für eine Großfamilie formten einladende Sitzgruppen um flache, runde Tische herum. Von den Balken der Decke hingen birnenförmige Lampen herab, die sich aus kleinen Glasscheiben zusammenfügten, die man in Kupfer gefasst hatte. Hritani hatte wohl einige von ihnen angezündet, sodass sie jetzt ein goldenes Licht im Wohnraum verbreiteten.

Auch hielten die MaKri anscheinend nicht viel von getrennten Räumen. Der Stamm, der schätzungsweise sieben Schritt durchmaß, bildete die natürliche Innenwand der Rundhütte, welche sich ebenso breit um ihn schmiegte. Die einzig echte Wand stellte die Außenwand der Hütte dar. Dabei hatten die Baumeister selbst diese aus schrägen Lamellen geformt, die Blicke abschirmten, aber Luft durchließen.

Mit vollgeschlagenem Bauch schichtete er ein paar Sitzkissen zu einem kleinen Berg auf und machte es sich darin bequem. Wenn die MaKri einen solchen Hang zur Gemütlichkeit pflegten, würde er sich hier vielleicht ganz gut einleben können. Zufrieden schmatzend blickte er auf seine Finger hinab. Die Krallen schauten immer noch heraus. Diese Sache mit seinem Körper würde er schon hinbekommen. So schwer konnte das doch nicht sein.

Er sollte sich irren.

Talaan rannte durch den nächtlichen Dschungel. Die Jagd trieb ihn. Die Witterung des Rehs brannte in den Nüstern und füllte sein gesamtes Denken aus. Blut pumpte in den Adern, rauschte in den Schläfen. Sein Atem floss in einem pulsierenden Strom durch die Lungen und berauschte ihn zusätzlich. Sein ganzes Selbst war auf die Hatz ausgerichtet. Sein Innerstes war ein Raubtier.

Er konnte die Angst der Beute riechen. Dieser Duft zog sich wie ein hell leuchtendes Band vor ihm hin. Das Reh brach in weiten Sprüngen durch das Unterholz, im hoffnungslosen Versuch, ihm zu entwischen. Doch er war der Jäger. Es würde nicht entkommen.

Mit federnden Schritten holte er auf, kam ständig näher. Unerbittlich, unaufhaltsam. Mit einem gewaltigen Satz sprang er vorwärts, grub die Krallen in die Flanke des Tieres und riss es zu Boden. Es trat verzweifelt um sich, traf ihn mit den Hufen, jedoch spürte er den Schmerz kaum. Er schnappte nach der Kehle seines Opfers und trieb die Zähne tief in das schmackhafte Fleisch.

Die Beute zuckte im Todeskampf hin und her, aber er ließ nicht locker. Der Geruch des Rehs vermengte sich mit dem von frischem Blut.

Schreiend erwachte er aus dem Albtraum. Sein Herz raste, das Adrenalin pulsierte durch den Körper und sein Verstand lag hinter einem roten Nebel des Verlangens, der Beute zu folgen. Er wusste nicht, wo er war, er wusste nicht, wer er war. Sein bewusstes Denken blieb unter den Jagdinstinkten begraben.

Mehrfach holte er keuchend Luft und ließ sie langsam wieder entweichen. Nach und nach klärte die kühle Nachtluft seinen Kopf. *Talaan*, rief er sich in Erinnerung. Richtig – das war sein Name: Talaan. Immer noch verspürte er den Drang, aus dem Haus zu treten, um im Dschungel auf die Jagd zu gehen. Was geschah da mit ihm? Brachte es das mit sich, ein

MaKri zu sein? Ab und zu von Instinkten überwältigt und zu einem Tier zu werden?

»Ich bin kein Tier«, grollte er. Das Raubtierknurren, das aus seiner Kehle stieg, strafte ihn Lügen. »Ich bin Jaquimo Talaan, Elfenfreund und Friedensbringer. Blutdurst ist mir fremd.« *Seltsam: Früher musste ich Wahrheiten nicht aussprechen, um daran zu glauben.*

Kopfschüttelnd grub er sich aus dem Kissenberg, in dem er halb versunken war, löschte die Lampen und trat hinaus ins Freie. Nicht, um zu jagen, sondern um der Jagd zu trotzen. Schlafen mochte er im Augenblick bestimmt nicht mehr. Auf solch eine weitere Überraschung verzichtete er dankend.

Der Anblick, der sich ihm bot, legte sich wie ein kühles, feuchtes Tuch auf seine fiebrige Seele. Die Nacht hatte ein samtenes Schwarz über den Dschungel gebreitet, doch hier und da drang goldgelbes Licht aus Fenstern und Türen einzelner Rundhütten. Nur als Schatten konnte er die Hängebrücken ausmachen, die jetzt verwaist und friedlich die Bäuche hängen ließen. Hin und wieder hörte er ferne Stimmen oder ein Lachen durch den Säulenwald der Riesenbäume dringen.

Dies war nicht die Siedlung blutrünstiger Wilder, sondern der Inbegriff eines beschaulichen Idylls.

Vergiss nicht, dass sie Schwerter hassen. Er konnte sich nicht entsinnen, in seinen tausend Jahren Leben auf nur ein Volk getroffen zu sein, das es mied, Schwerter zu schmieden. Wenn das kein Zeugnis ihrer Friedfertigkeit darstellte, wusste er nicht, was dann.

Das flößte ihm Mut ein und brachte ihm einiges seiner alten Gelassenheit zurück. Zufrieden mit dieser Erkenntnis machte er es sich auf dem Rand des Holzsteges gemütlich, der um seine Hütte herumführte. Ein Geländer hatten die Erbauer offenbar für überflüssig gehalten.

Doch so friedlich die *Große Stadt* auch daliegen mochte, änderte das nichts an den Dämonen in seinem Innern. Dieser Körper war neu und all die Instinkte ebenso. Ein MaKri lernte von Kindesbeinen an, mit diesen Impulsen umzugehen, das Schicksal hatte Talaan jedoch mitten hineingeworfen. Wenn er daran zweifelte, brauchte er nur kurz die Luft zu schnuppern. Ein Hauch von Rehduft wehte durch die Nacht. Im Westen der Siedlung hielt sich wohl eine Herde auf. Sein Blut wallte hoch.

Rasch verdrängte er diesen Eindruck wieder. Nein – ihm blieb nur, sein altes Ich nicht zu vergessen und seinem neuen Selbst eiserne Zügel anzulegen. Also hob er die Hand vor Augen und konzentrierte sich.

Diese vermaledeiten Krallen! Eine geraume Weile probierte er jeden einzelnen Muskel durch, den er in den Fingern ausfindig machen konnte. Außer verkrampften Gesten und zuckenden Gelenken brachte das nicht viel. Schließlich besann er sich auf ein anderes Vorgehen. Felllose kannten nichts, was Krallen ähnlich war. Also musste er sich in einen MaKri hineinversetzen.

Wenn ich etwas besitze, dann ist es Fantasie. Er malte sich ein ziehendes Gefühl aus, wie von spannender Haut. Es schlüpfte ihm regelrecht in die Fingerspitzen und … die Krallen verschwanden mit einer unspektakulären Geräuschlosigkeit.

Diese Schlacht geht an den Menschen Talaan, dachte er zufrieden. Neugierig beäugte er die Fingerkuppen. Bis auf einen schmalen Spalt im Fell verriet nichts, dass sich dort einmal etwas befunden hatte. Sie wieder zum Vorschein zu bringen, schien hingegen wie ein Kinderspiel. Eine Zeit lang vergnügte er sich mit seiner neugewonnenen Fähigkeit, bis er ihrer überdrüssig wurde und lieber der Stadt beim Einschlafen zusah.

Die Stimmen und Geräusche dünnten allmählich aus. Nach und nach erloschen die übrigen goldgelben Fenstersterne im Säulenwald. Angetan stellte Talaan fest, dass er dennoch die Konturen der Bäume und der Brücken, ja selbst der Rundhütten ausfindig machen konnte, obwohl nun unter dem Blätterdach der Riesenbäume nahezu vollkommene Schwärze herrschte.

Raubkatzenaugen – ein angenehmer Nebeneffekt dieser neuen Gestalt.

Doch sogar als es eine Weile lang nur noch dem Rauschen der Blätter zu lauschen galt und wohl inzwischen auch der letzte MaKri sein Nachtlager aufgesucht hatte, war für ihn an Schlaf nicht zu denken. Müde und erschöpft mochte er sein, aber solch einen Traum wollte er nicht erneut durchleben. Während er überlegte, womit er die Stunden bis zur Dämmerung herumbekommen könnte, fiel sein Blick auf seinen Schwanz.

Na, wenn das nicht eine Aufgabe für schlaflose Nächte ist.

Irgendwann hatte die Müdigkeit Talaan dann doch zu seinem Schlaffell gelockt. Nach einer viel zu kurzen Nacht voller wirrer, harmloser Träume war es wieder Hritani, die ihn weckte.

Als er die Lider öffnete, blickte sie ein wenig besorgt drein. Da jedoch eine weitere dramatische Rolle in das Regal ausblieb, hellte sich ihre Miene unweigerlich auf.

»Das nenne ich einen Fortschritt«, sagte sie freundlich. »Ich habe dich länger schlafen lassen, als es die Leute vor deiner Hütte gutheißen würden, aber allmählich werde selbst ich unruhig.«

»Leute?« Talaan rieb sich die Augen und blinzelte gegen das grüne Sonnenlicht an, das durch die Fenster im vorderen Teil des Hauses strömte. »Wie spät ist es überhaupt?«

»Die zweite Stunde nach der Dämmerung. Sind alle *Maigan* solche Langschläfer?« Entsetzt schlug sie sich die Hände vor die Schnauze und blickte erschrocken drein. »Manchmal rede ich schneller, als ich denke. Verzeih, *Maigan*.«

Gemächlich erhob er sich und streckte sich herzhaft gähnend. Zu seiner Überraschung spielte sein Schwanz dabei hervorragend mit. »Behalte deine flinke Zunge, Hritani. Schau!« Stolz hielt er die Finger hoch, die keine einzige Kralle aufwiesen.

Erleichtert ließ die junge MaKri die Arme wieder sinken. »Ich habe dir Frühstück gemacht. Lass es dir schmecken!«

Ehe er sie fragen konnte, warum sie das für ihn tat, huschte sie mit einem aufblitzenden Lächeln davon.

»Der *Maigan* ist wach«, hörte er sie draußen sagen. »Geduldet euch bitte ein wenig.«

Mit gesegnetem Appetit machte er sich über ein köstliches Morgenmahl aus frisch gebackenem Brot mit Butter und einer üppigen Auswahl Früchte her. Als er von einem exotisch schmeckenden Saft probierte, spürte er Blicke auf sich ruhen. Zwei große Augenpaare unter noch größeren flauschigen Ohren lugten verstohlen über das Fensterbrett in seine Richtung. Als er den Mund öffnete, duckten sich die Kinder.

»Ich habe euch gesehen, kleine Strolche«, brummte Talaan mit gespielter Strenge und biss vergnügt in eine Mango. Erst tauchten die Ohren wieder auf, diesmal zitternd, dann folgten vier bernsteinfarbene Augen. Schließlich erschien auch der Rest der Köpfe.

»Wir wollten nicht unartig sein, hochehrenwerter *Maigan*«, stammelte ein Junge.

»Wir sind nur so schrecklich neugierig«, sagte das Mädchen.

»Na, wenn das keine gute Entschuldigung für Unhöflichkeit ist, weiß ich auch nicht«, erwiderte Talaan mit einem Zwinkern über seine Mango hinweg. »Erzählt es besser trotzdem nicht euren Eltern.«

»Stimmt es?«, fragte sie. »Dass du mit Leichtigkeit MaKri, die sich wehgetan haben, wieder gesund machen kannst?«

»Nun ...« Er machte sein Gelehrter-von-Welt-Gesicht. »Einfach ist das nicht. Aber ja, ich kann Wunden heilen.«

Der Kleine kaute mit den Fangzähnchen auf der Unterlippe herum und schob plötzlich die Hand über das Fensterbrett. Nicht weniger schnell griff das Mädchen danach und zerrte sie zurück. Eine Rangelei unterhalb des Fensters folgte, aus welcher der Junge offenbar siegreich hervorging. Erneut hielt er Talaan seinen Arm hin. Auf der Haut seines Handtellers verlief ein alter Schnitt, längst mit Grind bedeckt und im Genesen begriffen.

Da verstand Talaan. »Na, das sieht ja schlimm aus. Ich kann es heilen, wenn ihr mir eine Sache versprecht und eine andere verratet.«

Das Gesicht des Mädchens war inzwischen abermals aufgetaucht und sie guckte grimmig, doch bei seinen Worten wurden ihre Augen wieder groß. Beide nickten eifrig.

»Erzählt es keinem weiter, ja?«

Erneutes, heftiges Nicken.

»Was willst du wissen, *Maigan?*«, fragte der Junge.

Talaan beugte sich zu ihnen und raunte: »Wer sind all die Leute vor meinem Haus?«

Das Mädchen lachte. »Die wollen dich sehen so wie wir. Du bist vom Schicksal erwählt. Jeder möchte dich sehen.«

»Oh.« Talaan stutzte. »Heißt das etwa, ihr habt euch vorgedrängelt?«

»Das ist eine zweite Frage«, stellte der Kleine hastig fest und reckte ihm die Hand noch weiter entgegen.

»Na, wenn das so ist, muss ich meinen Teil der Abmachung wohl einhalten.« Er berührte mit einem Finger den Handteller des Knirpses und konzentrierte sich auf den Heilzauber. Wie gestern auch bildete sich das Geistessymbol der Heilung wie ein leuchtender, räumlich verwobener Gobelin in seinem Kopf. Er tastete mit den magischen Sinnen nach der Wunde des Jungen, spürte den Schmerz darin kaum deutlicher als einen Juckreiz und verschloss den Riss spielend leicht.

Ein erfreulicher Unterschied zu Girrad. Fasziniert stellte er fest, dass seine eigene Hand, ja der ganze Arm matt schimmerte, während er den Zauber wirkte. Das hatte er sonst nie getan.

»So, und jetzt schleicht euch, bevor eure Eltern ihre Kinder vermissen.«

Der Kleine starrte seine Handfläche an, dann Talaan und schließlich schrie er – wohl so laut, wie er konnte: »Mama, Mama, schau mal! Er hat mich heile gemacht!« Damit war er fort und seine Schwester folgte stehenden Fußes.

»Ich hatte doch gesagt …«, rief Talaan dem Jungen nach, winkte aber kopfschüttelnd ab.

Ach was soll's. Welchen Schaden kann das schon anrichten?

Es dauerte nicht lange, da gestand er sich zähneknirschend ein, dass er sich vor dem, was auf ihn zukam, nicht mehr drücken konnte. Zwar wusste er nicht, was all die Leute von ihm wollten, die vor seiner Hütte warteten, indessen ahnte er wegen all des *Maigan-Gehabes* am Vortag Schlimmes. Vermeiden konnte er es jedoch wohl kaum.

Er atmete tief durch und trat durch die Tür hinaus. Was er sah, ließ ihn staunen. MaKri saßen auf beiden Seiten des Eingangs. Sie knieten auf der Hängebrücke bis hinüber zur nächsten Rundhütte, auf deren Holzsteg gerade weitere Bürger dazukamen.

Ein Raunen ging durch die Wartenden, als sie ihn entdeckten. Hälse reckten sich und Erwartung, groß wie ein Riesenbaum, türmte sich auf.

Ratlos rieb er sich die Schnauze. »Warum, beim Schöpfer, seid ihr alle hier?«

Verwunderte Blicke wurden getauscht und eine Frau rechts von ihm erhob sich. »Du bist ein *Maigan.* Jeder Erwählte vor dir hat seine Gabe zum Wohle der Gemeinschaft eingesetzt.« Vielfaches Kopfnicken bekräftigte ihre Worte.

»Ihr seid sämtlich verletzt oder krank?«, fragte Talaan ungläubig.

Eine wilde Mischung aus Kopfschütteln, Nicken, Zustimmungsrufen und Verneinungen folgte.

Ein MaKri, der sich ungefähr auf der Mitte der Brücke niedergelassen hatte, begann zu sprechen: »Alle *Maigan* vor dir wurden für ihre Weisheit gerühmt. Die, die wir Antworten suchen, haben den Bedürftigen Vortritt gelassen, hoffen aber auf ein Gespräch mit dir.«

Weise?, dachte Talaan und hätte beinahe aufgelacht. »Ich werde für die Verletzten und Kranken tun, was ich kann. Die anderen warne ich vor: Ich kann an einem Finger abzählen, wie oft ich schon weise genannt wurde.« Leises Gelächter drang vom hinteren Ende der Brücke.

Sie glauben mir nicht, stellte er resigniert fest. »Nun gut, wer wartet am längsten?«

Das Heilen von Wunden war mit Schmerzen verbunden und das Kurieren von Krankheiten mit einem diffusen, fiebrigen Zustand, der auch nach der Heilung noch eine Weile anhielt. Dennoch verging die Zeit bis zum Nachmittag wie im Flug, denn wider Erwarten fand Talaan Freude daran, die Leiden der MaKri zu lindern.

Man brachte ihm einen Krüppel, dessen Bein wegen eines schief geheilten Bruchs nur leidlich zu gebrauchen war. Mit Hilfe des Gespürs seines Heilzaubers konnte Talaan die vernarbte Stelle im Knochen rasch ausfindig machen. Aber es bedurfte des Wissens der Kräuterfrau Shaila und der Kraft von zwei muskulösen Kriegern, um dem Mann wirklich helfen zu können. Als sie der armen Seele das Bein erneut brachen, damit Talaan es gerichtet ein weiteres Mal heilen konnte, drehte sich ihm der Magen um.

Die restlichen Kranken schickte er danach fort und bat sie, am nächsten Tag wiederzukommen. Die verbleibenden Stunden des Tages widmete er sich freiwillig den belanglosen Fällen.

Jene wollten nur einmal den *Maigan* persönlich begrüßt haben, sprachen Einladungen für ein Abendmahl aus und verschwanden bald. Andere suchten Rat in unterschiedlichsten Lebensfragen oder versuchten sich in gelehrter Konversation. Für Talaan, der sich weder im Lebensstil der MaKri noch mit ihren Lehren auskannte, erwies sich das als reinster Lauf durch fallengespicktes Terrain. Meist formulierte er Gegenfragen und entlockte seinen Gesprächspartnern damit mehr Antworten, als er Rat geben konnte. Am Ende lernte er viele Kleinigkeiten, wurde diese Leute aber so schnell wie möglich wieder los.

Lediglich die Kinder bereiteten ihm ehrliche Freude. Zum einen, da sie ihm mit ungeschmälerter Begeisterung drollige Fragen stellten, zum anderen, weil er ihnen selbst Fragen stellen konnte, die sie für ebenso drollig hielten. Getarnt mit dem Vorwand, herauszufinden, ob sie denn bereits dies und das gelernt hätten, brachte er Dinge in Erfahrung, über die er sich bei Erwachsenen nicht erkundigen konnte.

Nun wusste er, dass *vom Schicksal Erwählte* stets Zauberwirker waren, die scheinbar aus dem Nichts Wunder vollbringen konnten. Das ließ ihn vermuten, dass sie ebenfalls Geistessymbole wirkten. Auch erfuhr er, dass die letzte *Maigan* – Murrani, Munarri oder so ähnlich – vor vielleicht dreißig Jahren gestorben war und davor mit ihrer Gabe, Pflanzen unnatürlich schnell zum Wachsen zu bringen, das Waldvolk vor einer Hungersnot bewahrt hatte.

Überhaupt schien es immer wieder Magier unter den MaKri zu geben. Das beruhigte ihn ein Stück weit. Noch an diesem Morgen hatte er sich wie ein Blender gefühlt, der einem einfachen Volk die Segnungen der Zauberkunst brachte. Nun wusste er, dass er lediglich unzähligen Erwählten nachfolgte und wiederum auf ihn andere folgen würden.

Schließlich kam die Dämmerung und die Zahl der Wartenden hatte sich kaum reduziert. Zu viele hatten den Platz derjenigen eingenommen, die bereits bei ihm gewesen waren. Erfreulicherweise begaben sich die meisten mit dem Schwinden der Sonne auf den Heimweg. Der letzte Besuch an diesem Tag kam von Rashek.

Der Krieger gab das Inbild eines zerknirschten und tief verunsicherten Mannes ab, als er eintrat. Wie allen Gästen zuvor bot Talaan ihm ein Sitzkissen an und machte es sich selbst gemütlich. Er hatte es sich angewöhnt, nicht den Anfang zu machen. Manche MaKri, so wie Rashek, brauchten eine Weile, um die Gedanken zu sortieren.

»*Maigan* Talaan.« Die ersten Worte kamen gequält über seine Lippen. »Kannst du mir nachsehen, dass ich dir nicht den gebührenden Respekt entgegenbrachte, als wir dich zur Stadt geleiteten? Ich konnte nicht ahnen ...«

»Glaubst du denn, dein Spott war nicht angebracht?«, unterbrach Talaan ihn unwirsch. Er hatte es satt, dass die Leute die Hälfte der Zeit auf den Boden starrten, wenn sie mit ihm sprachen. Zwar fürchtete er ihre Augen, doch waren sie die Erben der Pumas, stolz und wild, und er wollte nicht, dass sie sich ihm gegenüber auf diese Weise benahmen.

»Du bist ein *Maigan*«, erwiderte Rashek irritiert, als würde das alles erklären.

Müde und resigniert rieb Talaan sich die Lider. »Und nur deswegen ist es nicht verwunderlich, dass ich ›Lärm wie ein Junges‹ mache?« Vor ihm saß ein erfahrener Jäger und Krieger. Da fand er es angebracht, dass so jemand unerfahrenen MaKri wie ihm Lektionen erteilte. Wie ein Jungspund musste er zumindest in den Augen der anderen erscheinen.

»Du bist ein *Maigan*«, wiederholte sein Gegenüber, diesmal mit Nachdruck. »Du verwendest deine Zeit nicht für Banales wie die Jagd. Dass dir darin Übung fehlt, ist verständlich.«

»Ich habe dich sagen hören, dass du Kinder hast«, wechselte Talaan einem Impuls folgend die Richtung. »Wie alt sind sie?«

Ein Sonnenstrahl erhellte die zerknirschte Miene des Kriegers. »Zwei Töchter. Fünf und elf Jahre.«

Drohend richtete Talaan einen Finger auf ihn. »Gib es zu, Rashek, deine Fünfjährige vermag leiser zu schleichen als ich. So hat es sich zumindest angefühlt.«

Die Schnurrhaare des MaKri zuckten, als er versuchte, ein Lächeln zu unterdrücken, doch irgendwann brach sich ein Grinsen Bahn. »Sie konnte es schon besser, als sie vier war.«

Da haben wir den Beweis. Talaan breitete die Arme aus. »Dann lehre es mich!«

Rasheks Brauen hoben sich erstaunt. »Ich soll dich unterweisen, wie man schleicht?«

»Schleichen, Orientierung, Spuren lesen und Jagen. Einfach alles. Die Erfahrungen, die ich im Norden gesammelt habe, sind hier nichts wert.«

Noch bevor der Krieger abwehrend die Hände hob, verriet sein ernster Blick, was er davon hielt. »Ich kann dir diesen Wunsch nicht erfüllen. Zwar sagt mir das Herz, dass unter der Schale deiner Unbeholfenheit eher ein Kämpfer wohnt als ein *Maigan*, doch bist du nun einmal vom Schicksal erwählt. Ich kann dein Wohlbefinden nicht in der Wildnis aufs Spiel setzen.«

Impulsiv begehrte Talaan auf. »Warum nicht? Mein Leben gehört mir.«

»Dein Leben und deine Gabe stehen jetzt im Dienste der MaKri, ob es dir behagt oder nicht, *Maigan*«, erwiderte Rashek mit fester Stimme und sein Blick wurde unnachgiebig.

Ich kann das nicht mehr hören! Ein Zorn wallte in Talaan auf, der ihn erschreckte – so sehr, dass er alles daransetzte, ihn zurückzudrängen. Es fiel ihm unglaublich schwer.

Und Rashek bemerkte es. Erst trat Verwunderung in seinen Blick, dann versteifte er sich. *Das ist das Tier in mir,* erkannte Talaan entsetzt. Nun bekämpfte er seine Gefühle mit doppelter Verbissenheit. Bald blieben nur die ausgefahrenen Krallen zurück, die sich in die Handflächen seiner geballten Fäuste bohrten.

Ein zweiter Sieg für meine menschliche Hälfte. Vollkommen ruhig fragte er: »Du lässt dich nicht irgendwie umstimmen?«

Der Krieger schwieg beharrlich.

»Nun, einen Versuch war es wert.« Er ergab sich seinem Schicksal und fügte lächelnd hinzu: »Grüß deine Kleinen von mir, Rashek.«

»Das werde ich mit Freuden.« Die ein oder andere ernste Falte verschwand aus dem Gesicht des MaKri, während er sich erhob. »Wir sehen uns morgen früh, Talaan.«

Da wurde er hellhörig. »Morgen früh?«

»Das Ritual. Ich werde dich abholen.«

Er erinnerte sich. Vor einer gefühlten Ewigkeit hatte der Vertreter der Männer etwas von einer Einführungszeremonie erzählt. »Wer wird denn der Initiation beiwohnen?«

Der Krieger lachte. »Du solltest fragen, wer nicht dabei ist. Morgen wirst du mit eigenen Augen sehen, wie viele MaKri tatsächlich in der *Großen Stadt* leben.«

Talaan schien es, als würde man ihm den Boden unter den Füßen wegziehen – obwohl er saß. Das Ganze klang nach einem riesigen Volksfest, auf dem er die einzige Attraktion sein würde. Noch mehr gaffende Schaulustige, *Maigan-Lobpreis* und – der Schöpfer bewahre – befellte Küsse. Beim Gedanken daran begann ihm unwohl das Fell zu jucken.

Während er in Gedanken den schnellsten Fluchtweg aus der Stadt durchging, rang er äußerlich um Fassung. »Eine geruhsame Nacht, Rashek.«

Der nickte und verließ das Haus. Erst jetzt fiel Talaan auf, was ihm während des Abschieds entgangen war: Der Krieger hatte ihn beim Namen genannt, ohne ein *Maigan* davor zu setzen.

Dann besteht ja noch Hoffnung, dachte er zufrieden.

Die letzte Störung an diesem Tag erfolgte durch eine schüchterne MaKri, die ihm mit gesenktem Blick ein reich verziertes Lendentuch brachte. Es bestand aus feinem, weichem Stoff, den man nachtblau gefärbt und mit Silberfäden durchwirkt hatte. Die meisten verschlungenen Symbole darauf erweckten einen mystischen Eindruck, ohne einen Sinn zu ergeben. »Was ist das?«, fragte er verwundert. Als er aufblickte, huschten die smaragdgrünen Augen der Pumafrau wie ängstliche Rehe von ihm fort.

»Die Zeichen, die dir gebühren, *Maigan*«, antwortete sie und ein scheues Lächeln erwuchs auf ihren Lippen.

War das Erregung, die er da roch? Nur die Ahnung eines Duftes, ein Hauch von Pheromonen, die eher in seinen Instinkten als in der Nase etwas zum Klingen brachten. Äußerst irritiert schnupperte Talaan in die Luft und nahm es nun deutlicher wahr. Unglücklicherweise merkte sie es. Vermutlich galt sein wenig diskretes Schnuppern unter MaKri als pure Unhöflichkeit, denn das Innere ihrer Ohren lief tiefrot an. Dennoch wurde ihr Lächeln breiter, ihre Augen blickten ihn nun direkt an und ihr Schwanz pendelte einer Schlange gleich hin und her.

»Hast du dieses Tuch gefertigt?«, fragte er, um wieder einen Vorwand zu haben, auf das Lendentuch hinabzuschauen. Sie hatte es wohl in Windeseile für ihn genäht und bestickt. Das einzige Zeichen darauf, das er entziffern konnte, stand für Heilung.

Die Ablenkung und das Weggucken nutzten ihm jedoch gar nichts, denn diese verfluchte Raubtiernase ließ ihn ihre Erregung immer noch riechen. Auch fühlte er ihre Blicke nach wie vor auf sich ruhen und sah vor seinem inneren Auge ihren Schwanz pendeln. Ein wildes Begehren brandete in ihm hoch, das ihn beinahe mitriss.

»Das habe ich, *Maigan* Talaan«, erwiderte sie. Ihre Stimme hatte sich kaum verändert, doch schien sie ihm nun irrational lasziv. »Ich gelte als die beste Näherin der Stadt.«

Bewusst verzichtete er darauf, nach ihrem Namen zu fragen oder ihre Handwerkskunst zu loben. Er wollte sich nicht für sie interessieren. Er würde kein noch so kleines Signal senden, das sie derart verstehen konnte.

»Es tut mir leid, aber ich werde es nicht anziehen.« Er biss die Zähne zusammen und hob den Kopf. »Das hat nichts mit dir und deinem Können zu tun. Ich fühle mich mit meinem schlichten Tuch einfach sehr wohl.«

»Womöglich ehrst du mich eines Tages, indem du es trägst, vielleicht auch nicht. So oder so: Es gehört dir, *Maigan*.« Trotz ihrer gelassenen Äußerung senkte sie die Ohren, sodass ihn seine Worte beinahe wieder reuten.

Dennoch sagte er, als sie unschlüssig verweilte: »Hab Dank. Eine geruhsame Nacht.«

Damit gab es nichts mehr zu bereden. Die Näherin neigte stumm das Haupt und verließ die Hütte. Kaum, dass ihre Schwanzspitze verschwunden war, sprang Talaan wie von der Tarantel gestochen auf, eilte zu einem Wassereimer und tauchte den Kopf hinein.

Unter Wasser kam er ein wenig zu Sinnen. Er konnte sich nicht einmal ansatzweise vorstellen, mit dieser Pumafrau – oder mit irgendeiner MaKri – das Bett zu teilen. All das Fell und der Schwanz und die Schnauze! Auch wenn sie aufrecht gingen, sprachen und gute Leute zu sein schienen, waren sie den Raubkatzen so viel näher als den Menschen.

Doch seinen Instinkten war das egal. Das Tier in seinem Innersten hatte gerochen, worauf dieser Körper offenbar mit dem gleichen Signal reagierte. Diffuse Bilder von fellbedeckten, sich windenden Leibern tauchten auf und er schob sie vehement beiseite.

Als die Luft allmählich knapp wurde, hatte er sich wieder besser im Griff und zog den Kopf aus dem Eimer. Der Geruch der Näherin hing immer noch im Haus.

Diese Runde geht an den MaKri in mir, dachte er und seufzte.

DIE INITIATION

Rashek rüttelte ihn unsanft munter, als die ersten Sonnenstrahlen mit ihren grün gefärbten Fingern durch die Fenster der Hütte tasteten. »Wach gefälligst auf! Ich habe meinen Töchtern versprochen, dass sie heute Morgen den *Maigan* zu Gesicht bekommen.«

Mit einem herzhaften Gähnen, um das ihn jeder Löwe beneidet hätte, streckte sich Talaan genüsslich. Ihm fehlten die Stunden, die er wachgelegen hatte. Die Träume dieser Nacht hatten ihm eine Fortsetzung seines Erlebnisses mit der Näherin immer wieder und in allen denkbaren tierisch triebhaften Variationen aufgetischt. Die wachen Phasen dazwischen klebten ihm wirr und fieberhaft im Gedächtnis.

»Sag deinen Mädchen, sie sollen mich besuchen, dann kann ich solange weiterschlafen«, murrte er.

Etwas Spitzes pikste ihn in die Rippen und mit einem Satz kam er auf die Beine.

Der Krieger grinste ihn über seinen ausgestreckten Speer hinweg an. »Verzeih, *Maigan*, aber der Schaft ist mir wohl durch die Finger geglitten.«

Diese Worte machten Talaan derart froh, dass er darüber beinahe die scheußliche Nacht vergaß. »Endlich mal ein MaKri, der bei Sinnen ist. Du wirst in meiner Hütte immer willkommen sein.« Verwundert sah er mit an, wie Rashek seine Waffe an den Stamm des Riesenbaumes lehnte. »Müssen wir nicht los?«

»Noch nicht sofort«, entgegnete der. »Denn so, wie ich die Dinge sehe, versteht man sich *im Norden* genau so wenig auf die Gebräuche im Dschungel wie auf das Schleichen. Ich denke, ein paar Unterweisungen werden dir guttun.«

Irgendetwas an der Art, wie Rashek »im Norden« sagte, ließ Talaan aufhorchen. Ahnte er etwas? Also nickte er und hörte zu.

In dem Moment, in dem Talaan die schützende Hütte verließ, trat er hinein in eine vor Aufregung vibrierende Atmosphäre. Ein Stimmengewirr wie auf dem Jahrmarkt lag in der Luft. Ihm schien, alle Einwohner des Ortes müssten versammelt sein. Die meisten MaKri umringten dicht gedrängt den zentralen Platz, an dessen Rand sich sein Heim befand. Es gab jedoch auch einige, die aus den Fenstern der tiefer liegenden Häuser schauten oder auf den Holzstegen und Hängebrücken saßen. Jetzt erst wurde ihm bewusst, wie groß diese Stadt mit ihren mehreren Ebenen wirklich war.

Er straffte die Haltung und gab sich einen Ruck. »Auf geht's«, sagte er zu Rashek, der ein ernstes, wenn nicht gar feierliches Gesicht aufgesetzt hatte.

Stumm nickte er und ging Talaan voraus. Der folgte ihm schicksalsergeben und beließ es dabei, nur fest entschlossen dreinzublicken – zumindest fest entschlossen, den ganzen Trubel um seine Person aus Respekt vor den MaKri würdevoll über sich ergehen zu lassen.

Dennoch erfüllten ihn die Ehrfurcht, die Neugier oder auch die Begeisterung, die in den Blicken aller lag, mit Befremden. Geworfene Kusshände einzelner Pumafrauen verstärkten dieses Gefühl noch. Was hatte er denn getan, um diese Anerkennung zu verdienen? Er war doch nur ein verirrter Wanderer.

Rashek jedoch hatte in der vergangenen Stunde mehr vollbracht, als ihm die Bräuche der MaKri näherzubringen. Er hatte ihm die Augen geöffnet.

Der Weg zum zentralen Platz führte zunächst über die Hängebrücken vom Zentrum fort, sodass Talaan genügend Zeit blieb, ein letztes Mal über die Worte des Kriegers nachzudenken.

Eines hatte Rashek ihm – vermutlich unbeabsichtigt – bewusst gemacht: *Talaan* war der Narr, nicht dieses Volk, das sich wie aus dem Häuschen benahm. Nicht nur, weil er ihren

Kult für das Magische für deutlich übertrieben hielt. Vor allem kam er sich närrisch vor, da er geglaubt hatte, dass es hier nur um ihn ging. Das Waldvolk stand vor einem Konflikt mit einem Feind, den sie nicht verstanden – einem Krieg, wie es ihn seit langer Zeit nicht gegeben hatte. Das Erscheinen eines *Maigan* glich einem Zeichen, dass sich die Dinge zum Guten wenden mochten. In gewisser Weise sahen die MaKri in ihm Hoffnung, nicht ihn selbst.

Trotz fehlender Eitelkeit war das ein sehr irritierendes Gefühl. Dennoch würde er ihnen diese Zuversicht nicht wegnehmen.

Sie erreichten die Strickleiter. Rashek schob seinen Speer in den Gürtel und kletterte behände die Sprossen hinab. Talaan folgte ihm weitaus weniger anmutig. Vom Boden aus betrachtet wirkte die Größe der Versammlung noch Ehrfurcht gebietender.

Die Zeremonie, die ihn – wie jedem *Maigan* zuvor – erwartete, war bei näherer Betrachtung eine ritualisierte Feier der Hoffnung. Vor ihm lag viel Gerede von der Wahl des Schicksals und die feierliche Vorlegung der Schrift eines ominösen Orakels. All dies mochte dem Zweck dienen, aus dem Vertrauen in einen MaKri einen Glauben an eine höhere Macht zu machen.

Also ertrug er die Blicke, die Kusshände und die gelegentlichen Berührungen, während er durch die Menge schritt, die Rashek mit stolzem Ernst starr nach vorn blickend für ihn teilte.

Nur einmal sah der Krieger zur Seite und ein kaum sichtbares Lächeln lag dabei auf seinen Lippen. An dieser Stelle stand ein junges Mädchen in der ersten Reihe, auf deren Schultern die Hände eines älteren lagen. Beide sahen ihn mit vor Staunen geöffneten Mündern an.

»Einen Moment bitte«, bat Talaan seine Ehrenwache. Er kniete vor der Kleineren nieder. »Du also bist Rasheks Tochter?« Sie nickte stumm mit weit aufgerissenen, grünen Augen. Er sah das Kind hinter ihr an. »Und du bist bestimmt ihre große Schwester.«

Dieselben leuchtenden grünen Augen wie bei der Jüngsten begannen zu strahlen. »Das bin ich, *Maigan.*«

»Ihr habt einen großartigen Vater«, sagte er und wuschelte dem jüngeren Mädchen durch das Fell auf dem Kopf.

Auf die Lippen der Geschwister trat das stolzeste Lächeln, das man wohl je an Töchtern gesehen hatte. Mit wesentlich leichterem Herzen folgte Talaan Rashek den restlichen Weg zur Mitte des Platzes. Dass er Kinder derart froh machen konnte, mochte ein Geschenk sein, an dem er Gefallen fand.

Der zentrale Platz der *Großen Stadt* bestand aus einer ausladenden, kreisrunden Fläche, die man aus einem eigentümlich bläulichen Gestein gefertigt hatte. Es schmeichelte seinen Fußballen angenehm warm und glatt. Bei näherem Hinsehen setzte sich der gesamte Kreis aus mehreren Ringen von vielleicht einem Schritt Breite zusammen, sodass er für einen Riesen sicherlich wie Jahresringe eines Baumstumpfes aussah. Von den mittleren sechs Ringen und dem Kern hielten sich die versammelten MaKri fern. Lediglich die fünf Ältesten warteten hier auf Talaan.

Deren würdevolle Blicke wurden von Befremden getrübt, als sie bemerkten, dass er das bestickte Lendentuch tatsächlich nicht trug. Sie selbst hatten sich in schmuckvolle Roben gehüllt – lange Gewänder, die man hüftabwärts an der Seite und vorn geschlitzt hatte. Satte Farben mit Silber- und Goldornamenten ließen seinen grauen Lendenschurz umso schlichter erscheinen. Er beschloss, dieses Ungleichgewicht zu ignorieren. Er würde nichts tun, um sich von den gewöhnlichen MaKri abzuheben. Was das Waldvolk mit ihm anstellte war schon genug. Vielleicht begriffen sie irgendwann, dass er – *Maigan* hin oder her – einfach nicht auf ein Podest gehoben werden wollte.

Häuptling Firr stieß in ein kleines, unverziertes Horn – zwei schnelle Stöße gefolgt von einem langen. Sein Klang war weich wie Sommerregen und brachte dennoch die Versammelten zum Schweigen. Was jetzt auf Talaan zukam, hatte auch Rashek nicht im Detail gewusst – nur, dass er mit einer von Firrs gefürchteten ausufernden Reden zu rechnen hatte.

»Bürger dieser Stadt! Hört, was ich zu sagen habe!« Der Häuptling holte mit Lautstärke und Gestik Schwung. »Seit nunmehr dreißig Jahren hat es unter den MaKri keine *Maigan* mehr gegeben. Nicht viele von uns können behaupten, den Tag erlebt zu haben, an dem die letzte Berufung durch das Schicksal die ehrenwerte Murrnahi ereilte. Seit vor undenkbar langen Zeiten Sivra als erste *Maigan* erwählt wurde, stand das Waldvolk stets vor einer großen Prüfung, wenn das Schicksal seine Wahl traf. Und seitdem ist es üblich, das Einführungsritual abzuhalten.«

Der Häuptling deutete mit einer schwungvollen Geste auf Talaan, der es gerade genossen hatte, einmal nicht im Mittelpunkt zu stehen. »Dieser junge Mann, der hier vor uns steht, offenbarte gestern seine Berufung. Er erweist uns die Ehre, seine Initiation in unserer schönen Stadt durchzuführen.«

Obgleich das alle wussten, brachen die Bewohner in schallenden Jubel aus.

»Jeder dieser Wenigen erlangte im Laufe seines Lebens eine besondere magische Gabe, die er zum Wohle des Waldvolkes einsetzte. Die Begabung *Maigan* Talaans liegt in der Heilung von Wunden und Krankheiten.«

Ein einziger Zauber? Er gebot über weitaus mehr Magie als das. Doch mochte es klug sein, dies vorerst zu verbergen. Weitere Unruhe um seine Person wollte er ganz sicher nicht heraufbeschwören.

»Tritt vor, junger *Maigan*, und beweise uns, dass du diesen Titel zu Recht führst!«

Er tat zwei Schritte auf die Würdenträger zu. Ihm entging die Ironie nicht, dass er jetzt tatsächlich im Mittelpunkt des Platzes und somit aller Dinge stand. »Ich stehe vor euch, Älteste der Stadt. Aber ich sehe keine Verwundeten oder Kranken hier. Wen soll ich heilen?«

Auf diese Frage fand er sie freilich vorbereitet. Sie winkten Rashek herbei, der abseits gewartet hatte.

»Diese Ehre wird mir zuteilwerden«, antwortete er weit hörbar.

Ehe Talaan begriff, was der Krieger damit meinte, zog dieser ein Messer aus dem Gürtel und fuhr sich mit einer fließenden Bewegung über den Oberschenkel. Die Klinge glitt tief durch das ungeschützte Fleisch und schickte ihn mit einem unterdrückten Knurren zu Boden.

Für einen Moment glaubte Talaan noch nicht ganz, was eben geschehen war. Dann brach sich ein brodelnder Zorn Bahn: »Seid ihr von Sinnen, ihr Narren?« Kopfschüttelnd kniete er neben Rashek nieder. Dieser hingegen sah ihn mit ruhiger Zuversicht an, auch wenn er die Zähne zusammenbiss.

Talaan presste die Hand auf die klaffende Wunde, um den Blutverlust einzudämmen. Dabei packte er fester zu, als es die Not gebot. »Wäre ich sicher, dass du daran nicht verblutest, würde ich dich den langen Weg der Genesung nehmen lassen. Ich kann nicht fassen, dass du dir das vor den Augen deiner Kinder angetan hast.«

Diesmal versuchte er erst gar nicht, die Worte des Zaubers in seinem Verstand zu ordnen, sondern formte gleich das Geistessymbol der Heilung. Dem Schmerz des Kriegers begegnete er mit Grimm und tastete nach den durchtrennten Lebensfäden. Zum Glück verstärkte die MaKri-Gestalt die Wirkung der Magie und die tiefe Wunde schloss sich mühelos.

Er suchte im Kreis der Anwesenden die Töchter Rasheks, die mit schreckgeweiteten Augen auf ihren Vater und das Blut starrten, fing ihren Blick ein und nickte ihnen beruhigend zu. »Es geht ihm gut«, sagte er vor allem um ihretwillen.

Auch mit dem Vollenden seines Werkes verlor sein Groll keinen Deut an Kraft. Er erhob sich, half unter »Ohs« und »Ahs« dem Geheilten auf die Beine und funkelte die Ältesten dabei böse an. »Ich will Schmerzen nehmen, nicht ihre Ursache sein.«

Die Kräuterfrau und der Schamane neigten zustimmend das Haupt. »Es wird nicht wieder geschehen«, versprach Tonri und zu den Versammelten gewandt rief er: »Dieser Mann hat sich als *Maigan* bewiesen und seine Gabe ist die Heilung!«

Während die Menge in ausgelassenen Jubel ausbrach und Talaan pflichtbewusst lächelte, brachte ein MaKri eine Schale mit Wasser. Dankbar wusch er sich die Hände und beobachtete derweil, wie Rashek behutsam das Bein belastete. Als es ihn trug, trat ein derart tiefes Erstaunen in sein Antlitz, dass es Talaans Zorn ein wenig linderte.

»Ich danke dir, mein Freund«, sagte der Krieger.

»Über das mit dem *Freund* reden wir noch mal«, brummte er, meinte es aber schon nicht mehr so ernst damit. »Und jetzt knuddele deine Kleinen. Du hast ihnen einen höllischen Schreck eingejagt.«

Nach einer Weile verebbte der Trubel, den die Ältesten mit Wohlwollen auskosteten. Harjit reichte ihm einen flachen, in Leinen gewickelten Gegenstand. Er wog überraschend schwer in den Händen.

»Wie es der Brauch fordert, übergebe ich dir die *Eine Schrift* des Orakels. Seit dem Jahr, da die MaKri die *Halle des Lichts* fanden, wird einer neu gegründeten Siedlung stets eine Abschrift anvertraut.

Sie birgt einen Zauber, darin waren sich alle bisher lebenden *Maigan* einig. Doch niemand war jemals in der Lage, seine Kraft einzusetzen. Über ein Jahrtausend ist es Tradition, dass ein jeder *vom Schicksal Erwählte* versucht, seine Bedeutung zu enträtseln.

Nun ist es an dir, *Maigan* Talaan. Erblicke die Worte des Orakels.«

Der schob das Tuch beiseite und sah auf eine Tafel des gleichen bläulichen Steins, auf dem seine Füße ruhten. Man hatte Schriftzeichen in der Sprache der MaKri hineingetrieben, welche die Oberfläche fast vollständig bedeckten. Zu seiner Überraschung beschrieben sie ein komplexes magisches Geistessymbol. Darunter stand ein Satz geschrieben: »Bedenke, Weltenwandler: Die Vergangenheit ist stets ein Teil der Gegenwart.«

»Weltenwandler«, murmelte er und ein kalter Schauer ließ ihm das Rückenfell zu Berge stehen. Rasch drängte er die Erinnerung an jenen tödlichen Schwertstreich zurück und konzentrierte sich wieder auf die Worte.

Recht bald begriff er, woran die *Maigan* vor ihm gescheitert waren: Die Beschreibung erwies sich zwar als erstaunlich präzise und verständlich, doch das Muster in seinem Geist endete an einer Stelle abrupt. Das Geistessymbol war unvollständig und glomm nur schwach. Wie er es auch drehte und wendete, gleich welche richtig erscheinenden Striche und Bögen er anfügte, um die Harmonie des Symbols herzustellen, scheiterte er im Ansatz.

Gerade als er schon aufgeben wollte und sein Bewusstsein sich von der Frage der Geometrie löste, erkannte er rein instinktiv, was ein kleiner Abschnitt des Symbols darstellte. Es lenkte die magischen Ströme nach innen, in jeden Winkel des eigenen Leibes. Dadurch ergab ein weiterer Verbund aus besonders eng verschlungenen Kurven Sinn. Sie griffen die Fasern des Körpers auf und transformierten sie. Der wohl komplexeste Teil des Zaubers hingegen schien irgendwie Leben und Seele im Diesseits zu binden, bis der Wandel abgeschlossen war.

»Gestaltenwandel«, murmelte Talaan. Doch verlief die Transformation ins Nichts, womit der entscheidende Bestandteil fehlte. Da erst begriff er endgültig.

Der Gestaltenwandelzauber verlangte nach einer detaillierten Beschreibung der gewünschten Kreatur. Nicht nur des Äußeren, sondern auch der Muskeln, Organe, vermutlich des vollständigen Gefühls dafür, wie es war, dieses Lebewesen zu sein. Der Zauber führte nicht ins Leere, er glitt aus dem Symbol heraus in das Gedächtnis desjenigen, der ihn wirkte.

Vorsichtig flocht Talaan die Erinnerungen an sein letztes Leben in den Zauber ein. Je mehr er sie mit Details füllte, umso stärker leuchtete das Symbol in seinem Verstand, bis es wie ein ausgedehnter Gobelin erstrahlte. Endlich gelang ihm die Vervollständigung.

Magische Ströme woben sich um seinen Körper, umkreisten ihn wie tobende Geister. Sie zogen sich enger um ihn zusammen und sanken schließlich in ihm ein. Ein Gefühl, als würde ihn jemand wie feuchten Lehm durchkneten und verformen, durchdrang sein Bewusstsein. Etwas zog ihn, etwas schob ihn. Noch bevor er Ordnung in seine Gedanken bringen konnte, war alles vorbei.

Er fühlte sich seltsam. Die erschrockenen Blicke, die ihn trafen und das Raunen aus hunderten Mündern verstärkten das Befremdliche noch mehr. Benommen tat er einen Schritt zurück und stürzte. Sein Schwanz hatte ihn im Stich gelassen. *Nein*, korrigierte er sich. *Er ist fort. Ebenso das Fell, die Krallen.* Er war wieder …

»Ein Mensch!«, hauchte der Schamane und Unruhe brach in der Menge aus, als jeder mit jedem zu sprechen begann.

Talaan sah ungläubig an sich hinab. Er war wieder ein Mensch. Genau der gleiche Körper, in dem er noch letzte Woche gelebt hatte. Selbst seine alte Kleidung hatte sich geformt, auch wenn sie seltsam verwittert aussah. In den vergangenen fiebrigen Nächten hatte er sich nichts sehnlicher gewünscht. Doch jetzt, unter den Augen der versammelten MaKri und in Anbetracht ihrer teils furchtsamen Blicke, fühlte er sich ausgegrenzter, als es dieses prunkvoll bestickte Lendentuch jemals vermocht hätte.

Dann wurde ihm bewusst, welch wertvolles Geschenk er gerade empfangen hatte: Gestaltenwandel! Unweigerlich grinste er. Es war erschreckend, aber viel mehr als das war es einfach nur fantastisch.

Ein Hornstoß Firrs drang durch die immer stärker hochwallende Unruhe. »Freunde!« Der Tumult ebbte nur unwesentlich ab. Es bedurfte drei weiterer Hornstöße, bis genügend Ruhe einkehrte, dass man die Worte des Häuptlings verstehen konnte.

»Meine Freunde!«, rief er erneut. »Besinnt euch und bändigt eure Angst! Es ist immer noch *Maigan* Talaan, der vor euch steht.« Der Sturm der Aufruhr flaute zu heftigen Böen ab. »Worüber grämt ihr euch? Doch nicht etwa, weil jetzt ein MaKri in der Gestalt eines Menschen in unserer Mitte ist? Habt ihr bereits vergessen, wie freundschaftlich und einträglich der Austausch mit den Händlern aus dem Westen gewesen ist? So war es lange Zeit, bevor die Soldaten des Königs ihren Fuß in den Dschungel setzten.«

»Wir haben vor allem die Toten seitdem nicht vergessen!«, schrie jemand aus der Menge. Zornige Zustimmung aus anderen Mündern folgte. Der Schamane Tonri musterte Talaan mit finsterem Blick.

»Begreift ihr denn nicht, was dies zu bedeuten hat?«, rief Amisha auf Talaan deutend. »Dieser MaKri wurde nicht nur vom Schicksal erwählt. Er hat zudem die einzige Prophezeiung erfüllt, die das Orakel jemals für die Völker der Kri verlauten ließ.«

Das dämpfte den Zorn. Gutheißendes Brummen aus vielen Kehlen erstickte ihn weiter.

Zum ersten Mal erhob die Kräuterfrau Shaila ihre raue Stimme. »Bedenkt, welch außergewöhnliches Zeichen dies ist!« Jetzt erstarb selbst das letzte Gemurmel. »*Maigan* sind stets berufen worden, um Großes für die MaKri zu vollbringen. Dass ihn ebenfalls das Orakel berief, kann nur bedeuten, dass wir bemerkenswerten Beistand vom Erwählten Talaan erwarten dürfen.«

»Es bedeutet auch, dass wir vor einer nie dagewesenen Bedrohung stehen«, ergänzte Tonri mit Grabesstimme. Er sagte das leise genug, dass nur jene im Steinkreis ihn verstanden.

»Würdest du dich zurückverwandeln, damit wir das Ritual zu einem Ende bringen können?«, überging Häuptling Firr den Einwand des Schamanen.

Also versuchte Talaan, das magische Muster wieder in seinem Geist aufzubauen, scheiterte aber bereits im Ansatz. Was sich dort formte, war nicht mehr als ein Erinnerungsschatten und meilenweit von einem wahren Geistessymbol entfernt. Er probierte es erneut – vergebens.

»Ich bin gefangen«, stöhnte er. »Die Magie wirkt in diesem Körper anders und ich kenne die Worte nicht!« Hilfesuchend sah er zu den Ältesten.

»Die Rückseite«, sagte Tonri besonnen. »Wir konnten die Schrift nicht entziffern.«

Hoffnungsvoll wendete Talaan die Steintafel. Was er nun sah, konnte nicht sein.

Einige Schreibfehler erschwerten die Übersetzung und dennoch stand zweifelsfrei fest: Er las Sätze in derselben Sprache, in der ein unbekannter Meister jenes Zauberbuch verfasst hatte, das er im letzten Leben sein Eigen genannt hatte. Hastig überflog er die Zeilen und schon bald war er sicher: Sie beschrieben denselben Wandlungszauber, nur diesmal in der Sprache der Alten.

Rasch korrigierte er die Fehler mit einem Messer, ignorierte das schweigende Starren der Menge und nickte schließlich zufrieden. Wenn ihn seine jahrhundertelange Erfahrung mit dieser Art der Magie nicht im Stich ließ, sollte er die korrekte Zauberformel gefunden haben.

Mit der notwendigen Gestik, welche die einzelnen Silben unterstrich, beschwor er den Zauber. Er konzentrierte sich dabei auf die Gestalt als MaKri und noch während er die letzten Worte ausstieß, flossen die magischen Ströme um ihn herum.

Entzückt spürte Talaan die Schritte der Verwandlung. Ein Schwanz wuchs in Sekundenschnelle, die Füße dehnten sich zu kräftigen Sprunggelenken, Fell spross und der Mund formte sich zur Schnauze. All das umfasste nur einen Bruchteil der ganzen Erfahrung, aber die Transformation endete, bevor er weitere Eindrücke aufnehmen konnte.

Er stieß ein triumphierendes Brüllen aus. Seine Stimme war wieder kraftvoll genug dafür. Zum ersten Mal erkannte Talaan, wie wunderbar die ungebändigte Kraft in diesem Körper sein konnte.

»Darf ich die Tafel noch eine Weile behalten?«, fragte er die Ältesten. »Ich würde sie gerne studieren.«

Häuptling Firr hob abwehrend die Hände. »Die *Eine Schrift* hat auf dich gewartet, *Maigan* Talaan. Sie ist dein.«

»Aber warum verleiht das Orakel dem *Maigan* die Gestalt eines Menschen?«, wunderte sich Amisha.

Harjit hingegen winkte nur fröhlich ab. »Darüber zerbrechen wir uns später den Kopf, Freunde. Jetzt ist es Zeit zu feiern!«

Ehe Talaan es sich versah, gab es keinen Platz zum Treten mehr. Jubelnde MaKri umringten und umarmten ihn, schüttelten übermütig seine Hand oder klopften ihm auf die Schulter. Fragen über Fragen prasselten auf ihn ein. Wie er die Schrift des Orakels entschlüsselt hatte, mochte die häufigste sein, die ihm gestellt wurde. Doch auch wenn er immer wieder nur ausweichende Antworten gab wie die, dass er den Zauber intuitiv vervollständigt habe, wurde verständig genickt. Nicht selten bekam er zu hören, dass dies nun einmal der Weg der *Maigan* sei.

Als jemand wissen wollte, wie es sich anfühlte, ein Mensch zu sein, lachte er beim ersten Mal. So lange er denken konnte, war er einer gewesen. Er hätte allen Anwesenden sehr genau beschreiben können, wie es sich anfühlte, ein MaKri zu sein – im Körper eines Menschen zu stecken, hingegen kaum.

Währenddessen wurden Tische und Bänke herbeigetragen. Für beides hielten aufgebockte Bretter her und Feuer wurden entfacht. Musiker stimmten mit Flöten, Trommeln und hängenden Klanghölzern ein Lied an. Man tischte Fleisch, Früchte und Krüge mit Getränken auf und viele eifrige Hände brachten Geschirr aus glattem Holz herbei. Alle packten mit an, wenn sie nicht gerade Talaan belagerten, und schon bald hatte sich das Einführungsritual in ein lebendiges Fest verwandelt.

Eine festgelegte Ordnung gab es nicht. Manche ließen sich an den Tafeln nieder und sprachen den Speisen zu, doch die meisten MaKri tanzten ausgelassen zur Musik. Auf eine einfache, lebhafte und geschmeidige Art bewegte sich jeder für sich. Sie schienen dem Rhythmus und einem nicht erkennbaren Muster zu folgen. Dabei verwoben sich die lachenden Handschläge, Verbeugungen und herumwirbelnde Umarmungen zu einem einzigen Ensemble.

Talaan fand indessen kaum Zeit zum Essen und selbst, wenn er gewollt hätte, bot sich keine Gelegenheit für einen Tanz. Es gab immer einen neugierigen Bürger, der ihn in ein Gespräch verwickelte. So blieb ihm nur, mit der Distanz eines fremden Ehrengastes das ausgelassene Treiben zu beobachten und sich an dem zu freuen, was er sah. Allmählich schwand sein

Befremden vor der Andersartigkeit der MaKri. Sie feierten im Überschwang, scherzten und lachten, tanzten und musizierten. Er erlebte ein ganz gewöhnliches Fest, nur mit äußerst ungewöhnlichen Wesen.

Talaan lag auf den Fellen, die sein Ruhelager bildeten, nur der Schlaf wollte sich nicht einfinden. Eine angespannte Unruhe erfüllte ihn. Er fühlte sich wie ein Löwe auf der Pirsch, der kurz davor war, sich auf einen der durch seinen Verstand hetzenden Gedanken zu stürzen. Doch sie hielten nie still, überschrien einander und fraßen sich mitunter gegenseitig auf. Es war unmöglich, einen von ihnen zu packen und zu erlegen.

Allen voran brüllte die Angst vor dem Eingesperrtsein in seinem Kopf. Diese seltsame Mischung aus Bewunderung einer Berühmtheit und Verehrung als Heilsbringer, welche die MaKri ihm entgegenbrachten, steckte ihn in einen goldenen Käfig.

Seine Gitterstäbe trennten ihn vom Waldvolk und machten es ihm unmöglich, dazuzugehören. Sie engten ihn ein, zwangen ihn, etwas zu sein, das er nicht sein wollte. Ihm blieb nur, angegafft zu werden und zurückzugaffen.

Auch nagte die Frage an ihm, was es mit der Schrift des Orakels auf sich hatte. Nicht nur, dass sie einen Zauber als Geistessymbol ebenso enthielt wie in der Sprache der Alten. Was hatte es mit dem Gestaltenwandel auf sich? Wohl kaum war er einfach nur ein Geschenk. Diese Fähigkeit, in einem Volk der Pumamenschen die Form eines Menschen anzunehmen, war eine Botschaft – oder ein Auftrag.

Galt es etwa, das Königreich im Westen auszuspähen? Die Vorstellung, in einen Krieg zwischen zwei Zivilisationen hineingezogen zu werden, die ihm beide unvertrauter nicht sein konnten, behagte ihm nicht.

Doch was sollte sonst aus ihm werden? Der heutige Tag hatte ihn eines gelehrt: So ähnlich die MaKri den Menschen in vielen Dingen sein mochten, gab es auch immer wieder Momente, in denen sie es nicht waren. Ihre ganze Kultur wirkte befremdlich und ihr Sittenbild verstand er nicht. Talaan blieb ein Fremder in einem fremden Land, lebte unter exotischen Wesen und in einem exotischen Körper.

Über seine halbtierische Gestalt geriet er in Zwiespalt mit sich selbst. Es bereitete ihm einiges Vergnügen, ein neues Körperteil zu besitzen. Nach und nach begriff er, wie er den Schwanz zu seinem Vorteil einsetzen konnte. Er glich das etwas wackelige Laufen auf Raubtierbeinen mehr als aus. Es irritierte ihn enorm, seine Haut nicht berühren zu können, da Fell sie bedeckte. Aber es erfüllte ihn jedes Mal mit derartigem Wohlbehagen, die seidenweichen Haare zu streicheln, dass er Acht geben musste, es nicht unentwegt zu tun. Die ausfahrbaren Krallen an Händen und Füßen besaßen ihren ganz eigenen Reiz.

Andererseits wüteten in ihm diese eigenartigen Gefühle. Den gesamten Tag lang hatte Talaan sie wegen des Trubels kaum bemerkt, doch jetzt in der Ruhe zerrten seine Instinkte triebgleich an seinem Verstand.

Die Verlockung, sich in einen Menschen zu verwandeln, um dem zu entfliehen, war beachtlich. Einzig das Wissen hielt ihn zurück, dass dieser Ausweg ihn mit den MaKri unweigerlich entzweien würde.

Gedankenverloren strich er mit der Hand über die Steintafel, die er auf dem Nachtlager noch einmal intensiv studiert hatte. Nein – ganz sicher hatte ihm das Orakel den Gestaltenwandel nicht geschickt, um vor diesem neuen Körper davonzulaufen. Denn in gewisser Weise war Talaan tatsächlich ein *Maigan*. Das Schicksal hatte ihn nicht als Zauberwirker erwählt, sehr wohl aber als MaKri. Darin und in der Schrift des Orakels lag eine Bestimmung, die er nicht ignorieren konnte.

»Weltenwandler«, murmelte er in die Dunkelheit der Nacht, während er das entsprechende Wort auf der Steintafel betastete. War das der Grund für alles, was gerade mit ihm geschah – weil er ein Weltenwandler war? Doch was bedeutete es, einer zu sein?

Diese Gedanken ließen ihn nicht los, bis der Schlaf ihn hinterrücks übermannte.

IM GOLDENEN KÄFIG

Der Geruch des Todes lag in der Luft – süßlich, stickig und allgegenwärtig. Er konnte unmöglich von den wenigen abgeschlachteten Menschen stammen, die auf der Straße des zusammengekauerten Dörfchens lagen. Doch die mit brutaler Gewalt zersplitterten Türen der Häuser – geborsten nach innen – ließen keinen Raum für Hoffnung.

Mit einem Halstuch vor Mund und Nase schritt Talaan durch das entvölkerte Grauen. Zwei Unterkünfte fand er bis auf die Grundmauern niedergebrannt. Bei einem weiteren hatte eine unbekannte Kraft ein mannsgroßes Loch in die Mauer gerissen. Der Mann, der diesen Ort heimgesucht hatte, verfügte zweifellos über ebenso viel Macht wie Mordlust.

Vor einem niedergerissenen Schild blieb Talaan stehen. Unter einem aufbäumenden Esel, den ein minder talentierter Künstler auf das dunkle Holz gemalt hatte, stand in verschnörkelter Schrift: »Zum fröhlichen Maultier – einziger Gasthof in *Ferragun.*«

In dieses Gasthaus wird niemand mehr einkehren.

Hinter den geborstenen Butzenscheiben gähnte unbelebte Dunkelheit. Hatte sich dort etwas bewegt?

»Heda!«, rief er. »Ich bin hier, um zu helfen!«

Ein bellendes Lachen, das sich in einem erstickten Husten verlor, drang aus dem Innern. »Du kannst uns nicht beistehen, Elfenfreund.«

Die Leiche eines Bauern neben seinen Füßen krächzte: »Es ist zu spät für Hilfe. Du hast Marten nicht aufgehalten.« Seine Hand, an der das Blut schon schwarz geworden war, tastete nach Talaans Fuß. »Du hast uns alle sterben lassen.«

Entsetzt wollte er Abstand gewinnen, doch die Finger hatten sich bereits um seinen Knöchel geschlossen und er fiel wie ein Baum auf den Rücken. Mit einem Aufschrei trat er in Richtung des Toten und krabbelte rücklings außer Reichweite.

Sein eigener Schrei klang ihm noch in den Ohren, als Talaan begriff, dass er rückwärts aus seinem Albtraum geflohen war. Irgendetwas bewegte sich direkt vor ihm in der Dunkelheit und er wich weiter zurück. Nackte Furcht kroch ihm in die Knochen.

»Es gab keine sprechenden Toten in *Ferragun*«, knurrte er seine Schwanzspitze an, die ihn einmal mehr getäuscht hatte. Doch die Panik fraß sich tiefer in seinen Verstand und hilflos sah er dabei zu, wie sein tierisches Selbst die Oberhand gewann. Es trieb ihn auf die Füße, scheuchte ihn durch die Hütte und jagte ihn zur Tür hinaus.

Mit zwei Sätzen fegte er über den Holzsteg vor seinem Heim und die wild unter seinen federnden Sprüngen schwankende Hängebrücke entlang. Seine Krallen gruben sich hart ins Holz des nächsten Steges, als er einen Haken schlug und um eine weitere Rundhütte hetzte.

Die Bewegung und die kühle Nachtluft in den Lungen klärten allmählich sein Denken und drängten den Fluchtinstinkt zurück. Dennoch hielt er nicht an. Diese seltsam veränderten Beine bargen eine ungeahnte Schnellkraft und Geschmeidigkeit. Sein Schwanz glich selbst die größeren Schwankungen der Hängebrücken aus. Bei aller Panik hatten ihm seine Instinkte in diesem Moment ein perfektes Gespür für seinen neuen Körper verliehen.

Talaan umrundete noch eine Hütte und rannte aus purer Lust am Rennen weiter. Die Bewegung tat gut nach dem viel zu engen Korsett, das ihm der Titel des *Maigan* angelegt hatte. Beim vierten Haus stieß er beinahe mit Hritani zusammen, die gerade eine Strickleiter emporstieg. Nur dank katzenhafter Reflexe und vollem Kralleneinsatz gelang es ihm, die junge MaKri nicht wieder hinunterzustoßen.

»*Maigan?*«, fragte sie zunächst verwundert, dann besorgt dreinblickend. »Was ist mit dir?«

Mühevoll zwängte er seine Atmung in ruhigere Bahnen. »Entschuldige bitte mein Ungestüm. Es geht mir gut, Hritani.« Er stutze, als er merkte, dass das der Wahrheit entsprach. »Ich fühle mich zum ersten Mal so etwas wie gut, seit jeder nur noch *Maigan* zu mir sagt.«

»Das tut mir leid, *Mai*…« Ihre Ohren nahmen einen Hauch von Rot an und rasch korrigierte sie sich: »Talaan. Ist bestimmt schlimm, wenn alle einzig und allein über das reden wollen, was man kann und nicht mehr darüber, wer man ist.«

Diese kleine Geste rührte ihn. »Das waren die liebsten Worte, die ich in den letzten beiden Tagen gehört habe.«

Die Röte in ihren Ohren wurde dunkler. »Mutter meint immer, es gibt nichts, was man mit einer Umarmung nicht erträglicher machen könnte.« Sie drückte ihn kurz und herzlich, um dann hastig das Weite zu suchen.

Schmunzelnd blickte er ihr hinterher. Tatsächlich merkte er, dass das Grauen seines Alpdrucks ein wenig verblasste. Übrig blieb das, was kein Traum gewesen war: die Toten von *Ferragun*.

Wenig später saß Talaan tief in Gedanken auf dem Holzsteg vor seiner Hütte, den Rücken an die Wand gelehnt, und starrte in eine Ferne, die mit Distanz nichts zu tun hatte. Die wenigen MaKri, die hin und wieder vorüberkamen, beließen es bei einem leisen Gruß und schlichen auf Samtpfoten vorbei.

Für diese ungewohnte Zurückhaltung war er ihnen zutiefst dankbar. Das, was ihn zum Nachsinnen trieb, hatte er viel zu lange nicht beachtet. Seit er einige Wochen und somit ein Leben zuvor *Ferragun* durchquert hatte, war er vor dem Grauen dort davongelaufen. Stets hatte er gedacht, er hätte Marten nach dem Massaker hartnäckiger verfolgt, aber insgeheim war das nur ein kläglicher Versuch gewesen, seinen Fehler wiedergutzumachen.

Seinen Fehler. Talaan seufzte schwer und wand sich unwohl unter dieser Erkenntnis. Nachdem seine geliebte Ginuthal den Tod gefunden hatte, war seine Welt auseinandergebrochen. Der *Junge Wald*, für Jahrhunderte ein Ort des Friedens, hatte sich für ihn in einen Ort des Leids gewandelt. Also hatte er dem *Schönen Volk* Lebewohl gesagt und sich auf die Wanderschaft begeben – seine letzte Wanderschaft.

Egal wohin er auch ging, die Erinnerung an den Verlust seiner Frau folgte ihm. Als er zum ersten Mal von einem dunklen Anwender arkaner Künste gehört hatte, der sein Unwesen trieb, war Talaan dem Irrglauben erlegen gewesen, wieder einen Sinn gefunden zu haben. Nachforschungen hatten schon bald einen geraunten Name ergeben: Marten, der Schlachtenmagier.

In der Magie ebenso bewandert wie mit der Klinge, schien er entlang seines Weges nach Osten wahllos Tote zu hinterlassen.

Diese Annahme erwies sich als falsch. An Martens Fersen geheftet dauerte es nicht lange, bis Talaan auf ein Opfer des Schlächters stieß. Dessen einziger Besitz steckte im Rücken eines abgerissenen Landstreichers: ein einfaches Speisemesser mit einem Gürtelriemen. Es durchbohrte einen säuberlich versiegelten Brief. Das fehlende Blut ließ vermuten, dass der arme Tropf anders zu Tode gekommen war.

Habe ich deine Aufmerksamkeit, Talaan?, stand auf dem sonst leeren Bogen edlen Papiers in einer präzisen, schnörkellosen Schrift.

Eine krude Hatz begann. Egal wie schnell er auch wanderte oder ritt – stets war Marten ihm einen Tag voraus. Bis Talaan in ein Dorf namens *Fernhelm* kam. Die Bewohner waren in einem Anfall des Wahns übereinander hergefallen und kamen gerade erst wieder zu Sinnen, als Talaan eintraf. Dutzende schwer verletzte Männer, Frauen und Kinder wurden von entsetzten Dörflern angestarrt, an deren Händen und Kleidung Blut klebte. Inmitten dieses abebbenden Wahnsinns stand ein zitternder kleiner Junge – unversehrt und unbefleckt –, dessen verkrampfte Finger das Papier einer Schriftrolle zerdrückten.

Talaan nahm sie an sich und las: *Einen straffen Tagesritt entfernt liegt Ferragun, Elfenfreund. Rette Fernhelm und Ferragun wird brennen.*

Er befand, dass die schwer verwundeten Dorfbewohner zu heilen, ihn höchstens drei Stunden aufhalten würde und sein kraftvoller Rappen ohnehin der Rast bedurfte und Hafer brauchte. Doch kaum hatte er die Wunden einer scheußlich blutenden Frau geschlossen, da fetzte ein viehischer Schrei durch das Dorf.

Ein Dolch steckte im Hals seines Pferdes, um dessen Heft sich die Hand des unversehrten Jungen krallte. Wie sich erwies, hatte Marten die Klinge vergiftet und das Tier verendete unter schrecklichen Qualen. Die Falle des Schlächters war zugeschnappt.

Die Menschen von *Fernhelm* fanden an diesem Tag nicht den Tod. Kein einzelner – dafür sorgte Talaan mit Verbissenheit. Sie hätten ihm aus Dankbarkeit drei Rappen geschenkt, doch wie sich herausstellte, hatte jemand sie restlos davongejagt.

Also machte er sich, erschöpft wie er war, zu Fuß auf den Weg nach *Ferragun*, begleitet von den guten Wünschen und Segnungen der Einwohner des Dorfes.

Dieser Segen nützte wenig. *Ferragun* erwies sich als einziges Leichenhaus. Eine jede Leiche war eine stumme Anklage. Jeder tote Bürger schrie ihm mit verzerrten Fratzen und verrenkten Gliedern die Schuld an seinem Tod entgegen.

Er redete sich ein, dass Marten ihn vor eine unmögliche Wahl gestellt hatte. Ein Dorf für ein Dorf. Nur half es nicht. Es tröstete ebenfalls nicht, dass Marten ihn auch vor dem Eintreffen in *Ferragun* mit absurder Leichtigkeit niedergestreckt hätte. Die Toten verfolgten ihn. Denn auf eine arglistige Weise hatte sein Feind Zweifel in ihm gesät. Die Falle in *Fernhelm* hätte ebenso mit der Auslöschung beider Siedlungen enden können. Oder wäre Talaans Tod Preis genug gewesen, das Leben aller zu schonen?

Talaan, der MaKri, erhob sich und schüttelte diesen Gedanken ab, so gut er es vermochte. Solche Grübelei führte zu nichts. Er würde ohnehin nie erfahren, wie die Dinge bei einer anderen Wahl gelaufen wären. Vermutlich hätte es lediglich den Unterschied zur Folge, dass er sich jetzt das Hirn zermartern würde, wieso er die Bewohner *Fernhelms* zum Sterben zurückgelassen hatte.

Doch das Nagen, tief in seinem Hinterkopf, blieb.

Zehn Tage später hatte Talaan jegliche Zweifel darüber verloren, dass er die Hölle auf Erden gefunden hatte. Vom frühesten Morgen bis zum Einfall der Nacht belagerten MaKri seine Hütte. Die *Große Stadt* hatte ihn restlos verschlungen und lediglich die Hülle des *Maigan* übriggelassen. Ohne Unterlass empfing er einen Bittsteller nach dem anderen. Mal gab er Ratschläge, mal plauderte er bemüht gelassen oder hörte einfach zu, sooft jemand sein Herz ausschütten wollte. Schon bald gab es nur einen letzten Grund, weshalb er diesen ganzen Irrsinn auf sich nahm: die wenigen Fälle, in denen er wirklich mit Magie oder seinem Erfahrungsschatz helfen konnte.

Die gesamte Stadt, so schien es, suchte jetzt ihn statt Freunde auf, wenn es galt, die Sorgen und Nöte des alltäglichen Lebens zu besprechen. Ein Leben, von dem er selbst keinen Zipfel zu fassen bekam. Denn seit dem Einführungsritual hielten die MaKri ihn neben dieser *Maigan-Verehrung* auch noch für »vom Orakel erwählt«.

Soweit er das heraushören konnte, war das Orakel nichts, das etwas oder jemanden auserkor. Doch daran störte sich das Waldvolk nicht. Talaan stellte nun eine Attraktion dar.

In guten Stunden saß er nur da und hörte halbherzig zu, während er seinen Gedanken nachging. Ein jeder, der ihn besuchte, hätte ihm helfen können. Denn die schlechten Stunden überwogen. Er fühlte sich zunehmend eingesperrt und der Drang, nichts als nur zu rennen, rennen, rennen wurde manchmal schier unerträglich.

Daraus erwuchs Zorn. Eine Wut von einer Intensität, die ihn beunruhigte. In ihm wohnte ein Raubtier und es duckte sich immer mehr zum Sprung. Am schlimmsten war jedoch die tierische Triebhaftigkeit, die hin und wieder über ihn kam. Sie widerte ihn an.

Doch fragen konnte er die MaKri wohl kaum, obwohl sie alle meisterten, woran er scheiterte: das Tier im Innern zu bändigen. Sie waren ein Leben lang Pumamenschen gewesen. Also blieb ihm nur zu lauschen und von den wenigen Bröckchen zu lernen, die man ihm hinwarf.

Er traute sich nicht einmal mehr, seine Hütte zu verlassen. Ein jedes Mal, wenn er die Stadt und den täglichen Trott des Waldvolks erleben wollte, fand er sich unweigerlich von unzähligen Bittstellern und Bewunderern umgeben, welche dies oder das von ihm begehrten. Solange er sich im Haus aufhielt, stellten sie sich wenigstens an, um ihn zu »besuchen«.

Manchmal beobachtete er sich von außen, stand neben sich, während er ein Alltagsleben führte, an dem er gar nichts alltäglich nennen konnte. Dann sah er sich lächeln und tröstende Worte sprechen, derweil in seinem Innern die Instinkte in den Krieg zogen und er schreiend vor all dem davonlaufen wollte. Mehr als alles andere sehnte er sich nach Freiheit.

Der heutige Morgen hatte schließlich Bewohner weiterer Siedlungen herbeigespült und machte deutlich, dass es noch schlimmer kommen konnte. Das brachte das Fass endgültig zum Überlaufen. Talaan versuchte mehrfach, aus der Stadt zu fliehen. Ob durch die Fenster oder die Ladeluke im Boden – immer wurde er irgendwann von irgendjemandem entdeckt, angesprochen und dann platzte der Traum vom heimlichen Davonstehlen. Das Tier in seinem Innern fletschte knurrend die Zähne.

Endlich sank die Sonne hinab in das Blättermeer des Dschungels und tauchte den Abend der *Großen Stadt* in ein dämmriges Grün. Dennoch fand Talaan eine kleine Gruppe von Wartenden vor, als er aus seiner Rundhütte trat, die sich offenbar gerade für eine Übernachtung einrichteten. Mit einem weit hörbaren Knurren, das einige Köpfe erschrocken in seine Richtung schnellen ließ, drehte er auf der Stelle um und stapfte missmutig ins Haus.

So ging es nicht weiter. Er wollte, nein er brauchte Ruhe. Er musste frei sein und endlich diese neue Welt erkunden. Diese lagernden Pilger vor seiner Hütte machten deutlich, dass es mit der Zeit nicht besser, sondern schlimmer werden würde.

Sein Heim glich inzwischen einem Gefängnis, aus der eine Flucht undenkbar schien. Eine unsichtbare Mauer umgab die *Große Stadt*, errichtet aus seiner mangelnden Erfahrung im Dschungel und einer vollkommen weißen Landkarte in seinem Kopf. Doch noch war er nicht derart verzweifelt, dass er sein Leben unvorbereitet aufs Spiel setzen würde. Verbissen zermarterte er sich das Hirn darüber, wie er wenigstens für eine Weile ausbrechen könnte.

Schließlich fiel ihm ein Ort ein, an dem er ungestört sein würde und vielleicht auch ein wenig frei. Sogar das ungesehene Entkommen sollte kein Problem darstellen.

Später, als die Nacht unter den Bäumen Einzug gehalten hatte, stieß sein einfacher Schlafzauber, den er über die lagernden MaKri vor seiner Hütte wirkte, nur auf geringen Widerstand. Alle versanken im Tiefschlaf und selbst eine Horde trampelnder Elefanten hätte sie nicht aufwecken können.

Dennoch riskierte Talaan nichts. Er versicherte sich mit seinen empfindlichen Raubtierohren, dass sich kein Einwohner der Stadt auf den Hängebrücken näherte. Diese Gabe seines neuen Körpers versöhnte ihn ein wenig mit den Unwägbarkeiten, die er mit sich brachte. Mit einem zusätzlichen Zauber zog er ein paar Schatten um sich zusammen und glitt geräuschlos aus einem Fenster auf der Rückseite der Hütte.

Geschmeidig sprang er an die Dachkante und schlug die Krallen durch die Palmenblätter ins Holz. Ein weiterer Vorteil, wie er sich eingestand. Dabei verlieh der Schwanz dem beherzten Klimmzug genug Stabilität, um ihn ohne Schlingern hinaufzubringen. Noch mehr Klauen, diesmal an den Füßen, und das Hindernis war genommen.

Nun kam die Zeit, herauszufinden, wie gut er sich in seinem neuen Körper auf das Erklimmen von Bäumen verstand. Zwar fehlten dem Stamm so dicht über der Hütte Zweige und Äste, doch boten die Krallen ausreichend Halt in der groben Rinde, um die ersten Meter zu bezwingen. Schon bald verschwand er zwischen den untersten Blättern.

Talaan erreichte die Baumkrone, welche sich oben wie ein flacher Schirm ausbreitete. Erleichtert atmete er auf, als er sicher auf einem der dicksten Äste zu sitzen kam. Zweimal wäre er trotz der Klauen beinahe abgestürzt. Er steckte den Kopf aus dem Blätterdach heraus und sog die kühle, klare Nachtluft tief ein. Die Sterne glitzerten im samtenen Schwarz. Zum ersten Mal bekam er den Nachthimmel vollständig zu Gesicht und es überraschte ihn nicht sonderlich, kein einziges Sternbild wiederzuerkennen. Ein neues Leben, eine unbekannte Welt, ein fremder Himmel.

»Was für eine herrliche Nacht«, seufzte er wonnig und streckte sich gemütlich auf dem Ast aus. Schwanz und Fußpfote ließ er genüsslich baumeln.

»In der Tat«, antwortete eine Männerstimme von irgendwo in der Baumkrone. Der Kopf eines MaKri tauchte auf und sah ihn finster an. »Sag, Freund, warum kann ich nicht einfach meine Ruhe haben? Ich dachte, hier oberhalb der Hütte des Erwählten, würde sich niemand hinwagen.«

Talaan kam nicht umhin zu grinsen. »Mir scheint, wir hatten beide den gleichen Gedanken. Ich suche mir gerne einen anderen Baum, so du diesen hier für dich beanspruchst.«

Das Haupt des Unbekannten verschwand wieder unter dem Laubwerk. »Ach, lass nur. Aber wenn du den *Maigan* erwähnst, stürze ich mich in den Freitod. Das ist ein Versprechen.«

Talaan schmunzelte. »Das würde ich niemals verantworten wollen. Ich verspüre zudem nicht den leisesten Wunsch, über diesen Mann zu reden.« Er bettete den Kopf auf seine samtig fellbedeckte Hand und schloss die Augen.

Er schwamm jetzt inmitten des wispernden Raschelns der Blätter und der Wind strich ihm liebkosend durch das Fell. Wann hatte er sich das letzte Mal derart wohl und entspannt gefühlt wie in diesem Augenblick?

»Wovor bist du eigentlich auf der Flucht?«, drangen die Worte des MaKri zu ihm herüber.

Talaan streckte sich behaglich, bevor er antwortete: »Die gesamte Stadt steht Kopf. Ganz gleich, wohin ich gehe, höre ich nur *Maigan, Maigan, Maigan*.«

Ein verächtliches Schnauben erklang. »Du sprichst mir aus der Seele, mein Freund. Hast du denn auch etwas mit dem *vom Schicksal Erwählten* zu tun?«

»Nun …« Talaan ließ seine Antwort betont desinteressiert klingen. »… gewissermaßen.«

»Na, dann brauche ich dir nicht zu erzählen, wie das ist«, stöhnte der Unbekannte. »Ständig fragen dich die Leute solchen Unsinn, wie ›Du hast ihn gesehen? Wie ist er so?‹« Er fuhr mit verstellter Stimme fort: »›Ist er wirklich so weise, wie man sich erzählt?‹ Oder sogar …« Sein Tonfall wurde hoch und übertrieben weiblich. »… ›Denkst du, dass er an meiner Tochter Gefallen finden könnte? Sie sollte sich endlich einen Mann suchen, weißt du.‹«

Der MaKri knurrte laut. »Keinen interessiert es, dass ich bewusstlos war, als ich vom *Maigan* wiederhergestellt wurde. Alle wollen sie die geheilte Wunde begaffen und staunen ›Achs‹ und ›Ohs‹, weil ja gar nichts zu sehen ist. Ich habe es satt. Er hätte mich damals krepieren lassen sollen, dann müsste ich dieses Elend nicht ertragen.«

Erstaunt hob Talaan den Kopf. »Du bist Girrad.« Er hatte ihn im Schatten der Nacht nicht wiedererkannt.

»O nein, du hast auch von mir gehört. Bitte hab Gnade und gönne mir meine Ruhe.«

»Klingt so, als wären wir im Geschäft«, stimmte er grinsend zu und legte die Wange abermals auf seine samtweiche Hand. *Nie wieder Kissen,* dachte er. *Nie mehr ein Bett.* Hier oben, auf dem Dach des Waldes, hatte er den Himmel gefunden. Erneut schloss er die Augen und ließ die Seele baumeln.

»Du meinst, du willst mich wirklich gar nichts fragen?« Girrad klang nicht enttäuscht, nur überrascht.

»Nicht das Winzigkleinste«, bestätigte Talaan träge. »Glaub mir, ich weiß, wovon du sprichst. Zumal es jeden Tag schlimmer wird, seit auch noch Pilger aus den anderen Siedlungen eintreffen.«

»Ha! Du sagst es. Es haben sich sogar Leute zu mir durchgefragt. Sie wollten *einen Zeugen des Wunders* kennenlernen.«

»Die Welt ist verrückt geworden, mein Freund. Und wir sind die letzten Verbliebenen bei klarem Verstand«, schloss Talaan.

»Ganz so finster ist es nicht«, widersprach der MaKri. »Auf den benachbarten Bäumen hocken auch ein paar. Deshalb bin ich hierher geflohen.«

»Mir scheint, es gibt noch Hoffnung für unser Volk«, knurrte Talaan sarkastisch.

Ein angenehmes Schweigen machte sich breit. Genüsslich träumte er von Sternen und Freiheit und gab sich vollends der bezaubernden Nacht hin. Er würde jetzt jeden Abend hierherkommen, so viel stand fest. Dabei würde er alle außer Girrad eigenhändig hinunterwerfen, die ihm diesen Platz der Ruhe streitig machten. Ein Vogel in der Nähe stieß einen langgezogenen, hohen Schrei aus.

Irgendwann fragte sein Baumgast: »Meinen Namen kennst du nun. Wie ist deiner, mein Freund?«

»Talaan«, murmelte er schläfrig.

Es krachte mehrfach, als Zweige brachen.

Er schreckte auf und spähte durch die Blätter hinab – ein vergebliches Unterfangen. »Girrad? Geht es dir gut?«

Verstimmtes Knurren drang aus der Tiefe des Baums zu ihm herauf. »Natürlich. Ich wollte mir nur mal die Pfoten vertreten.«

»Sicher.«

»Willst du etwa andeuten, ich wäre vor Schreck vom Ast gestürzt?« Die Stimme des Gefallenen kam näher.

»Dieser Eindruck hat sich mir kurz aufgedrängt, ja.«

Girrads Grollen war nun fast bei ihm und Talaan konnte ihn zwischen den Zweigen ausmachen. Der Jäger setzte sich auf einen der Äste schräg unterhalb und lehnte sich mit dem Rücken an den Stamm. »Bist du tatsächlich der *Maigan* oder beliebst du zu scherzen?«

»Ich wünschte, es wäre so«, erwiderte Talaan stöhnend, denn beim reumütigen Blick des anderen schwante ihm Übles.

Der schaute nun vollends zerknirscht drein. »Es tut mir leid, dass ich respektlos ge…«

»Fängst du jetzt auch damit an?« Ein Grollen drang Talaan aus tiefster Kehle. »Dann werfe ich dich so hinab, dass dich keine Äste mehr auffangen.«

»Ist es so schlimm?«

»Es ist unerträglich.« Er schüttelte resigniert den Kopf. »Nimm deine Sorgen mal zehn, wenn du ein Gespür dafür entwickeln möchtest.«

»Der Andrang, ja ...« Girrad schien es nach wie vor nicht glauben zu können. »Aber du vermagst doch wenigstens zu helfen. Schließlich bist du ein *Maigan*.«

»Nun gut, ich wurde noch nie gefragt, ob ich weise bin oder derlei Unsinn. Weswegen die Leute zu mir kommen, ist jedoch schon erstaunlich. Nehmen wir die Kräuterfrau: Sie besucht mich jeden Tag aufs Neue und wünscht, dass ich die Wirksamkeit irgendwelcher Pflanzen beurteile. Dabei kann ich kaum eine Orchidee von einem Nachtschatten unterscheiden. Ich sage ihr das Tag für Tag, dennoch kommt sie immer wieder.

Eine Mutter sucht meine Hütte mit ihrem sechsjährigen Sohn auf, weil er Husten hat. Husten! Es erscheinen Liebespaare, die fragen, ob es für eine Segnung zu früh wäre. Als ob ich das einschätzen könnte! Zerstrittene Freunde setzen mich als Schlichter ein. Ein Junge konnte sich nicht entscheiden, ob er Schmied oder Jäger werden soll, und seine Schwester fühlte sich zur ersten weiblichen Schamanin berufen.«

Es tat gut, sich das alles von der Seele zu reden. »Oft genug brauche ich sie nur ein wenig aushorchen und es stellt sich heraus, dass sie die Lösung für ihr Problem bereits mitgebracht haben. So geht das von früh bis spät, schon zehn Tage lang. Hin und wieder kommt es mir vor, als möchte die gesamte Stadt ihren gesunden Verstand auf mich abwälzen.«

»Dann weiß ich ja, wo er hin ist«, erwiderte Girrad. Sämtliche Befangenheit und Reue waren von ihm abgefallen.

Talaan schnaubte, weiterhin verärgert. Aber tatsächlich fühlte er sich jetzt, als wäre ihm ein Teil der Last von den Schultern gerutscht. »Manchmal will ich einfach fortgehen und noch einmal von vorn anfangen«, gestand er.

Als läge die Lösung nahe, breitete sein Baumgast beide Hände aus. »Was hält dich auf? Ich habe Frau und Kind, du jedoch bist frei. Lass dir von den Verrückten dort unten nichts anderes einreden.«

»Frei ...« Talaan ritzte mit einer Kralle Kreise in die Rinde seines Astes. »Ich kenne mich im Dschungel nicht aus«, brachte er es endlich über die Lippen.

»Was meinst du damit, du würdest dich nicht auskennen?«, fragte Girrad sichtlich verwirrt.

»Ich vermag nicht einmal Ost von West zu unterscheiden. Geschweige denn, dass ich weiß, wo unsere Siedlungen liegen.«

»Du erlaubst dir einen Jux, richtig?« Talaans Gegenüber blickte mehr als zweifelnd drein. »Du hast schließlich auch hergefunden.«

»Genau genommen ...« Talaan gab sich einen Ruck. Zum Kuckuck mit seinem Waldläuferstolz. »Rashek und Maresh haben mich gefunden, während ich orientierungslos durch den Wald gestolpert bin.«

Der MaKri kniff die Augen zu Schlitzen zusammen, als er ihn musterte. Doch dieses Mal glaubte Talaan zu erkennen, dass sich Schalk ankündigte. »Und du machst Späße über Männer, die vor Schreck vom Ast fallen?«

»Ich neige das Haupt in Demut, Girrad«, behauptete Talaan mit einem Schmunzeln.

»Es wohnen erfahrene Jäger und vielgereiste Boten in der *Großen Stadt*. Sie teilen ihr Wissen sicherlich gerne mit dir.«

»Das glaube ich nicht«, widersprach er mutlos. »Ich habe Rashek deswegen angesprochen, doch er meinte lediglich, mein Leben würde den MaKri gehören und weigerte sich. So oder ähnlich fallen die Antworten immer aus, wenn ich jemanden darum bitte.«

Girrad zuckte gleichmütig mit den Schultern. »So es dir nicht albern vorkommt, als *Maigan* von mir einfachem Jäger unterwiesen zu werden, werde ich dir helfen.«

Überrascht blickte Talaan zu ihm hinab. »Das würdest du tun?«

»Du hast meiner Frau das Schicksal einer Witwe erspart und unserem Sohn das einer Halbwaise.« Schelmisch fügte er hinzu: »Außerdem müssen wir Baumflüchtigen doch zusammenhalten.«

So recht konnte Talaan nicht glauben, was er gerade hörte. »Abgemacht. Aber wie kommen wir ungesehen aus der Stadt hinaus?«

Sein Gegenüber schien von dieser Frage nicht im Geringsten beunruhigt. »Lass das meine Sorge sein.«

Sie unterhielten sich noch eine geraume Weile, während der Vollmond über das dunkle Meer der Urwaldbäume glitt. Es dauerte nicht lange, da sah Talaan keinen MaKri mehr in Girrad, sondern nur einen Freund. Von all jenen, die seit Talaans Tod in sein Leben getreten waren, war dieser Mann der geerdetste. Beide genossen es, ausnahmsweise einmal wieder ein vernünftiges Gespräch zu führen, und so verging die Zeit wie im Flug.

Schließlich verabschiedete sich Girrad, nachdem sie das Wichtigste für den morgigen Ausflug besprochen hatten. Seine Frau wartete auf ihn.

Talaan hingegen machte es sich auf seinem Ast bequem, schlang den Schwanz zur Sicherheit einmal darum und schlief in dieser Nacht besser als alle anderen zuvor.

AUF DER FLUCHT

Die ersten Sonnenstrahlen des frisch geborenen Morgens kitzelten Talaan wach, weit bevor das Leben in den Häusern unter ihm erwachte. Gerne wäre er länger hiergeblieben, um dieses endlose, grünwogende Meer zu bestaunen, doch die Eile trieb ihn. Sein Vorhaben, heute den Fängen der *Großen Stadt* zu entrinnen, fußte auf Heimlichkeit. Vor den Augen der lagernden MaKri vom Dach seiner Rundhütte zu klettern, würde dem nicht dienlich sein.

Der Abstieg ging ihm entzückend leicht von der Hand. Es fehlte nicht viel und er hätte es genossen. Wachsames Schnuppern und aufmerksames Lauschen versicherten ihm, das ein Abtauchen unter die Grenze des Blätterdachs ungefährlich war. Nahezu lautlos kletterte er den nackten Stamm hinab, glitt vom Dach und schwang sich durch dasselbe Fenster, durch das er entkommen war.

Beinahe erwartete er, dass sich seine Heimkehr wie eine Rückkehr in einen Käfig anfühlen würde, doch erfreulicherweise irrte er. Seine Flucht auf den Baumwipfel und die Aussicht auf einen Ausweg aus all dem hier wirkten Wunder.

Gut gelaunt schlenderte er zu einem Regal, pflückte Reste von Brot und einem würzig-süßlichen Aufstrich heraus und machte es sich an dem Tischchen gemütlich, an dem er immer aß. Er hatte gerade einen Bissen heruntergeschluckt, als er bemerkte, dass er nicht allein war. Auf einem Sitzkissen saß Tonri, der Schamane, in tiefen Ernst gehüllt und blickte ihn durchdringend an.

»Wir müssen reden, bevor du uns verlässt«, sagte er, als würde das alles erklären. Konnten Schamanen etwa Gedanken lesen?

Talaan beschloss, sich von seinem mystischen Habitus nicht beeindrucken zu lassen und meinte zwischen zwei weiteren Happen:»Es ist genug für uns beide da, falls du möchtest.«

Ungerührt fuhr sein ungeladener Gast fort:»Ich bin nicht als Ältester der *Großen Stadt* hier, sondern als Schamane und, wenn du es zulässt, vielleicht auch als Freund.«

Seine besonnenen Worte ließen Talaan innehalten und das Brot beiseitelegen.»Was meinst du damit?«

»Als Ältester würde ich dich von deinem Vorhaben abbringen. Das wäre mir ein Leichtes. Ich müsste den anderen im Rat nur davon erzählen. Doch das Schamanentum ist meine oberste Pflicht.«

Als hätte er damit alles gesagt, verfiel Tonri wieder in sein musterndes Schweigen. Die Stille zwischen ihnen dehnte sich, bis Talaan begriff, dass der Schamane etwas von ihm erwartete. *Wenn du es zulässt, vielleicht auch als Freund.*

Er seufzte, schob den Teller von sich und gesellte sich zu seinem Gast auf ein Sitzkissen.»Nun gut.« Behutsam tat er den ersten Schritt in Richtung Wahrheit.»Mir scheint, an dir ist mehr, als meine Kenntnis über die Welt erklären kann.«

Sein Gast nickte bedächtig.»Ich schätze, da geht es uns beiden gleich.«

Talaan tastete sich weiter vor.»Dort, wo ich herkomme, sind Schamanen Mystiker, die Zwiesprache mit den Seelen der Toten halten. Ich habe das offen gestanden bisher als Aberglauben primitiver Völker abgetan. Offenbar verhält es sich beim Waldvolk nicht so. Habe die Güte, die Unkenntnis in mir mit Wissen zu füllen.«

Erneut neigte Tonri besonnen das Haupt. Talaan schien nichts gesagt zu haben, das ihn überraschte oder auch nur verwunderte.

»Auch ich suche das Gespräch mit den Geistern der Ahnen«, erklärte er und ließ seine Worte besonders mahnend klingen. »Mit den Verstorbenen zu verkehren, lehrt uns mancherlei Dinge. Alle MaKri so zu sehen, wie sie sind, nicht wie sie vorgeben zu sein, ist eines davon. Entleibte tragen keine Masken.«

Nun wurde Talaan unwohl unter den forschenden Blicken des Schamanen. Wenn er zurückdachte, hatte Tonri ihn stets auf diese Art und Weise durchdrungen.

»Du, *Maigan*, gibst mir jedoch mehr Rätsel auf, als ich zu durchschauen vermag. Dein Körper ist jung, doch deine Augen sind alt. Jedes Wesen ist zu einem gewissen Grad in Harmonie mit dieser Welt, bei dir hingegen ist von diesem starken Einklang kaum ein Wispern zu hören.«

Für einen unangenehm langen Moment schwieg sein Gast und sann nach. »Bevor du die *Eine Schrift* gedeutet hast, hielt ich dein plötzliches Erscheinen in unserer Stadt für eine List des Westens, gewirkt durch mächtige Magie. Du weißt so wenig über die MaKri und dir haften derart viele menschliche Verhaltensweisen an, dass es mich wundert, wieso es niemandem sonst aufgefallen ist. Doch dann hast du dich vor aller Augen in einen Menschen verwandelt. Im ersten Augenblick sah ich meinen Verdacht bestätigt, dachte, das Orakel hätte dich enttarnt. Schließlich erkannte ich die Wahrheit: An deinem menschlichen Körper war selbst der Schatten des Einklangs verschwunden. Er wirkte wie frisch geboren.« Gedankenverloren tippte der Schamane mit einer Kralle an einen seiner Fangzähne. »Du bist kein Kundschafter des Westens.«

Talaan wollte sich gerade entspannen, als Tonri eine Frage äußerte, die ihn ins Mark traf:

»Was ist ein Weltenwandler?«

»Du hast die Schrift des Orakels studiert«, stellte Talaan fest, auch um sich Zeit zu verschaffen.

»Mehr als das bin ich ein guter Beobachter«, antwortete sein Gast schlicht. »Du hast dieses fremdartige Wort wiedererkannt. Dein Fell hat sich aufgerichtet, während du es geflüstert hast.«

Es blieb Talaan nichts anderes übrig, als eingestehend zu nicken. Nachdenkliches Schweigen machte sich breit. Tonri war mit all seinem Wissen zu ihm gekommen, offenbar ohne zuvor mit den restlichen Ältesten darüber zu sprechen. Ob er damit einem Eid folgte, zu dem ihn das Schamanentum verpflichtete, oder ob es der Dienst eines Mannes war, der seine Freundschaft anbot, vermochte Talaan nicht zu sagen. Ganz gleich: Er konnte ihm wohl trauen. Doch wie viel Wahrheit durfte er preisgeben? Wie wenig Offenheit würde das Vertrauen Tonris enttäuschen?

Er begann mit einem Eingeständnis. »Ich verstehe es selber kaum. Was ich weiß, ist, dass eine sehr mächtige und unbegreifliche Macht am Werke ist. Sie hat mich aus einem weit entfernten Land hierhergebracht.« Tonri lauschte konzentriert und ergriff auch dann nicht das Wort, als Talaan nachsann, wie er fortfahren sollte. »Der dunkle Pfad, durch den diese Magie führt, ist der Tod.«

Bei dieser Äußerung tauchte der Schamane aus seinem düsteren Brüten empor und ein neugieriges Glitzern trat ihm in die Augen. »Du hast das Reich der Ahnen durchquert?«

Talaan blieb nur, eine vage Geste mit den Händen zu machen. »Falls es so ist, habe ich es wieder vergessen. Woran ich mich entsinne, ist eine zermürbende Verfolgungsjagd nach einem grausamen Mann, der mir einen Weg aus Toten bereitet hatte. Am Ende stellte ich ihn im Kampf und starb einen ebenso heldenhaften wie sinnlosen Tod durch sein Schwert.«

»Was du sagst, gibt allem einen Sinn«, sagte der Schamane nach einer Weile des Grübelns. »Deinem fehlenden Einklang mit der Welt, wie auch dieser Aura des Gequälten, die dich umgibt.«

Talaan hob fragend die Augenbrauen, doch Tonri folgte zu sehr den Spuren seiner Gedanken, als dass er es bemerkt hätte. »Wie viele Regenzeiten hattest du gesehen, als der Tod dich fand?«

»Es hat gereicht.«

Das schien seinem Gast zu genügen – sogar voll und ganz. »Ich sehe, dass du leidest. Der Tod liegt mit mehr als nur einem Schatten auf deiner Seele.« Unweigerlich dachte Talaan an Ginuthal und das Herz wurde ihm schwer. Erneut nickte Tonri, als sähe er seine Worte bestätigt. »Der Tod ist etwas, dem man im Stillen begegnet. Doch die Welt um dich herum ist nur Lärm und Aufdringlichkeit. Als Schamane rate ich dir: Geh und finde Frieden. Als Ältester der Stadt sage ich dir: Kehre zurück und bringe uns den Unseren. Du bist ein *Maigan*, auch wenn du es nicht wahrhaben willst. Das Waldvolk braucht dich.«

Eine schnelle Antwort lag Talaan auf der Zunge, jedoch schluckte er sie im letzten Moment hinunter. Tief in seinem Innern wusste er, dass Tonri die Wahrheit besser kannte als er selbst. Die Toten von *Ferragun*, der Tod Ginuthals sowie sein eigener, verworrener und ganz und gar nicht endgültiger Tod drückten ihn nieder. Wie sollte er dieses neue Leben meistern, solange das alte noch solche Schatten warf?

»Und was sagst du mir als Freund?«, fragte er ernst.

Ein unerwartet sonniges Lächeln erhellte die Miene Tonris für einen flüchtigen Moment. »Ich danke dir für dein Vertrauen. Ich werde es nicht enttäuschen.«

Mit diesen Worten erhob sich der Schamane, verabschiedete sich mit einer Hand auf Talaans Schulter und ließ ihn zutiefst nachdenklich zurück.

Die Zeit bis zum Aufbruch floss so quälend träge dahin wie ein erkaltender Strom Lava. Tonri hatte Gedanken in Talaans Kopf in Gang gesetzt, die nicht mehr stillstehen wollten. Umso schwerer ertrug er das banale Geplapper der meisten Besucher.

Mit dem Nahen der zehnten Stunde machten die Wartenden endlich Platz für einen Pilger, der auf dem Weg in die *Große Stadt* von einem Raubtier angefallen worden war. Talaan schloss seine Wunden mit einer Zurschaustellung äußerster Anstrengung und erbat sich eine Weile Ruhe. Als ihm die lagernden MaKri diese Zeit ohne ein Murren gewährten, beschlich ihn Erleichterung und Scham zugleich.

Jetzt gab es nichts mehr, was ihn halten würde. In Windeseile durchsuchte er die Rundhütte nach Brauchbarem für sein Vorhaben. In einer schmucklosen Kiste fand er Wetzstein, Feuerstein und Stahl. Einen leeren Wasserschlauch hängte er sich wie eine Schärpe um den Oberkörper, ein neues Jagdmesser wetzte er und schob es in den Gürtel. Auf die andere Seite band er einen kleinen Lederbeutel, der Platz für die restliche Ausrüstung bot. Nach kurzem Nachsinnen gesellten sich noch Döschen mit Gewürzen dazu – es bestand kein Grund, sich auf der Flucht mit tristem Essen zu geißeln.

Sonst entdeckte er auf die Schnelle nichts, was ihm lohnend oder leicht genug vorgekommen wäre, um ihn auf der Reise zu begleiten. Gleich wie viel er heute von Girrad lernen würde – einen weiteren Versuch, der Stadt zu entfliehen, würde es nicht geben.

Er wollte schon aus dem Fenster schlüpfen, als ihn das schlechte Gewissen zwickte. Er würde neben vielen enttäuschten Fremden auch jene zurücklassen, die ihm nähergekommen waren.

Er huschte zu einem kleinen Tischchen im hinteren Teil der Hütte, fand Feder und hauchdünne Holztäfelchen und schrieb Hritani einen kurzen Dank und Abschied. Diese hinterließ er auf dem Frühstückstisch und fühlte sich nun nicht mehr ganz so schäbig.

Mit gespitzten Ohren lauschte er aufmerksam, bevor er es wagte, zum Fenster hinaus und auf das Dach zu klettern. Ein befürchteter Aufschrei »*Maigan*! Wohin des Weges?« blieb aus und so rasch er vermochte, verschwand er im schützenden Blätterdach.

Girrad wartete bereits auf ihn – aufrecht auf einem der krönenden Äste stehend, als gäbe es das stete Schwanken im Wind gar nicht. Er bedachte Talaans Ausrüstung mit einem überraschten Blick, zuckte die Schulter und begrüßte ihn. »Wie ich sehe, haben die Pilger den Erwählten durch ihre Klauen schlüpfen lassen.«

»Tatsächlich habe ich ein leicht schlechtes Gewissen deswegen«, gestand Talaan ein. »Verrätst du mir, weshalb wir uns hier oben treffen?«

Der Jäger warf sich in Pose und wirkte nun endgültig wie ein verwegener Freibeuter in der Takelage eines Schiffes. »Für einen MaKri deiner Beliebtheit gibt es nur einen Weg, ungesehen aus der Stadt zu entkommen.« Er legte eine dramatische Pause ein und wies mit der Hand in die entgegengesetzte Richtung der Sonne. »Wir springen von Wipfel zu Wipfel.«

Talaan blinzelte. Er wartete auf die Pointe des Scherzes – nur wollte sie nicht kommen. »Du meinst das ernst«, stellte er ernüchtert fest.

Girrad grinste. »Das wird ein riesiger Spaß!« Mit diesen Worten zeigte er auf eine bestimmte Stelle. »Siehst du die nächste Baumkrone dort?« Talaan nickte, immer noch unentschlossen, was er davon halten sollte. »Und den schmalen Spalt im Tal zwischen den Blätterhügeln unseres Baumes und dem da drüben?« Erneut stimmte Talaan zu. »Gut. So eine Vertiefung bedeutet, dass die kräftigen Kronäste zu weit voneinander entfernt sind und sich erst die tieferen Äste annähern.« Der Jäger deutete auf einen anderen Baum. »Entdeckst du hier einen Einschnitt?«

In der Tat fand Talaan nichts dergleichen, scheute sich aber dennoch, sofort den Kopf zu schütteln. Schließlich gab er sich einen Ruck. »Nein, nur ein Tal. Also ein guter Weg?«

»Wir werden sehen!«, rief Girrad und rannte los.

Mit einer unerklärlichen Trittsicherheit und einem halsbrecherischen Tempo schien er über die dünne Laubdecke zu schweben. Nach einem kraftvollen Absprung glitt er durch die Luft, korrigierte die Richtung mit einem Wirbeln seines Schwanzes und landete geduckt auf der anderen Seite des unsichtbaren Abgrunds.

Er lachte fröhlich in den Wind, als er sich zu Talaan umdrehte. »Das letzte Mal habe ich mich auf diesem Weg aus der Stadt geschlichen, als ich ein kleiner Junge war. Vater hätte mir die Ohren dafür langgezogen, wenn er das erfahren hätte. Meine Güte ist das lange her.«

Frohgemut winkte er Talaan zu sich hinüber. »Schaue den Ast vorher genau an, da es dir an Übung mangelt. Präge dir mögliche Stolperfallen und vor allem die Stelle ein, von der aus du springen möchtest. Benutze die Krallen, als würde dein Leben davon abhängen. Ach, warte!« Girrad schlug sich vor die Stirn. »Das tut es ja.« Über Talaans entgeistertes Schweigen lachte er erneut. »Hab Vertrauen, Talaan. Es sieht schlimmer aus, als es ist.«

Das zu glauben, fiel ihm schwer, denn es sah furchtbar aus. Er schritt den Ast ab und befand, dass er viel zu schmal und knorrig aussah, um darauf rennen zu können. Die Stelle, an welcher der Jäger abgesprungen war, erkannte er deutlich an den tiefen Klauenspuren in der Rinde.

Mit einer Skepsis, die so abgrundtief wie der mögliche Sturz war, ging Talaan zurück zur Mitte der Baumkrone. Immerhin sah er den Ast jetzt klar vor sich und dass hier und da Blätter die Sicht hemmten, störte ihn nicht länger. Dennoch wollte ihm nicht in den Schädel, wie er dieses Kunststück fertigbringen sollte. Er, der vor zehn Tagen noch über seinen eigenen Schwanz gestolpert war.

Ach, was soll's. Wenn ich sterbe, wache ich in einer Welt auf, in der ich kein Maigan mehr bin.

Er schlug ein Kreuz vor der Brust, schickte ein Stoßgebet zum Schöpfer und stürmte los.

Zweimal war er sicher, abzurutschen, weil er den Fuß zu weit außen platzierte, doch retteten ihn die Krallen in beiden Fällen. Der Sprungpunkt raste auf ihn zu, er patzte, trat zu kurz und sprang zu früh.

Die Zeit dehnte sich, kaum dass sein Fuß nicht länger die Rinde unter sich spürte. Ein schieres Staunen über seine Sprungkraft überlagerte für ein paar Herzschläge alles andere. Als sich jedoch der Ast in seinen Fokus schob, auf dem Girrad gerade Platz machte, folgte die Erkenntnis, dass es nicht reichen würde. Wie von selbst schossen die Krallen aus seinen Fingerkuppen. Er wollte noch einen Zauber formen, der den Aufprall mindern würde, doch erwies sich die gedehnte Zeit als reine Illusion. Mit einem peitschenden Rascheln stürzte Talaan in das Blätterdach, knallte mit dem Schienbein gegen etwas Hartes und überschlug sich.

Pure Reflexe verdrängten die aufsteigende Panik. Seine Hand schnellte vor, griff nach Halt in der Nähe und bremste seinen Fall, bevor sie abglitt. Irgendwie gelang es ihm, diesen gewonnenen Wimpernschlag zu nutzen, sich an einem weiteren Ast festzukrallen – diesmal mit beiden Klauen. Ein reißender Schmerz ruckte durch seine Arme, aber er kam zum Stillstand.

Stöhnend zog er sich hinauf und beschwor die Heilung. Bald schwand die Verletzung zur Erinnerung.

»Talaan?«, rief Girrad über ihm. Nackter Horror lag in seiner Stimme.

Es entbehrte nicht einer Portion Ironie, dass ihre Rollen am gestrigen Tage umgekehrt gewesen waren. »Ich schätze, wir sind quitt«, brummte Talaan und machte sich an den Aufstieg.

Oben angekommen stand die Erleichterung dem Jäger ins Gesicht geschrieben. »Meine Güte, ich dachte schon, ich gehe als der Mann in die Geschichte ein, der den *Maigan* auf dem Gewissen hat.«

»So leicht bin ich nicht totzukriegen, denke ich«, beruhigte Talaan ihn, so gut er es mit wild pochendem Herzen konnte.

Ein schiefes Lächeln legte sich auf Girrads Lippen. »Auf zum nächsten Baum?«

»Unbedingt«, bestätigte Talaan. Zu seiner großen Überraschung stellte er fest, dass er es genau so meinte.

Als sie endlich wieder sicheren Boden unter den Füßen spürten, war Talaan bis ins Innerste von einer sprudelnden Euphorie durchdrungen. Er wollte es auf das lange Eingesperrtsein schieben oder darauf, dass die Sprünge von Wipfel zu Wipfel ein echtes Abenteuer geboten hatten. Doch eigentlich war es vielmehr so, dass es ihn geradezu berauscht hatte, seine neu gewonnenen MaKri-Sinne bis an ihr Äußerstes zu fordern. Diesen geschmeidigen, vor impulsiver Kraft strotzenden Körper an seine Grenzen zu bringen, bereitete ihm ein wildes Vergnügen.

Mühsam beruhigte er seinen Atem, zwang seinem Puls ein gemächliches Tempo auf und eroberte die Beherrschung zurück. »Girrad, mein Freund. Selbst wenn in diesem Augenblick die Ältesten mit Trommeln und Schalmeien hinter den Bäumen hervorträten, um mich wieder in die Stadt zu führen – das eben allein war es wert gewesen.«

Der Jäger wirkte nicht ganz so überzeugt. »Bei deinem dritten Absturz dachte ich, es hätte dich endgültig erwischt. Aber was bitte sind Schalmeien?«

Talaan winkte ab. »Etwas, das wir beide vermutlich nie zu sehen bekommen werden. Lass uns anfangen.«

Sein neuer Freund verschwand halb in einem dichten Wust aus Farnen am Fuße des Baumes und brachte zwei Speere zum Vorschein. Einen davon warf er ihm zu. »Womit wollen wir beginnen?«

Gut gelaunt klopfte Talaan auf seinen leeren Trinkschlauch. »Damit, wie man hier Wasser findet?«

Der Jäger kratzte sich ein wenig irritiert am Hinterkopf. »Wasser? Nun gut.«

Es dauerte nicht lange, da verstand Talaan Girrads Verwunderung. Es erwies sich im Regenwald als fast unmöglich, nichts zu trinken zu finden. Es lag als feinperlender Film auf den Wedeln des Riesenfarns, sammelte sich in den trichterförmigen Blättern einer Schlingpflanze, die sich bevorzugt um Palmen wand, und überall gab es kleine Rinnsale. Der Jäger nahm sich dennoch die Zeit, ihm die Vorzüge und Nachteile der einzelnen Quellen zu erklären. Das Wasser vom Farn schmeckte klar und köstlich, war jedoch mühsam zu ernten. Das aus den Trichterblättern konnte man schnell sammeln, war aber deutlich bitter. Die meisten Bäche hingegen führten einiges an Dreck und waren somit nur für die Not zu gebrauchen.

All dies sog Talaan begierig in sich auf. Girrad gab einen hervorragenden Mentor ab. Sein Wissen über den Dschungel kannte kaum Grenzen.

Als Nächstes zeigte er, worauf es beim Anpirschen an lebende Beute ankam: Gleichgewicht, geschmeidige Bewegung und besonders Wachsamkeit mit allen Sinnen. Es galt, die Sonne, die hin und wieder durch die Blätter brach, stets im Rücken zu haben und die leichten Luftströme zwischen den Stämmen im Gesicht. Offenbar reagierten die Tiere des Waldes empfindlich auf den Geruch, den die MaKri verströmten. Sie verschonten die kleinen Pelzwesen, die sie aufspürten und welche der Jäger *Guons* nannte. Ohne das Fleisch in die Stadt bringen zu können, wäre ihr Tod sinnlos gewesen.

Weiter ging die Unterweisung. Girrad zeigte ihm die Lichtkelchblume, welche an Bäumen mit zerklüfteter Borke wuchs. Ihre Blüten wandten sich wohl immer der Sonne zu. Zusammen mit einem guten Zeitgefühl könne man so recht zuverlässig die Himmelsrichtung bestimmen. Talaan, der in diesen unsteten, ständig in Bewegung befindlichen Lichtverhältnissen jegliches Empfinden für die Zeit verlor, nahm diese Behauptung so hin.

Zwischendurch fiel es ihm äußerst schwer, den Erklärungen des Jägers zu folgen. Mehr als einmal schlugen ihn exotische Blumen oder noch nie gesehene Tiere in den Bann. Besonders hatte es ihm ein igelgroßer, kugelrunder Nager angetan, der mit flauschigem Fell und buschigem Schwanz durch das Unterholz wuselte. Seine kurzen Stummelbeinchen verschwanden fast im Pelz, während sein spitzes Näschen unüberhörbare Schnüffelgeräusche von sich gab. Talaan fragte sich, wieso der kleine Racker mit den schwarzen Knopfaugen nicht vor Hitze einging. Girrad erklärte ihm lachend, dass man sie *Waswari* nannte. Übersetzt bedeutete das so viel wie »nutzloser Fellball«.

So verging der Tag wie im Fluge. Als die Dämmerung zwischen die Bäume kroch, schlug der Jäger vor, zur Stadt zurückzukehren.

»Ich werde nicht mit dir gehen«, widersprach Talaan. »Ich ertrage die Gefangenschaft, die ich in meiner Hütte erdulden muss, nicht einen Tag länger. Ich bin ein MaKri und nicht dazu geschaffen worden, tagein, tagaus unter einem Dach zu hocken und angegafft zu werden.«

Sein Freund wirkte nicht im Geringsten überrascht. »Ich wusste in dem Moment, als ich deine leidliche Ausrüstung sah, dass ich heute Abend allein in die Stadt zurückkehren würde.«

»Dennoch hast du mir geholfen?«, fragte Talaan verwundert.

»Aus diesem Grund habe ich dir so viel beigebracht, wie ich konnte«, entgegnete Girrad. »Auch wenn ich das Gefühl habe, dass es deutlich zu wenig ist, um dich ruhigen Gewissens ziehen lassen zu können. Der Dschungel abseits der Siedlungen ist voller Gefahren und keine davon ist dir bekannt.«

Talaan legte seinem Freund eine Hand auf die Schulter und bot ihm die andere zum Abschied. »Ich werde überleben, Girrad. Mein Schicksal ist es bestimmt nicht, von einer Giftschlange bezwungen zu werden. Ich bin wehrhafter, als es scheint.«

Der Jäger ergriff sie nur zögerlich, auch wenn er nickte. »Du … kommst doch wieder, nicht wahr? Auch wenn du es nicht hören willst: Dein Leben gehört den MaKri.«

Da stutzte Talaan. »Obwohl du so denkst, lässt du mich ziehen?«

Girrad legte nun seinerseits die freie Hand auf Talaans Schulter. »Ich schulde dir eine Heilung. Wie sonst könnte ich es dir vergelten?« Dass er den Griff um Talaans Unterarm nicht löste, machte deutlich, dass er noch auf eine Antwort wartete.

Tatsächlich hatte sich dieser bisher nur Gedanken darüber gemacht, wie er dem Wahnsinn der *Großen Stadt* entkommen konnte. Für das Wohin hingegen besaß er keine Pläne. Unter den ernsten Blicken des Jägers horchte er in sich hinein und antwortete schließlich instinktiv: »Ich brauche nur etwas Ruhe, um mich selbst zu finden. Ein jeder erwartet von mir, ein *Maigan* zu sein, ohne dass ich je die Gelegenheit hatte, herauszufinden, was das für mich bedeutet.«

Das schien Girrad zu genügen. »Dann wünsche ich dir eine geruhsame Zeit, Talaan. Geh nicht leichtfertig damit um.«

»Ich danke dir, mein Freund. Dir ebenfalls ruhige Tage.«

Mit diesen Worten wandte Talaan sich um und begann seine Wanderung. Er wollte vor dem Schlafen noch ein paar Meilen zwischen sich und die Stadt bringen.

Ohne Hast zog er Richtung Nordosten. Dort sollte ein kleines Dorf liegen, um das sich kaum ein MaKri kümmerte, da es abseits aller wichtigen Wege lag. Das war für ihn genau das Richtige. Hinzu kam, dass es an einen Flusslauf geschmiegt leicht zu finden sein dürfte.

Die Wanderschaft wandelte sich bald zu einem Balanceakt auf dem Hochseil seiner Instinkte. Auf der einen Seite wog die pure Freude über dieses freie, ungebundene Leben. Auf der anderen drückte das Aufbegehren seiner tierischen Triebe die Waage schwer nach unten.

Um ihn herum entfaltete sich eine unbekannte, vor Vitalität strotzende Welt, die all seine Sinne in ihren Bann zog. Er genoss es, mit den empfindlichen Ohren jede für ihn neue Tierstimme genau zu orten und ihren Besitzer mit den scharfen Augen ausfindig zu machen. Sein Geruchssinn und selbst die Schnurrhaare halfen ihm, sogar ein ungefähres Bild des Teils des Dschungels zu haben, den er nicht unmittelbar sehen konnte.

Wenn er sich diesem Rausch der Eindrücke jedoch zu sehr hingab, wurden seine klaren Gedanken diffus und traten zunehmend in den Hintergrund. Einmal kam er auf dem Boden einer Lichtung liegend zu Verstand, wo er hinauf in ein Wolkenloch inmitten der grünwogenden Blätter starrte. Er hatte keine Ahnung, wie er dort hingekommen war.

Das erschreckte ihn bis in die Tiefen seines Herzens und Talaan schwor sich, es nie wieder so weit kommen zu lassen. Also legte er seinen Instinkten Zügel an, doch ab und zu zerrten sie äußerst widerwillig daran.

Als er von Hunger getrieben auf der Jagd nach einem Guon in eine Art Jagdrausch verfiel, fühlte er sich in seine Albträume zurückversetzt. Das Blut pulsierte ihm in den Schläfen, der Geruch der Beute brannte einem roten Feuer gleich in seinem Verstand und das Wasser lief ihm im Mund zusammen.

Der Ekel über diese Gefühle rettete ihn vor dem Schlimmsten. Vehement zwang er sich, stehen zu bleiben, den Speer in den Boden zu rammen und wieder Herr seiner selbst zu werden. In diesem Augenblick schwor er sich, sein Essen zu sammeln und nicht zu jagen.

Derart gebändigt zog Talaan weiter. Er schlief auf Bäumen, ernährte sich von Früchten und Beeren und nutzte tausend Jahre Erfahrung als Waldläufer, um wenig Spuren zu hinterlassen. Vermutlich folgten ihm Häscher der *Großen Stadt*, doch der Dschungel war endlos weit und er selbst wie eine Nadel im Heuhaufen des Dickichts. Auf diese Weise erlangte er in der gemächlichen Wanderung nach und nach seine innere Ruhe zurück. Bis zu dem Tag, an dem der Frieden ein abruptes Ende fand.

KLAUEN UND STAHL

Etwas Befremdliches hatte sich über den Dschungel gelegt. Es war keine Veränderung, die man sehen, riechen oder berühren konnte. Dennoch schien es Kirra, dass dies nicht mehr der Wald ihrer Heimat war. Es lag nicht daran, dass sie nie zuvor so weit nach Westen gereist war. Es kam auch nicht daher, dass sie auf sich gestellt durch das endlose Grün zog. Das hatte sie schon oft getan. Der Grund, warum sie allein durch den Regenwald wanderte, hatte ihr das Gefühl von Vertrautheit geraubt. Dieser Wandel hatte ihr Herz berührt.

Vor zehn Nächten hatte Nosher, der Schamane ihres Dorfes, die Nachricht auf den Traumpfaden erhalten, dass das Schicksal einen neuen *Maigan* in die *Große Stadt* berufen hatte. Vor acht Tagen war ein junger Mann durch ihr Dorf gezogen, der den Erwählten aufsuchen wollte. Sie hatte sich ihm angeschlossen. Vor vier Tagen hatte sie ihn am Fuße eines Riesenbaums beerdigt.

Kirra seufzte schwer, als die Wehmut einmal mehr über sie schwappte wie eine schlammige Woge. Sie haftete ihr an, sogar wenn sie versuchte, sie abzuschütteln. Sie hatte Simraakh kaum gekannt und dennoch ging sein Tod ihr nahe. Die drei Menschen, von denen sie unvermittelt angegriffen worden waren, hatten allesamt dafür bezahlt, das gab Simraakhs Tod jedoch auch keinen Sinn. Die Lebenskraft war zusammen mit seinem Blut einfach aus ihm herausgelaufen. Seine traurigen, ermattenden Augen verfolgten sie noch immer.

Deshalb fühlte sich der Regenwald nicht mehr an wie ihre Heimat. Tiger und Leoparden stellten seit jeher eine Bedrohung für die MaKri dar, selbst wenn es nur selten zu ernsthaften Zusammenstößen kam. Doch diese Gefahr ging stets mit dem Leben im Urwald einher. Die Menschen, die jetzt in den Dschungel drängten, brachten eine unberechenbare, tödliche

Bedrohung mit sich, die über allem schwebte wie schwefliger Nebel in einem Morast.

Sie verstand die Glatthäuter nicht. Soweit sie wusste, wurden sie von einem König beherrscht, der auch Befehlshaber seiner Krieger war. Weshalb sandte er bewaffnete Truppen aus, statt bei einem der Ältestenräte zu erfragen, was er begehrte? Warum …

Kirra erstarrte mitten in der Bewegung. Der stickige Geruch nassen, verkohlten Holzes lag in der Luft. Es gab nicht viel in diesem Regenwald, das von sich aus brannte. Wenn die Natur aus einer Laune heraus beschloss, Feuer zu fangen, blieb es selten bei einem kleinen Brand. Was sie da roch, waren die gelöschten Überreste eines Lagerfeuers. Wachsam richtete sie die Ohren auf. Um sie herum hörte sie nichts außer der gewohnten Vielfalt des Dschungels.

Dennoch nahm sie die Witterung auf. Falls hier ein MaKri gerastet hatte, dann galt es ihn zu finden. Zu zweit war das Reisen in diesen Zeiten einfach sicherer.

Rasch machte sie die Richtung aus, in die sie gehen musste. Kirra schloss die Finger fester um den Speer, ging in eine geduckte Haltung über und pirschte los.

Nur wenig später wurde der Geruch so intensiv, dass sie zweierlei Dinge mit Bestimmtheit sagen konnte: Das Lager befand sich in unmittelbarer Nähe und man hatte das Feuer erst vor kurzem gelöscht. Behutsam schob sie sich in eine Gruppe mannshoher Farne und spähte auf der anderen Seite hindurch.

Das verkohlte Holz dampfte noch. Den Spuren nach hatten hier mindestens drei MaKri gelagert. Sie schnupperte erneut in die Luft. Nichts. Ihr Blick fiel auf einen Fußabdruck, keine zwei Schritt von ihr entfernt, und Nervosität kroch ihr ins Fell wie Flöhe. Ganz klar sah sie in der Erde die gleichmäßige Form eines Absatzes. Nur Menschen trugen Stiefel. Ihre Händler gingen nie so tief in den Dschungel – also waren es Soldaten.

So lautlos es der dichte Farn um sie herum erlaubte, zog sie sich wieder zurück. Gegen drei Bewaffnete hatte sie, eine einfache

Jägerin, wenig Aussicht, zu bestehen. Rechts von ihr raschelte es, dann ertönte ein Pfiff. Kirra rannte los.

Doch weit kam sie nicht. Wie aus dem Nichts trat ein Mann hinter einem Baum hervor und versperrte ihr den Weg. Sie stoppte abrupt. Er hatte die gleichen Kleider am Leib und dieselbe Rüstung wie jene Kämpfer, die Simraakh und sie angegriffen hatten. Wie bei den anderen erinnerte seine Haut an das nachtschwarze Fell der TaKri. Das Schwert hielt er zum Boden gesenkt, dennoch sprach es eine deutliche Sprache.

»Wir wollen reden«, sagte der Mensch in holprigem KriSam, der Sprache des Waldvolks.

»Bei uns begrüßt man sich nicht mit einer Waffe in der Hand«, erwiderte Kirra und leckte sich nervös die Lefzen. Irgendwo hinter ihr bewegte sich jemand und links neben sich roch sie nun den dritten Soldaten.

Sie haben sich gegen die Windrichtung angeschlichen, stellte sie entsetzt fest. *Ich war zu sehr in Gedanken, um sie zu bemerken.*

Das Schwert des Mannes blieb, wo es war.

»Dachte ich es mir«, kommentierte sie die ausbleibende Geste des Vertrauens. Ihr Herz schlug schneller. So, wie sie die Richtung der drei Menschen ausmachte, gab es eine Schneise, durch die sie entkommen konnte. Ohne lange zu zögern, schoss sie davon und die Hatz begann.

Zwischen den peitschenden Farnen hindurch, über rutschige tote Äste und an Baumstämmen vorbei rannte Kirra um ihr Leben. Dabei achtete sie immer darauf, Haken zu schlagen und Bäume und Buschwerk zwischen sich und ihre laut trampelnden Verfolger zu bringen. Einer der Soldaten führte vielleicht einen Kurzbogen.

Zu spät erkannte sie in ihrer treibenden Angst, dass sich der Dschungel vor ihr lichtete. Zu beiden Seiten hörte sie hinter sich die Menschen durch das Unterholz preschen, ein Richtungswechsel kam nicht in Frage. Ehe sie es sich versah, fand sie sich auf einer kleinen Lichtung wieder, die keinerlei Deckung bot. Entschlossen biss sie die Zähne zusammen, mobilisierte all ihre Kräfte und stürmte los. Sie hatte den gegenüberliegenden Waldrand fast erreicht, als sie etwas

Schweres an der Schulter streifte und aus dem Gleichgewicht brachte.

Mit einem Aufschrei ging sie zu Boden, überschlug sich und verlor den Speer aus dem Griff. Benommen rappelte sie sich auf und sah verschwommen eine Schleuder in der Hand des Soldaten baumeln, der am anderen Rand der Lichtung stand. Ihr Herz raste, als sie in Panik ihre Waffe nicht fand. Wertvolle Zeit, die der Mann nutzte, um sich zu bücken und einen neuen Stein aufzuheben.

Die drohende Gefahr klärte Kirras Verstand. Sie schob den Fuß unter den Speer, der direkt vor ihr lag und ließ ihn in die Hand schnellen. Jederzeit konnten die restlichen Menschen hier sein, doch dem Schützen den Rücken zuzudrehen schien ihr eine denkbar schlechte Idee.

Die Schleuder des Soldaten wirbelte erst langsam, dann immer schneller über seinem Kopf. Kirra schnellte vor, schlug einen Haken, machte einen Hechtsprung und rollte sich ab. Aus der Bewegung heraus machte sie einen Satz, wieder in eine andere Richtung, doch weiter auf den Angreifer zu. Sie konnte den Luftzug des Steines an den Ohren spüren, so knapp verfehlte der Schütze sein Ziel.

Einen Wimpernschlag lang keimte Hoffnung in ihr auf. *Mit leerer Schlinge ist er aufgeschmissen.* Die Welt kippte ins Lot, als sie am Rande der Lichtung auf die Beine kam. Mit einem Hieb verlor der irritierte Kämpfer die Schleuder an Kirras Krallen. Mit voller Wucht knallte sie ihm den Schaft ihrer Waffe unter das Kinn.

Ab hier ging alles schief. Während der Getroffene zurücktaumelte, tauchte eine Menschenkriegerin neben ihm auf. Ihr Schwert zischte durch die Luft und Kirra gelang es nur mit Mühe, den Schlag zu parieren. Der heftige Aufprall vibrierte in ihren Knochen. Die Angreiferin wirbelte schneller herum, als sie es einem Felllosen zugetraut hatte, und führte einen Abwärtshieb. Irgendwie brachte Kirra den Speer zwischen sich und die Klinge, der Schaft splitterte und sie wurde in die Knie gezwungen.

Ehe sie begriff, wie dramatisch sich ihre Lage verschlechtert hatte, traf sie ein Tritt an der Brust und warf sie zu Boden. Stöhnend rappelte sie sich auf und fand sich zwischen allen drei Soldaten wieder. Der, den sie am Kinn getroffen hatte, kam zwar erst taumelnd auf die Beine, dennoch sickerte ihr die Hoffnungslosigkeit wie Eiswasser in die Knochen.

Die Krieger des Königs waren erfahrene Kämpfer, sie nur eine Jägerin. Drei Schwerter standen gegen ein erbärmliches Jagdmesser.

Das Messer! Kirras Hand zuckte zum Gürtel und sie zog die Klinge. Die Menschenfrau schüttelte nur resigniert den Kopf und nickte ihren Gefährten zu. Diese schwärmten links und rechts aus.

Kirra versuchte einen Ausbruch, bevor es keine Lücken mehr gab. Doch die Menschen hatten das vorausgeahnt. Sie schnellten vor und schwangen die Schwerter.

Geschmeidig wich Kirra aus, wurde aber langsamer und stach nun ihrerseits zu. Stahl prallte auf Stahl und ihre Waffe flog in weitem Bogen davon.

Der Kreis schloss sich. Ein wildes Fauchen drang aus Kirras Kehle.

Meine Eltern werden nicht erleben, dass ich vor ihnen sterbe! Ihre Entschlossenheit kehrte zurück. Sie musste aufhören, wie eine Kriegerin zu denken. Die Soldaten waren ihr endlos überlegen. Sie war Jägerin und musste auch so handeln.

Das schwächste Tier im Rudel? Der wankende Soldat. Zwar zog auch er gerade blank, schien aber noch nicht ganz Herr seiner selbst zu sein.

Und was tut ein Leopard, wenn er in die Enge getrieben wird? Angriff und dann Flucht.

Kirra schnellte auf ihn zu, unterlief die Reichweite seines Schwertes und sprang ihn fauchend an. Mit ausgefahrenen Krallen fuhr sie ihm durch das Gesicht, während sich ihr Schwanz um seine Beine schlang. Als der wild kreischende Mensch zurückweichen wollte, verlor er das Gleichgewicht, fiel jedoch nicht schnell genug.

Eine kräftige Hand packte sie brutal im Nacken und zerrte sie zurück in die Mitte.

Der, der ihre Klauen zu spüren bekommen hatte, schrie gellend etwas in einer fremden Sprache und rappelte sich wieder auf. Noch eine Gelegenheit zur Flucht würde sie nicht erhalten.

Eine seltsame Ruhe kam mit dieser Gewissheit über Kirra. Stolz richtete sie sich auf und blitzte ihre Widersacher mit Verachtung an. Das verunsicherte die Menschen ein wenig, doch hielt es sie nicht davon ab, den Kreis um sie allmählich enger zu ziehen. Knurrend ließ sie die Zähne aufblitzen.

Dann geschah alles ganz schnell. Aus den Augenwinkeln sah sie einen MaKri auf einen Ast oberhalb des zerkratzten Soldaten huschen, den Speer in der Hand. Lautlos wie ein Schatten glitt er hinab und mit einem gequälten Gurgeln sackte der Kämpfer in sich zusammen. Der Fremde ergriff das Schwert, das der Sterbende verloren hatte, und musterte es abfällig.

Die überlebenden Menschen stellten sich rasch auf das Erscheinen eines weiteren Gegners ein und zögerten nicht lange. Kirra schien vergessen. Stattdessen teilten sie sich wieder auf und nahmen nun den Neuen in die Zange. Hoffnung keimte in ihr auf. Hoffnung und der Vorsatz, bei der erstbesten Gelegenheit einem der Feinde in den Rücken zu fallen.

Der Fremde erkannte dies. Während er eine seltsame Kampfstellung mit beiden Händen am Heft des erbeuteten Schwertes einnahm, raunte er zu Kirra gewandt: »Bleib fern, Mädchen. Ich werde mit den Zweien fertig.«

Zu den Felllosen sagte er nur drei Worte, die sich wie die Sprache der Menschen anhörte. Sein knurriger Unterton ließ keine Zweifel, dass er es nicht freundlich mit ihnen meinte.

Die Soldaten schauten kurz verblüfft drein. Die Frau erwiderte etwas, ebenso hart wie spöttisch, und beide Glatthäuter lachten dreckig.

Unbeeindruckt bleckte der MaKri gefährlich die Zähne und knurrte Weiteres in der Sprache des Westens. Ohne ein sichtbares Zeichen brach der Kampf los.

Die Feinde stürmten gleichzeitig auf ihn zu. Doch fließend wie Wasser glitt der Fremde auf den männlichen Angreifer zu und trieb ihm die Spitze seines Schwertes, noch während dieser zum Hieb ausholte, in den ungeschützten Hals. Die Klinge der Kriegerin zischte durch die Luft. Der MaKri machte sich nicht die Mühe, den Streich zu parieren, sondern tauchte unter dem Schlag durch. Aus derselben Bewegung heraus, mit der er das Schwert aus dem Fleisch des Sterbenden zog, führte er einen geschwungenen Angriff unterhalb der Deckung der Felllosen hindurch. Seine Klinge schnitt tief in das Bein der Menschenfrau. Mit einem Stöhnen fiel sie wie ein Baum. Ein weiterer Stoß beendete ihr Leiden.

Drei Leben ausgelöscht, in wenigen Augenblicken der Präzision. Kirra hatte noch nie jemanden erlebt, der sich so bewegte. Ein wahrer Krieger. Dennoch warf der Fremde das Schwert angewidert von sich und sah mit einem traurigen Blick auf die Toten hinab.

Es dauerte einen Moment, bis er ihr ein behutsames Lächeln schenkte. »Bist du wohlauf?«

Sie rümpfte die Schnauze. »Mein Stolz ist verletzt, das ist alles. Ich bin direkt in sie hineingelaufen.«

»Nur weil sie Menschen sind, bedeutet das kaum, dass sie sich nicht auf die Pirsch verstehen.« Er kniete nieder und schloss die Augen der Frau, die blind in den Himmel starrten. »Weshalb bist du überhaupt allein im Dschungel unterwegs?«, fragte er ein wenig ungehalten.

Das Hochgefühl, dem Tod entronnen zu sein, durchdrang sie allmählich wie wärmende Sonnenstrahlen und hielt selbst den Kummer über Simraakhs Tod fern. »Wir waren zu zweit. Vor einigen Tagen sind wir schon einmal angegriffen worden. Mein Begleiter ist gestorben.«

Die Furchen auf der Stirn des Fremden verschwanden. »Das tut mir leid.«

Sie nickte stumm und kniete nieder, um den Boden nach ihrem Messer abzusuchen. Schließlich fand sie die Klinge und schob sie wieder in den Gürtel. Der Speer war nicht zu retten. Lächelnd reichte sie dem Unbekannten die Hand und er ergriff ihren Unterarm. »Danke, dass du mir geholfen hast. Ich bin Kirra.«

Einen irritierenden Moment lang schwieg er. »Nenn mich Shimar.«

»Bist du auch unterwegs, den *Maigan* zu sehen?«

Er versteifte sich bei ihren Worten. »Nein, ich komme von dort. Mein Weg führt nach Nordosten.«

Neugierig horchte sie auf. »Du bist ihm also begegnet?«

Ein müdes Seufzen drang aus seiner Brust und sein Antlitz wurde abweisend. »Ich habe es eilig. Gehab dich wohl, Kirra.« Ohne ihre Antwort abzuwarten, wandte er sich ab und ging zu der Leiche des Zerkratzten. Mit einem Ruck zog er seinen Speer heraus und verließ sie.

Was ist denn mit dem los? Als sie ihre Sprache wiedergefunden hatte, rief sie ihm hinterher: »Heda! Du willst mich hier einfach allein und unbewaffnet stehen lassen?«

Die Schritte Shimars wurden immer langsamer, bis er anhielt. Über die Schulter hinweg antwortete er: »Du kannst ja mitkommen – nach Nordosten. Der *Maigan* würde sicher nicht wollen, dass jemand sein Leben riskiert, um ihn zu sehen.«

»Nichts auf der Welt kann mich davon abhalten, zur *Großen Stadt* zu gehen«, entgegnete sie aus tiefster Überzeugung und straffte dabei ihren Körper.

»Wenn das so ist …« Er warf ihr den Speer zu und sie fing ihn in der Luft auf. »Behalte ihn ruhig, ich werde auch ohne bestehen. Alles Gute, Kirra.« Mit diesen Worten verließ er sie.

Ungläubig starrte sie auf die Stelle, an welcher der Dschungel ihn verschluckt hatte. Er war tatsächlich gegangen. Mit jedem weiteren Wimpernschlag begriff sie ein wenig mehr, dass sie gerade einen großen Fehler begangen hatte. Wem wollte sie eigentlich etwas vormachen?

Nichts auf der Welt kann mich aufhalten, hatte sie behauptet. Sie schnaubte über ihre eigene Torheit. Drei Menschen hatten dafür genügt. Ein vierter Soldat und dann wäre vielleicht sogar Shimars Hilfe zu spät gekommen.

Das Hochgefühl, am Leben zu sein, bekam Risse. Eben noch hatte sie Todesangst erfahren und gedacht, dass ihre Eltern eine

Tochter verlieren würden. Diese ruhige, unverrückbare Traurigkeit wollte sie nie wieder spüren müssen.

»Na, immerhin habe ich jetzt einen neuen Speer«, murmelte sie in dem Versuch, sich Mut zu machen. Die drei gut gerüsteten Toten widersprachen auf der Stelle. Ein Stab mit einem spitzen Ende hatte sie nicht aufgehalten.

Mühsam löste sie sich von ihrem mahnenden Anblick, ortete die Himmelsrichtung. Der Rückweg in ihr Heimatdorf maß länger als der in die *Große Stadt* und war nicht minder gefährlich. Also würde sie an ihrem Ziel festhalten. Sie würde Umsicht üben und nicht noch einmal den Fehler begehen, einen Menschen zu unterschätzen.

Es raschelte hinter ihr und sie schnellte geduckt herum. Shimar trat aus dem Unterholz und stapfte griesgrämig auf sie zu.

»Du hast einen ziemlichen Dickschädel, Kirra«, brummte er. Schwang da ein wenig widerwillige Anerkennung in seiner Stimme mit?

Kirras Herz tat einen freudigen und sehr erleichterten Sprung. So kostete es sie es keine Mühe, ihr gewinnendstes Lächeln aufzusetzen. »Einer meiner Vorzüge. Du begleitest mich also?«

Die Antwort Schimars fiel äußerst knurrig aus: »Ich werde die *Große Stadt* nicht betreten, solange sie so fest im Griff von Trubel und Narretei ist. Aber hinbringen werde ich dich.«

Am liebsten hätte Kirra Shimar vor Freude umarmt, doch seine Kummermiene riet ihr, es besser zu lassen. Der Krieger war ohnehin damit beschäftigt, die Ausrüstung der Toten mit sichtbarem Widerwillen zu untersuchen. Schließlich entschied er sich für eine der Klingen und nahm einem der Soldaten das Gehänge ab, um beides an seinem Gürtel zu befestigen. »Man kann ja nie wissen.«

Ein MaKri mit einer Menschenwaffe. Dies sind wundersame Zeiten.

Gemeinsam machten sie sich auf den Weg.

Kirra wurde aus Shimar nicht schlau. Niemals hatte sie jemanden derart mit einem Schwert umgehen sehen – keinen

Menschen und erst recht keinen Krieger des Waldvolks. Dennoch trug er die Klinge mit einer Selbstverständlichkeit an der Hüfte, als würde er sonst nichts anderes tun. Auch wirkte er weitaus sorgenbeladener, als er es für sein Alter sein dürfte, und schritt größtenteils schweigend neben ihr her. Doch ab und zu erblickte er eine Blume oder ein Tier, und alles schien vergessen. Als hätte er nie zuvor einen Regenbogenvogel gesehen. Beziehungsweise nachtblaue Orchideen. Er bestaunte das Leben im Dschungel wie ein Kind. Noch seltsamer kam es, als der Abend nahte.

»Wir sollten uns allmählich einen Platz für die Nacht suchen«, stellte sie fest, nachdem sie den Stand der Lichtkelchblumen geprüft hatte. Mit einem skeptischen Blick auf Shimars leidlich gefüllten Beutel fügte sie hinzu: »Danach jagen wir uns was Kleines. Unsere Vorräte sind aufgebraucht.«

Da wurde er unruhig. »Ich esse derzeit nur Früchte.«

Kirra wollte auflachen, doch seine ernste Miene machte deutlich, dass er nicht spaßte. »Ich dachte, du hast es eilig«, hakte sie nach. »Dennoch bist du Tag für Tag auf Bäumen rumgeklettert, statt einmal Fleisch für drei Tage zu erlegen?«

»Ich gehe nicht gern auf die Pirsch«, erwiderte er kurz angebunden.

»Aber ich bin Jägerin«, entgegnete sie unverdrossen. »Wir haben nicht mehr viel Zeit, bis die Dunkelheit einkehrt. Ein Guon ist schnell erlegt.«

Sie wartete darauf, dass Shimar ihrem naheliegenden Schluss zustimmen würde, doch stattdessen wurde er nur noch unruhiger. »Ich bin ein denkbar ungeschickter Jäger, Kirra. Ich wäre dir ein Klotz am Bein.«

»Und ich eine äußerst schlechte Kriegerin, falls ich auf Menschen treffen sollte«, hielt sie beharrlich dagegen. Da er unglücklich wie ein Junge dreinschaute, der nicht ins Bett wollte, fasste sie kurzerhand einen Entschluss. »Ich bin die Jägerin von uns beiden und ich sage, wir gehen zusammen auf die Pirsch. Du kannst ja ein paar Schritte hinter mir bleiben.«

Er blinzelte einmal, ein zweites Mal und ließ dann die Ohren sinken. »Wie könnte ich dieser charmanten Einladung widerstehen?« Belustigt schnaubte sie, hängte ihr leichtes Reisegepäck an einem niedrigstehenden Ast auf und sie zogen los.

Für jemanden, der vorgab, kein Fleisch zu essen, langte Shimar ordentlich zu, kaum dass das Guon über dem Lagerfeuer durchgebraten war. Kirra musterte ihn unverhohlen. Er wiederum machte keinerlei Hehl daraus, dass er es bemerkte und dennoch ignorierte. Stattdessen regneten wieder Gewitterwolken finsterer Gedanken an seiner Stirn ab. Vermutlich berührte es ihn peinlich, dass dank seiner Ungeschicktheit zweimal ihre Beute im letzten Augenblick entkommen konnte. Sie hatte noch nie erlebt, dass sich ein erwachsener MaKri so anstellte. Ein jeder vom Waldvolk verstand sich mehr oder minder auf die Jagd. Das gehörte zu den Fähigkeiten, die angehende Frauen und Männer erlernten wie das Lesen und Schreiben. Alle Mitglieder der Dorfgemeinschaft mussten in der Lage sein, das Dorf zu ernähren.

Ob er deswegen behauptet hatte, einzig Früchte verzehren zu wollen? Doch dann dachte sie daran, wie er immer wieder Dinge im Dschungel bestaunte, als hätte er sie nie zuvor gesehen. Sie beschloss, ihn darauf anzusprechen.

»Guons braten kannst du erstaunlich gut, für einen, der nur Obst isst«, meinte sie zwischen zwei genüsslichen Bissen. In der Tat hatte Shimar das Fleisch äußerst schmackhaft, wenn auch ungewöhnlich gewürzt.

Überraschend brach ein schmales Lächeln durch sein Brüten. »Ich esse Gebratenes für mein Leben gern. Ich habe nur gesagt, dass ich ungern jage.«

»Weil du dich mit der Jagd im Dschungel nicht auskennst?«, riet sie ins Blaue.

Erst schien er nichts sagen zu wollen und stocherte mit einem Stock in der Glut. Sie ließ ihm die Zeit, da sie wohl an einer wunden Stelle gerührt hatte.

Schließlich sagte er, sichtlich unwohl: »Weißt du, Kirra, ich komme von weit her. Dort war alles anders: die Bäume, die Tiere, die Landschaft. Ich …« Nachdenklich starrte er ins Feuer.

Wie er so dasaß, wirkte er geradezu verloren. »Erzähl mir von dir, Shimar«, bat sie ihn freundlich. »Stammst du etwa aus dem Gebirge? Kannst du so gut mit dem Schwert umgehen, da du bei den TaKri gelebt hast?« Sie kannte nur Geschichten über die schwarzfelligen Fernen Brüder, doch ihre Beherrschung der Klingenstäbe war legendär.

»Ich …« Er zögerte, dachte eine Weile nach und schüttelte schließlich langsam und bestimmt den Kopf. »Ich möchte nicht darüber sprechen, Kirra.« Da lag Schmerz in seiner Stimme.

»War es so schlimm?«, fragte sie betroffen.

Ein geistesabwesendes Lächeln gesellte sich zu seiner träumerischen Miene. »Nein, das nicht, aber …« Er kehrte ins Hier und Jetzt zurück und begegnete ihrem Blick voller Ernst. »Es ist ein Abschnitt meines Lebens, der hinter mir liegt. Ich versuche, nicht an das zu denken, was ich verloren habe. Verstehst du das?«

Ein unheimlicher Schauer jagte über Kirras Rücken, der ihr das Nackenhaar zu Berge stehen ließ. Seine Augen erinnerten sie an einen wandernden Weisen, der einst durch ihr Dorf gezogen war. Er hatte alt wie ein Fels gewirkt, mit schlohweißem Fell. Doch im Vergleich zu Shimars Augen waren die seinen geradezu jugendlich gewesen. Das passte so gar nicht in dieses junge Gesicht.

»Der geheimnisvolle Unbekannte, wie?«, scherzte sie, um ihre Nervosität zu verschleiern.

Da grinste er schief das Grinsen eines Sechzehnjährigen, und der Eindruck der Zeitlosigkeit wurde weggefegt. »Wenn du damit leben kannst?«

Plötzlich wurde sie aus ganz anderen Gründen nervös. Irritiert lauschte sie in sich hinein und fand ein flatterhaftes Herz wie ein tanzender Schmetterling. *Wegen dieses Flauschohrs? Komm schon, reiß dich zusammen!* »Solltest du mich weiterhin so zauberhaft anlächeln, komme ich darüber hinweg.« Mit diesen

Worten zog sie sich auf ein Terrain zurück, auf dem sie sich sicher fühlte. Das Spiel mit den Männern war etwas, das sie beherrschte. Wie auch im Dschungel galt: Sei lieber die Jägerin als die Gejagte.

Verwirrt zog er die Augenbrauen zusammen und sein Lächeln wackelte. Beinahe tat er ihr leid, doch es gefiel ihr, dass sie diese Wirkung auf ihn hatte.

»Was ist mit dir, Kirra? Würdest du mir etwas über deine Heimat erzählen?«

Ein wenig schämte sie sich, einem Krieger aus fernen Landen von ihrem kleinen Dorf zu berichten, das keine zehn Tagesmärsche im Osten lag. Indessen lauschte Shimar derart gefesselt, als hörte er das Außerordentlichste, das er sich vorstellen konnte. Er fragte sie ohne Scheu zu Kleinigkeiten aus. Wie das Zusammenleben in den Familien aussah, ob auch ihre Siedlung einen Ältestenrat hatte und vielerlei Dinge mehr. Kirra berichtete gerne, sprach sie doch von dem Ort, an dem ihr Herz zu Hause war. Seine rubinroten Augen, in denen sich das Feuer spiegelte, wichen dabei nicht von ihren Lippen.

Drei Tage lang zogen sie von Hast und Menschen unbehelligt durch den Regenwald. Die grauschwarze Grübellaune, in der Shimar anfangs so ausgiebig gebadet hatte, hellte sich zunehmend auf. Sie kehrte nur zurück, wenn es an die Jagd ging. Das änderte sich auch nicht, als Kirra ihn unter ihre Fittiche nahm, um ihn die grundlegendsten Kniffe des Pirschens zu lehren. Zwar lernte er rasch und begierig, aber sobald sie sich der Beute näherten, fiel alles Unbefangene vom ihm ab und er fand erst geraume Weile, nachdem das Feuer entfacht war, wieder allmählich zur Ruhe. Es schien, als würde ein böser Geist in ihm wohnen.

Der vierte Tag schließlich brachte sie in die Nähe ihres Ziels. Noch drängten sich Farne und Büsche zu dichtem Unterholz zusammen, doch konnte sie bereits in einiger Ferne ein Stimmengewirr vernehmen, hinter dem sich ihr Heimatdorf in Scham verstecken müsste. Eine unbändige Vorfreude stieg in ihr auf.

Begeistert jubelte sie: »Wir haben es fast geschafft! Ich habe schon immer davon geträumt, einmal die *Große Stadt* zu besuchen. Sie soll ohne Gleichen unter den Siedlungen unseres Volkes sein. Auch die TaKri und die Menschen haben nichts Vergleichbares.«

Shimar brummte.

»Allerdings hätte ich mir nie träumen lassen, dass ich mal die Reise auf mich nehmen würde, um einen *Maigan* zu sehen – erst recht nicht den *vom Orakel Erwählten*.« Sie griff seinen Arm und wollte ihn mit sich zerren. Doch er bewegte sich genauso wenig wie ein Baum.

Ruhig erwiderte er: »Ich werde dich hier verlassen, Kirra. Für den Rückweg wirst du sicher jemanden finden. Einen Händler oder einen anderen Pilger.«

Ihre Freude erhielt einen kräftigen Dämpfer. »Warum gehst du nicht mit in die Stadt?« Sie merkte, dass es ihr überraschend schwerfiel, ihn einfach ziehen zu lassen. »Wenn du nach Nordosten willst, könnten wir in ein paar Tagen gemeinsam losziehen.« Sie spürte, dass ihre Worte ihn nicht erweichen würden. Stattdessen lag eine geradezu stoffliche Rastlosigkeit auf ihm. Sie rümpfte die Schnauze zu dem besten Schmollen, zu dem sie fähig war, und zog noch einmal an seinem Arm. »Komm schon, Shimar. Wir sind doch ein gutes Gespann.«

Seine Ohren zuckten in verschiedene Richtungen und seine Augen suchten den Dschungel ab, als erwartete er den Angriff eines Tigers. »Nichts bringt mich derzeit in dieses Tollhaus von Stadt«, entgegnete er entschlossen und entglitt ihrem Griff.

Also beschloss sie, dass es Zeit für ihren Lieblingskniff wurde. Sie schenkte ihm ein verführerisches Lächeln, mit leicht gesenktem Haupt und Lidaufschlag, während sie lasziv den Schwanz um sein Sprunggelenk schlang. Mit der ausgefahrenen Kralle ihres Zeigefingers fuhr sie seine Brust hinab. »Absolut ...« Sie glitt näher an ihn heran. »... nichts?«

Irritiert schob er ihre Hand beiseite und ignorierte den Schwanz völlig! »Ich kann nicht, Kirra. Die Wanderung mit dir hat mir gutgetan und das erfüllt mich mit Dankbarkeit. Leb wohl.«

Damit hatte er ihren Ehrgeiz geweckt. Zumindest sollte er ein wenig dafür zappeln, dass er ihren weiblichen Überredungskünsten derart mühelos widerstand. »Hat man dich etwa in der *Großen Stadt* beim Gaunern erwischt?«

Seine Ohren gingen in Habachtstellung, doch richteten sie sich auf etwas schräg hinter ihr. »Nein, keine Sorge. Ich bin weder ein Verbrecher noch ein Dieb. Ich sagte dir bereits, dass ich es eilig habe.«

Gerade als er sich abwandte, traten zwei MaKri aus dem Unterholz und erstarrten, als sie die Wanderer erblickten. Shimar zuckte zusammen und sah sich hektisch nach einem Fluchtweg um.

Einer der Neuankömmlinge machte vor Erstaunen große Augen. »*Maigan* Talaan! Endlich haben wir dich gefunden!«

In Kirras Magen vollführte etwas einen gewaltigen Salto.

»Wir waren in Sorge um dein Wohlergehen«, fügte der andere hinzu. »Wenn du ein wenig durch den Wald ziehen wolltest, hättest du das den Ältesten sagen müssen. Es gibt genügend Krieger, die dich jederzeit mit Freuden begleiten würden.«

»Du bist …« Kirra schaffte es nicht, den Satz zu vollenden. »Das ist ein Scherz, oder?«, fragte sie die Neuankömmlinge. »Dieser Jüngling soll der *Maigan* sein? Er konnte noch nicht einmal einen Guon fangen, als ich ihn traf!«

Die Männer hörten sie offenbar kaum. Im Gegenteil – Shimar hatte eine geduckte Haltung eingenommen, vollkommen fokussiert auf die beiden anderen. »Wozu brauche ich Krieger, Maresh? Damit sie aufpassen, dass ich mir keine Kralle abbreche? Ich habe drei gut ausgebildete Soldaten besiegt.« Er klopfte auf die Klinge an seiner Seite. »Ich habe dir gesagt, dass ich ein Schwert zu führen vermag.«

»Dennoch hast du deinen Speer eingebüßt«, hielt der Dritte unterkühlt dagegen.

Kirra unterbrach die Streithähne und hob zaghaft die Hand. »Eigentlich habe ich meine Waffe verloren. Shimar …« Sie schüttelte den Kopf. »Talaan hat Recht. Ich habe nie zuvor jemanden derart kämpfen sehen wie ihn.«

Talaan, der für sie noch eine ganze Weile Shimar bleiben würde, schenkte ihr ein dankbares Lächeln. »Ich war frei dort draußen und glücklich, Maresh. Diese Stadt ist ein Gefängnis für mich.«

»Du trägst eine Verantwortung, *Maigan*«, erinnerte ihn der zweite Krieger.

Talaans Schultern sanken hinab und er gab seine kämpferische Haltung auf. »Ja, die habe ich wohl.« Er sah zu Kirra und lächelte sie traurig an. »Vielleicht können wir irgendwann erneut zusammen durch den Dschungel stromern. Es wäre mir eine Freude.«

Als er das sagte, wirkte er derart verloren, dass sie gar nicht anders konnte, als ihn kurz tröstend zu umarmen. »Jederzeit, Jüngling. Schließlich habe ich dich in diesen Schlamassel gebracht.«

Das schien ihn ein wenig aufzuheitern.

Ohne langes Zögern setzten sich die drei Männer in Richtung der *Großen Stadt* in Bewegung. Kirra folgte ihnen, hin und wieder den Kopf schüttelnd.

Es würde ihr gehörig schwerfallen, in Shimar einen *Maigan* zu sehen. Ein MaKri höherer Weisheit, hieß es in den Überlieferungen. Dass sie nicht lachte. Dieser junge Bursche war unerfahren wie ein kleines Kind und ein unfassbarer Träumer. Aber weise? Mit Sicherheit nicht.

DER RAT DER ÄLTESTEN

Mit jedem Schritt, mit dem sie der Stadt näher kamen, nahm die Last auf Talaans Schultern zu. Und mit jedem einzelnen quetschte seine Bürde den Frohsinn der letzten Tage aus ihm heraus. Tierische Instinkte hin oder her – er hatte die Wanderschaft genossen und das Erforschen dieser wunderbaren, neuen Welt noch mehr. Das galt besonders für die Zeit mit Kirra. Für eine Weile banale Gespräche und unbelastetes Schweigen zu teilen, wie ein Gewöhnlicher behandelt zu werden, war unbezahlbar.

»Ist es wahr?« Maresh nickte in Richtung der Klinge, die Talaan an seiner Hüfte führte.

Verwundert blickte er sie an. Mit einem Schwert gegürtet zu sein hatte in seinem letzten Leben als derart gebräuchlich gegolten, dass er dessen Gewicht gar nicht mehr spürte. In dieser Welt jedoch, im Körper eines MaKri, war ein Anderthalbhänder alles andere als Alltag.

»Gut, dass du mich daran erinnerst«, sagte er. Er löste das Gehänge mit geübten Handgriffen und reichte es dem Krieger. »Deine Frau hat bestimmt Verwendung dafür. Es ist kein Meisterwerk, doch es ist guter Stahl.«

Irritiert nahm Maresh die Waffe an sich. »Das wird sie zu schätzen wissen«, erwiderte er. »Hast du es wirklich im Kampf gegen drei Soldaten des Menschenkönigs erbeutet?«

»Ich bin nicht stolz darauf«, gab Talaan unwohl zur Antwort. »Jedes Leben ist kostbar.«

Das erstaunte den Krieger offenbar, denn er nickte bedächtig. »Du sprichst wie die alte Benisha, die ich meine Lehrmeisterin nennen durfte.«

Sie traten wie bei ihrer ersten gemeinsamen Wanderung recht unvermittelt aus dem dichten Unterholz hinein in die weite Fläche der *Großen Stadt*.

»Du solltest es dir ein Trost sein lassen«, fuhr Maresh fort, »dass du dafür eine Pilgerin retten konntest.«

Vereinzelte MaKri, die in einiger Entfernung am Fuße der Riesenbäume ihrem Alltag nachgingen, hielten inne und reckten die Hälse in Richtung der Neuankömmlinge.

Talaan seufzte. »Du verstehst nicht. Kirra war auf dem Weg hierher, um mich zu sehen. Ich bin also in jederlei Hinsicht für den Tod dieser drei Menschen verantwortlich.«

Dieser Gedanke verfolgte ihn, seit sich Kirras und seine Wege gekreuzt hatten. Die Toten von *Ferragun* raunten im Schatten von weiterer Blutschuld.

Er blickte über die Schulter zu ihr, woraufhin sie ihn aufmunternd anlächelte. Vielleicht hatte Maresh trotz allen Bedauerns Recht. Talaan war froh, dass er ihren Tod hatte verhindern können.

»Der *Maigan* ist wieder da!«, rief eine Frau irgendwo außer sich und spätestens jetzt erstarb das rege Treiben am Boden für einen Augenblick vollends. Entmutigt ließ er die Ohren hängen.

Es dauerte nicht lange, da fand er sich nicht minder umringt als am Tag des Rituals. Fragen prasselten auf ihn ein wie feinkörniger Hagel. Jede für sich genommen war kaum schlimm, doch zusammen bereiteten sie ihm echte Pein. Einzige Linderung boten die wenigen Kranken und Verletzten, deren Dankbarkeit ehrlich und durch Schmerzen verdient war.

Während des ganzen Tohuwabohus verlor er Kirra aus den Augen und mit ihr seinen letzten Anker des Friedens, der ihm von der Wanderschaft geblieben war. Ab und zu erhaschte er einen Blick zwischen MaKri hindurch, die sie umringten, und gebannt ihren Worten lauschten. Sie wirkte dabei selbst ein wenig wie ein gehetztes Reh.

Als irgendeine Namenlose ehrfürchtig das Schwert berührte, das Maresh über die Schulter geworfen hatte, schwante Talaan Übles. Tatsächlich schnappte er recht bald Satzfetzen auf wie »ein großer Krieger und ein *Maigan*« oder »ausgezogen, um Pilger zu schützen«. Sein Geduldsfaden riss.

Er steckte Daumen und Zeigefinger zwischen die Lippen, um einen gellenden Pfiff ertönten zu lassen. Das Fell an seinen Fingern erstickte den Versuch jedoch bereits im Keim. Kurzerhand holte er Luft und stieß ein kehliges Brüllen aus. Erschrockene Stille machte sich breit.

»Schluss mit diesem Possenspiel!«, rief Talaan und blickte zornig in betretene Gesichter. »Ja, ich bin ein *Maigan* und ja, ich habe die Schrift des Orakels gedeutet. Aber ich schwöre euch beim Schöpfer: Wenn ihr daraus eine Heldengeschichte webt, wie ich drei Soldaten getötet habe, deren Eltern vor Gram vergehen werden, dann sieht mich keiner vom Waldvolk je wieder!«

Eine MaKri, die ihre Hand gerade an die Klinge auf Mareshs Schulter gelegt hatte, zog sie angeekelt zurück – als würde sie sich erst jetzt erinnern, was sie da berührte. Erstaunlich viele, die eben noch gedankenlos gelärmt hatten, blickten nun nachsinnend drein.

Weiterhin verärgert, aber deutlich besänftigter fuhr Talaan fort: »Für heute will ich niemanden zu Gesicht bekommen, der nicht ernstlich krank oder verletzt ist. Ich habe eine ebenso weite wie erschöpfende Reise hinter mir.«

Zustimmendes und entschuldigendes Gemurmel klangen wie Balsam für seine Ohren. Dennoch wusste er, dass der Tumult morgen weitergehen würde. Mit jedem Tag würden mehr Pilger eintreffen, um ihn zu sehen. Wallfahrer, die wie Kirra auf Menschen treffen konnten. Das musste ein Ende haben.

Entschlossen trat er zu Maresh, der sich gerade in Richtung der Schmiede seiner Frau aufmachen wollte. »Richte bitte den Ältesten aus, dass ich vor sie treten möchte.«

Es gab nur einen Weg, beides zu retten: die MaKri, die wegen eines falschen *Maigan* auszogen, und seine Freiheit. Dieser Weg führte über den Rat der *Großen Stadt.*

Talaan stand vor dem Rundhaus des Ältestenrats und zögerte einzutreten. Er redete sich damit heraus, dass es gut wäre, seine zurechtgelegten Sätze nochmals durchzugehen. Sätze, die er zuvor erdacht, verworfen, neu gefunden, geordnet und letzten Endes in Form gebracht hatte.

Er würde gleich fünf MaKri gegenübertreten, deren tägliche Aufgabe darin bestand, Entschlüsse für andere zu fassen. Sie verfügten über Jahrzehnte der Erfahrung in dieser fremden Welt. Er blickte auf tausend Jahre zurück, von denen hier jedoch nur die Macht der Worte blieb. Hinter dieser Tür würde sich sein weiteres Schicksal entscheiden. Vor ihm lag nicht weniger als der Kampf um seine Freiheit.

Er holte Luft und zögerte erneut. Bereits dem Ratshaus der Ältesten haftete eine Aura der Autorität an, die Talaan schwer greifen konnte. Sein Durchmesser unterschied sich nicht deutlich von den Rundhütten der Familien. Nur das mit Holzschindeln statt mit Palmenzweigen gedeckte Dach saß einige Fuß höher. Solide Holzwände verliehen dem Gebäude einen massiven Charakter. Die wahre Pracht lag jedoch in den meisterhaft in das Holz getriebenen Ornamenten, die den Türrahmen bedeckten, das obere Gebälk überzogen und selbst die Fenster umflossen. Sie erzählten in erstaunlich detaillierten Bildern offenbar die Geschichte der *Großen Stadt*. Ehe Talaan sich daran festlesen konnte, schob er den ledernen Vorhang vor der Tür beiseite und trat ein.

Zwei Eindrücke beherrschten den Raum: Die niedrig züngelnden Flammen in einer leicht gewölbten Eisenschale und die Ältesten. Diese hatten auf Sitzkissen um das Feuer Platz genommen. Trotz der enormen Hitze, die von der Schale ausging, trugen sie Prachtgewänder und strahlten eine gelassene Ruhe und Autorität aus. Ein sechstes, freies Kissen wartete auf ihn.

»Habt Dank, dass ihr mich empfangt«, sprach er in die erwartungsvolle Stille, während er sich niederließ. »Wozu heizt ihr? Es ist schrecklich warm hier drinnen.«

Die Kräuterfrau Shaila, die ihm gegenübersaß, wechselte einen bedeutungsschweren Blick mit Häuptling Firr zu ihrer Rechten. »Dieses Feuer ist Brauch in jedem Rat in all unseren Siedlungen.«

Talaan ertrug die unausgesprochene Frage, die in das darauffolgende Schweigen trat.

Schließlich akzeptierte sie, dass er nicht über seine Vergangenheit sprechen wollte, und fuhr fort:»Seine Hitze wird uns dazu bringen, uns kurzzufassen und nicht in sinnlose Streitereien zu verfallen. Was Gewicht hat, wird jedoch den Flammen widerstehen. Also lasst uns beginnen. Welcher Grund bewog dich, *Maigan*, den Rat einzuberufen?«

Auf diese Frage hatte sich Talaan freilich vorbereitet. Wohlklingende Worte erweichen Herzen, hieß es.»Ich stehe vor euch, weil ich auf der Flucht etwas gelernt habe. Die aufdringliche Bewunderung, die mir die MaKri entgegenbringen, ist mir zuwider. Gleichzeitig kann ich mich meiner Verantwortung nicht entziehen. Denn beides – Verehrung und Bürde – hat mich mitten im Dschungel wieder eingeholt und zurück zur *Großen Stadt* geführt. Das öffnete mir die Augen, dass ich auf euren Rat und eure Erlaubnis, gehen zu dürfen, angewiesen bin.«

Schweigen machte sich breit, während die Ältesten vielsagende Blicke tauschten.

Firr ergriff schließlich als Erster das Wort.»Dein Verhalten ist befremdlich, *Maigan*. Unsere Geschichte berichtet von Erwählten, die der Hybris verfielen und erwarteten, dass man sie mit Ehrungen für ihren Dienst am Volk überhäufte. Andere bleiben uns als unerträgliche Wichtigtuer in Erinnerung. Aber ich hörte noch nie von einem *Maigan*, der versucht hätte, vor seiner Verantwortung zu fliehen.«

Da war sie, die Kette, mit der sie ihn fesseln wollten. Die Kette, in der er sich selbst verheddert hatte. Doch Talaan hatte viel nachgedacht, seit seiner Rückkehr in die *Große Stadt*. Die Gaffer fortzuscheuchen, hatte ihm zum ersten Mal die Zeit dazu verschafft. Er mochte bereit sein, seine Verpflichtungen zu akzeptieren, nur eben nicht auf diese Weise.

»Das Schicksal mag von mir erwarten, dass ich euch und dem Waldvolk als *Maigan* diene. Aber ich bin in den Tagen, bevor ich aufbrach, nichts weiter gewesen als ein zauberkundiger Scharlatan. Kaum etwas von dem, was ich tat, hätte nicht von einem anderen MaKri in der Nachbarschaft getan werden können. Du, Shaila, bist eine fähige Kräuterfrau. Trotzdem suchen mich die Leute wegen kleiner Blessuren und lapidarer Krankheiten auf. Du, Firr, bist ein gerechter Häuptling. Dennoch sucht man mich auf, um mein Urteil zu Streitfällen zu hören. Tonri kann tiefer in die Seele blicken, als mir lieb ist, jedoch erwartet man von mir, dass ich innere Abgründe besser verstehe. Du, Amisha, kannst einem jungen Mädchen sicherlich klüger raten als ich, welchen Beruf es wählen sollte. Trotz dessen kommt jedermann zu mir. Warum?«

»Du bist ein *Maigan*«, erwiderte der Schamane ebenso ernst wie besonnen. »Deshalb suchen die MaKri bei dir Rat und Hilfe. Sie hoffen, dass du ihnen ihre überwiegend banalen Sorgen nimmst. Nur so wird für sie greifbar, was sie in Wirklichkeit mehr als alles andere begehren: das Vertrauen, dass du auch die großen Probleme unseres Volkes meistern wirst.«

Das erwischte Talaan restlos auf dem falschen Fuß. Er hatte das Gegenteil behaupten wollen: dass seine wahre Verantwortung nicht in diesem trivialen Schabernack lag. In all dem Selbstmitleid, dass die MaKri ihn nicht verstanden, hatte er vollkommen übersehen, dass er es war, der aus den MaKri nicht klug wurde. Tonri hatte das Fundament seiner Strategie in Trümmer geschlagen.

Plötzlich blieb von all den schönen Worten, die er so sorgsam in seinem Geist für alle denkbaren Szenarien aufgebaut hatte, nur noch Geröll. Er musterte die Ältesten, einen nach dem anderen.

Ihm gegenüber saßen Wesen, die sich zu Recht weise nennen durften. Lag die Schuld denn bei ihnen, dass sie nicht begriffen, was in Talaan vor sich ging? Wie sollten sie auch, wenn er so viel verschwieg?

Seine gesamte Vergangenheit konnte er ihnen nicht anvertrauen: zwei Leben als Mensch und sein Wiedererwachen als MaKri. Dennoch hatten sie es nicht verdient, dass er sie anlog oder mit Halbwahrheiten blendete.

»Die Wahrheit ...« Er suchte bedachtsam die richtige Antwort. »Sie ist ein komplexes Ding und unterschiedlichste

Schicksale und Mächte sind in ihr verwoben. In meinem Fall sind derart viele Fäden gewirkt, dass ich das Muster nicht verstehe, das sie bilden.« Sorgsam wählte er die nächsten Worte und die Ältesten ließen ihm die Zeit. Was konnte er ihnen sagen? Was durfte er verschweigen, ohne dass er ihr Vertrauen enttäuschte? Er schnaubte amüsiert, als er die Lösung direkt vor seiner Nase entdeckte: Ehrlichkeit. »Erlaubt mir, offen zu sprechen, zumal ihr ohnehin die Anzeichen dafür längst erkannt habt: Ihr seid mir fremd. Das ganze Waldvolk ist mir fremd. Einem Unbekannten vertraut man keine intimen Geheimnisse an, also bitte ich euch, mein Schweigen in manchen Dingen zu akzeptieren. Aber ich erkenne, dass ich mich zu einem Teil offenbaren muss, denn unsere Schicksale sind nun einmal miteinander verbunden.«

Erstmalig kam Unruhe über die Ältesten. Blicke wurden getauscht und Stirnen in Falten gelegt. Nur auf Tonris Lippen lag ein schmales Lächeln. Er nickte Talaan kaum merklich zu.

»Eine Wahrheit ist: Als ich auf Rashek und Maresh in der Nähe der *Großen Stadt* traf, war das meine erste Begegnung mit einem MaKri.«

»Aber du sprichst unsere Sprache, als hättest du nie etwas anderes getan«, wandte Harjit ungläubig ein. »Auch deine Kleidung entspricht den hiesigen Gepflogenheiten.«

»Das gehört zu den Fäden im Muster, die ich nicht verstehe«, gestand Talaan offen ein. »Nichtsdestotrotz ist es wahr. Ich bin ein Gestrandeter in einem fremden Land. Ihr erwartet, dass ich die Verantwortung als *Maigan* akzeptiere, dabei weiß ich nicht einmal, wo mein Platz unter euch als MaKri ist.«

Amisha schien zu begreifen, was er viel zu ungeschickt zu sagen versuchte. Mitgefühl schwang in ihren Worten mit. »Dies ist nicht deine Heimat. Jene, die dir Halt gaben, sind fort. Du bist wie ein loses Blatt auf einem reißenden Fluss.«

Ein poetisches wie treffendes Bild, dachte Talaan, doch Firr verfolgte scheinbar ganz andere Gedanken.

Zum ersten Mal schlich sich Zweifel in seinen Blick. »Ich zögere, diese Frage auszusprechen. Ich ging wie selbstverständlich davon aus, dass du ein *Maigan* der MaKri bist. Jetzt erkenne ich, dass es wohl anmaßend war. Also muss ich wissen: Hat das Schicksal dich erwählt, um unserem Volk beizustehen?«

»Du willst die zweite Antwort erfahren, bevor er die erste für sich klären kann«, tadelte Shaila den Häuptling. »Wie würdest du dich fühlen, wenn ein Dorf der TaKri von dir verlangte, ihnen als Ältesten zu dienen, kaum dass du ›guten Tag‹ gesagt hast?«

Talaan hob beschwichtigend die Hände. Dabei betrachtete er seine fellbedeckten Finger eingehend. »Bin ich ein *Maigan*? Ich weiß es nicht.« Er fuhr eine Kralle aus, studierte sie und zog sie wieder ein. »Wurde ich vom Schicksal erwählt, bei euch zu sein? Daran besteht für mich kein Zweifel.«

»Du sprichst in Rätseln«, sagte Firr. Die Zahl seiner Sorgenfalten schien sich zu verdoppeln.

»Ich bin bereits seit vielen Jahren ein Zauberkundiger. Auch ist meine Magie nicht auf die Heilung beschränkt«, erwiderte Talaan. Damit sprach er die Wahrheit aus, durch die er sich von allen verschwiegenen Geheimnissen am meisten wie einen Blender vorkam. Ihm war der Heilzauber nicht durch göttliche Eingebung zugefallen. Indessen war es genau das, was die MaKri unter »*Maigan*« verstanden.

Aus Verwunderung und Zweifel erwuchs eine geradezu spürbare Ungläubigkeit. Seufzend grub er in seinem Gedächtnis eine einfache Zauberformel aus. Kaum schickte er sich an, die Worte auszusprechen, formten die Silben im Geiste ein leuchtendes Zeichen. Kleiner und simpler als das der Heilung, aber dennoch wunderschön und durchströmt von magischer Macht. Behutsam lenkte er die Magie auf das Feuer in ihrer Mitte und die Flammen schliefen ein. Er hatte den Spruch der Ruhe bereits hundertfach angewandt, doch Zauber auf diese Weise, im Verstand, zu wirken, erfüllte ihn immer wieder mit staunender Freude.

Die Ältesten blickten abwechselnd ihn und die erkaltende Feuerschale stumm an.

Harjit brach schließlich das Schweigen. »Das ist bemerkenswert. Über welche Kräfte gebietest du noch?«

»Mehr Zauber, die für den Krieg dienlich sind, als es mir behagt«, antwortete Talaan ausweichend.

»Das ist nebensächlich«, behauptete Firr äußerst nachdenklich. »Du sprachst von den MaKri als Fremde. Doch gleichzeitig klangst du überzeugt, dass unsere Schicksale verbunden wären. Wie sicher bist du dir damit, *Maigan*?«

Erneut sah Talaan auf seine fellbedeckte Hand, weiter hinab zu dem Schwanz, der sich wie von selbst um seine überkreuzten Beine geschlungen hatte.

Schließlich begegnete er dem forschenden Blick des Häuptlings ohne Scheu. »Ich will es so sagen: Die Bestimmung hat es mich sehr deutlich wissen lassen.« Er begriff nicht das Warum, verstand nicht das Wie, aber die Klarheit dieser Erkenntnis gab seinem Leben auf einmal einen Kompass. Eigentlich war die Entscheidung, auf Seiten der MaKri zu stehen, bereits in dem Moment gefallen, als er die drei Soldaten getötet hatte. Wirklich erkannt hatte er es erst jetzt.

Zunächst Tonri, dann Amisha und schließlich die restlichen Ältesten legten Zeigefinger und Mittelfinger über ihr Herz. Offenbar signalisierte die Gebärde Zustimmung, denn Häuptling Firr sagte zu Talaan: »Das soll uns genügen. Ich bin froh, dass du dich so entschieden hast.« Bestätigendes Nicken der anderen folgte auf seine Entscheidung.

Shaila war es, die fortfuhr: »Was ist mit der Menschengestalt, die das Orakel dem *Maigan* geschickt hat? Auch darüber muss beraten werden.«

»Haben wir nicht etwas vergessen?«, warf Amisha ein.

Die Kräuterfrau zog konzentriert die Brauen zusammen, erteilte der Vertreterin der Frauen jedoch mit einem Nicken das Wort.

»Talaan ist uns mit beachtlicher Ehrlichkeit begegnet«, stellte diese fest. »Doch in all unseren großen und bedeutenden Fragen, für die wir als Älteste Verantwortung tragen, haben wir übersehen, was vielleicht das Entscheidendste ist.« Sie sah die anderen Versammelten der Reihe nach kurz, aber eindringlich an. »Wir sind der Fluss, der das Blatt fortzureißen droht. Darüber müssen wir beraten.«

Erneut wurden Finger auf Herzen gelegt, diesmal jedoch wanderten sie weiter zum Mund.

»Wir werden Rat halten, *Maigan*«, übersetzte Firr diese Geste. »Unter zehn Augen.«

Damit erhoben sich die Ältesten und entschwanden durch lederne Vorhänge in der abgeschirmten hinteren Hälfte des Hauses. Talaan blieb nur, die glimmende Glut zu betrachten, die ein geisterhaft unstetes Eigenleben in der Eisenschale führte. Hin und wieder wurde aus dem unverständlichen Gemurmel ein lebhafter Wortwechsel. Trotz seiner geschärften Sinne schnappte er durch das dicke Leder hindurch nur Brocken auf.

Diese Untätigkeit, zu der man ihn verdammt hatte, zerrte an seiner Beherrschung. Indessen konnte er nichts tun, außer zu warten. Er war gekommen, sich dem Rat der Ältesten zu stellen und auch, um mögliche Konsequenzen in Kauf zu nehmen. Doch je länger sie berieten, umso mehr zweifelte er an der Richtigkeit dieser Entscheidung. Wenn er mit seiner Selbstoffenbarung etwas erreicht hatte, dann, dass sie ihn für schwer kontrollierbar und äußerst wertvoll im Krieg einschätzten.

Sie konnten ihn nicht einfach ziehen lassen. Der Dschungel war in der Tat ein gefährlicher Ort – besonders für ihn, der sich hier nicht auskannte.

Erneut fühlte er sich wie ein Tier im Käfig. Seine Instinkte krochen ihm unter die Haut und es fehlte nicht viel, dass er davongerannt wäre. Gerade als er es kaum mehr aushielt, raschelte der Vorhang und die Ältesten nahmen nacheinander mit ernsten Gesichtern auf den Sitzkissen Platz.

Häuptling Firr ergriff das Wort, nachdem er seine Gedanken gesammelt hatte: »Wie dir die Dauer unserer Beratung gezeigt hat, haben wir es uns mit der Entscheidung nicht leicht gemacht. Der drohende Krieg mit dem Westen wird die größte Herausforderung sein, der wir MaKri uns seit Jahrhunderten stellen müssen. Und du bist ohne Frage der mächtigste *Maigan*, der je zum Waldvolk gesandt wurde. Unter diesen Vorzeichen steht der Schiedsspruch, den es zum Wohle aller zu fällen gilt.«

Mit jeder Silbe verzagte Talaans Herz ein wenig mehr. Die Elfen hatten ein Sprichwort über die Art, wie Menschen Verhandlungen führten: »Schwere Worte machen die Tat leichter.« Der Häuptling fuhr fort. »Wir danken dir für deine Ehrlichkeit, Erwählter. Bitte bedenke aber, was deine Äußerungen im Umkehrschluss bedeuten: Auch du bist ein Fremder für uns. Das Bild, das deine Taten von dir zeichnen – dein Wirken in der Stadt, deine Flucht und dass du sie für die Rettung einer Pilgerin beendetest – ist neben Worten heute alles, was wir von dir wissen. Jedoch will das eine nicht so recht zum anderen passen.«

Amisha, die an Talaans Seite Platz genommen hatte, zwinkerte ihm verschwörerisch zu.

»Aber eines musst du über die MaKri, die dir unbekannt sind, begreifen.« Firr hob einen Zeigefinger in die Luft. »Unsere Kultur, ja unser innerstes Wesen, ist von Vertrauen geprägt. Wir lernten von den Händlern des Westens, dass dies nicht überall üblich ist. Dennoch bringen wir es selbst den Menschen entgegen, sofern sie es nicht enttäuschen.«

Der Häuptling räusperte sich bedeutungsvoll und kam mit nun besonders salbungsvollem Tonfall zum Schluss. »Wir, der Ältestenrat der *Großen Stadt*, haben Rat gehalten und mit vier Stimmen beschlossen: Auch wenn wir in Anbetracht des drohenden Krieges in Sorge um die Zukunft des Waldvolks sind, werden wir nicht vergessen, was uns ausmacht. Ein *Maigan*, der uns mit seinem Herzen dient, vermag mehr zu bewegen als einer, der nur dem Ruf der Pflicht folgt. Also gewähren wir dir die Zeit, die es eben braucht, um deinen Platz in unserer Mitte zu finden.« Talaans Seele tat einen freudigen Sprung. »Eine Bedingung und eine Bitte sind damit verknüpft: Wir werden einen MaKri suchen und ernennen, der dich begleiten und führen wird.«

Ein Aufpasser? Er wollte schon zum Protest ansetzen, schluckte seinen Ärger jedoch hinunter. Er war neu auf dieser Welt. Für eine Weile mochte ein erfahrener Waldläufer nicht schaden. Also entgegnete er: »Ich beuge mich eurer Bedingung und danke für euer Vertrauen. Was ist mit der Bitte?«

»Nutze die Zeit weise, bis das Waldvolk deiner Dienste bedarf«, antwortete Tonri. »Finde dich selbst, aber erinnere dich gleichwohl der Verantwortung. Eigne dir Wissen über die Völker jenseits der Savanne an. Es gibt nicht wenige unter uns, die sie für Dämonen halten oder für von solchen beherrscht. Diese Meinung ist weit verbreitet, seit so viele durch die Schwerter der Felllosen fallen. Es mag der Tag kommen, da die Geschicke mit dem Reich des Westens davon abhängen, welches Urteil du dir über die Menschen bildest. Du solltest es auch in Betracht ziehen, das Orakel aufzusuchen. Es ist eine Quelle großer Weisheit und Einsicht.«

Das war etwas, dem Talaan im Stillen nachkommen konnte, ohne der Welt das *Maigan-Sein* auf die Nase binden zu müssen. Die Machenschaften des Königs im Westen hatten ohnehin seine Neugier geweckt. »Diesem Wunsch leiste ich gerne Folge. Ich werde euer Vertrauen nicht enttäuschen. Habt nochmals Dank, Älteste der Stadt.« Nach einem kurzen Nachsinnen fügte er hinzu: »Darf ich ebenfalls ein Anliegen äußern?«

Firr nickte.

»Sorgt bitte dafür, dass diese Pilgerreisen ein Ende haben. Sonst werden weitere MaKri auf Wanderschaft sterben, die so zu Hause in ihren Siedlungen bleiben werden.«

Ohne Zögern legten alle Fünf die Finger auf ihre Brust.

»Ich werde noch heute Nacht Nachricht zu meinen Geistesbrüdern schicken«, sagte Tonri. »Morgen wird jeder Schamane wissen, dass der *Maigan* keine Pilger mehr empfängt und seinerseits mit unbekanntem Ziel aufbrechen wird, um Antworten für die kommenden Herausforderungen zu finden.«

Damit fiel Talaan ein Stein vom Herzen. Die Versammelten erhoben sich. Offenbar gab es nichts weiter zu besprechen.

Dennoch ergriff Amisha ein letztes Mal das Wort. »Es wird einige Tage dauern, bis der Rat einen geeigneten MaKri für dein Geleit ausgewählt hat. Dann bist du frei.«

Erst als Talaan das Haus des Ältestenrats verließ, erlaubte er sich ein erleichtertes Aufatmen. All seine Strategie war müßig gewesen, doch hatten seine Ehrlichkeit und die Güte der

Ältesten gesiegt. Damit gaben sie ihm viel zum Grübeln mit auf den Weg. Er würde gründlich über die Verantwortung nachdenken, die ihm das Schicksal in den Schoß gelegt hatte. Denn damit war er bisher deutlich zu leichtfertig umgegangen. Menschen, die Dämonen sein sollten? Ein Orakel, das fester Bestandteil der Kultur der MaKri war? Das versprach äußerst interessant zu werden. Vor ihm lag ein neues Leben.

WUNDER UND MAGIE

Weit nach Einbruch der Dunkelheit ließ Kirra die Große Stadt unter sich zurück und schüttelte nicht zum ersten Mal ungläubig den Kopf. Die letzten Tage hatten viel Seltsames bereitgehalten. Dass sie jetzt zum Gipfel eines Riesenbaumes emporstieg, war eines des harmloseren davon.

Diese Stadt gefiel ihr nicht. Auf sie, die aus einem Dorf stammte, machte sie einen riesenhaften Eindruck und wirkte wenig einladend. Zwar begegneten ihr die Einwohner nicht minder freundlich und entgegenkommend als in ihrer Heimat, doch blieben sie Fremde, die sich um eine neue Schaulustige kümmerten. All die MaKri, die herkamen, um den *Maigan* zu sehen, verbreiteten ein Gefühl von Unruhe und Rastlosigkeit.

Talaan bekam sie nie zu Gesicht. Ständig war er mit irgendetwas beschäftigt – meist damit, Pilger zu empfangen. Sie selbst würde einen Teufel tun, ein oder zwei Tage vor seiner Rundhütte auszuharren, um bei ihm vorstellig zu werden. Pah! So weit kam es noch.

Gerade als sie sich auf die Suche nach einem Reisegefährten für den Rückweg gemacht hatte, war ihr plötzlich Amisha, die Vertreterin der Frauen, über den Weg gelaufen. Diese hatte sie ein wenig zu ihrem bisherigen Leben befragt. Besonders gründlich hatte sie Kirra dazu verhört, wie Talaan zu ihr stand und wie die gemeinsame Reise verlaufen war. So recht wollte Amisha nicht glauben, dass er auch eine unbeschwerte Seite besaß. Aber letztlich gab offenbar genau das den Ausschlag. Denn am Ende ihres Gesprächs kam dieses verrückte Angebot, dessentwegen Kirra nun durch das Geäst eines Riesenbaumes kletterte. Angeblich versteckte sich Talaan hier irgendwo.

So lautlos wie möglich bahnte sie sich einen Weg durch die letzten Zweige und gelangte schließlich zur Baumkrone. Auf einem Ast liegend fand sie ihn endlich. Er hätte schlafen können, doch seine Ohren richteten sich auf.

Eigenartiger Kerl, dachte sie bei sich. *Wer schläft auf einem Baum, wenn er eine gemütliche Rundhütte für sich haben kann?* Neugierig betrachtete sie ihn. Er sah so friedlich aus, ganz anders als in dem Moment, als sie von diesem Maresh in die Stadt gebracht worden waren.

»Störe ich?«, fragte sie leise.

Talaans Kopf drehte sich kaum merklich in ihre Richtung. »Das kommt darauf an. Freund oder Feind?«, murmelte er. Ungeachtet dessen streckte er sich wohlig, als sei die Antwort nicht von großem Belang.

Was sollte diese Frage? Hatte er ihr Gesicht etwa schon wieder vergessen? Das zwickte.

»Darüber werde ich noch einmal gründlich nachdenken«, murrte sie. »Dir muss mal jemand gehörig das Fell gegen den Strich bürsten, wenn du dich nicht einmal mehr daran erinnerst, wer es gut mit dir meint.«

Talaan hob den Kopf. »Eindeutig ein Freund. Fühle dich wie zu Hause, Kirra. Ich wollte nur sichergehen, dass du die Alte geblieben bist.«

Ein wenig skeptisch legte sie sich ebenfalls auf einen Kronast in gleicher Höhe und befand es für erstaunlich bequem. »Denk ja nicht, dass ich vor dir auf die Knie falle, nur weil alle meinen, du wärest von der Weisheit der *Maigan* geküsst worden.«

»Du glaubst gar nicht, wie froh ich bin, das zu hören. Es freut mich sehr, dich wiederzusehen«, versicherte Talaan mit einer wärmenden Freude in der Stimme.

Ein leichtes Kribbeln machte sich in ihrem Magen breit und sie musste unweigerlich lächeln. »Girrad hat mir gesagt, wo du zu finden bist. Tagsüber wirst du ja unentwegt belagert.«

Da horchte er verblüfft auf. »Er hat geplaudert? Was hast du mit ihm angestellt?«

Mit Bedacht übte sie ihren Unschuldsblick. »Es gibt Männer, die mich nicht einfach beiseiteschieben, wenn ich mich ihnen nähere.«

Irritiert rieb sich Talaan die Schnauze und blickte plötzlich sehr interessiert in die Sterne. Zögerlich brachte er hervor: »Bitte sieh es mir nach, Kirra. Ich hoffe, ich habe dich nicht verletzt.«

Sie konnte nicht anders, als amüsiert zu kichern. Sie hatte ihn schon wieder verlegen gemacht. »Ich war nur ein wenig überrascht.« Da sie ihre momentane Wirkung auf ihn auszukosten gedachte, fügte sie mit Unschuldsstimme hinzu: »Magst du mich denn nicht?«

Für einen Moment wusste er wohl nichts zu erwidern. Doch anstatt weiter darauf einzugehen, versuchte er einen Ausfall. »Soweit ich weiß, ist Girrad verheiratet, oder nicht?«

Mit einem zufriedenen, inneren Grinsen, von dem nichts an ihre sorgsam laszive Oberfläche trat, machte Kirra seine Ablenkung zunichte. »Vielleicht spielt er ja nun mit dem Gedanken, sich eine zweite Frau zu suchen?«

»Eine zweite Frau«, erwiderte er schwach. Vollkommen ungläubig starrte er sie an und es dauerte eine Weile, bis er seine Stimme wiederfand. »Lass den armen Girrad in Ruhe.« So umständlich es nur ging, bemühte er sich, eine andere Liegeposition zu finden.

Er zappelte. Wenn man in einem kleinen Dorf inmitten des Regenwaldes lebte, gab es nicht viele Vergnügungen. Männer in Verlegenheit zu bringen war eine davon – etwas, das sie perfekt beherrschte. »Eifersüchtig?«

»Kirra!« Er schien für weitere Proteste Luft zu holen, als ihm offenbar allmählich ein Licht aufging. Murrend legte er sich auf seinem Ast zurecht.

Äußerst zufrieden mit dem Ergebnis erlaubte sie sich ein Siegergrinsen, das jedoch ein wenig wackelig ausfiel. Das Kribbeln in ihrem Bauch wollte nicht verschwinden.

»Warum bist du hier oben, Talaan?«, fragte sie, um auf andere Gedanken zu kommen. »Weißt du, es ist reichlich seltsam, über einem Haus zu schlafen.«

»Schließ die Augen und sage mir, was du hörst«, bat er sie raunend.

Kirra tat, wie ihr geheißen und lauschte. Doch sie vernahm nichts Besonderes. So weit ihr Gehör reichte, gab es nur den Dschungel. »Allein den Wind in den Wipfeln und ab und zu den Schrei eines Nachtsängers.«

»Ist das nicht herrlich?«, flüsterte er begeistert. »Absolute Stille. Keine Stimme der Stadt dringt hier hinauf. Hier gibt es nur das stetige Rauschen eines Meeres von Blättern.«

Erst jetzt wurde ihr das sanfte Schwanken des Baumes in der Brise bewusst und sie fühlte sich auf eines dieser Schiffe versetzt, von denen ein wandernder Geschichtenerzähler berichtet hatte. Ein andauerndes Hin und Her, den Wind im Gesicht und das Brausen des Wassers in den Ohren ...

»Meeresrauschen – du bist ja ein richtiger Romantiker, Talaan«, schnurrte sie amüsiert.

»Das Leben ist viel zu schön, um etwas anderes zu sein.«

Genüsslich seufzend kuschelte sie sich auf dem Ast zurecht und betrachtete verträumt die Sterne. Hier oben fühlte sie sich dem Himmel so nah und auch ein wenig den Träumen ihrer Kindheit. Ein kleines Stück Ewigkeit.

»Warum habe ich das noch nie getan?«, raunte sie voller Staunen.

Talaan bettete den Kopf wieder auf seine Hände und schloss die Augen. »Ich schätze, kultivierte MaKri schlafen eben in Häusern.«

Sein sanfter Spott berührte sie kaum. Viel lieber sog sie weiter den Anblick des Firmaments in sich auf. »Amisha hat mich geschickt«, warf sie nebenher ein. Tatsächlich erschien ihr dieser Auftrag unter der endlosen Himmelskuppel irgendwie unbedeutend.

Ein desinteressiertes Brummen blieb seine einzige Reaktion.

Einmal mehr fragte sie sich, wie dieser Mann ein *Maigan* sein konnte. »Das Wort des Rates der *Großen Stadt* findet selbst in den anderen Siedlungen Gehör.«

Ein knurriges »Hm« war alles, was sie ihm damit entlockte.

»Weißt du, was sie gesagt hat?«

Talaan seufzte und nagte damit beträchtlich an der Vorfreude, mit der sie den Wipfel erklommen hatte. Irgendwie lief das Gespräch nicht so, wie sie sich das ausgemalt hatte: Kirra, Jägerin eines unbedeutenden Dorfes überbrachte die Nachricht einer Ältesten der *Großen Stadt* an einen *Maigan*. »Interessiert es dich denn nicht?«, fragte sie enttäuscht.

»Sie ist da unten und ich bin hier oben. Hier oben gibt es da unten nicht.«

Das brachte sie endgültig durcheinander und sogar das Wohlgefühl in ihrem Bauch verschwand. Überrascht stellte sie fest, dass sie sich tatsächlich ein wenig beleidigt fühlte. Nun war es an ihr, missfällig zu brummen. Wortlos blickte sie wieder zu den Sternen auf.

»Kirra«, sagte Talaan mit einer sanften Stimme, die ihr unter das Fell ging. »Erzähle mir eine Geschichte vom größten Erwählten, den es je gegeben hat, und ich lausche begierig. Oder berichte von einem Abenteuer aus deiner Kindheit und ich folge dir als Freund mit ungeteilter Aufmerksamkeit. Ich mag dich aufrichtig. Die Tage mit dir waren die schönsten, die ich seit meiner Berufung zum *Maigan* erlebt habe.« Ihr Herz machte einen freudigen Hüpfer und riss alle Barrieren des Schmollens nieder. »Aber ich komme eigentlich nur noch hier oben dazu, ich selbst zu sein. Bitte verstehe das.«

Da war sie wieder, diese Verzweiflung, die auch über ihn gekommen war, als Maresh sie zur *Großen Stadt* geführt hatte. Mitfühlend blickte Kirra zu Talaan. So allmählich verstand sie, was die Vertreterin der Frauen mit ihren Worten angedeutet hatte. »Ist das der Grund, weshalb du von hier fort möchtest? Die Älteste Amisha meinte, du würdest ausziehen, um die Abgeschiedenheit zu suchen.«

Da stellten sich seine Ohren auf. »Sie hat mit dir darüber gesprochen?«

Mit einem letzten kleinen Ruck überwand sie den Rest ihres verletzten Stolzes und sagte geradeheraus: »Sie wünscht, dass ich dich begleite.«

»Was?« Er richtete sich freudestrahlend auf. Seine Zähne blitzten hell im Dunkeln auf. »Sie hat dich als meine Leibwache angeworben? Kirra, das ist einfach wunderbar!«

»Leibwache? Pah!« Sie winkte ab. »Lass dir das nicht zu Kopf steigen. Ich komme nur mit, weil du ohne mich in der Wildnis vollkommen hilflos wärst.«

Talaan ließ sein Grinsen noch breiter wachsen. »Du unterschätzt, wie schnell ich lerne. Ich wette mit dir, dass ich in drei Monaten schneller ein Reh erlegen kann als du.«

Damit kitzelte er ihre Instinkte als Jägerin wach. Dass Flauschohren sich immer derart überschätzen mussten! »Wenn du verlierst, werfe ich dich in den nächstbesten Fluss, um dich ein wenig abzukühlen.«

»Und wenn ich gewinne?«

Einmal mehr in ihrem Leben war ihr Mund schneller als ihr Verstand: »Dann hast du dir einen Kuss verdient.« Als sie begriff, was sie gesagt hatte, wurde ihr schlagartig heiß und es gelang ihr nur halb, ihre plötzliche Unsicherheit zu verbergen.

Zu ihrem Glück war er zu sehr damit beschäftigt, sich verlegen anders hinzusetzen. *Den Kuss kannst du auch so haben,* dachte sie wohlig. Aber das würde sie ihm ganz gewiss nicht auf die Nase binden. »Also?«, hakte sie nach.

Unerwartet kehrte sein Grinsen zurück. »Ein angemessener Einsatz, zumal ich ohnehin siegen werde. Einverstanden.« Trotz der selbstbewussten Worte konnte sie seine Unruhe geradezu spüren.

Mit einem selbstsicheren und gleichzeitig verführerischen Lächeln rüttelte Kirra ein bisschen an seinem Selbstvertrauen, bevor sie ihn vom Haken ließ: »Wann brechen wir auf?«

»Am liebsten vor Sonnenaufgang. Aber sollte ich mein Gehen wieder wie eine Flucht aussehen lassen, nehmen es mir die Ältesten ganz sicher übel. Also gegen die Mittagsstunde, sobald das Wichtigste des Tages erledigt ist.«

Sie plauschten noch eine geraume Weile, bis sie mehr gähnten als sprachen. Irgendwann machte er es sich tatsächlich auf dem Ast zum Schlafen gemütlich und mit einigem Zögern tat sie es ihm gleich.

Die Zeit bis zum Aufbruch verging für Kirra wie im Fluge. Der Auftrag des Rates beinhaltete auch, für die Sicherheit

Talaans zu sorgen. Selbst wenn ihr das ein wenig absurd vorkam – schließlich hatte er sie vor dem Schlimmsten bewahrt und nicht umgekehrt – wollte sie es auf ihre Art so gut wie möglich machen. Unter anderem trieb sie für ihn einen neuen Speer auf und schärfte ihren eigenen nach. Zudem stellte sie für ihn das beim Waldvolk übliche Wandergepäck zusammen, nachdem ihr sein leidliches Gepäck bei ihrer ersten Begegnung in Erinnerung gekommen war. Den Großteil der Zeit verbrachte Kirra bei der Gehilfin der Kräuterfrau. Dort ließ sie sich einen Grundstock an stärkenden, heilsamen und entgiftenden Ingredienzen zusammenstellen und frischte ihre Kenntnisse über deren Anwendung auf. Zwar wusste sie, dass Talaans magisches Talent in der Heilung bestand, doch sie verließ sich lieber auf die Dinge, die sie kannte und anfassen konnte.

Als sie schließlich aufbrachen, erlebte Kirra am eigenen Leib, wovor er zu flüchten suchte. Nicht nur, dass offenbar alle lebenden Wesen in dieser Stadt für den Abschied des *Maigan* zusammengekommen waren und ihn mit Ehrungen und Bitten überhäuften. Vielmehr richtete sich ein Teil der Aufmerksamkeit ebenfalls auf Kirra. MaKri, die sie nie zuvor gesehen hatte, spendeten ihr Segenswünsche für ihren Auftrag, den Erwählten zu beschützen. Immer wieder steckte man ihr selbstgemachten Proviant zu, sodass sie bald dankend ablehnte. Auch gab es jene, die eine Hand nach ihr ausstreckten, um sie zu berühren.

Erst eine Ewigkeit und noch ein wenig später gelangten sie zur Grenze des Ortes und wenn Talaan nicht ein Machtwort gesprochen hätte, wären zwei Dutzend Pilger ungefragt mitgekommen.

Als der ganze Lärm der viel zu großen Stadt aus ihren Ohren endgültig verschwand, erlaubte sich Kirra ein erleichtertes Aufatmen.

»Ach du meine Güte«, stöhnte sie. »Das hast du jeden Tag ertragen?«

Erschöpft nickte er.

»Ich rechne es dir hoch an, dass du nicht schreiend davongelaufen bist, als ich dich bat, mit mir zur *Großen Stadt* zu ziehen«, meinte sie zunehmend besser gelaunt.

Talaan sog tief Luft in seine Lungen und beim Ausatmen schien eine Last von ihm abzufallen. Fröhlich sah er sie an. »Ich bin froh, dass alles so gekommen ist, Kirra. Und jetzt lass uns so viele Meilen zwischen uns und diese Verrückten bringen, wie es nur möglich ist.«

Das Feuer, das Kirra entfacht hatte, erblühte gerade erst zu voller Größe, als Talaan bereits von der Jagd wiederkehrte. Zunächst dachte sie, dass er seiner üblichen Abneigung nachgegeben und aufgegeben hatte, doch dann erblickte sie das erlegte Guon in seiner Hand. Sie beschloss, sein grimmiges Gesicht zu übersehen und ihre gute Laune dagegenzuhalten. »Für jemanden, der nicht gerne jagt, warst du ganz schön flink«, lobte sie ihn und setzte ihre sonnigste Miene auf.

»Du hattest Recht«, erwiderte er und klang dabei, als würde ihn jedes Wort Mühe kosten. »Wenn man einmal verstanden hat, wie sich die kleinen Racker verhalten, ist das leichter als Hasen zu jagen.«

»Hasen?«, fragte sie verwundert.

»Hopsende, Haken schlagende Tierchen mit absurd langen Ohren«, erklärte ihr Talaan, sichtbar bemüht seine schlechte Laune zu verbergen. Nur gelang ihm das nicht sehr gut. Stattdessen machte er sich verbissen daran, das Guon zu häuten und auszunehmen.

Irgendwann konnte Kirra das Elend nicht mehr mit ansehen und nahm ihm behutsam erst das Messer, dann das halb zerlegte Tier aus der Hand. »Ich glaube, du brauchst ein bisschen Ruhe«, meinte sie milde.

Er schenkte ihr ein ebenso gequältes wie dankbares Lächeln und verschwand, um sich zu waschen. Als er wiederkehrte, wirkte er tatsächlich entspannter, auch wenn diese ernsten Falten zwischen den Brauen immer noch tiefe Furchen zogen.

Eine Zeitlang teilten sie ein einvernehmliches Schweigen, während Kirra das Guon zum Rösten vorbereitete und Talaan ins Feuer starrte.

Erst als das Fleisch bereits brutzelte, hatte sie das Gefühl, dass es ihm wieder halbwegs gut ging. »Was ist das mit dir und der Jagd?«, fragte sie behutsam.

Beinahe schien es, dass er sie in den Abgründen seiner Gedanken nicht gehört hätte, dann jedoch hob er den Blick und lächelte matt. »Das ist eine einfache Frage, aber die Antwort ist wesentlich komplizierter.« Er sah wehmütig aus. »Ich habe Zeit und bin an manchen Abenden sogar eine gute Zuhörerin«, forderte sie ihn heraus.

Bedächtig hob Talaan eine Hand und betrachtete sie eingehend. Er holte Luft, schüttelte das Haupt und ließ sie wieder sinken. »Das ist eine Geschichte für ein anderes Lagerfeuer, Kirra.« Das war keine Traurigkeit, die in seinen Augen und in seiner Stimme mitschwang. Es war Schmerz. »Mein Leben ist in jeder erdenklichen Hinsicht auf den Kopf gestellt worden, als ich zum *Maigan* wurde. Vielleicht ist das der Preis für die Macht, die diesem Körper innewohnt.«

Darauf wusste sie nichts zu erwidern. Stattdessen sagte sie: »Es liegen ja noch ein paar Übernachtungen vor uns. Meist hilft es ein wenig, sich das Herz von der Seele zu reden.«

Für einen Augenblick verschwand alles Traurige und Gequälte aus seinen Augen und wich einem dankbaren Lächeln, das ihr unter das Fell ging. Das wurde auch dadurch nicht besser, dass er sie forschend musterte.

»Bist du eigentlich enttäuscht?«, fragte er unvermittelt.

Kirra schüttelte das kindische Schwärmen ab, so gut sie konnte. »Enttäuscht?«

»Du bist ausgezogen, um dem *Maigan* zu begegnen, oder nicht? Jetzt hast du ihn gefunden, ohne ihn sehen zu können.«

Manchmal hatte Talaan eine reichlich seltsame Art, seine Gedanken auszudrücken. Sie sann ein wenig darüber nach und stellte fest, dass er die Wahrheit dennoch überraschend gut getroffen hatte: Sie sah alles Mögliche in ihm. Einen MaKri, den sie mochte. Einen Jüngling, der noch einiges vom Leben im Dschungel zu lernen hatte. Einen Mann, der ihr näherkam, als ihr lieb war. Doch so sehr sie sich auch anstrengte, konnte sie keinen *vom Schicksal Erwählten* in ihm sehen.

Die Reise mit ihm unternahm sie, da sie ihn gernhatte, nicht weil es sie mit Ehre erfüllte.

»Nun …« Konnte sie es wagen, das auszusprechen? »Ich hatte bisher nicht die Gelegenheit, den *Maigan* kennenzulernen, nicht wahr?«

Darüber sinnierte Talaan einige Zeit im Stillen. »Wie hast du ihn dir denn vorgestellt?«, fragte er schließlich.

»Erhaben, weise, gutaussehend«, plapperte sie los, bevor sie ihre Zunge im Zaum halten konnte. Erschrocken schlug sie die Hände vor den Mund.

Seine Schnurrhaare zuckten. Seine Schnurrhaare bebten. Ein derart herzliches Lachen brach aus ihm heraus, dass sie ihren Ohren nicht traute. Es währte nicht lange, doch spülte es vor ihren Augen all seinen Kummer fort und ließ einen jungen, fröhlichen MaKri zurück. Kirra schien, als sähe sie ihn zum ersten Mal. Nicht den *Maigan*, aber immerhin den Talaan hinter Schmerz und Masken.

»Gib mir einen Moment«, bat er sie kopfschüttelnd. Er kräuselte die Schnauze, hob das Haupt und drehte den Kopf ins Profil. Mit bedächtigen Bewegungen seiner Finger strich er sich über das Kinn.

»Was tust du?«, fragte sie verwirrt.

»Erhaben und weise dreinblicken«, behauptete er. »Das ist meine Denkerpose. Am guten Aussehen arbeite ich noch.«

»Hör bloß auf damit«, prustete sie und bewarf ihn mit einem Gewürzbeutelchen.

Die Gewürze prallten an seiner Brust ab, dennoch stöhnte er auf. »Mein Stolz wurde tödlich getroffen«, sagte er und streifte sein Schauspiel wieder ab. »Also?«

»Nun …« Sie hatte eher die Gelegenheit beim Schopfe gepackt, als Simraakh durch ihr Dorf gezogen kam, und weniger einen tiefsinnigen Entschluss gefasst. Ein *Maigan* zu ihren Lebzeiten! Doch irgendwie erschien ihr das keine befriedigende Antwort, nicht einmal für sich selbst. Eine Weile sann sie nach und als sie die Erkenntnis fand, schlich sich ein verträumtes Lächeln auf ihre Lippen. »Ich wollte Magie sehen.« Sie rümpfte die Schnauze. »Ein reichlich kindischer Grund, oder nicht?«

Talaan schmunzelte. »Als ich ein Kind war, träumte ich mit seelentiefer Sehnsucht davon, irgendwann wahre Zauberei zu schauen. Bewahre dir diese Träume, Kirra. Manchmal werden sie Wirklichkeit.«

Denkfalten erschienen wieder auf seiner Stirn, doch dieses Mal fehlte die ihm sonst eigene Schwermütigkeit. Auch blieben sie nicht lange, da er bald freudig »Ich hab's« murmelte.

Eine schimmernde Aura hüllte ihn vollkommen ein. Besonders seine Hand, die er mit der Innenseite gen Himmel vor sich hielt, leuchtete wie ungetrübte Sonne auf einem Fluss. Ein Schmetterling aus purem, farbenfrohem Licht stieg aus ihr empor, probierte seine Flügel aus und erhob sich in die Luft.

Kirra konnte die Augen nicht von ihm lassen, während er auf sie zuhielt, erst einmal, dann ein weiteres Mal um sie herumtänzelte, um sich auf einem ihrer Knie niederzulassen. Ein fröhliches Glucksen entstieg ihrer Kehle. Sie konnte selbst die Fühlerchen erkennen, gewoben aus leuchtenden Fäden. Der Schmetterling stieg wieder auf, wirbelte mehrfach um seine Achse und zersprang in tausend bunte Funken.

»Das war zauberhaft«, flüsterte sie. »Von Herzen Dank.« Sie stutzte, als ihr bewusst wurde, was Talaan gerade getan hatte. Er hatte vor ihren Augen Magie gewirkt, obwohl er sich immer bemühte, gewöhnlich zu sein. Und ... »Das war aber kein Heilzauber.«

Seine unbekümmerte Miene wackelte, hielt jedoch stand. »An einem anderen Lagerfeuer?«

Wie konnte sie ihm jetzt etwas abschlagen? »An einem anderen Lagerfeuer.«

Dann erzählte sie aus einer Laune heraus von ihrem Heimatdorf. Er nahm den Richtungswechsel dankbar an und lauschte ihr wie an jenen Tagen, als sie noch nicht gewusst hatte, dass er der vom Orakel erwählte *Maigan* war.

Am kommenden Tag hatte Talaan jeglichen Ehrgeiz eingebüßt, Meilen zurückzulegen. Vielmehr schlenderte er derart gemächlich und vergnügt durch den Regenwald hinter ihr her, dass Kirra ihn kaum wiedererkannte.

»Wenn wir in dieser Geschwindigkeit weiterlaufen, werden wir Wochen brauchen, bis wir es zu meinem Dorf schaffen«, maulte Kirra, während sie sich einen Weg durch das Unterholz bahnten.

»Klingt genau richtig. Du bist die angenehmste Gesellschaft, die ich mir vorstellen kann und hier draußen ist es wundervoll. Weshalb sollte ich es eilig haben, mich wieder in eine Hütte zu zwängen?«

Das verkündete er so ausgelassen und friedlich, dass sie ihm schon fast nicht mehr böse sein konnte. Ihr gefiel seine unbeschwerte Seite viel besser als der sorgenbeladene *Maigan*. Dennoch wollte sie es ihm nicht so einfach machen.

»Also die weichen Felle meiner Schlafstatt und ein Haus ohne Spinnen, Ameisen und Schlangen sind zwei gute Gründe«, stellte sie klar und schob sich zwischen Farnen hindurch.

Talaan schwieg dazu. *Na, wenigstens widerspricht er nicht.*
»Außerdem wirst du jeden Tag im Dschungel verfluchen, wenn du erst einmal das Essen von Chandrika probiert hast. Meine Beimutter ist eine ausgezeichnete Köchin. Nichts gegen deine exotische Art zu würzen, aber allmählich freue ich mich wieder auf Soßen und Gekochtes.«

Die Stille dehnte sich, bis Kirra ein ungutes Gefühl beschlich. Sie blickte über die Schulter und knurrte. Er war fort. *Ich bin ja eine wundervolle Beschützerin.* »Ab sofort gehst du vor mir her, du von der Weisheit geküsster Mann«, brummte sie und machte missmutig kehrt.

Lange musste sie nicht suchen, denn sie fand ihn entlang ihrer eigenen Spur vollkommen verzückt auf etwas im Dickicht schauen. Sie wollte ihm gerade lautstark den Kopf zurechtrücken, als er sich mit einem Finger an den Lippen zu ihr umdrehte. Mit der anderen Hand winkte er sie zu sich. Seine Augen glänzten derart begeistert, dass es geradezu ansteckend war und ihr Zorn verflog wie Morgennebel in der Sonne.

Lautlos trat sie neben ihn und versuchte zu entdecken, was ihn so in Hochstimmung versetzte. Sie sah dieselbe Vegetation wie überall im Dschungel. Dann bewegte sich etwas von einer Lichtkelchblume zur nächsten und sie fokussierte einen kleinen Vogel. Unweigerlich lächelte sie. Der Kolibri schimmerte blau, grün, gelb und rot, während er seinen langen Schnabel in die Blüte tauchte.

»Ist er nicht wunderschön?« Talaans Flüstern klang geradezu verliebt.

Vergessen geglaubte Erinnerungen aus ihrer Kindheit kehrten zurück. Sie sah sich selbst, stundenlang regungslos auf einem Ast verharrend, um den schwerelosen Tanz der Kolibris zu beobachten. »Das ist ein Goldschwänzchen«, raunte sie und spürte einen Hauch des Glücks, das sie damals empfunden hatte.

Er schien es ihrem jüngeren Ich gleichtun zu wollen. Ihr gefiederter Freund schwebte von Blüte zu Blüte und Talaan regte sich kein bisschen. Erst rumorte die Unruhe in Kirras Brust, da sie sich gerade eine weitere Übernachtung im Dschungel einhandelten. Schließlich gab sie ihr Widerstreben auf und ließ den Augenblick in ihr Herz. Eine Zeit lang standen sie in Bewunderung vereint und genossen die Schönheit, welche die Natur ihnen gewährte. So verspürte Kirra eine Spur Bedauern, als der Vogel im Blätter-Wirrwarr verschwand und nicht wiederkehrte.

»Wie kommt es eigentlich, dass ein Flauschohr aus der Fremde mir die Wunder meiner Heimat zeigt und nicht umgekehrt?« Sie flüsterte immer noch – aus Sorge, diesen friedlichen Moment zu rasch zu verscheuchen.

»Weil wir die alltäglichen Dinge für gegeben und irgendwann für gewöhnlich halten.« Er schenkte ihr einen wehmütigen Blick. »Wir wissen sie erst wieder zu schätzen, sobald wir sie verlieren.«

Seine Worte krochen unter ihr Fell, auch da sie die Richtigkeit darin durchaus erkannte. Aber es gab daneben eine andere Wahrheit. »Oder wenn wir jemanden finden, der es uns wiederentdecken lässt.«

Da trat ein derart sonniges Lächeln in sein Gesicht, dass es unweigerlich auf sie übersprang. »Diese Aufgabe übernehme ich gerne.«

Der Gedanke gefiel ihr und sie freute sich auf weitere solcher Momente. »Wollen wir dann?«

Eine Weile sagte er nichts und sah sie nur eingehend an. *Was geht ihm denn jetzt durch den Kopf?* Als er schließlich den Mund öffnete, kam nicht das heraus, was sie erwartet hatte. »Ich habe nicht bei den TaKri im Gebirge gelebt.«

Seine Worte brauchten eine kurze Zeit, um in ihr an der richtigen Stelle anzukommen. Vor etlichen Tagen hatte sie Talaan gefragt, wo ihn die Schwertkunst gelehrt worden war, und hatte auf die schwarzbefellten Krieger spekuliert. Ganz offensichtlich wollte er noch mehr sagen und sie wartete geduldig mit schief gelegtem Haupt.

»Der Grund, warum mir alles derart fremd ist, sogar die MaKri selbst …« Er holte tief Luft. »Ich bin von Menschen großgezogen worden, in einer Stadt aus Stein und Stahl.«

Plötzlich ergab so manches einen Sinn. Dass Talaan die Sitten des Waldvolks nicht kannte und den Dschungel staunend betrachtete, als hätte er ihn nie gesehen. Augenblicklich fragte sie sich, wie viel Glatthäuter in diesem MaKri steckte und erschauerte. Er bemerkte das offenbar und seine Ohren sanken herab.

Da erst wurde sie sich bewusst, was für ein Vertrauen er ihr mit der Wahrheit entgegengebracht hatte. Er hätte sich dazu einfach ausschweigen können, ohne dass sie sich dabei etwas denken würde. Das rührte sie. Einem Impuls folgend trat sie auf ihn zu und drückte ihn kurz und herzlich. Es fühlte sich unverschämt gut an. »Schön, dass du nun hier bist. Ich glaube, der Wald macht dich glücklicher.«

Verdattert sah er sie an. Alle Anspannung fiel von ihm ab und er erwiderte mit warmer Stimme: »Das würde ich auch sagen.«

Mit einem Räuspern wandte sie sich hastig um und lief los. »Komm jetzt, wir haben einen weiten Weg vor uns.« Sie gebrauchte den strengen Tonfall, den sie sonst bei wildgewordenen Kindern verwendete. »Am Ende fällt dir als Nächstes noch ein, Faultiere zu suchen.«

»Es gibt hier Faultiere?« Talaan klang hellauf begeistert.

Kirra seufzte, denn ihr dämmerte, wohin das führte. Doch seine kindliche Freude nagte bereits wieder an ihrer Unrast. »Ich werde dir morgen welche zeigen, in Ordnung?«

»Ich bin hier der Heimatführer«, widersprach er verschmitzt. Er murmelte etwas Unverständliches. Kurz leuchtete er mit goldenem Schein auf, wie gestern, als der den Schmetterling beschworen hatte, und lauschte. »Da hinauf.« Er deutete einen Baumstamm empor.

Entschlossen verschränkte sie die Arme.

»Bitte, Kirra, ich verspreche dir auch, danach nicht länger zu trödeln. Ich habe noch nie ein Faultier in freier Natur gesehen.«

Keiner hat mir gesagt, dass auf einen Maigan aufzupassen, schlimmer ist, als Kinder zu hüten. Doch sie merkte, dass sie seinem Charme gar nicht widerstehen wollte. Irgendwie schaffte dieser Mann das immer wieder.

GIFT UND WAHRHEIT

Kirra kümmerte sich gerade um das Lagerfeuer, als ihre Welt aus den Angeln kippte. Heute kehrte Talaan noch früher als am Vortag zurück, doch sie erkannte schon am Geräusch seiner nahenden, unsteten Schritte, dass etwas nicht stimmte. Sein Fell klebte nass an Kopf und Hals und er schwankte sichtbar, als er aus dem Unterholz trat. Beim Versuch, sich auf den Boden zu setzen, brach er beinahe zusammen.

Ihr Nackenfell richtete sich auf. »Was ist mit dir?«

Er reagierte spät und wie ein Betrunkener: Sein Haupt kippte in ihre Richtung und es bereitete ihm sichtbar Mühe, sie anzublicken. »Mich hat ... Schlange. Klein, grün ... gelber Streifen.«

Das Bild, das er beschrieb, formte sich vor ihrem inneren Auge. Ein Gedanke ließ sie wie von der Tarantel gestochen aufspringen: *Grünblattviper.*

In Windeseile war sie bei ihm, zwang sein Augenlid auf und begutachtete den Augapfel. Viele rote Äderchen woben ein scheußliches Netz um die Iris herum. Bei einem Fingerwisch über die Innenseite seines Ohres blieb Blut auf ihrer Haut zurück. Ihr wurde heiß und kalt zugleich. »Wie lange ist das her?«

Die Antwort Talaans kam derart spät, dass sie in Panik geriet. »Zu lange ... fürchte ich«, brachte er mühsam hervor. »Ich hab ... ein Guon ...« Er blickte sich um, wie ein Wüstenwanderer auf der Suche nach einer Oase. »Wo ist meine Beute?«

Sie achtete nicht auf sein fieberndes Gebrabbel. Stattdessen hievte sie ihn hoch und lehnte ihn mit dem Rücken an einen Baum.

»Du musst jetzt ruhig bleiben«, sagte sie und ihre Stimme zitterte. »Erzähle mir von einem Ort, an dem du dich sicher und geborgen fühlst.«

Wieder ließ die Antwort auf sich warten, doch vergeudete Kirra die Zeit diesmal nicht mit bangem Zögern. Sie hatte kein heißes Wasser, um die Bissstelle zu reinigen. Sie brauchte auch nicht fragen, wo die Grünblattviper ihn erwischt hatte: Seine linke Hand war auf den doppelten Umfang angeschwollen. Ohne langes Federlesen kramte sie in ihrem Wandergepäck, bis sie ein Fläschchen mit Selbstgebranntem fand. Ein Pilger hatte es ihr auf dem Weg aus der *Großen Stadt* zugesteckt.

Segne diesen Mann!, bat sie den Schöpfer und spülte die Wunde mit einem Teil des scheußlich stinkenden Gesöffs aus.

Talaan spürte es wohl kaum. »Es gab … diese Lichtung«, sagte er. »Ein Ort … abgelegen … den meisten Elfen unbekannt.«

Elfen?, irrlichterte es durch Kirras Geist, doch dafür war im Augenblick kein Platz. Wenig behutsam rieb sie mit einem sauberen Tuch, in das ein anderer Verehrer ein Amulett gehüllt hatte, die Verletzung mit dem restlichen Alkohol aus. »Erzähl mir mehr. Was war besonders an dieser Lichtung?«

Mit dem Messer schlitzte sie den Stoff in lange Streifen und hackte zwei halbwegs gerade Zweige von einem Baum, während Talaan mit fieberferner, schleppender Stimme fortfuhr.

»Sie war … friedlich. Als hätte … Erana sie gemacht.«

Kirra fixierte mit den Stöcken und den improvisierten Bandagen Hand und Unterarm. Unterhalb des Ellenbogens zog sie die Bänder so fest an, wie sie nur konnte. Das Gift durfte sich nicht weiter ungehindert ausbreiten.

»Ginuthal und ich …« Er verlor sich derart selig lächelnd in Gedanken, dass Kirra eine Ahnung bekam, was diese Frau für ihn bedeutete – und dass dieser Ort wegen ihr etwas Besonderes war.

»Sprich weiter. Habt ihr euch oft dort getroffen?«

Mühsam blinzelnd kehrte er ins Hier zurück. »Getroffen?« Er lachte abgehackt. »Jahre … Jahrzehnte haben wir uns …«

Das Fieber hat ihn eisern im Griff, erkannte sie entsetzt. *Er redet wirres Zeug.*

Wie zur Bestätigung begann er erneut zu lachen. Erst langsam und trocken, wie ein knarrender Ast und dann aus voller Kehle. »Girrad!«, stieß er zwischendurch hervor. »Hab ihm gesagt ... keine Schlange tötet mich.« Mit diesen Worten kippte sein Kopf nach hinten und seine Augen fielen zu.

»Dabei wird es auch bleiben«, sagte Kirra entschieden, selbst wenn ihr Herz bei seinem kraftlosen Anblick verzagen wollte. Sie hatte ihrerseits ein Versprechen abgegeben. Eine Zusage, die sie letzten Endes allen MaKri gegeben hatte: auf Talaan Acht zu geben.

Die Zutaten der Kräuterfrau!

Sie war auf solch einen Moment vorbereitet und würde ihre Sache gut machen. Entschlossen richtete sie sich auf und machte sich daran, aus den Ingredienzen in ihrem Gepäck einen entgiftenden Sud zuzubereiten.

»Ginuthal!« Der verzweifelte Schrei Talaans fetzte durch ihren Schlaf und ließ Kirra mit rasendem Herzen emporfahren.

Er lag noch an derselben Stelle in der Nähe des Feuers, an der sie ihn nach dem Verabreichen des Kräutersuds hingelegt hatte. Nun jedoch schüttelten Krämpfe seinen Leib.

Wie lange bin ich weggedöst? Besorgt beugte sie sich über ihn und berührte seine ledrige Nasenspitze. Sie glühte heiß und war staubtrocken. *Ein gutes Zeichen,* redete sie sich ein, während sie seinen Puls fühlte. Sein Körper kämpfte mit Fieber gegen das Gift und sein Herz war nicht geschwächt. Wenn er zäh war, würde er überleben. Vielleicht. Rasch löste sie die Verbände, damit seine Hand wieder mit Blut versorgt wurde.

»So fern ...«, wisperte er fast unhörbar und mit schwerer Zunge. »... dein Grab ... einfach fort.«

Ein Schauer jagte Kirras Rücken hinab. Diese Stimme ähnelte kaum noch Talaans. Alles Raue war aus ihr gewichen und sie klang nahezu menschlich.

»Ginuthal ... wo bist du?« Mit einem Ruck bäumte er sich auf und schlug Kirra beinahe die Zähne mit dem Schädel ein. »Schnitter! Hol mich, du Bastard!«

Obwohl sie seine abgrundtief verzweifelten Worte wie Eis stachen, drückte sie ihn sanft, aber bestimmt zurück auf den Boden. Seine Hoffnungslosigkeit rührte ihr Herz mit tiefstem Mitgefühl. Wer Ginuthal – was für ein seltsam fremdländischer Name – auch sein mochte, er litt sehr an ihrem Verlust.

»Verloren ...«, raunte Talaan kaum hörbar und so undeutlich, dass sie eher raten musste. »Die Sterne fremd ... die Erde stumm.« Tränen drangen aus seinen geschlossenen Augen und versickerten im Fell seiner Wangen.

Der ruhige Moment währte nicht lange. »Das Tier, das Tier! Es frisst mich auf! Meinen Frieden! Meine Seele!« Er schrie wie ein Wahnsinniger, die Stimme überschlug sich immer wieder in wilden Sprüngen. Es kostete sie alle Mühe, Talaan ruhig zu halten, so heftig versuchte er, sich hin und herzuwerfen.

Als würde ein böser Geist in ihm wohnen. Kirra schauderte. Dasselbe hatte sie schon einmal gedacht – damals nach der Jagd, vor der *Großen Stadt.*

Er redet im Fieberwahn. Ihr Verstand bestand darauf, dass es so war. Wie konnten ihm die Sterne fremd sein, wie die Erde stumm? Ihr Gefühl jedoch fand, dass seine Worte sehr zu dem passten, was sie an den Tagen zuvor von ihm erlebt hatte. Der Schmerz unter seiner Maske und die Traurigkeit unter seiner grübelnden Stirn waren sehr real.

Sie legte ihm einen feuchten Lappen auf die Stirn und eine Hand besänftigend auf die Brust. »Du wirst gesund werden, Talaan. Kämpfe!«

»... so müde, Geliebte. Kämpfen ... immer im Widerstreit«, seufzte er. Seine Hand irrte umher, fand die ihre und schmiegte sie gegen seine Wange. Doch statt eines Lächelns drang ein hemmungsloses Schluchzen aus seiner Kehle und weitere Tränen rannen, unterbrochen von Wortfetzen: »... Klagen der Toten ... Verehrung der Lebenden ... Blutrausch ... Begehren.« Eine Weile schwieg er. Plötzlich sprangen seine Augenlider auf und er stierte mit wildem Blick durch Kirra hindurch. Sein Kopf wandte sich hin und her. Suchte er etwas in seinen Träumen? Wehrte er seine Geister ab? »Was bin ich?«, rief er voll blanker Panik. »Bestie? MaKri?« Dann nur noch ein mattes Raunen. »Mensch?« Endlich fielen seine Lider wieder zu.

Ein Mensch? Sah er sich etwa so, weil er unter ihnen aufgewachsen war und jetzt nicht wusste, wohin er wirklich gehörte? Mitleid wollte in ihr aufsteigen, als unvermittelt ein anderer Gedanke es beiseite fegte. *Was, wenn er es wörtlich meint?* Keiner hatte sich je gefragt, warum niemand vor Talaan mit der *Einen Schrift* menschliche Gestalt annehmen konnte. *Was, wenn diese Magie nur umkehrt, was Talaan zuvor verzaubert hat?* Es würde auch erklären, weshalb er mehrere Zauber beherrschte. Der ehrenwerte Reshero, einer der großen Gelehrten des Waldvolkes, berichtete in einem Buch von den vielseitigen Magiern des Westens.

Was sollte Kirra jetzt tun? So sie Recht hatte, galt es zu fliehen. Doch sollte sie sich irren, konnte sie ihn nicht einfach zurücklassen. Ebenfalls wurde ihr klar: Er hatte Leben gerettet. Sogar *sie* hatte er vor dem Tod bewahrt.

Während sie noch hin- und hergerissen war, fuhr er gequält fort: »Keiner von ihnen … keiner von *ihnen!* Will es … bin es nicht.« Das war genug! Wie hatten die Ältesten übersehen können, dass ein Mensch unter diesem Fell lauerte?

Entschlossen erhob sie sich – sein fieberhaftes Raunen folgte ihr. »Sie hassen Schwerter … Der Krieg … wird … sie fressen.« Damit verlor er sich eine Weile in wirrem Murmeln.

In größter Hast suchte sie ihr Gepäck zusammen. Ihre Gedanken rasten, während ihre Hände wie von selbst hundertfach geübte Handgriffe vollführten. Es spielte keine Rolle, ob Talaan ein Meisterhexer in veränderter Gestalt war oder ob die Glatthäuter einem heimatlosen MaKri so lange den Kopf verdreht hatten, bis er sich wie ein Mensch fühlte. Kirra wollte so schnell wie möglich fort von hier. Die Soldaten des Königs hatten bewiesen, wie wenig dem Westen ein MaKri-Leben bedeutete.

Das fiebrige Brabbeln Talaans drängte sich in ihre Ohren, zerrte an ihrem schlechten Gewissen. Unweigerlich sah sie zu ihm hinüber. Doch statt Mitleid fand sie nur noch mehr nagende Fragen in sich. Wie hatten es die Menschen fertiggebracht, einen Späher unter ihrer aller Nasen zu platzieren? Wie beim Schöpfer war es ihm gelungen, das Vertrauen aller im Sturm zu erobern, Kirra eingeschlossen? *Ganz einfach: Wir waren so gierig nach Hoffnung in dem aufziehenden Krieg.* Es war an ihr, die anderen zu warnen. Falls Talaan überlebte, mussten sie die Wahrheit kennen!

Gerade als sie den letzten Riemen festzurrte und ihr Bündel schultern wollte, fand er wieder vereinzelte, klare Worte. »... brauchen mich ... kämpfen ... immer weiter. Für mich ... sie ... Kirra.«

Sie erstarrte in der Bewegung. Was tat sie da eigentlich? Einen tödlich vergifteten Mann im Dschungel sich selbst überlassen? Das war nicht sie. Das war die Angst in ihr.

Das Tier frisst mich auf. War es das, was er fühlte? Ihr schauderte. Wenn sie jetzt ging, würde sie sich auf ewig fragen, ob sie ein Leben auf dem Gewissen hatte – ob Mensch oder MaKri spielte keine Rolle.

Das gab den Ausschlag – Kirra setzte sich wieder neben Talaan. Während sie regelmäßig den Lappen auf seiner Stirn auffrischte und ihm ab und zu kleine Schlucke des Kräutersuds einflößte, lauschte sie dem, was stoßweise und in Fetzen seinen Mund verließ. Sie begriff nicht, wovon er sprach, und dennoch zeichnete jedes Wort ein wenig mehr von ein und demselben Bild. Dabei glich dieses eher einem fantasiereichen und zugleich düsteren Gobelin, in den Fiebermotten viele hässliche Löcher gefressen hatten.

So nahm er sie mit auf eine irrlichternde Reise zu fremden Orten und unbekannten Personen. Manche Namen tauchten öfter aus dem Fluss seiner Stimme auf, allen voran »Ginuthal«.

Die restliche Nacht begleitete sie ihn in seine Träume voller Liebe und Verlust, Schwert und Magie und den Toten, die ihn verfolgten. Sie beruhigte ihn mit sanften Berührungen und milden Worten, bis sein Redeschwall im Morgengrauen versiegte.

Er würde leben. Viel zu erschöpft, um sich Sorgen über das zu machen, was vor ihr lag, schlief Kirra endlich ein.

Ein bitterer, beißender Gestank wies Talaan letztlich den Weg aus der Ohnmacht. So widerwärtig er auch sein mochte, hätte er ihm am liebsten einen Schrein errichtet. Er bedeutete Leben. Seine Lider gehorchten nur widerwillig, als er sie aufschlug. Dämmerung lag in der Luft – ob zum Morgen oder zum Abend vermochte er nicht zu sagen. Seine Augen wollten wieder zufallen, doch kämpfte er dagegen an. Der Geschmack des Überlebens lag zu süß auf der Zunge, um ihn zu verschlafen.

Kirra erschien in seinem Gesichtsfeld und schenkte ihm ein besorgtes Lächeln. »Willkommen unter den Lebenden, Talaan.« Prüfend berührte sie seine Nase und nickte zufrieden. »Das Fieber ist gesunken.«

»Diesmal hat es mich wohl ziemlich erwischt«, krächzte er kraftlos. Sein Hals brannte, als wäre er schreiend in eine Schlacht gestürmt.

»Du hast Glück, dass du noch lebst, du Narr.« Sie strich ihm fürsorglich über den Kopf. »Und dass eine Jägerin an deiner Seite ist, die sich auf Schlangenbisse versteht. Eine Grünblattviper ist kein Spielzeug für kleine Jungen.«

Vergeblich versuchte er, ein Lächeln zustande zu bringen. »Ich fühle mich schrecklich schwach.«

Kirra verschwand kurz aus dem blattgrünen Himmel und kehrte mit einem dampfenden Holzbecher zurück. Nun wurde Talaan klar, woher der unerträgliche Gestank stammte, der ihn geweckt hatte. »Trink!«, forderte sie ihn auf, hob sein Haupt an und hielt ihm den Becher hin.

»Das riecht scheußlich«, stöhnte er.

Ein unschuldiger Gesichtsausdruck versprach Schlimmes. »Der Geruch ist harmlos, glaub mir.« Ohne auf seine Proteste einzugehen, setzte sie ihm das Gefäß an die Lippen und flößte ihm das Gebräu ein.

Notgedrungen schluckte er das Zeug und hätte sich beinahe übergeben. Der Kräutersud schmeckte nach Jauche.

»Du willst mich umbringen«, brachte er hustend heraus, als sie ihre Folter beendet hatte. Diesen abscheulichen Geschmack würde er sein Lebtag nicht mehr aus dem Rachen herausbekommen.

Kirra lachte ungläubig. »Nachdem ich mich drei Tage mit dir abgeplagt habe?«

»So lange?« Er wollte seine Schläfen reiben, doch konnte er nicht einmal die Hand bewegen.

Als er mühevoll den Kopf hob, sah er seinen linken Arm auf dem Bauch liegen. Er wirkte seltsam deformiert und das Fell fiel an einigen Stellen aus.

»Was ist mit mir?«, fragte er alarmiert.

Sie klang bedrückt, als sie Antwort gab: »Das ist die schlechte Nachricht. Ich musste den Arm für eine Weile abbinden, so fest es ging.« Sie schluckte schwer. »Das Gift der Grünblattviper zersetzt das Fleisch, Talaan. Was ich dem Rest deines Körpers erspart habe, hat allem in der Nähe der Bissstelle umso heftiger zugesetzt.« Eine Träne drang in ihren Augenwinkel. »Du wärst sonst gestorben. Kannst du ihn heilen?«

Er ließ den Kopf wieder sinken. Er konnte nicht einmal seine Finger spüren. Kein gutes Zeichen. »Wenn ich einschlafe, schlage mich bitte, ja?«, bat er sie mit raspelnder Stimme. »Ich muss die Augen schließen, um mich zu konzentrieren.«

Das Geistessymbol, das ihm immer häufiger mühelos gelang, leuchtete diesmal kaum sichtbar in seinem Verstand. Verbissen konzentrierte er sich, ordnete Strich um Strich, Windung um Windung, und rang dem Symbol jedes Mal ein wenig mehr Kraft ab, bis es in voller Pracht erstrahlte. Seine Zähne knirschten vor Anstrengung.

Dabei war das der einfache Teil, dachte er resigniert. Er sandte sein magisches Lebensgespür in den linken Arm und erschauerte. Das leuchtende Geflecht des Lebens endete kurz unter dem Ellenbogen. Dort zerfaserte es in eine stumpfe, teerige Masse. Sein Unterarm war abgestorben.

Immerhin bedeutete dies, dass ihn keine Schmerzen erwarteten. Doch die Versuche, seine Zellen zu heilen, scheiterten im Ansatz. Es war nichts übrig, was noch genug Vitalität in sich barg.

Stöhnend ließ er den Heilzauber fahren. Ein trockenes Lachen entstieg seiner Kehle. »Hatten die MaKri schon mal einen einhändigen *Maigan*?«

Kirras Ohren sanken auf einen Tiefpunkt. »Ich habe dir deine Hand ...« Ihre Tränen flossen ungehemmt.

»Du hast mir das Leben gerettet, Kirra«, sagte er mit mehr Frohmut, als er fühlte. »*Talaan der Einhändige* ist doch ein netter Name für die Geschichtsbücher.«

Fassungslos starrte sie ihn an. »Hat deine menschliche Form jetzt auch nur noch einen gesunden Arm?«, fragte sie schließlich.

Der Gestaltenwandel! »Wenn ich nicht zu schwach wäre, würde ich dich auf der Stelle küssen.« Prompt bekam er einen weiteren Hustenanfall. Abermals schloss er die Augen und beschwor den Zauber der Transformation. Zu seinem großen Glück hatte er die Tafel des Orakels immer wieder in diversen unruhigen Nächten studiert. Er folgte den Worten, die er nun auswendig kannte und formte erneut Schritt für Schritt das Geistessymbol. Anders als Kirra es im Sinn hatte, ergänzte er jedoch das gestaltlose Muster um die Erinnerungen an seinen Körper als MaKri.

Die magischen Ströme hoben ihn ein wenig empor, als würden sie Platz für ihr Werk benötigen. Das Gefühl, durchgewalkt zu werden, kam so widerlich über ihn wie die letzten beiden Male. Doch als er dieses Ziehen und Zerren auch in den Fingerspitzen seiner linken Hand spürte, hätte er es vor Freude umarmen können.

Als der Zauber ihn wieder sanft auf den Boden sinken ließ, fühlte er sich deutlich erschöpfter als zuvor.

»Naja«, seufzte er und lächelte Kirra aufmunternd an. »*Talaan der Zweihändige* klingt lächerlich. Aber das ist mir ganz recht.«

Erleichterung und Ungläubigkeit, Überschwang und Tränen huschten über Kirras Miene, ohne sich einigen zu können, wer nun bleiben sollte. »Schlaf jetzt. Du brauchst Ruhe.«

Er versuchte noch, in seinem Geist das Heilungssymbol zu formen, um die Schwäche hinfort zu waschen. Bevor er es jedoch auch nur halb vollenden konnte, entglitt er bereits in die Dunkelheit.

DREI LEBEN

Der Tag begann der Nacht zu weichen, als Talaan das nächste Mal erwachte. Nach wie vor steckte ihm eine tiefe Entkräftung in den Knochen, aber seine Gedanken wanderten nicht mehr im Nebel. Ein Zauber vertrieb die Erschöpfung rasch. Mit einem herzhaften Gähnen richtete er sich auf.

»Ausgeschlafen?«, fragte Kirra nur. Sie saß auf der anderen Seite des Lagerfeuers und röstete darüber ein Stück Fleisch an einem Stock.

Er bewegte die Finger der linken Hand voller Staunen. »Ich fühle mich wie neugeboren.« Der forschende Blick, den sie ihm daraufhin zuwarf, verunsicherte ihn. »Du hast mir das Leben gerettet, Kirra. Ich danke dir von Herzen. Wenn ich irgendetwas für dich tun kann, sprich es einfach aus.«

»Wir sind uns nun nichts mehr schuldig, schätze ich«, sagte sie derart nüchtern, dass es geradezu kühl wirkte.

»Ich hatte nie den Gedanken, dass du mir etwas schuldest«, erwiderte er ernst. Dankbar nahm er das rohe Fleisch, das sie ihm auf einem Zweig gespießt reichte, und briet es ebenfalls über dem Feuer. So verbrachten sie schweigend einige Zeit damit, das Essen zuzubereiten.

Sie schwiegen immer noch, als Kirra anfing, an ihrem Braten zu nagen, wobei sie Talaan nicht einen Moment aus den Augen ließ. Ihre Miene blieb ausdruckslos.

Allmählich fühlte er sich unter ihren Blicken unbehaglich. Sie gab ihm das Gefühl, etwas verbrochen zu haben. Doch was hätte er in den letzten drei Tagen anstellen können?

Er wollte gerade einen ersten Bissen nehmen, als sie ihn plötzlich fragte: »Wer ist Ginuthal?«

Eisig fuhr ihm der Schrecken ins Herz und er erstarrte in der Bewegung. »Habe ich im Fieber gesprochen?« Die Frage kam ihm bereits dumm vor, als er sie noch nicht vollends ausgesprochen hatte. Woher sollte sie sonst diesen Namen kennen? Er hatte es satt, sich zu verstecken. Was hatte Firr doch gleich darüber gesagt? Vertrauen gehörte zum innersten Wesen der MaKri. Es wurde Zeit, Kirra welches entgegenzubringen.

»Ginuthal war meine Frau«, antwortete er schließlich. Er konnte sich dunkel daran erinnern, von ihr geträumt zu haben. »Bis zum Tag ihres Todes.«

Regung kam in ihre Züge. »Das tut mir leid. Woran ist sie gestorben?«

Die Erinnerung an das Schmunzeln seiner Liebsten ließ ihn unweigerlich selbst lächeln. Ihre sanfte Natur, ihr wunderschönes Gesicht – sogar im Alter und im Tod war ihr diese Schönheit geblieben. Ungeachtet dessen war sie fort. »Jeder stirbt einmal, ganz gleich, wie alt er werden mag. Das Maß ihrer Jahre war voll.«

»Du hast keine fünfundzwanzig Regenzeiten gesehen!«, erwiderte sie ungläubig.

Ruhig begegnete Talaan Kirras zweifelnden Blicken. »Das war in einer anderen Zeit, Kirra. In einem anderen Leben.« Er lachte bitter auf. »Glaube mir, ich wäre ihr gerne in den Tod gefolgt. Diese Gnade blieb mir jedoch verwehrt.«

Eine geraume Weile schwieg sie gedankenverloren und starrte in das Feuer. Sie hielt ihn sicherlich für verrückt. Stattdessen fragte sie nur leise: »Bitte sei ehrlich zu mir: Warst du in diesem Leben ein Mensch?«

Wie gnädig Kirra doch war, ihre Unsicherheit so deutlich auf der Zunge zu tragen. Zwar konnte er nur ahnen, was sie nun aus seinem Munde wusste, aber er hatte als Heiler oft genug Kranke im Fieber begleitet. Sie sprachen wirr. Seine Vergangenheit – die eines Mensch, der in einer anderen Welt geboren und hier als MaKri wiedererwacht war – musste ihr geradezu wahnsinnig erscheinen. Wenn er es jetzt geschickt anstellte, würde er sich herausreden können.

Indessen hatte Kirra Besseres verdient. Er mochte sie von Herzen gern und verdankte ihr die schönsten Momente seit seinem Wiedererwachen. Die Wahrheit jedoch lag wie ein Abgrund vor ihm, dessen Boden im Dunkeln verschwand. Er holte tief Luft und trat über die Kante. »Ja, ich war ein Mensch – zwei Leben lang.«

Ihre Augen weiteten sich. »Nicht wenige von meinem Volk halten Menschen für Dämonen ohne Fell.«

»Denkst du denn, dass ich eine Kreatur der Hölle bin?«, fragte er traurig. Er hatte gehofft, seine Taten für sie und die anderen MaKri wären etwas wert.

»Ich ...« Ihre Kiefer mahlten. »Ich weiß nicht mehr, was ich glauben soll.«

Bedächtig nickte Talaan. Kirra hatte sein Leben in den Händen gehalten. So, wie es aussah, würde er es noch einmal in ihre Obhut geben. Nur wenn sie alles von ihm erfuhr, wirklich ohne Ausnahme, konnte sie entscheiden.

Also spießte er seine Mahlzeit in die Erde und schenkte ihr seine volle Aufmerksamkeit. »Ich werde dir eine Geschichte erzählen, so sonderbar und unwahrscheinlich, wie sie nur sein könnte. Ich überlasse es deinem Herzen, ob du sie für wahr befindest oder nicht. Am Ende liegt es bei dir, was du mit dem Gehörten anfängst.«

Sie nickte zögerlich. Nachdenklich biss sie von ihrem Braten ab, doch ihre Augen fixierten ihn ohne die kleinste Unterbrechung.

Talaan sammelte sich und überlegte, wie er beginnen sollte. Schließlich wusste er es.

»Ich wurde in eine entzauberte Welt geboren, Kirra. Die Menschheit hatte Dinge erdacht, die du dir nicht einmal vorstellen kannst. Maschinen, mit deren Hilfe man jenseits des Himmels reisen konnte. Gelehrte entschlüsselten die Gesetze, nach denen Sterne und Planeten entstanden und wieder vergingen, aber auch, wie alles Stoffliche in seinem Innersten beschaffen war. Heiler ergründeten die Struktur des Lebens selbst.

Die wohl großartigste Erfindung jedoch war eine Art Bibliothek: Stell dir vor, es gäbe ein Buch, in dem alles, was je geschrieben wurde, enthalten ist. Jeder Mensch konnte mit jedermann auf der ganzen Erde sein Wissen teilen.

Du fragst dich jetzt vielleicht, wie ich bei so vielen Wundern von einer entzauberten Welt sprechen kann. Dafür gibt es manche Gründe. Die meisten dieser Wunder wurden auf der Armut unzähliger Länder errichtet. Ihre Segnungen kamen oft den Wohlhabenden zugute, deren Reichtum auf der Ausbeutung jener fußte, denen dieser Fortschritt ein ferner Traum blieb.

Vor allem anderen aber war es eine Menschheit, die zunehmend ihren Gott vergaß und glaubte, dass im Erforschten Antworten und Weisheit lägen. Es war eine Welt, regiert von Kaufleuten, derart absurd reich, dass sämtliche Hungernde der Erde davon hätten satt werden können. Wer es in seinem Leben zu etwas bringen wollte, durfte sich nicht Träumereien hingeben, sondern musste ein fleißiges Zahnrad im großen Getriebe sein.

Dabei war ich ein leidenschaftlicher Träumer. Die Fantasie war mein Anker. Während laute Minderheiten Hass gegen jene aus der Fremde schürten, reiste ich in Gedanken und Büchern zu exotischen Völkern, die keine Menschen waren. Wo Gelehrte unzählige Wunder durch nüchterne Erklärungen demontierten, verzehrte ich mich nach Magie. In einer Gesellschaft, in der viele immer einsamer wurden, erträumte ich mir Liebe. Auch wenn ich in einem Land des Friedens lebte, gab es grausame Kriege auf der Welt. Also träumte ich von Frieden.

Die Erde war durch und durch entzaubert. Obwohl wir sahen, wie sehr wir jedem Lebewesen und ganz besonders unseren Mitmenschen schadeten, taten wir nichts.

Du sagtest, Kirra, dass manche MaKri die Menschen für Dämonen halten. Die Wahrheit ist einfacher: Sie sind nicht böse. Sie sind vor allem dumm und zudem bequem, solange es ihnen gut geht. Ich schätze, ich war mit all den ausufernden Träumen von beidem etwas.

Dann starb ich. Nicht den Tod eines Helden, sondern den Tod eines unbedeutenden Kaufmanns. Doch bildete mein Sterben nicht das Ende. Durch eine mir unbegreifliche Magie erhielt ich ein zweites Leben.«

Als seine Erinnerungen die Schwelle seines ersten Todes überschritten, war es Talaan, als würde er aus stickigen Sümpfen hinaus an ein grünes, sonnenbeschienenes Ufer treten. Es trieb ihm unweigerlich ein Lächeln auf die Lippen. Er blickte zu Kirra, die ihr Fleisch inzwischen gänzlich vergessen hatte und mit tiefen Grübelfalten auf der Stirn ihres geneigten Kopfes lauschte.

»Ich erwachte in einer fremden Welt, in einem neuen Körper. Ich kam an einen Ort, überbordend mit Leben und Frieden. Um mich herum ein Wald, so ganz anders als alle Waldungen, die ich kannte. Kein Mensch hatte je Hand an ihn gelegt, weder mit Äxten noch mit den Giften, mit denen man auf der Erde unentwegt die Luft verpestet hatte. Erst in diesem Idyll begriff ich, wie fundamental das war, was wir unserem Planeten und der Natur angetan hatten, und trauerte um ihr langsames Sterben.

Die Elfen nahmen mich auf. Ich glaube, es faszinierte sie, dass ein Mensch ihre Heimat derart liebte und achtete. Sie nannten ihn – in ihrer Sprache – den *Jungen Wald*. Der letzte Landstrich auf jeglichen Kontinenten, der vom Einzug der Zeit in die Welt nicht berührt worden war.«

»Wer waren diese Elfen?«, unterbrach ihn Kirra das erste Mal. Ihre topasblauen Augen schimmerten verträumt im Schein des Feuers.

Sie hatte keine Ahnung, wie schwer diese harmlose Frage zu beantworten war. Talaan hatte all die Jahre keine Antwort gefunden, welche das *Schöne Volk* nicht in langen Abenden widerlegt hätte. »Dem flüchtigen Betrachter mögen die Elfen wie hochgewachsene, makellos gutaussehende Menschen mit spitz zulaufenden Ohren erscheinen. Doch sie waren all das, was die Menschen nicht waren. Vielleicht auch nur, was wir nicht sein wollten: bedacht, weise, in Liebe und Einklang mit allem, was Tier oder Pflanze war. Sie beherrschten die Sprache des Lebens und das Leben die ihre. Darum wussten sie um den Wert des Friedens.

Es erscheint mir immer noch wie ein Wunder, dass Ginuthal mich erwählt hat. Sie war erst meine Mentorin. Sie unterwies mich in der Sprache der Elfen und lehrte mich, die Sitten ihres Volkes zu verstehen. Bei alledem muss ich in ihren Augen wie ein Kind auf sie gewirkt haben, wie ein begriffsstutziges obendrein. Dennoch verliebte sie sich in mich und nahm mir mit der Zeit die Angst, auch sie zu lieben.

Schließlich wurden wir Mann und Frau. Sie wagte diesen Schritt, obgleich Menschen nur den Bruchteil der Lebensspanne eines Elfen besaßen. Ob es am *Jungen Wald* lag oder die seltsame Magie des Wiedererwachens der Grund war: Ich alterte nicht. Mehr noch: Ich starb bei einem Jagdunfall, doch wurde mein Tod binnen einer zehntel Stunde ungeschehen gemacht.

Mit den Jahrhunderten durchdrangen mich der Frieden des Waldes und das Wesen der Elfen. Gleichwohl blieb ich ein Mensch und wurde irgendwann rastlos. Ich zog immer wieder aus, um die Welt außerhalb zu erkunden. Von einer dieser Wanderschaften brachte ich einen magischen Folianten mit. Ich vergrub mich jahrelang in sein Studium und entschlüsselte mit der Zeit, wie die Magie wirkte, welche man in ihm eingeschlossen hatte.

Meine Wanderlust legte sich erst, als mir Ginuthal Kinder gebar. Es folgten ungezählte friedvolle und glückliche Jahre, bis das Alter mir die Liebe dieses Lebens nahm. Dann hielt mich nichts mehr an jenem Ort, der mich mit jedem Blatt an meinen Verlust erinnerte. Ich sagte meinen längst erwachsenen Kindern und dem restlichen *Schönen Volk* Lebewohl und begab mich auf eine letzte Reise.

Bald stieß ich auf die Spur eines grausamen Mannes namens Marten, der wahllos zu morden schien. Später erkannte ich, dass das nicht stimmte. Wie er von mir erfahren hatte, vermag ich nicht zu sagen. Doch jede Leiche war eine Aufforderung, mich ihm zu stellen. Am Ende rang er mir die unmögliche Entscheidung ab, welches von zwei Dörfern überdauern und welches ausgelöscht werden sollte. Die Toten von *Ferragun* liegen mir seitdem auf der Seele wie Blei.

Warum meine Unsterblichkeit diesmal versagte, ist mir ein Rätsel. Lag es daran, dass ich mit Ginuthal den Halt in jenem

Leben verloren hatte? Lag es an der Magie Martens? Es machte keinen Unterschied: Ich unterlag ihm hoffnungslos im Kampf und starb durch sein Schwert.«

Ein kalter Schauer schüttelte Talaan und sein Rückenfell richtete sich auf. »Wieder erwachte ich in einer fremden Welt. Nun jedoch als MaKri. Rashek und Maresh fanden mich zum Glück, denn in diesem Körper ...« Versonnen betrachtete er seine Schwanzspitze, die vor ihm auf dem Boden lag. »... war ich hilflos wie ein kleines Kind. Den Rest kennst du: Die Geschichte des MaKri, der Girrad in der *Großen Stadt* vor aller Augen heilte und den jeder seitdem *Maigan* nennt.«

Eine geraume Weile starrte Kirra nur stumm ins Feuer, nachdem Talaan geendet hatte. Doch ihre Augen schimmerten nicht mehr verträumt, sondern wirkten stattdessen hoch konzentriert.

Er ließ ihr die Zeit, all das Gehörte zu ordnen und vielleicht auch zu verdauen. Es hatte gutgetan, ihr dieses Geheimnis anzuvertrauen. So etwas zu verschweigen hieß, mit einer Lüge zu leben; bedeutete, einen Teil von sich zu verleugnen. Ganz gleich, wie sie wegen seiner Offenbarung urteilen würde: Hier und jetzt ihr gegenüber vorbehaltlos ehrlich gewesen zu sein, glich dem ersten Atemzug nach langem Tauchen.

Da er einen Bärenhunger verspürte, pflückte er sein aufgespießtes Bratenstück und machte sich eifrig darüber her. Selbst die Sorge, dass sie ihn entweder für verrückt oder gefährlich, vielleicht sogar beides halten könnte, hielt ihn nicht auf, bis sich kein Fleisch mehr am Stock befand.

Als Kirra das Schweigen schließlich beendete, war es eine Frage, die ihren Mund wie eine sich anpirschende Hyäne verließ: »Wo hast du gelernt, mit dem Schwert zu kämpfen?«

»Nach allem, was ich erzählt habe, willst du das zuerst wissen?« Talaan verstand den Sinn dahinter nicht.

»Du sagst, dass du in deinem ersten Leben ein unbedeutender Kaufmann warst. Auch behauptest du, die Elfen seien ein Volk des Friedens.« Jedes ihrer Worte war ebenso präzise wie skeptisch. »Also frage ich dich: Wer hat dir beigebracht, derart tödlich eine Klinge zu führen?«

Nun begriff er. Kirra kämpfte mit ihren Zweifeln an ihm und an seiner Geschichte. Hatte er erwartet, dass sie nicken und seinen Bericht einfach akzeptieren würde? »Die Elfen haben auf dem harten Weg gelernt, dass Schwerter auch jene töten können, deren Hände leer sind. Um das zu schützen, was ihnen lieb und teuer war, erlernten sie vor Urzeiten, Schwerter zu schmieden und zu gebrauchen. Wenn man wie sie hundert Dekaden lebt, bringt man alles, was man lernt, auch zur Perfektion. Doch die Elfen wären nicht, wie sie sind, hätten sie nicht selbst aus dem Schwertkampf etwas Schönes geformt. In den Jahrhunderten des Friedens perfektionierten sie eine Kunst, die sie Klingentanz nannten. Diese lehrten sie mich.«

Kirra schnaubte und schüttelte seufzend den Kopf. »Verflixt, ich kann das einfach nicht«, murmelte sie.

Ganz sicher war das nicht für Talaans Ohren bestimmt gewesen. Mit einem äußerst ernsten und besorgten Gesicht umrundete sie das Feuer, setzte sich neben ihn und bedeutete ihm, sich zu ihr zu drehen. Er tat wie geheißen und sie näherte sich seiner Nase, sodass er ihren Atem mit den Schnurrhaaren spürte.

»Du bist wahrhaftig nicht als MaKri geboren worden?«, fragte sie, während ihre Blicke in seinen Kopf zu dringen schienen.

»Ich weiß selbst nicht, wie das sein kann. Aber ich erwachte einfach in einem neuen Leben.«

»Das tut mir leid.« Mitgefühl huschte über ihre Augen und verschwand ebenso schnell, wie es gekommen war.

»Wieso sagst du das?« Talaan war äußerst irritiert über die Richtung, die sie einschlug.

Erstaunt erwiderte sie: »Du hast weder Eltern noch Geschwister. Das muss schrecklich sein. Erst recht, wenn man sie so dringend braucht wie du gerade.«

Aus einem Reflex heraus hätte er beinahe abgewinkt, nur irgendwie wollte ihm das nicht gelingen. Hatte er nicht stets eine ferne Wehmut verspürt, wann immer er die Familienbande von anderen erlebt hatte? Statt abzuwiegeln, kam ihm nur ein schwaches »Danke, das ist lieb« über die Lippen.

Kirra räusperte sich. »Du hast viele wunderliche Dinge gesagt, während das Gift dich in seinen Fängen hatte. Ich habe es für Fieberwahn gehalten, aber wieder genesen ist das, was du erzählst, nicht weniger seltsam.« Ihr forschendes Starren ging ihm zunehmend unter die Haut. »Was meintest du damit, die Erde wäre stumm?«

Das Fell sträubte sich ihm. »Das habe ich erzählt?« Selbstverständlich waren dies seine Worte, erkannte er doch ihre Wahrheit, die tief in seinem Innern begründet lag. Wie in Trance legte er eine Hand auf den Boden des Waldes. Da war nichts – nur Schweigen. Tränen stiegen ihm in die Augen, die er mit einem kräftigen Einatmen zurückdrängte. »Du kennst das Gefühl von Heimat«, sagte er mit brüchiger Stimme. Verlegen räusperte er sich. »Es ist, als würden dich die Bäume, das Gras, ja selbst der große Felsbrocken, an dem du dir als Kind den Kopf gestoßen hast, mit wärmender Verbundenheit durchdringen.«

Kirra nickte stumm.

»Wenn du tausend Jahre lebst, geht dir das mit der ganzen Welt so. Tonri, der Schamane der *Großen Stadt*, nennt es *Einklang* mit ihr. Es ist nichts davon übrig.«

»Das klingt furchtbar«, erwiderte sie nachdenklich. »So durch und durch verloren. Jetzt verstehe ich langsam, warum es dir Angst macht, dein altes Wesen zu verlieren. Es ist das einzig Vertraute, was dir von deinem letzten Leben geblieben ist.«

»Ich habe im Fieber auch wirklich alles ausgeplappert, nicht wahr?«, brummte Talaan. Sie zuckte nur mit den Achseln. »Es entbehrt nicht einer gewissen Komik, dass ich Zeit meiner zwei Leben dachte, das Wort *Menschlichkeit* hätten die Menschen nur erfunden, um zu verleugnen, dass sie sich für besser halten, als sie sind. Nun da ich keiner mehr bin, kommen mir Zweifel.« Er suchte in ihren Augen nach Antworten, fand jedoch nur Fragen.

Er schämte sich, es offen auszusprechen. Aus Angst, seine dunkle Hälfte zu offenbaren, aber auch aus Sorge, Kirra und jeden einzelnen MaKri zu beleidigen. »Ich verstehe nicht, wie ihr so gelassen mit diesen … Wie könnt ihr so sein, wie ihr seid – derart friedlich und vertrauensvoll –, wenn solch mächtige Instinkte in euch toben?«

Nicht zum ersten Mal neigte sie neugierig den Kopf zur Seite. »Was meinst du?«

»Geht das nur mir so?«, fragte er beinahe verzweifelt. Verstärkte dieser Körper letzten Endes nur jene menschlichen Neigungen, die er in sich trug?

Er beschloss, sich behutsam vorzutasten. »Ich ertrage es nicht, längere Zeit in einer Hütte zu sitzen. Ich fühle mich mit jeder Stunde mehr wie ein eingesperrtes Tier.« Bei diesen Worten zuckte sie nicht einmal mit den Wimpern. »Wenn ich zornig werde, erkenne ich mich kaum wieder. Es ist, als würde ein Feuer in mir brennen.«

Kirra lachte. Sie lachte! »Ist mir aufgefallen. Es ist ziemlich unhöflich, auf dem Marktplatz ein donnerndes Gebrüll anzustimmen.«

Es irritierte Talaan, dass sie seine Äußerungen so selbstverständlich hinnahm, ohne etwas über ihre Gefühle verlauten zu lassen. Nun blieben nur noch die Dinge übrig, die ihm äußerst unangenehm waren. »Ich …« Er räusperte sich. »Ich kann riechen, wenn Frauen an mir interessiert sind. Das gibt es bei Menschen nicht und es macht mich schier verrückt.« Sie kicherte, senkte verlegen den Blick und setzte mehr oder minder gelungen eine ernste Miene auf. »Das Schlimmste aber ist die Jagd. Es als Jagdfieber zu bezeichnen, trifft es nicht einmal annähernd. Es erfüllt mich mit Abscheu, dennoch verspüre ich regelrecht das Verlangen, nur mit Klauen und Zähnen zu jagen.«

»Das ist es, was du mit dem Tier meinst, das dich auffrisst?«, fragte sie ein wenig fassungslos.

Er nickte beschämt.

»Ich gebe dir jetzt ein paar ernst gemeinte Ratschläge, Talaan«, sagte sie mit versteinertem Gesicht. »Geh mehr spazieren. Friss die Wut nicht in dich hinein, sondern rede offen mit allen über deine Gefühle. Such dir eine MaKri, die dich mag, und schlaf mit ihr.« Plötzlich stockten ihre Worte und das Innere ihrer Ohren wurde puterrot. Dass ihre Stimme betreten klang, als sie fortfuhr, nahm ihrer aufrüttelnden Ansprache deutlich den Schwung. »Was das Jagen angeht – was glaubst du, weshalb ich Jägerin geworden bin? Nie fühle ich mich so lebendig, wie auf der Jagd. Warum willst du dich dagegen wehren? Nur das mit den Klauen und Zähnen solltest du besser lassen.«

Fassungslos starrte er sie an. Ihre nüchterne Maske war inzwischen zu Staub zerfallen und sie grinste – halb verschmitzt und halb beschämt.

»Ich meine das ernst, Kirra«, sagte er, so ruhig er nur konnte.

»Ich auch«, entgegnete sie verwundert. »Niemand hockt freiwillig in einer Hütte, wenn er raus in den Regenwald kann. Offen Sorgen und Ängste auszusprechen, hilft uns, mit unserem wilden Erbe umzugehen. Wir hatten seit über tausend Jahren keine Scharmützel mehr zwischen den einzelnen Siedlungen. Jeder von uns geht hin und wieder jagen, schließlich ist es ein Dienst an der Gemeinschaft. Da du wie ein gewöhnlicher MaKri behandelt werden möchtest, solltest du das ebenfalls ab und zu tun.«

Talaan kam sich verdorben vor. Es klang alles so einfach, solange sie davon redete. Doch das war es nicht. Das Feuer begann in ihm zu brodeln.

Er beeilte sich, Kirras Rat zu folgen, und sprach es aus: »Kirra, ihr werdet damit groß. Ihr lernt über Jahre, mit eurem wilden Erbe umzugehen. Mich hat das Schicksal mitten hineingeworfen. Du begreifst die Tragweite nicht, wie sehr mich das verändert. Diese Soldaten, die ich niedergestreckt habe: Zwei von ihnen dürften nicht tot sein! Ich bin ein Meister des Klingentanzes. Das oberste Ziel eines Klingentänzers ist es, den Gegner dazu zu bringen, seine Aggression aufzugeben und den Angriff abzubrechen. Aber es war wie ein Rausch, die Klinge zu führen. Jahrhunderte des Lernens – einfach fortgespült von dem, was in mir tobt!«

Betroffenheit kam über Kirra, als sie offenbar verstand. Sie ergriff seine Hand. Ihre Handfläche berührte die seine und beruhigte ihn auf wundersame Weise. »Wir beschützen einander, Talaan. Wir halten zusammen. Das ist ein Urinstinkt. Mir scheint, all das, was uns so natürlich und gut erscheint, ist dir fremd und verängstigt dich. Vielleicht wirkt es in dir deshalb stärker, weil es neu für dich ist.« Sie senkte den Blick auf ihre sich umschließenden Finger. »Ich weiß, dass ein Handschlag für menschliche Händler eine Selbstverständlichkeit ist. Für uns MaKri ist es das nicht. Hand an Unterarm, Haut auf Fell – ja.« Sie sah ihm wieder in die Augen. »Doch so ist es ein Zeichen von Nähe und großem Vertrauen. Du bist nicht allein, auch wenn du alles verloren hast. Auf mich kannst du dich verlassen. Kann ich es ebenfalls?«

Eigentlich eine einfache Frage, die er in einem anderen Leben ohne Zögern mit Ja beantwortet hätte. Talaan war niemand, der jemanden hinterging. Hier und jetzt jedoch kannte er sich selbst nicht richtig. Aus Kirras Sicht war er ein Mensch, der durch Schicksal oder Zufall in das Fell eines MaKri geschlüpft war.

Er ergriff ihre Hand ein wenig fester. »Das kannst du. Ich bin nicht grundlos in diesem Körper wiedererwacht. Ich werde alles daransetzen, damit klarzukommen.«

»Auch wenn es weitere Kämpfe für dich bedeutet?«, fragte sie.

Ernst stimmte er zu: »Das wird es ohne Zweifel. Aber ja, auch dann.«

Behutsam entzog sie sich seinem Griff. Für einen kurzen Moment verspürte er Bedauern.

»Also wirst du auf unserer Seite stehen, falls der Krieg losbricht?«

»Das werde ich«, versicherte er ihr.

»Warum?« Zu Talaans Erstaunen klang diese unausweichliche Frage aus ihrem Munde offen neugierig. »Du wirst dein Volk in der Schlacht bekämpfen.«

Diese Worte zwickten ihn, doch an einer Stelle, die er nicht erwartet hatte. Nicht, da sie ihn an seine Entscheidung gegen die Menschen erinnerte. Ihn hatte seit jeher nicht viel mit den meisten von ihnen verbunden. Er hatte nicht umsonst ein tausendjähriges Leben bei den Elfen verbracht, ohne dass es ihn je zurück zu seinen Wurzeln gezogen hätte. Nein, ihre Feststellung versetzte ihm einen Stich, weil er in diesem Augenblick zum ersten Mal das Gefühl der Zugehörigkeit in sich reifen gespürt hatte.

»Ich bin ein MaKri, Kirra. Vielleicht kein besonders guter, aber ich bin einer von euch. Zweifle niemals daran.«

Ein herzhaftes Gähnen kam als Antwort. Vor seinen Augen fiel die Anspannung mit einem Schlag von ihr ab und sie streckte sich neben dem Feuer aus. »Das genügt mir. Ich danke dir, dass du mir all das anvertraut hast. Es ist zwar alles durch und durch verrückt, dennoch glaube ich, dass ich es verkraften werde.« Sie bettete ihren Kopf auf den Unterarm und schloss die Lider. »Schlaf gut, greiser Mann.«

»Spotte nicht.« Talaan schmunzelte. »In deinem Alter könntest du zehnmal meine Tochter sein.«

Ein verächtliches Schnauben blieb die einzige Reaktion.

Wieso nahm sie all das einfach so hin, ganz ohne Furcht und anhaltendes Misstrauen? War etwa jeder MaKri so beschaffen? Derart voller Vertrauen und Güte? Sein Wort, auf Seite des Waldvolks zu stehen, hatte ihr genügt und jetzt legte sie sich zur Ruhe.

Für ihn jedoch würde es so bald keine Nachtruhe geben. Seine Gedanken schwirrten ihm wie aufgescheuchte Bienen mit einem steten, nervtötenden Summen durch den Kopf. »Schlaf gut, danke für alles.«

Heute hatte er erstmalig seit seinem Erwachen die Gelegenheit gefunden, sein Herz dem Vergangenen zu öffnen. Er hatte oft von seiner Liebsten geträumt, vor und nach ihrem Tod. Doch dieses Mal hallte ein geradezu verzweifeltes Echo in ihm wider. Lag es nur am Fieber? Wohl kaum. Als er mit Kirra über sein Leben an Ginuthals Seite und ihren Tod gesprochen hatte, hatte er eine Tür aufgestoßen.

Sie war sein Führer in der Welt ihrer Elfenheimat gewesen und mit ihrem Hinscheiden hatte er seinen Platz in ihr verloren. Jetzt lag sein eigener Tod zwischen ihm und dem *Jungen Wald*.

Vielleicht befand sie sich nun ebenfalls an einem anderen Ort und lebte ein neues Leben? Dieser verrückte Gedanke irrlichterte durch seinen Kopf.

Eingehend musterte er Kirra und lauschte in sich hinein. Nichts. Zumindest kein Gefühl der Vertrautheit oder gar der Liebe. Natürlich nicht. Sie unterschied sich grundlegend von seiner Frau. Aufgeweckt frech, nicht tiefsinnig humorvoll, wild und starrköpfig, statt ruhig und gelassen und unzähliges mehr. Besonders eines unterschied die beiden, stellte er lächelnd fest. Die klauenbewehrte MaKri wirkte eher wie eine Beschützerin, als jemand, den es zu beschützen galt.

Dennoch hatte er sie ins Herz geschlossen. Vielleicht auch gerade deswegen? Sie würde auf ihn aufpassen, bis er auf eigenen Beinen stand, dessen konnte er sicher sein.

Nein, sie war keine wiedererwachte Ginuthal. Er musste sich dem Fakt stellen, dass er seine Geliebte nie wiedersehen würde. Das konnte er nicht länger beiseiteschieben oder davor weglaufen.

Er wartete, bis der Schlaf sie gefunden hatte, und schlich sich fort. Er würde ein bisschen in den Bäumen herumklettern und den Mond anschauen. Das half ihm beim Denken.

EINE NEUE HEIMAT

»Und? Was hältst du davon?«, fragte Kirra stolz und deutete mit einer umfassenden Geste auf das gesamte Dorf. Zwar vermochten sie es vom Rande der Siedlung, wo das Unterholz zurückgedrängt wurde, nicht ganz zu überschauen, doch konnte Talaan bereits jetzt erkennen, dass es hier von allem weniger gab: Eine kleinere Zahl von Marktständen und Handwerksstätten, nicht so viel wuselndes Volk am Boden und wesentlich geringere Unruhe, die von der Betriebsamkeit ausging. Auch hier führten Hängebrücken von Baum zu Baum und Rundhütten schmiegten sich in mehreren Ebenen um die Stämme der Riesenbäume. Dennoch haftete all dem eine entspannte Beschaulichkeit an, die ihm auf Anhieb gefiel.

»Einladend. Ich glaube, hier werde ich mich wohlfühlen«, gab er zurück, nachdem er sich eine Weile umgesehen hatte. »Es wirkt sehr ruhig und friedlich.«

Kirra blickte hoffnungsvoll drein. »Du möchtest also wirklich bleiben?«

Talaan sog die Stimmung des Dorfes mit einem tiefen Atemzug in sich ein. Nach dem Trubel in der *Großen Stadt* schien Kirras Heimat das perfekte Idyll zu sein. »Warum nicht? Vermutlich habe ich in einer solch kleinen Siedlung noch am wahrscheinlichsten Ruhe vor Pilgern. Zumal ich hier kein schlechtes Gewissen haben muss, dich von deiner Familie fernzuhalten.«

In diesem Moment wurden sie von ein paar MaKri bemerkt, die sich mit dem Aufspannen von Tierfellen befassten. Sie ließen alles stehen und liegen und rannten auf die Neuankömmlinge zu.

»Kirra!«, rief eine der Frauen und umarmte sie stürmisch. »Willkommen zu Hause, mein Kind.«

»Hallo, Mutter. Ich bin wirklich froh, wieder hier zu sein.«
Seine Begleiterin sah derart wohlig und zufrieden aus, dass für ihn endgültig feststand, zu bleiben.

Die anderen Dorfbewohner umringten sie und musterten ihn mit unverhohlener Neugier.

»Das ist aber nicht der junge Mann, mit dem du aufgebrochen bist«, stellte jemand fest. »Dieser Bursche aus dem Osten.«

»Simraakh ist tot, Merrel«, erwiderte Kirra bedrückt. »Menschen haben ihn auf dem Gewissen.«

Ein zorniges Raunen ging durch die Versammelten.

Sichtlich mühsam rang sie sich ein Lächeln ab und deutete auf Talaan. »Freunde: Das ist Shimar. In der Nähe der *Großen Stadt* hat er mich davor bewahrt, wie Simraakh zu enden. Er will sich hier niederlassen.«

Der Zorn schien in den Gesichtern wie weggeblasen und vielsagende Blicke wurden getauscht.

Kirras Mutter jedoch sah ihn nur freudestrahlend an. »Hast du dich endlich entschieden zu heiraten, mein Kind?«

Er verschluckte sich an seinem eigenen Atem und hustete wild, während Kirra empört »Mutter!« zischte. Gefährlich ruhig fügte sie hinzu: »Er hat nur genug von dem Lärm in der Stadt, das ist alles. Als ich ihm erzählt habe, dass hier eine weitere helfende Hand jederzeit gern gesehen ist, hat er mich begleitet.«

Sie hatten sich darauf geeinigt, dass Kirra das Reden übernahm. Ihr Wort galt in ihrer Heimat mehr als das eines Fremden.

Ihre Mutter indessen seufzte übertrieben schwermütig und schaute vorwurfsvoll zu ihm. »Ich bin Chandrika. Und du bist hier selbstverständlich willkommen, Shimar.« Mit einem Seitenblick zu ihrer Tochter fügte sie hinzu: »Du bist herzlich eingeladen, bei uns zu wohnen, bis wir etwas Geeignetes für dich gefunden haben.« Talaan verkniff sich ein breites Grinsen über Kirras zornige Miene. »Das ist das Mindeste, was wir dem Mann anbieten können, der meiner Kleinen im Kampf gegen diese Dämonen aus dem Westen beigestanden hat.«

»Ich nehme deine Gastfreundschaft gerne an«, erwiderte er dankbar.

Kaum schien das Gespräch beendet, stürmten die anderen MaKri auch schon mit Fragen auf sie ein.

Aus einem Mund purzelte:»Habt ihr den *Maigan* gesehen?« »Und seine Magie?«, folgte aus einem weiteren.»Welchen Zauber hat das Schicksal ihm zugedacht?«

»Hat er das mit der *Einen Schrift* wirklich hinbekommen?«, fragte ein Dritter.

Kirra übernahm erneut das Reden und Talaan beschränkte sich darauf, zustimmend zu nicken oder Phrasen einzuwerfen. Von außen betrachtet kam ihm diese ganze Aufregung um den Erwählten sogar amüsant vor. Es hatte etwas ungemein Befreiendes, dass diese Neugier einfach an ihm vorbeiströmte, ohne haften zu bleiben.

Die Versammelten begeisterten sich derart selbst für die profansten Neuigkeiten, dass ihnen gar nicht bewusst wurde, wie sehr er sich aus dem Gespräch heraushielt.

So ging es eine geraume Weile, da immer neue Einwohner hinzukamen und alles von Anfang an hören wollten. Doch in dieser Siedlung lebten überschaubar viele MaKri und so fand der Strom der Neugierigen bald ein Ende.

Kirra wirkte seltsam angespannt, als sie sich auf dem Weg zum Haus ihrer Familie befanden. Talaan hingegen genoss die ungewohnte Freiheit, unbehelligt durch das Dorf zu schlendern. Niemand bedrängte ihn, keiner stellte dumme Fragen und Chandrika, ihre Mutter, plauderte nur mit ihm, weil sie Neuigkeiten aus der *Großen Stadt* erfahren wollte.

So kam ihm die Siedlung umso kleiner vor, da sie ihr Ziel ganz ungehindert erreichten. Kirras Miene hellte sich erst auf, als bei ihrer Ankunft ein lauter Ausruf aus der Rundhütte erklang.

»Schwesterchen!« Wie ein Blitz huschte eine junge MaKri durch die Tür und schloss sie stürmisch in die Arme.»Ich hab dich vermisst, hab ich dich!«

»Sie ist wieder da?«, folgte ein freudiger Ruf aus dem Innern der Hütte und Kirra strahlte.

»Zu Hause ist es doch am schönsten«, meinte Talaan, die ganze Szene wie ein wärmendes Feuer in der Nacht genießend.

»Na, schau sich das einer an«, sagte ihre Schwester und löste sich von ihr. »Wer ist der gutaussehende Mann, den du mitgebracht hast?« Sie betrachtete ihn ohne Scheu gerade so, als sähe sie Zuckerwerk.

Kirra lachte fröhlich. »Loma, das ist Shimar. Shimar, das ist Loma, mein ebenso unmögliches wie liebenswertes Schwesterherz.«

»Ihre jüngere Schwester«, betonte diese und ließ ein Lächeln aufblitzten, das einem anderen MaKri vielleicht verführerisch erschienen wäre.

Prompt erntete sie einen liebevollen Klaps auf den Hinterkopf von jener Frau, die aus der Hütte trat. »Lass den armen Mann doch erst einmal ankommen, Kind.«

»Shimar, das ist Eliha«, stellte Kirra sie vor, während sie Loma einen tadelnden Blick zuwarf. »Meine Beimutter und Lomas Mutter.«

Talaan konnte sich ein Grinsen nicht mehr verkneifen. Er hatte diese Familie bereits jetzt ins Herz geschlossen. »Es ist mir eine Ehre.«

»Oh, wie förmlich.« Eliha schmunzelte und blickte fragend in die Runde. »Heißt das, wir haben einen Gast zum Essen?«

»Ich habe ihm auch einen Schlafplatz angeboten, bis er etwas Eigenes findet«, erwiderte Kirras Mutter. Lomas Augen leuchteten auf. Mit bedeutungsschwangerem Unterton fügte Chandrika hinzu: »Er wird sich in unserem Dorf niederlassen.«

Erneut wurden Blicke getauscht. Das Funkeln in Lomas Augen färbte sich verschmitzt und sie stieß Kirra mit dem Ellenbogen an. »Schwesterchen!«, sagte sie gedehnt.

»Ihr seid alle unmöglich«, brummte diese und stapfte mit eingezogenem Kopf ins Haus.

Talaan folgte ihr ungleich vergnügter.

Es dauerte nicht lange, bis an diesem Abend auch Kirras Vater Nashem nach Hause kam. Er umarmte seine Tochter ausgiebig und wortlos, bevor er seinen Gast überhaupt bemerkte. Er befand, dass ihre Heimkehr ein würdiger Grund für eine kleine Feier sei, und so wurde im Handumdrehen aus einem schlichten Abendmahl für vier ein beschauliches Fest für sechs.

Alle nahmen Talaan derart herzlich auf, als wäre er ein Teil der Familie. Lediglich Kirra wirkte auf befremdliche Art abweisend ihm gegenüber und vermied es, ihn anzublicken oder anzusprechen. Er beschloss, sie später danach zu fragen, und plauderte stattdessen umso freimütiger mit den anderen, sogar als sie auf den *Maigan* zu sprechen kamen. Er zeichnete mit einigem Vergnügen ein selbstironisches Bild von sich. Dennoch verspürte er Erleichterung, als Loma den Gegenstand der Unterhaltung so schnell es der Anstand erlaubte auf ein viel wichtigeres Thema lenkte.

»Jetzt erzählt doch mal, wie ihr euch kennengelernt habt«, forderte sie Kirra und Talaan gleichermaßen mit von Neugier großen Augen auf.

»Ich weiß nicht, warum du diese Frage in einem derart verschwörerischen Ton stellen musst«, beschwerte sich Kirra leicht frostig, sagte sonst aber nichts.

Seine gute Laune bekam ebenfalls Risse. »Es ist keine sehr schöne Geschichte, wirklich«, versuchte er abzuwiegeln. Trotzdem sahen ihn alle fragend an.

Chandrika legte ihm versöhnlich eine Hand auf den Arm. »Wir würden dennoch gerne hören, was Kirra widerfahren ist. Darum geht es doch, oder?«

Sie klang dabei so fürsorglich, dass Talaan unweigerlich nachgab. »Als ich sie fand, war sie von drei Soldaten des Königs umzingelt. Sie hat gekämpft wie eine Löwin, stolz und aufrecht. Der eine war übel zugerichtet und verlangte im Blutzorn ihren Tod. Obwohl ihr Speer zerbrochen am Boden lag, trauten sich die Menschen nicht, sie anzugreifen.«

»Meine Tochter!«, rief Nashem voller Anerkennung.

»Das ist süß von euch«, sagte Kirra leise. Sie blickte ihre Lieben dennoch traurig an. »Aber ich war weder heldenhaft noch ungebeugt. Ich wollte nur in Würde sterben.« Betroffenheit kroch durch den Raum. »Ich war ganz sicher, euch nie wieder zu sehen.«

Ohne ein Wort stand Loma auf und schloss ihre Schwester in die Arme. Die restliche Familie folgte, umringte und umarmte sie. Talaan fühlte sich gerührt von diesem starken Band, das sie einte. Zugleich flüsterte eine Stimme in seinem Hinterkopf, dass er, was das anging, auf ewig ein Außenseiter bleiben würde. Nicht geboren – keine Eltern.

»Ist ja gut, ist ja gut«, brachte Kirra nach einigem Räuspern heraus und alle setzten sich wieder, während sie sich Tränen aus den Augenwinkeln wischte. »Er hat doch gesagt, dass es eine unschöne Geschichte ist. Erzähl bitte weiter, Shimar. Sie starren mich immer noch an.«

Mit einer gehobenen Hand band er ihre Aufmerksamkeit und fuhr fort: »Ich tötete jenen, den Kirra so zugerichtet hatte, mit meinem Speer. Das war kein heroisches Duell, sondern ein Stoß in den Rücken. Ich forderte die übrigen beiden auf, zu fliehen, aber sie lachten mich nur aus. Selbst als ich deutlich machte, dass ich den Kampf willkommen hieß, ließen sie nicht von uns ab. Sie starben ebenso rasch wie sinnlos.«

»Du bist also ein Krieger?« Loma staunte. »Dafür bist du eigentlich zu jung.«

Ernst entgegnete Talaan: »Ich wünschte, es wäre anders. Die Gabe, gut im Töten zu sein, erfüllt mich nicht mit Stolz.«

»Jedoch dient sie einem guten Zweck«, erwiderte Eliha versöhnlich. »Du hast diesen vier MaKri viel Kummer erspart.«

Loma grinste. »Ich würde dich aus Dankbarkeit glatt küssen. Ich möchte allerdings nicht schuld daran sein, wenn die Hochzeit platzt.«

»Du bist bescheuert«, protestierte Kirra und lachte dennoch.

»Stimmt auffallend. Aber ich bin auch gut darin, verheulte Schwestern aufzumuntern«, hielt sie dagegen und streckte ihr die Zunge raus.

Schließlich sagte Kirra: »Ich muss euch alle enttäuschen. Dass wir gemeinsam weitergezogen sind, war eine rein praktische Überlegung und kein Aufwallen schmachtender Dankbarkeit.«

»Was jeder von uns verstehen würde«, neckte Eliha, während Chandrika traurig seufzte.

Talaan sprang seiner Freundin zur Seite: »Es war eine sinnvolle Entscheidung. Ich habe es geschafft, mich von einer Grünblattviper beißen zu lassen. Kirra hat das Schlimmste verhindert.«

»Das ist der Stoff, aus dem Geschichtenerzähler ihre Liebesepen weben.« Chandrika stöhnte kummervoll, diesmal noch deutlicher als zuvor.

Kirra rollte mit den Augen, bot aber keine weitere Angriffsfläche. »Jetzt seid ihr dran. Was gibt es für Neuigkeiten im Dorf?«

Loma guckte, als hätte sie in eine Zitrone gebissen. »Da hast du gerade gegen den Strom gespuckt«, flüsterte sie ihrer Schwester zu.

Deren Mutter jedoch blühte bei dieser Frage vollkommen auf. »Stell dir vor, Narati und Soresh haben geheiratet.«

»Die beiden?«, fragte Kirra ungläubig. Sie erkannte offenbar nicht, was Talaan kommen sah: Dass sie erneut in eine Falle lief. »Und so plötzlich?«

»Du glaubst nicht, was für ein schönes Paar sie abgeben. Man erkennt sie kaum wieder. Ein Herz und eine Seele, als ob sie sich nie gestritten hätten.«

»Das wird sich noch zeigen«, warf Nashem ein.

»Du alter Schwarzseher.« Chandrika winkte ab und fuhr fort: »Hochzeiten sind ein viel zu seltenes Ereignis in unserem Dorf. Du kannst dir vorstellen, wie glücklich ihre Eltern waren!«

Ein leises Knurren entstieg Kirras Kehle. »Wenn du so weitermachst, sinkt die Aussicht auf eine Hochzeit in dieser Familie drastisch.«

Ihre Mutter holte schon Luft, um etwas zu entgegnen, doch Eliha legte ihr mahnend eine Hand auf die Schulter und schüttelte andeutungsweise den Kopf.

»Gibt es nicht noch andere Neuigkeiten, die ohne romantische Verwicklungen auskommen?«, fragte Talaan eilig.

Eliha sann einen Augenblick nach. »Sarshas und Merrels Sohn geht es nicht gut, aber sonst ist alles beim Alten.«

Er horchte auf. »Hoffentlich nichts Schlimmes?«

»Der Kleine hustet viel und schläft für drei. Das ist nun bereits zwei Wochen so. Ich denke, das wird schon wieder.« Erleichtert atmete er auf. Das Letzte, was er jetzt gebrauchen konnte, waren Kranke, die seiner Heilung bedurften.

Auf diese Weise plätscherte das Gespräch von einem Gedanken zum nächsten. Dankenswerterweise verzichtete Chandrika auf weitere Versuche, Kirra Talaan schmackhaft zu machen, und so verbrachten sie die restliche Zeit in fröhlicher, familiärer Geselligkeit. Er genoss es sondergleichen, einfach nur herrlich banalen und nicht minder herzlichen Alltag zu erleben. Kein drohender Krieg, keine kopflose *Maigan-Verehrung*, sondern nur ganz gewöhnliche Leute, die Gemeinschaft teilten. Je mehr Stunden verrannen, umso häufiger übersah er, dass alle in dieser Runde ein Fell trugen und Fangzähne aufblitzten, wenn sie lachten.

Der Abend hätte im milden Schein der birnenförmigen Lampen ebenso harmonisch enden können. Leider kippte zu guter Letzt die Stimmung doch noch, als die Frage aufkam, wo Talaan schlafen würde.

»In Kirras und Lomas Zimmer natürlich«, entgegnete Chandrika wie selbstverständlich. Tatsächlich hatte man den hinteren Teil der Hütte durch Wände abgetrennt. »Das ist zwar ein wenig klein für drei, aber Loma kann ja bei uns ...«

Weiter kam sie nicht. »Das wird nicht passieren!«, protestierte Kirra mit borstigem Nackenfell.

»Das macht mir wirklich nichts aus«, wandte ihre Schwester ein.

»Ich habe es satt, wie ihr euch heute Abend aufführt!«, rief Kirra aufgewühlt. »Was soll denn Shimar von uns denken?«

Chandrika zog schuldbewusst den Kopf ein. »So war das doch gar nicht gemeint.«

»Du willst also behaupten, dass du nicht versuchst, mich mit ihm zu verkuppeln, seit er ein Fuß in unser Dorf gesetzt hat?« Ihr Schwanz peitschte wild hin und her.

Talaan hob zaghaft die Hand. Alle blickten ihn erwartungsvoll an. »Bitte lasst uns den Abend nicht im Zorn beenden. Ich werde in der Krone eures Baumes schlafen, sofern es euch recht ist.«

»Auf dem Baum?«, fragten Nashem und Eliha wie aus einem Munde.

»So etwas Absonderliches habe ich noch nie gehört«, protestierte Chandrika.

Kirra seufzte. »Mütter, Vater ... Er schläft wirklich gern auf den Kronästen der Riesenbäume. Wie gesagt: Die *Große Stadt* hat ihn eingeengt.«

»Ich wäre eine schlechte Gastgeberin, wenn du das machst«, wandte Chandrika zweifelnd ein.

Sein gewinnendstes Lächeln bemühend hielt Talaan dagegen. »Aber ich würde mir wie ein unliebsamer Gast vorkommen, sollte sich auch nur einer von euch meinetwegen unwohl fühlen oder es um meine Person Streit geben.« Als nahezu alle nach wie vor unschlüssig dreinblickten, fügte er hinzu: »Gönnt mir das Vergnügen, im Rauschen der Blätter unter Sternenlicht zu schlafen, ja?«

Zögerlich nickte die Familie.

Ein erleichtertes Seufzen, das tief von Herzen kam, entstieg Kirras Brust. »Ich schwöre euch: Wenn hier noch einer einen Mucks tut, der wie ein Kuppelversuch klingt, dann ziehe ich aus und übernachte ebenfalls auf einem Baum.«

Loma machte große Augen. Ihre Schnurrhaare zuckten. Schließlich platzte sie mit einem Prusten heraus: »Auf demselben wie Shimar?«

Unbändiges Gelächter brach aus Nashem hervor und er klopfte sich mit Tränen in den Augenwinkeln auf den Schenkel.

»So, jetzt reicht es aber«, murrte Kirra eher resigniert als alles andere. Sie erhob sich und warf jedem einen strafenden Blick zu. »Ich gehe Sarsha und Merrel besuchen.«

Warum nimmt sie das so ernst?, fragte sich Talaan und stand ebenfalls auf. »Ich komme mit.«

Loma wackelte prompt mit den Augenbrauen.

»Das ist nicht gerade hilfreich!«, stöhnte Kirra.

Schulterzuckend verbeugte er sich förmlich vor allen. »Ihr gestattet, dass ich mir eure romantischen Intentionen gleichgültig sein lasse? Ich halte es für sinnvoll, mich als Neuankömmling in diesem Dorf bei den neuen Nachbarn nach dem Wohlergehen ihres Sohnes zu erkundigen.«

Er ließ Kirra den Vortritt und trat hinter ihr hinaus in die Nacht.

»Ach du meine Güte.« Nashems Stimme, die ihnen folgte, klang erschöpft vom Lachen. »Wo hat der Junge das her? Ich schwöre, er hat Wörter benutzt, die ich noch nie gehört habe.«

»An welches denkst du?« Elihas Antwort drang zunehmend leiser an Talaans Ohr. »Romantik?«

Ein vielstimmiges Gelächter war das Letzte, was Talaan an diesem Abend von dieser heiteren Familie zu hören bekam.

Kirra dampfte geradezu vor Zorn, während sie mit eingezogenem Kopf über die Hängebrücke stapfte. Talaan hingegen genoss viel zu sehr die friedliche Stimmung im Dorf, um sich davon anstecken zu lassen. Wie in der *Großen Stadt* glommen die Lichter in den Fenstern der Rundhütten, doch wirkte alles ein wenig kleiner und verschlafener.

»Warum bringen dich diese Neckereien derart auf die Palme?«, fragte er schließlich, als sie das erste Haus auf ihrem Weg umrundeten.

»Also wenn du das nicht verstehst, kannst du …«, blaffte Kirra, erschrak offenbar vor ihrer eigenen Stimme und blieb seufzend stehen. »Bitte entschuldige. Ich dachte die ganze Zeit, dass sie dich damit in die Flucht schlagen. Das war mir unsagbar peinlich. Und dann fauche ich grundlos herum und mache es noch schlimmer.«

Talaan lachte fröhlich. »Ach, Kirra … Das war der schönste Abend, den ich seit vielen Monaten erleben durfte. Ich habe mich nicht mehr so unbeschwert gefühlt, seit Ginuthal gestorben ist.« Es erstaunte ihn, wie leicht ihm dieser Satz über die Lippen gekommen war. Er hatte eben ihren Namen das erste Mal ohne Gram ausgesprochen.

Kirra stand immer noch wie festgewurzelt. Ein unsichtbares Gewicht schien auf ihren Schultern zu lasten.

»Weißt du, was eine Freundin einmal zu mir gesagt hat?«, fragte er sie betont fröhlich. »Es gibt nichts, was eine Umarmung nicht erträglicher machen kann.«

»Wenn das jemand sieht, ist das Gerücht nicht mehr aufzuhalten«, meinte sie beinahe panisch.

Talaan schnaubte. »Ängstliches Guon.« Mit diesen Worten trat er beherzt auf sie zu und legte behutsam die Arme um sie. Mit einem erleichterten Seufzen ließ sie ihn gewähren und erwiderte die Geste. Alle Anspannung fiel von ihr ab und sie schmiegte sich an ihn.

»Es ist also gut?«, fragte sie leise.

Zur Antwort drückte er sie fest und wich einen Schritt zurück. Kirra sah deutlich besser aus – der Zorn war verraucht und die Reue verflogen. »Ich würde sagen: ja.«

Sie setzten sich wieder in Bewegung. »Möchtest du wirklich auf unserem Baum schlafen?«

»Auch wenn ich mir damit offenbar den Ruf eines Sonderlings einhandele, wäre es mir eine Freude. Eines der Dinge, die ich rückhaltlos daran liebe, ein MaKri zu sein, ist die Fähigkeit, mich auf den Kronästen rundum wohlzufühlen.«

»Danke«, sagte sie nur und klang seltsam erleichtert dabei.

Talaan tat beides mit einem Schulterzucken ab.

Schließlich gelangten sie zu der Hütte, in der die Familie des kranken Jungen wohnte. Kirra klopfte und nachdem sie »Shimar« vorgestellt hatte, traten sie ein. Drinnen brannten nur wenige Lampen und eine beklemmende Stimmung lag in der Luft. Sarsha und Merrel hießen sie mit einer betrübten Herzlichkeit willkommen. Ihre Stimmen hielten sie gesenkt.

»Wie geht es Joshra?«, erkundigte sich Kirra ebenfalls nur raunend, als sie sich auf einem Sitzkissen niederließ.

Wie zur Antwort drang ein scheußliches Husten aus einem Zimmer links vom Stamm.

»Der Husten schmerzt ihn«, meinte die Mutter erschöpft. »Er schläft mehr, als es gut wäre, und es wird einfach nicht besser.«

»Es wird jedoch auch nicht schlimmer«, beschwichtigte Merrel seine Frau und streichelte ihren Rücken. »Die Kräuterfrau sagt, der Schlaf tut ihm gut.«

»Warum wird er dann nicht gesünder, wenigstens ein bisschen?«, fragte Sarsha wie eine Getriebene. Ihr Blick wanderte von Kirra zu Talaan, als ob sie Antworten erhoffte. »Weshalb stehst du noch an der Tür, Junge? Setz dich, setz dich.«

Talaan hatte genug gehört. Ihre Worte zwickten. Sicher – es klang nicht so, als würde Joshra sterben oder ernsthaft krank sein. Aber der Gram in Sarshas Stimme – und auch gut verborgen hinter der Stirn ihres Mannes – rührte ihn. Er wusste, was es zu tun galt. »Ich möchte nicht stören. Ich wollte nur sagen, dass ich mit euch fühle und euren Kleinen in meine Gebete einschließen werde.«

»Das ist lieb, Shimar. Eine geruhsame Nacht.«

»Euch ebenso, ihr beiden.« *Zeit, die Angel auszuwerfen.* »Eine Schande, dass der *Maigan* verschwunden ist. Der Schöpfer sei mit euch.«

Damit ließ er die drei Sitzenden zurück und trat wieder hinaus in die Dunkelheit.

»Wir hatten überlegt, ob wir wie du zur *Großen Stadt* pilgern, Kirra«, hörte er Merrel sprechen. Talaan lehnte sich neben der Tür an die Wand. »Der Erwählte hätte Joshra heilen können. Aber als wir aufbrechen wollten, hat uns Nosher davon abgehalten. Sein Geistesbruder aus der *Großen Stadt* hat über die Traumpfade berichtet, dass der *Maigan* mit unbekanntem Ziel aufgebrochen sei.«

»Erzähl uns bitte ein wenig von ihm«, bat Sarsha Kirra. »Du warst doch in der *Großen Stadt*, um ihn zu sehen.« Da klang eine Hoffnung in ihrer Stimme, die Talaan anrührte. Sie dachte, er wäre nicht hier und dennoch gab ihr der Gedanke an seine heilenden Kräfte Mut.

Seine Freundin begann zu berichten und beide schluckten den Köder und lauschten. Also löste er sich von der Wand und schlich unter den Fenstern geduckt in die Richtung, aus der das Husten kam.

VERLETZUNGEN

Kirra kuschelte sich auf ihr Lager aus weichen Tierfellen und war trotz des ganzen Ärgers am heutigen Abend froh, wieder zu Hause zu sein. Ein gerütteltes Maß an Nächten auf feuchtem Boden lag hinter ihr. Da erschienen ihr die Kuppelversuche ihrer Eltern und die Neckereien Lomas wie ein würdiger Preis für ein Bett.

Es raschelte im Dunkeln, als ihre Schwester die Kleidung abstreifte und es sich auf ihrem eigenen Fell gemütlich machte. Auch das hatte Kirra vermisst. Nicht nur die MaKri, die ihr lieb und teuer waren, sondern ebenso die Kleinigkeiten, die ein Zuhause ausmachten: vertraute Geräusche, Gerüche und Gepflogenheiten.

Gewohnheiten wie den abendlichen Plausch mit Loma, den diese mit einem Kichern begann. »Chandrika hat Shimar richtig rangenommen«, raunte sie. »Du kannst von Glück reden, falls er morgen wirklich noch hier ist und nicht die Flucht ergriffen hat.«

»Soll er doch«, sagte Kirra betont gleichgültig. »Dann habe ich wenigstens Ruhe vor Mutter.«

Viel zu gut gelaunt protestierte ihre Schwester: »Ach, komm schon. Mir machst du nichts vor. Ihm haftet eine verwirrend anziehende Mischung aus junger Männlichkeit und Bedachtsamkeit an.« Ihre Zähne blitzten im Dunkeln auf. »Ich würde mich nicht gegen einen Annäherungsversuch wehren, wenn ich du wäre.«

»Fängst du jetzt auch noch an?«, fauchte Kirra. Sie hatte es satt, dass ihre Familie ihre Gefühle müheloser durchschaute als sie selbst. »Du klingst wie ein halbwüchsiges Mädchen.«

Loma kicherte nur über ihren Vorwurf. »Ich habe bemerkt, wie du mich angeschaut hast, als ich ihn bei eurer Ankunft angeschnurrt habe. Oder glaubst du, ich hätte nicht gesehen, wie du ihn den ganzen Abend lang angeschaut hast?«

»Ich habe ihn überhaupt nicht irgendwie angesehen!«, protestierte Kirra mit Nachdruck.

»Das meine ich ja. Du hast ihn kaum eines Blickes gewürdigt, nur damit unsere Mütter nicht Wind davon bekommen. Du hast dich wie ein scheues Reh benommen.« Ihre Schwester amüsierte sich scheinbar köstlich.

»Ich?« Aber freilich hatte sie Recht. Kirra hatte sich bemüht, sich möglichst weit von Talaan abzugrenzen, seit Mutter von Hochzeit gesprochen hatte. Das hatte diese unweigerlich gemerkt. Dabei fiel es ihr doch so schwer, Talaan nicht ständig anzusehen. Ihr wurde immer noch ganz warm ums Herz, wenn sie an seine Umarmung dachte. Sie murmelte irgendetwas von »Unsinn«, das selbst in ihren eigenen Ohren nur halbherzig klang.

»Schmollst du etwa?«, fragte Loma drohend.

Bevor Kirra antworten konnte, kam ihre Schwester wie ein Wirbelwind über sie, bohrte einen Finger in ihren Bauch und kitzelte sie. Hilflos kichernd versuchte Kirra sich zur Wehr zu setzen und blies zum Gegenangriff. Schon bald wälzten sich die zwei wild tobend auf dem Boden.

Als sie endlich zur Ruhe kamen, hatte Loma die Oberhand gewonnen. Beide atmeten schwer und hatten Lachtränen in den Augenwinkeln, Kirra hatte jedoch klar den Kürzeren gezogen.

»Beim Kitzeln konntest du mich nicht mehr schlagen, seit ich zwölf war«, sagte ihre Schwester stolz. »Und jetzt verrätst du mir alles oder ich mache weiter.«

Jegliche Kraft für Protest schien Kirra abhandengekommen zu sein. Immer noch schnaufend begann sie zu erzählen und Loma machte es sich neben ihr gemütlich. Zwar verbog sie ihre Geschichte und ließ Teile weg, aber das blieben Nebensächlichkeiten. Je länger Kirra ihrer Schwester von Talaan erzählte – ihr gegenüber hieß er freilich Shimar –, desto stärker geriet sie ins Schwärmen. Als sie endete, starrte sie verträumt zur Decke und lächelte breit.

»Oje«, seufzte Loma theatralisch. »So habe ich dich seit Ewigkeiten nicht mehr schmachten gesehen. Hast du mit ihm schon das Nachtlager geteilt?«

Kirra zog ein wenig verärgert die Stirn kraus. »Nein.« Ihr haftete immer noch der Moment im Gedächtnis, als er sie von sich geschoben hatte, kurz bevor Maresh sie bei der *Großen Stadt* aufgespürt hatte. Seitdem schien ihr ohnehin, dass er eine gute Freundin in ihr sah, sonst nichts.

»Oha«, quittierte Loma ihre Antwort. »Dann ist es dir also richtig ernst?«

Dafür erntete sie einen Rippenstüber von Kirra. »Du glaubst wohl, ich paare mich mit jedem?« Ihr kam der Ratschlag in den Sinn, den sie Talaan gegeben hatte: Offen über Gefühle zu reden, war besser, als sich von ihnen herumschubsen zu lassen. Sie brummte misslaunig. »Es ist kompliziert.«

»Weshalb? Ist er Eunuch?«

Sie prustete. »Ich habe nicht nachgeschaut.«

»Hat er schon mehr Frauen, als statthaft wäre?«, bohrte ihre Schwester nach.

»Nicht, dass ich wüsste.«

»Ist er ein gesuchter Missetäter?«

Darauf gab Kirra ein frustriertes Knurren von sich. »Nein.« Sie konnte ihr ja kaum erzählen, dass Talaan tausend Jahre lang verheiratet, eigentlich ein Mensch und der *Maigan* war. »Es ist dennoch schwierig.«

»Also weiß er noch nichts von seinem Glück«, folgerte Loma und klang dabei, als läge die Lösung auf der Hand. »Solange du ihm deine Gefühle nicht offenbarst, wird es kompliziert bleiben, nicht wahr?«

Stumm schüttelte Kirra den Kopf. Ihre Schwester hatte wohl Recht. So einfach würde sie nicht aufgeben.

Kirra gönnte sich ein paar Augenblicke, die sie schlichtweg damit verbrachte, Talaan beim Schlafen zuzuschauen. Es schienen nicht sehr angenehme Träume zu sein, denn seine Stirn legte sich immer mehr in Falten. Das machte es ihr leichter.

»Aufgewacht, Faulpelz!«, rief sie.

»Es ist noch dunkel«, murrte er und suchte sich eine neue bequeme Schlafposition.

Ohne eine Spur von Mitgefühl meinte sie: »So ist das Leben, wenn man kein verwöhnter *Maigan* ist, der sich in seiner Hütte verkriecht. Du wurdest heute den Jägern zugeteilt. Solltest du nicht auf dein Morgenmahl verzichten wollen, beweg deinen Pelz.«

Mit herzhaftem Gähnen rappelte er sich auf. »Wer hat mich eingeteilt?«

Sie ließ ihre Zähne von einem Ohr bis zum anderen aufblitzen. »Erwähnte ich, dass ich Jägerin bin?« Damit verschwand sie behände nach unten. Irgendwo hinter sich hörte sie ihn ihr mit der Gemütlichkeit eines Faultiers folgen.

Eine rasche Mahlzeit später, die dank der frühen Stunde ohne ihre Familie erfreulich friedlich abgelaufen war, gingen Kirra und Talaan hinab zum zentralen Platz des Dorfes. Die kleine kreisrunde Steinfläche stellte den traditionellen Treffpunkt für jegliche Vorhaben außerhalb des Ortes dar. Er schenkte ihr vorwurfsvoll hochgezogene Augenbrauen, als sie sonst niemanden antrafen. Der Schalk in seinen Augen verdarb den Eindruck der Strenge jedoch vollends.

»Was hat es mit den Kreisen auf sich?«, fragte er. Sein Schwanz pendelte unruhig. »Ich sehe hier nur zwei Ringe um das Zentrum. In der *Großen Stadt* waren es etliche mehr.«

»Sie geben die Bevölkerung der Siedlung an«, erläuterte Kirra bereitwillig. »Der Kern steht für die Gründung, der erste Ring kommt bei einhundertzwanzig hinzu, der nächste bei zweihundertvierzig und so verdoppelt es sich weiter.« Sein Schwanz schwang immer noch hin und her. »Was wolltest du eigentlich fragen?«

Das Pendeln seines Schwanzes hielt inne, als Talaan ihm einen grimmigen Blick zuwarf. »Verräterisches Ding. Werden wir wirklich in der Gruppe auf die Jagd gehen?«

»Werden wir«, erwiderte sie. »In den letzten Tagen ist ein Tiger in der Nähe des Dorfes gesichtet worden, sagt Merrel. Da wäre es leichtsinnig, nur zu zweit zu jagen.«

Seine Ohren senkten sich, als hätte sie ihn gescholten. Wie konnte ein Tausendjähriger über solche Kleinigkeiten in Unruhe geraten?

»Mach dir keine Gedanken. Ich werde vor der Pirsch ein paar warme Worte von mir geben, dass du noch unterwiesen wirst. Das sind ausnahmslos liebe Leute. Niemand wird etwas sagen.«

Daraufhin lächelte Talaan derart bezaubernd dankbar, dass sie ihre Mimik nur schwer im Griff behielt. Zum Glück nahten in diesem Augenblick Merrel und zwei weitere Jägerinnen. Er unterhielt sich lebhaft mit den anderen.

»Bilde ich es mir ein, oder hast du heute Morgen beste Laune?«, begrüßte Kirra Merrel mit einem Handschlag.

»Ich habe jeden Grund, mich blendend zu fühlen«, verkündete er. »Joshras Husten hat endlich aufgehört. Das war die erste sorgenfreie Nacht seit Langem.«

Kirra blickte fragend zu Talaan, der ihr verstohlen zuzwinkerte. »Das sind wohltuende Neuigkeiten«, sagte er nur.

In diesem Augenblick hätte sie ihn vor Freude vor allen Augen umarmen können. Mutters unerträgliche Reaktion darauf und die Tatsache, dass sie sein Geheimnis hüten musste, hielten sie gerade noch davon ab.

»Das nenne ich ein gutes Omen für die Jagd«, meinte sie und drückte Merrel kurz. »Da schadet es auch nicht, dass wir heute Shimar dabeihaben. Er ist der beste Krieger, dem ihr jemals begegnen werdet, aber seine Begabung für die Pirsch muss erst geformt werden.«

»Hältst du das für klug, solange ein Tiger in der Nähe ist?« Merrel wackelte nachdenklich mit den Schnurrhaaren.

»Wir haben mit Jurrea und Limari die erfahrensten Jägerinnen des Dorfes dabei und wir sind zu fünft«, erwiderte Kirra. »Der Tiger soll sich vorsehen, dass wir nicht ihn fressen.« Die anderen lachten aus vollem Hals und stampften mit den Speeren auf den Boden.

Doch kesse Worte machten Kirras Annahme nicht richtiger.

Kirra liebte es, in der Dämmerung auf die Jagd zu gehen. Dem Dschungel haftete zu dieser Stunde noch etwas Verträumtes und geradezu Mystisches an. Die Erde, die Blätter der Farne und Palmen – von allem stieg ein weißer Nebel auf, als sich das Perlwasser der Nacht wie ein schwindender Traum erhob.

Mit einem tiefen Atemzug sog sie die erfrischend kühle Luft ihrer Heimat ein und lächelte zufrieden. Ja, dies fühlte sich wieder wie zu Hause an. Dort draußen mochten ein Tiger und Menschen lauern, aber sie waren fünf MaKri und das beraubte den Regenwald seiner Bedrohlichkeit.

Sie hatten sich für die frühe Stunde entschieden, da sie heute ein Okapi zur Strecke bringen wollten. In der Dämmerung verhielten sie sich noch recht träge und wurden erst im Licht des Tages richtig lebendig. Die Gruppe der Jäger bewegte sich nahezu lautlos von einer bekannten Schlafstelle zur nächsten und es dauerte nicht lange, bis sie frische Okapispuren aufspürten.

Gemeinsam mit Talaan und Jurrea ließ sich Kirra zurückfallen, während Merrel mit Limari zum Anpirschen im Unterholz verschwand. Sie würden das Tier aufspüren, umrunden und falls es fliehen sollte, in ihre Richtung treiben.

Kirra ließ sich neben der Fährte nieder und winkte ihren Schüler zu sich. Im Flüsterton erklärte sie ihm, wie man in dem weichen Boden an den Abdrücken den Zeitpunkt ihrer Entstehung abschätzen konnte, als plötzlich ein drohendes Fauchen durch das Buschwerk drang. Ein knisternder Schauer der Aufregung brandete durch ihren Körper.

»Tiger«, zischte Jurrea angespannt.

»Es kam aus der Richtung, in die Merrel und Limari gegangen sind«, stellte Talaan sichtlich besorgt fest.

Sie hatte dasselbe gedacht. »Sie kennen sich aus«, beruhigte Kirra die Gruppe. »Beide wissen, wie man den gestreiften Pirscher zu nehmen hat.« Trotz ihrer eigenen Worte konnte sie die Zweifel nicht gänzlich abschütteln. Das Fauchen hatte nach einem Koloss geklungen. Die Blicke der anderen sprachen von derselben Sorge.

Plötzlich brach ein galoppierendes Stampfen durch das Buschwerk. Nur wenige Schritte neben ihnen preschte es aus dem Unterholz hervor und verschwand ebenso schnell wieder in der Tiefe des Waldes.

Schlagartig wurde ihr kalt. »Das ist schlecht.« Warnend hob Kirra die Hand und Jurrea nickte. Talaan nicht. »Gestreifte Pirscher greifen an, sobald die Beute flieht. Wenn das Okapi ...« Zu mehr kam sie nicht. Das rhythmische Rascheln des Tigers, der in weiten Sprüngen durch Farne und Büsche setzte, hielt auf sie zu. Viel zu nah fetzte er daraus hervor, bemerkte die Jäger und gab die Verfolgung knurrend auf. Stattdessen wandte er sich jetzt ihnen zu. Offenbar fühlte er sich bedroht.

Das Raubtier war ein Riese. Er mochte von der peitschenden Schwanzspitze bis zum Kopf fünf Schritte messen. Kirra wusste, dass die unter dem Fell verborgenen Muskeln ihn zu einer unaufhaltsamen Masse machten. Eine Masse mit Zähnen und Klauen.

»Nicht in die Augen starren, groß machen, rückwärts gehen«, zischte sie Talaan zu. »Sie greifen selten von vorn an.« Knapp blickte sie am Haupt des gestreiften Pirschers vorbei, richtete sich auf und hob Speer und Jagdmesser hoch über den Kopf. Sie konnte nur hoffen, dass Talaan es ihr gleichtat.

Der Tiger hielt trotz seiner Größe verunsichert inne. Dennoch bohrte sich sein fokussierter Blick derart unnachgiebig in Kirras Schädel, dass es sie alle Kraft kostete, nicht in seine gelben Augen zurückzustarren. Langsam und ohne Hast wichen die Jäger nach hinten. Zu ihrer enormen Erleichterung konnte sie Talaan die ganze Zeit dicht hinter sich spüren.

Sie hatten es beinahe geschafft, als sich Jurreas Fuß in einer Wurzel verfing und sie rücklings stürzte.

Der gestreifte Pirscher witterte leichte Beute und sprang vorwärts. Mit erschreckender Klarheit erkannte Kirra, dass es viel zu wenige Sprünge bis zu der Jägerin waren.

Instinktiv stieß Kirra ein wildes Kreischen aus und schlug heftig mit dem Speer auf einen Riesenfarn ein, dass es laut klatschte. Der Tiger wurde kaum langsamer. *Schrasch, schrasch, schrasch,* floss die orange und schwarz gemusterte Welle.

Ein Speer sauste an ihr vorbei und bohrte sich in jenen Stamm, von dessen Wurzeln Jurrea gerade panisch zurückwich. Das Raubtier rannte mit voller Wucht hinein und der Schaft splitterte unter seinem gewaltigen Leib. Doch sein Prankenhieb verfehlte die Gestrauchelte und mit einem heftigen Aufjaulen kam der Tiger zum Stehen.

Blut rann ihm aus einer Wunde am Hals, die der abgebrochene Speer gerissen hatte. Sein Schwanz peitschte getrieben hin und her. Als dann auch noch Merrel und Limari wild rufend aus dem Unterholz hervorbrachen und sich der gestreifte Pirscher plötzlich vier lärmenden MaKri gegenübersah, wendete sich das Blatt. Mit einer Flinkheit, die man diesem massigen Körper gar nicht zutraute, machte er kehrt und fand sein Heil in der Flucht.

Das Kreischen, Brüllen und Lärmen verwandelte sich in einen nicht minder lauten Jubel.

»Ach du meine Güte«, stöhnte Kirra irgendwann erleichtert und sackte in sich zusammen. Jetzt, da die Angst von ihr abfiel, blieb nur verbrannte Anspannung in ihr zurück.

»Das war ein wohl gezielter Wurf, Shimar«, sagte Jurrea anerkennend und klopfte Talaan auf die Schulter. Der brummte nur missmutig und trug wieder sein Schlechtwettergesicht.

Die Jägerin deutete auf ihre Schwanzspitze. Die Krallen des Tigers hatten dort drei Streifen Fell ausgerissen. »Dein Speer hat den Unterschied gemacht. Ein Hoch auf das Flauschohr!«

»Auf das Flauschohr!«, rief die Gruppe im Chor und riss triumphierend ihre Waffen gen Himmel.

Das vertrieb dem unverbesserlichen Grübler für einen Moment die schlechte Laune. In Ermangelung eines Speers hob er die Faust. »Auf unsere kräftigen Kehlen: Mögen sie nie heiser werden!«

»Auf unsere Kehlen!«, echoten alle mit demselben Kampfgeist, den Kirra in sich brodeln spürte.

»Und nun auf«, meinte Merrel. »Wir schulden dem Dorf immer noch volle Bäuche.«

Die Gruppe kehrte mit einem Prachtexemplar eines Okapis heim. Sie hatten es an den Läufen zusammengebunden und an einem langen Ast nur mühsam ins Dorf schleppen können. Dort hieß man sie mit viel Hallo willkommen, denn nur selten zogen genügend Jäger gemeinsam aus, um ein Okapi zu erlegen. Diese galten bei den MaKri als besonders schmackhaft. Dennoch war es die Geschichte von der Vertreibung des gewaltigen Tigers, welche die wahre Beute der Jagdgemeinschaft darstellte. Die Handvoll Dörfler, die sich eingefunden hatte, lauschte dem äußerst lebhaften und ein wenig ausgeschmückten Bericht mit schweigender Ehrfurcht.

Nur Talaan schaffte es, bei all der guten Laune das Grübelgewitterwölkchen über seinem Kopf zu hegen und zu pflegen. Als sein Speerwurf zur Sprache kam, rang er sich mühsam ein pflichtbewusstes Lächeln ab.

So ein Miesmuffel!

Als das Garn der Jäger gesponnen und das Okapi an der rechten Stelle abgelegt war, hieß Kirra alle anderen, zu gehen. »Lehrstunde für meinen Schüler. Unter vier Augen.«

»O weh«, meinte Merrel und schaute besorgt drein. »Das letzte Mal, als sie das gesagt hat, wollte ihr Schützling eine ganze Woche nicht mehr auf die Jagd mitkommen.«

»Ach, schleich dich.« Lachend wedelte sie ihn fort. Er verschwand mit einem Augenzwinkern.

Gemeinsam machten sie sich daran, das Okapi auszuweiden – Talaan vor sich hin brütend und Kirra darüber nachsinnend, was ihn dieses Mal umtrieb.

»Wie schaffst du das eigentlich?«, fragte sie also, während sie ihm zeigte, wo man mit dem Messer ansetzte und wie tief man bis wohin schnitt. Nicht, dass er mit einem Schnitt in die Galle das Fleisch verdarb.

»Hm?« Er brummte nur geistesabwesend. Dabei achtete er genauestens darauf, was ihre Hände mit der Klinge taten.

»Ich meine diesen grimmig besorgten Ausdruck auf deinem Gesicht«, erwiderte sie und kam nicht umhin, ihn ein wenig länger anzuschauen, als sie vorgehabt hatte. »Diese Falte zwischen deinen Brauen ist besonders imposant. Hast du dir das vor dem Spiegel selbst beigebracht oder gab es einen Elfenmeister für schwerwiegende Gedankengänge?«

Eine verschämte Unsicherheit bemächtigte sich Talaans. Diese Verlegenheit stand ihm ausgezeichnet – zumindest besser als das Omen nahenden Unheils.»Er hieß Lithiálekon. Man sagt, er verbrachte Jahrhunderte damit, das vollendete Denkergesicht für alle vorstellbaren Gelegenheiten zu entwickeln.«

Kirra blinzelte ungläubig.»Das war als Scherz gedacht«, brachte sie schließlich über die Lippen.

Mit einem unerwarteten und äußerst spitzbübischen Schmunzeln entgegnete Talaan:»Dann sind wir quitt.«

»Du!«, erboste sie sich und schlug mit der Faust nach seiner Schulter.

Mit reumütigem Blick ließ er sie gewähren.»Hast du gar keine Angst, dass man unser Vieraugenpalaver falsch verstehen könnte, erst recht, wenn wir so viel Spaß haben?«, frotzelte er und erntete gleich noch einen Hieb von ihr.

»Das Opfer muss ich wohl auf mich nehmen«, erwiderte sie und wurde ernst.»Du denkst an meinen Rat, wie du den Zorn in dir bändigen kannst?«

Talaan nickte.»Du wusstest, dass ich nicht vor den anderen über meine Gefühle reden kann. Danke, Kirra.« Er lächelte erleichtert.

»Dann verrate mir endlich: Was treibt dich um? Dein Speerwurf war das Zünglein an der Waage. Du hast ein Leben damit gerettet. Worüber zerbrichst du dir den Kopf?«

Geduldig ließ sie ihn seine Worte finden und machte sich wieder daran, ihm die weiteren Schritte zum Ausnehmen des Okapis zu demonstrieren. Ein Guon war die eine Sache. Das viel größere Tier vor ihnen besaß einen ganz anderen Körperbau.

»Ich war wohl ein wenig naiv, als ich glaubte, ich könne den *vom Schicksal Erwählten* für eine Weile hinter mir lassen«, sagte er schließlich und half ihr bei dem schmutzigsten Teil der Arbeit.»Allerdings bin ich nun einmal *Maigan*, ob ich nun anderes vorgebe oder nicht.«

»Du hast Merrels Sohn geheilt, nicht wahr?«

»Joshras Krankheit war nicht gefährlich«, wiegelte Talaan ab. »Aber du hast seine Eltern gesehen. Ich war selber oft genug Vater. Da hätte ich nicht ruhig schlafen können, während sie derart von Sorgen geplagt wurden.«

Dafür wollte sie ihn am liebsten umarmen. Nur so, wie ihre Hände gerade aussahen, war das kein guter Gedanke. »Deswegen allein zerbrichst du dir nicht den Kopf. Du bist erst so, seit wir dem gestreiften Pirscher begegnet sind«, stellte Kirra fest.

»Das mit dem Speer war ebenso viel Glück wie Können.« Als sie ihn weiterhin fragend anblickte, öffnete er sich ihr endlich: »Ich vermag Feuer nach meinen Feinden zu schleudern. Oder ich kann Barrieren in reiner Luft erschaffen. Der Tiger hätte nicht einmal in die Nähe von einem von uns gelangen dürfen. Aber ich habe mir schlichtweg noch nicht die Zeit dafür genommen, die alten Menschenzauber in *Maigan-Magie* umzuformen. Heute wäre deswegen beinahe jemand gestorben.«

Nun begriff sie. »Da du eine Weile ganz gewöhnlich sein wolltest.« Sie legte das Jagdmesser beiseite und widmete Talaan ihre volle Aufmerksamkeit. »Das klingt für mich so, als würde es beginnen zu wirken.«

»Was meinst du?«

»Amisha berichtete mir, dass du die Abgeschiedenheit suchst, um deinen Platz in der Welt zu finden«, erläuterte sie. »Mir scheint, dein Herz hat dir gerade ein oder zwei Dinge dazu verraten.«

Darüber sann er lange Zeit nach. Sie hatten das Okapi nahezu fertig zerlegt, bis er wieder sprach. »Du hast Recht. Es offenbart mir, dass es mich richtig leiten wird, wenn es darauf ankommt. Mir liegt an jenen in meiner Nähe. Das ist eine gute Sache.« Daraufhin lächelte er sonnig.

»Du wirst feststellen, dass unser Dorf alle Aufregung für drei bis vier Monate aufgebraucht hat. Hier passiert sonst nie etwas.«

Sein Lächeln wurde noch breiter. »Ich danke dir von Herzen, Kirra. Das waren wahre Worte: Es hilft, sich jemandem anzuvertrauen.«

Diese Wärme, die von ihm ausging und die ihr allein galt, versetzte sie in einen wohligen Zustand der Glückseligkeit. »Du möchtest also nicht wieder mitten auf dem Platz ein Brüllen ausstoßen oder davonlaufen?«

Talaan lachte kurz und herzlich. »Dafür gefällt es mir hier viel zu gut.«

»Das beruhigt mich«, schloss sie das Gespräch. »Lass uns das Fleisch verteilen und noch mehr glückliche Gesichter sehen.«

Während sie so von Hütte zu Hütte zogen, verflogen tatsächlich die letzten Denkfalten von seiner Stirn.

Als Kirra an diesem frühen Morgen den Stamm des Riesenbaumes erklomm, rangen zwei heftig streitende Gefühle in ihr um die Vorherrschaft. Das eine war die nackte Angst und das andere die helle Freude; und sie mitten dazwischen, aber immerhin auf dem Weg nach oben.

Sie hatte heute Nacht scheußlich geschlafen und selig gewacht. Immer wieder waren ihre Gedanken zu Talaan gewandert. Mit zunehmender Wehrlosigkeit hatte sie festgestellt, dass selbst die Erinnerung an sein Schlechtwettergesicht ihr ein Lächeln auf die Lippen zauberte, obwohl sie sich darüber gestern noch spöttisch amüsiert hatte.

So war es nicht nur dem Aufstieg geschuldet, dass ihr Herz so heftig schlug, als ihr Kopf endlich aus dem Laub der Kronäste emportauchte. Das dunkle Blau des Himmels floh bereits in den fernen Westen und im Osten erhob sich die Ahnung des baldigen Sonnenaufgangs. Genau dazwischen lag Talaan, in friedlichen Schlaf versunken und ahnte nichts davon.

Die Feigheit wollte sie gerade wieder zum Rückzug zwingen – es war ohnehin zu spät, sie würden es nie rechtzeitig schaffen –, als seine Augen sich einen Spalt weit öffneten.

Eine verschlafene Freude legte sich auf sein Antlitz. »Kirra? Wie lange bist du schon hier?«, fragte er gähnend und streckte sich in alle Richtungen.

»Erst kurz.« Ihr Mund entschied den Ausgang des Kampfes ihrer Gefühle. »Komm mit, ich möchte dir etwas zeigen.« Mit diesen Worten tauchte sie wieder flink in das Gewirr der Blätter hinab.

Irgendwo hinter sich hörte sie Talaan ihr folgen. Auf dem Boden angekommen trieb sie die Unruhe vorwärts, denn sie hatten fürwahr wenig Zeit. »Eile dich«, rief sie gedämpft und winkte ihn zu sich. »Wir verpassen es sonst!« Sie wandte sich um und rannte fort.

Er folgte dichtauf. »Wohin willst du, Kirra? Wir haben nicht einmal einen Speer dabei.«

Sie warf ihm einen fröhlichen Blick über die Schulter zu. »Sei nicht so neugierig und lasse dich überraschen.«

Sie hasteten jetzt den Hügel hinauf, der nördlich des Dorfes emporstieg. Auf dessen Kuppe blieb sie abrupt neben einem Riesenbaum stehen. Sie kostete seine Verwirrung aus, als er sich fragend umblickte und freilich nur Bäume sah. Nicht ein Tier regte sich.

»Nicht hier«, sagte sie in vibrierender Vorfreude und deutete den Stamm empor. »Dort oben.« Eine Erklärung gönnte sie ihm nicht. Stattdessen erklomm sie den Baum so schnell und wendig, dass Talaan Probleme hatte, ihr zu folgen.

So kam es, dass sie weit vor ihm im Wipfel ankam. Ein Feuerschleier lag über dem Rand der Welt im Osten und kündete davon, dass die Sonne bald aufgehen würde.

Dennoch kam sie sich auf einmal närrisch vor. Ein junges, verliebtes Ding, das einem jahrhundertealten Mann eine Schönheit schenken wollte, wie er sie sicherlich bereits dutzendfach geschaut hatte.

All ihre Zweifel zerstoben, als Talaan neben ihr auf einen der Kronäste kletterte. In diesem Augenblick durchstieß die Sonne mit ihrer Feuerglut den Horizont. Der Regenwald selbst wurde nach Osten hin hügelig und aus den Tälern stiegen dicke Nebelschwaden auf, sodass nur die sattgrünen Kuppen aus ihnen hervorragten.

Ein maßloses Staunen lag auf seinem Gesicht, während seine Augen hin und her huschten. »Wie über den Wolken«, hauchte er ehrfurchtsvoll.

Sie folgte seinen Blicken. Der Dschungel wirkte so frisch und rein, als wäre er neugeboren worden. Das aufblühende Tageslicht ergoss sich über die Hügelkuppen und überall, wo es den Nebel berührte, glomm er in goldenem Schein. Zögerlich und mit hämmerndem Herzen ergriff Kirra Talaans Hand und er schloss die seine fest um ihre. Im Schweigen vereint sahen sie zu, wie die Sonne sich von der Erde löste und weiter emporstieg, erhaben langsam in ihrer Unsterblichkeit.

Irgendwann raunte er: »Derartige Momente sind rar. Augenblicke, in denen sich die Seele wahrhaft öffnet und solche Schönheit in sich aufnehmen kann, um sie sicher zu bewahren. Ein wertvolles Geschenk, Kirra.«

»Ich ...«, hob sie an und zuckte ob der Lautstärke ihrer von Aufregung getriebenen Stimme zusammen. Sie atmete tief durch und sagte so sanft, wie sie vermochte: »Seit ich diese Stelle entdeckt habe, bin ich stets allein hier gewesen.« Eine Weile schwieg sie und suchte die passenden Worte, während der Urwald allmählich zum Leben erwachte. »Ich habe mir geschworen, es mit niemandem zu teilen. Ich hatte Angst, das würde den Zauber zerstören, der auf diesem Ort liegt.« Kirra drückte seine Hand fester. Sie fühlte sich so wunderbar richtig zwischen ihren Fingern an. »Schön, dass du ihn bewahrst.«

»Warum hast du dich nun anders entschieden?«, fragte er, ohne die Augen vom Regenwald zu nehmen. Der Glanz der Sonne mischte sich mit den Rubinen seiner Iris.

Mit aller Wärme, die in ihrem Herzen wohnte, antwortete sie: »Es soll ein Geschenk sein.« Ihr wurde bewusst, dass Talaan den Wert all dessen hier in seiner vollen Tiefe erkannte. Sie beide bewegte derselbe Sinn für die Schönheit dieses Augenblicks.

Nun wandte er sich vom Osten ab und ihr zu. Er schien mitten in ihre Seele zu sehen. Seine Stimme war nur ein Raunen. »Ich danke dir aufrichtig. Ungeachtet meines langen

Lebens habe ich nur selten etwas derart Herzberührendes gesehen.«

Sie nahm allen Mut zusammen und trat so dicht an ihn heran, dass sie seine Körperwärme spürte. Doch als sich ihre Lippen den seinen näherten, wich Talaan überrascht vor ihr zurück. »Kirra?« Fragend musterte er sie.

Mit grausamer Klarheit erkannte sie die Wahrheit: seine Verwunderung, seinen zweifelnden Blick. Er dachte, dass sie wieder einen Schabernack mit ihm trieb. Trotz dieses magischen Ortes, der sie eben noch gemeinsam berührt hatte, kam ihm nicht einmal in den Sinn, dass sie es ernst meinen könnte. Tränen schossen ihr in die Augen.

»Kirra …«, sagte er mit dieser verflucht sanften Stimme, zu der er fähig war, doch sie wandte sich getrieben ab, die Lippen versiegelt. Ohne richtig sehen zu können, sprang sie auf den nächsttieferen Ast und ergriff die Flucht.

Am Fuße des Baumes sackte sie mit dem Rücken am Stamm zu Boden. Sie spürte Tränen, die nach außen drängten, und hielt sie mit knirschenden Zähnen zurück. Sie würde nicht zulassen, dass er sie schluchzend vorfand. Das war sie sich und ihrer Freundschaft schuldig. Doch als er neben ihr niederkniete, traute sie ihren Dämmen nicht und wandte das Gesicht ab.

»Kirra«, sagte er mit einer Sanftheit, in der auch Besorgnis mitschwang. »Ich wollte dich nicht verletzen.« Seine Worte bargen so viel Fürsorglichkeit, dass es umso mehr schmerzte.

»Es war mein Fehler«, brachte sie mühsam hervor. Weshalb hatte sie geglaubt, er würde ihre Gefühle erwidern? Er war ein *Maigan* und auf seine Weise sogar unsterblich, Jahrhunderte alt.

»Wir müssen reden«, behauptete er ernst.

Sie warf ihm einen trotzigen Blick zu und wandte sich wieder ab. »Worüber sollten wir sprechen? Du liebst mich nicht, das ist alles. Was gibt es noch zu sagen?«

Talaan schüttelte traurig den Kopf. »Ich will dich nicht verlieren, Kirra«. Auch ihm fielen die Worte offenbar schwer. »Du bedeutest mir mehr als irgendjemand sonst auf dieser Welt. Aber es ist nicht einfach. Ich selbst bin es, der kompliziert ist.«

Sie sah ihn abschätzend an. *Auf dieser Welt?* Lag in dieser Äußerung ein tieferer Sinn? Versuchte er nun ebenfalls, sie mit jenen Halbwahrheiten zu umgarnen, mit denen er so gerne seine wahre Identität vor anderen verschleierte? Seine Augen jedoch – seine verdammten, faszinierenden roten Rubine – spiegelten keinen Doppelsinn. »Wenn du mich nicht liebst, dann ist es eben so. Ich bin erwachsen. Was soll daran nicht einfach sein?«

»Du kennst meine Vergangenheit«, sagte er nur.

»Ist es Ginuthal?« Eifersucht auf eine Tote, die sie nicht einmal kannte, brandete in ihr auf. *Erwachsen? Von wegen.*

Talaan schüttelte mit hängenden Ohren den Kopf und sah ihr mit einem alten Ernst in die Augen. »Sie ist in meinem Herzen lebendig, aber nicht mehr auf jene Art und Weise wie du, Kirra. Aber noch vor zwei Monaten war ich ein Mensch. Ich kann diesen Teil von mir nicht einfach abstreifen.«

»Was willst du damit sagen?« Zwar formte sie diese Frage mit den Lippen, doch ihr Verstand konnte nicht folgen.

Offenbar rang er mit den richtigen Worten. »Dieses Leben, diese Gestalt, die MaKri. Das ist alles so neu und ungewöhnlich für mich. Wie sehr ich dich auch mag, bist du so …« Er zögerte, als wagte er nicht, eine grausame Wahrheit auszusprechen. »… anders als all jene, mit denen ich je eine tiefere Bindung einging.«

Das traf sie unerwartet und außergewöhnlich hart. Sie schluckte. Ihr Hals fühlte sich mit einem Mal trocken an. »Siehst du in mir keine Frau?«, hauchte sie ungläubig.

Seine Stirn umwölkte sich. War das Zorn? Oder Hilflosigkeit? Gleichwohl kam seine nächste Frage so behutsam wie alle Sätze zuvor daher. »Könntest du einen Menschen lieben?«

Unverständig legte sie den Kopf schief. »Ich weiß nicht. Ja.« Doch stolperte sie über dieses kleine Wort und korrigierte sich zaghaft. »Vielleicht. Es käme auf seinen Charakter an, glaube ich.«

Hoffnung glomm in seinem Blick, als er zustimmend nickte. »Dein Wesen habe ich längst in mein Herz geschlossen. Ich habe dich reichlich gern, Kirra. Der Rest liegt jedoch nicht bei mir.« Er klopfte hilflos auf seine Brust. »Verstehst du das?«

Sie schüttelte verneinend das Haupt. Tränen drängten erneut in ihre Augenwinkel, aber sie verbot ihnen verbissen, zu fallen. »Alles, was ich sehe, wenn ich dich anblicke, ist ein MaKri, den ich liebe – und ich bin ebenfalls eine.«

Talaan holte Luft, zögerte und ließ den Atem langsam entweichen. Für einen Moment kniete er in sich gekehrt und mit Denkfalten auf der Stirn neben ihr. Dann sackte er ein wenig zusammen, nickte bedächtig und sagte mit mildem Blick: »Schließ deine Augen, Kirra.«

Damit hatte sie nicht gerechnet. »Was?«

»Bitte«, beschwor er sie eindringlich. »Und öffne sie nicht, gleich was du auch hören magst.«

Zögernd folgte sie seinem Wunsch, den liebesirren Gedanken unterdrückend, dass er sie jetzt doch küssen würde. Stattdessen drangen ein unterdrücktes Stöhnen und ein seltsames Rauschen durch die Dunkelheit an ihr Ohr. Was tat er nur?

»Sieh mich an.«

Sie öffnete die Augen und erschrak sich beinahe zu Tode. Mit einem Aufschrei sprang sie von ihm fort, stolperte über die Wurzeln und fiel hin.

»Kirra, ich bin es«, kam Talaans Stimme aus dem Mund des Menschen. Aber sie klang falsch. Viel zu glatt und ohne den rauen Unterton, der jedem Kri, ob Waldvolk oder Bergvolk, mehr oder weniger eigen war.

»Warum tust du das?«, schrie sie ihn tief verletzt an. Wie hatte dieser romantische Morgen nur derart schrecklich schieflaufen können?

»Weil du mir wichtig bist und du es sonst nicht verstehen würdest«, erwiderte er mild. »Beruhige dich und sieh mich an.«

Bedachtsam durchatmend zwang sich Kirra zur Ruhe. Außer im Kampf war sie einem Menschen nie zuvor so nahe gewesen. Endlich begriff sie es, oder sie begann zumindest, es zu begreifen. Ihre Angst vor dem Unbekannten, vor dem Menschen, flüsterte ihr die Wahrheit ins Ohr.

»Kannst du mich jetzt noch lieben – in dieser Gestalt?«, fragte der Fremde, der Talaan war.

»Das bist nicht du!«, widersprach sie zornig.

»Doch, Kirra«, hielt er sanftmütig dagegen. »Mein Kern ist derselbe, mein Ich bleibt mir treu.«

Es trieb sie, etwas zu erwidern, jedoch brachte sie keinen Ton heraus. Sie sah einen Menschen vor sich, in den sie vernarrt sein sollte. Aber seine Augen glänzten dunkelbraun, sein Gesicht wirkte so seltsam platt. Diese Nase trat daraus hervor wie ein Fremdkörper. Nicht zuletzt war da noch das fehlende Fell. Die Behaarung auf dem Kopf wuchs absurd lang bis über die Schultern, dafür bedeckte bleiche, felllose Haut den restlichen Körper. Das traurige Lächeln auf seinen Lippen offenbarte kleine, flache Zähnchen. Seine Füße ...

Kirra schloss die Lider und sammelte sich. Vor ihr saß Talaan, nur sah er erschreckend befremdlich aus. Mitgefühl regte sich in ihr. »Sehe ich so für dich aus? Dermaßen anders als die Frauen deiner Art?«

Das ernste Lächeln, das sie von ihm kannte, kam zum Vorschein. Aber in diesem Gesicht irritierte sie die Vertrautheit umso mehr. »Du bist von meiner Art. Ich bin ein MaKri. Nur eben noch nicht so lange.«

»Das ist verrückt!«, entfuhr es ihr.

Er seufzte. »Wem sagst du das? Bitte sieh weg.«

Kurz darauf blickte sie wieder in seine rubinroten Iriden. »Was soll ich denn tun?«, fragte sie ratlos. *Ich kann doch nicht aufhören, dich zu lieben.*

Er reichte ihr eine Hand und half ihr auf. »Gib mir Zeit, Kirra.« Sanft nahm er sie in die Arme und legte seinen Kopf auf ihren. »Gib mir einfach nur Zeit.«

Ihr Widerstand, ihr Protest, ihr Zorn ergaben sich ohne Gegenwehr ihrem Wunsch, sich an ihn zu schmiegen. Sie erwiderte seine Umarmung und schloss die Augen. Ihre Gedanken rasten und sie wusste weder, was sie fühlen, noch was sie sagen könnte. Wenn er nur bei ihr blieb, sollte das genügen. Für eine Weile.

EIN WAHRER MAIGAN

Kirra sollte Recht behalten: Sie lebten in einem äußerst ruhigen Dorf, in dem wenig Aufregendes geschah und das kam Talaan sehr gelegen. Eine Zeit lang konnte er nur Shimar sein – oder auch »der Neue«. Die meisten Dörfler schienen sich aufrichtig über ein frisches Gesicht zu freuen und nahmen ihn mit offenen Armen auf. Dabei begegneten sie ihm derart offenherzig und ohne Argwohn, dass er sich im Geheimen für seine Lügen schämte.

Er zog seine Lehren aus dem Vorfall mit dem Tiger. Wann immer Kirras Familie einmal nicht zu Hause war – was bei den geselligen MaKri öfter vorkam – nutzte er hinter verdunkelten Fenstern die Gelegenheit für seine magischen Studien. In den Lichtungen des Waldes erprobte er die gefährlicheren Zauber – schließlich wollte er keinen Dorfbrand auslösen. So lernte er nach und nach all jene Zaubersprüche, die er seinem Gedächtnis abringen konnte, in Geistessymbole zu überführen. Diese übte er bei Nacht unermüdlich, bis er sie in der Zeit eines Wimpernschlages im Verstand entstehen lassen konnte. Bei Tage fiel es ihm deshalb oft schwer, die Augen offen zu halten, was ihm den liebevollen Spott der Dorfbewohner und den Spitznamen »Shimar Schlafmütze« einbrachte. Doch akzeptierten sie es ohne Misstrauen.

Da zwei weitere Hände beim Bau der Rundhütte für die Frischvermählten – Narati und Soresh – gern gesehen waren, packte er kurzerhand mit an. Es dauerte nicht lange, bis er entdeckte, dass eine Leidenschaft für die Arbeit mit Holz in ihm schlummerte. Er liebte es, mit diesem lebendigen Material etwas zu gestalten. Der Zimmerer des Dorfes nahm ihn unter seine Fittiche und brachte ihm während des Aufbaus der Hütte allerlei bei.

So lief alles hier. Man begegnete sich freundlich und half einander, als gäbe es kein Geben und Nehmen. Ein jeder lebte ein friedliches und unkompliziertes Leben.

Zumindest fast jeder. Kirra hielt sich auf eine seltsame Art und Weise von ihm fern. Zwar half sie ihm bei gemeinsamen Jagdzügen, seinen wilden Trieben erste Zügel anzulegen und so seine geschärften Sinne und Instinkte zu einem Vorteil zu verwandeln. Auch zu anderen Gelegenheiten nahm sie ihr Versprechen sehr ernst, Talaan beim Meistern seiner tierischen Charakterzüge zu unterstützen. Trotzdem war es nicht mehr wie früher. Denn abgesehen davon mied sie ihn, so gut es ging. Selbst wenn sie Zeit miteinander verbrachten, spürte er eine unsichtbare Wand, die sie trennte. Sie wirkte distanziert und er wagte es nicht länger, allzu herzlich zu ihr zu sein. Er verstand wohl, dass seine Nähe ihr ebenso Schmerzen bereitete wie seine Zurückweisung bei jenem magischen Sonnenaufgang. Doch trotz allen Verstehens war er dabei, seine einzige Freundin zu verlieren.

So wunderte es ihn wenig, dass sie ihm eines Tages vorschlug, sich eine eigene Rundhütte zu bauen. Jeden Morgen und Abend saß er bei ihrer Familie am Tisch und selbst Chandrika und Eliha hatten inzwischen begriffen, dass es zwischen Kirra und Talaan nicht zum Besten stand. Ein unsichtbarer Gast aß mit und verdarb die Stimmung.

Zwar sprach sie davon, dass er nicht ewig auf Bäumen schlafen könne, da die nächste Regenzeit unweigerlich kommen würde, doch ahnte er, dass noch mehr dahintersteckte.

Also begann er, sobald am Haus Naratis und Soreshs der letzte Hammerschlag gefallen war, für sich selbst eine Rundhütte zu bauen – er und zehn weitere MaKri. An dem Morgen, an dem er und Nashem gemeinsam anfangen wollten, erschienen wie selbstverständlich andere Dörfler und packten mit an. Kirra blieb fern.

Es dauerte nicht lange, da vollendeten sie sein neues Zuhause am Rande der Siedlung und zogen eine zusätzliche Hängebrücke auf. Jeder Haushalt aus dem Dorf brachte etwas vorbei, um die Hütte mit Gemütlichkeit zu füllen. Zwar sah sie danach immer noch seltsam leer aus, aber immerhin hatte er das Nötigste, um darin zu wohnen. Schmunzelnd stellte er fest, dass eine große Menge Sitzkissen offenbar zum Wichtigsten zählte. MaKri liebten die Geselligkeit.

Mit einer Mischung aus Freude über sein Heim und Bedauern, da er Kirra und ihre Familie verlassen würde, zog er ein. Sein Leben schickte sich an, wieder ein wenig gewöhnlicher zu werden.

Ein *Maigan* jedoch wurde vom Schicksal erwählt und es würde ihn nicht mehr loslassen.

In Talaans Hütte herrschte Dämmerung, da er die Fenster mit Fellen verhangen hatte. Der würzige Geruch von frisch gehobeltem Holz und der leicht süße Duft nachtrocknender Palmenblätter erfüllten den Innenraum. Mit seiner empfindlichen Nase nahm er dies besonders deutlich wahr, da er mit geschlossenen Augen auf seiner Schlafstätte saß. In seinem Geist glomm der verkümmerte Ansatz eines Geistessymbols und gab ein Bild der Trauer ab. Bereits seit drei Tagen bemühte er sich, sein Jagdmesser mit Hilfe der Magie anzuheben. Indessen scheiterte er ein ums andere Mal.

Die wenigen Menschenzauber, die er auswendig konnte, beherrschte er inzwischen problemlos. Die Natürlichkeit, mit der sein neuer Körper die Magie kanalisierte, begeisterte ihn. Das glich in Schnelligkeit und Macht nichts, was er kannte. Doch begriff er keinen Deut, welchen Gesetzen die Geistessymbole unterlagen. Es gelang ihm zwar, einen Zusammenhang zwischen der Form des Symbols und der dazugehörigen Wirkung zu erkennen. Aber es war, als würde er den fertigen Bauplan eines Gebäudes studieren. Es selbst zu entwerfen, lag jedoch jenseits dessen, was er vermochte.

Talaan erinnerte sich nur lückenhaft an den Levitationszauber und entsprechend unvollkommen und bar jeglicher Strahlkraft stand das verschlungene Muster in seinem Verstand. Ohne viel Hoffnung unternahm er einen weiteren Versuch. Er ergriff im Geiste den Halbkreis am oberen Ende und bog ihn ein wenig auf. Sofort erlosch auch der magere Rest des

Leuchtens. Nachdem dieser Fehler behoben war, versuchte er, einen geschwungen, mehrfach gezackten Schrägstrich zu verstärken und erreichte das gleiche Ergebnis.

Frustriert fegte er das nutzlose Zeichen beiseite und ließ befriedigend stark leuchtend das Geistessymbol der Kraftkugel erscheinen. Eine kleine, bläuliche Sphäre ohne rechte Konsistenz erschien in seiner hohlen Hand und er schleuderte sie nach dem Messer, sodass es über den Boden durch das halbe Haus schlitterte.

Direkt vor die Füße Jurreas, die gerade in die Hütte stürmte. »Ein *Maigan*!«, rief sie voller Aufregung. Talaan erstarrte. Wie närrisch, mitten am Tag so leichtfertig mit Magie zu experimentieren!

»Jurrea ...«, begann er, doch die Jägerin fiel ihm sofort ins Wort.

»Ein Erwählter ist im Dorf!«, stieß sie ganz außer sich hervor. In ihren Augen irrlichterte jene ungebändigte Begeisterung, die ihn aus der *Großen Stadt* verjagt hatte.

Also bemühte er seinen eindringlichsten Tonfall: »Hör zu, ich wäre froh, wenn du das für dich behältst.« So, wie sie sich aufführte, würde sein Leben hier genau die gleichen Bahnen wie nach seinem Erwachen nehmen.

Die Jägerin jedoch musterte ihn, als ob er von blauen Bäumen unter einem grünen Himmel erzählte. »Warum sollte ich das niemandem sagen? Das ganze Dorf weiß es bereits. Komm mit und sieh ihn dir an!«

»Ihn?« Talaan runzelte die Stirn und brauchte eine Weile, bis er begriff, dass sie nicht von ihm gesprochen hatte. Ein zweiter Erwählter? Das verhieß, interessant zu werden.

»Aufgewacht, Schlafmütze, und raus mit dir!«, rief Jurrea ungeduldig und stürmte davon, um die Neuigkeiten in der nächsten Hütte zu verbreiten.

Es gab keine Möglichkeit, den *Maigan* nicht zu erkennen. Nicht nur, da er als einziger Fremder im Dorf auffiel oder weil sich einfach alle um ihn drängten. Er trug ein derart reich mit Silberstickereien verziertes Lendentuch, dass es Talaan schon beinahe obszön vorkam. Der Rest des Mannes dagegen stand im Widerspruch zu seinen Erwartungen. Er schien so manche Regenzeiten erlebt zu haben und verbreitete die Aura von jemandem, der bereits einiges vom Leben gesehen hatte. Dabei gebärdete er sich ruhig und sogar ein wenig zurückhaltend, obgleich er das Bad in der Menge sichtlich genoss.

Inmitten des lebhaften Trubels schnappte Talaan etwas auf, das seine Aufmerksamkeit auf sich zog.

Eine MaKri vor ihm raunte ihrer Nachbarin zu:»Was hat das nur zu bedeuten? Zwei *vom Schicksal Erwählte* zur gleichen Zeit? Das hat es noch nie gegeben.«

»Die Fügung meint es gut mit uns!«, ereiferte sich die andere.»Ein Heiler und ein Zaubererkrieger. Stell dir nur vor, was sie gemeinsam bewirken können!«

»Ich teile deine Euphorie nicht«, brummte jemand finster, der sich an Talaan vorbeischob, um nach vorn zu gelangen. Es war Nosher, der Schamane des Dorfes. Der durchdringende Blick, mit dem er Talaan kurz musterte, ließ ihn sich irgendwie schuldig an den Worten der Frau fühlen.»Das Schicksal teilt unserem Volk immer den Beistand zu, den es benötigt. Ihr solltet bedenken, was zwei Erwählte da bedeuten.«

Die Gescholtene zuckte leichtfertig mit den Schultern und wandte ihre Aufmerksamkeit wieder dem *Maigan* zu, der gerade die Stimme erhob.

»Ich bin in euer Dorf gekommen, da ich auf der Suche nach meinem Geistesbruder bin. Wie mir berichtet wurde, verließ er die *Große Stadt* vor einer Weile recht unerwartet, um Erleuchtung zu finden. Niemand hat ihn seither gesehen.

Wie ihr alle wisst, gab es nie zuvor in der Geschichte des Waldvolks zwei Erwählte zur selben Zeit. Es heißt ferner, er habe die *Eine Schrift* enträtselt. Ich bin begierig darauf zu erfahren, wie ihm das gelingen konnte.«

Während die Versammelten eifrig tuschelten, ergriff der Häuptling das Wort:»Es betrübt mich, dich enttäuschen zu müssen, *Maigan* Sorral. Der Erwählte Talaan ist weder durch dieses Dorf gezogen, noch hat er hier Rast gemacht. Was sollte er auch in einer so abgelegenen Siedlung wie der unseren wollen?«

»Oft gibt es mehr Gründe für etwas als nur die offensichtlichen.« Sorral ließ den Blick über die Menge schweifen. Als er Talaan nicht länger als die anderen ansah, atmete dieser erleichtert auf. »Es heißt, er sei nach Osten gegangen, aber gesehen hat ihn niemand auf seinem Weg.«

Merrel trat vor und verbeugte sich ehrerbietig. »Ich wage kaum, darum zu bitten, doch erweist du uns die Ehre, deine Gabe vor aller Augen einzusetzen?«

»Die Ehre liegt ganz bei mir«, erwiderte der Erwählte bescheiden. Zu den Umstehenden sprach er: »Macht ein wenig Platz in jener Richtung und bringt einen Speer.«

Die MaKri teilten sich wie aufgeregte Kinder vor dem Auftritt eines Gauklers. Jurrea eilte mit stolz erhobenem Haupt herbei und reichte dem *Maigan* ihre Waffe.

»Wirf ihn«, forderte er, anstatt sie zu ergreifen. »So weit und so hoch du es vermagst.«

Die Jägerin holte mit einer geschmeidigen Bewegung aus und schleuderte den Speer in hohem Bogen fort. Sorral konzentrierte sich und eine bläulich schimmernde Aura formte sich um ihn. Vor hunderten staunenden Augen begann die Luft in Sorrals Nähe zu knistern. Kleine, zerfaserte Blitze sammelten sich um seine geballte Faust und er warf sie nach der fliegenden Waffe.

Talaan erkannte augenblicklich, dass der Kugelblitz fehlgehen würde, jedoch änderte er plötzlich die Richtung und folgte der Kurve des Wurfspießes. Der bohrte sich in den Boden und bebte zitternd. Mit lautem Krachen schlug der Blitz in den Schaft ein und entlud sich donnernd. Zurück blieben eine qualmende Speerspitze und ein paar verkohlte Holzsplitter.

Die Bewohner des Dorfes starrten noch einen Moment erfüllt von ehrfürchtigem Staunen auf die schwelenden Überreste. Dann brachen sie in begeisterten Jubel aus. Talaan rieb sich nachdenklich das Kinn. Ein zielsuchender Kugelblitz war selbst für ihn etwas Neues.

Er musste Sorral unbedingt unter vier Augen sprechen. Vielleicht gelang ihm der Durchbruch mit seinen Forschungen, wenn er sich mit ihm über die Magie der Geistessymbole unterhielt. Dies ohne neugierige Blicke der anderen zu bewerkstelligen, würde jedoch fast unmöglich werden.

Da erleichterte es ihn sehr, dass der Häuptling fragte: »Möchtest du unter Umständen für einige Tage Rast in unserem Dorf machen, *Maigan?* Es wäre uns eine Freude, dich als Gast bei uns willkommen zu heißen und an deiner Weisheit teilhaben zu können.«

Der Erwählte deutete eine Verbeugung an. »Ich freue mich über eure Gastfreundschaft und nehme sie dankend an. Das wenige, was ich an Erkenntnis besitze, werde ich gerne mit euch teilen.«

Die MaKri waren ein geselliges Volk und wie konnte man sich da besser amüsieren als bei einem Fest? Einen *Maigan* im Dorf zu haben bot einen wunderbaren Anlass dafür. Auf seinen Wunsch hin fiel die Feier eher schlicht aus. Das tat dem Vergnügen an Musik, Tanz und reichlich gebratenem Fleisch mit gegarten Früchten keinen Abbruch. Zu jeder Zeit saßen ein paar Dörfler bei ihrem Gast und lauschten seinen Worten.

Talaan beobachtete Sorral unentwegt. Anerkennend stellte er fest, mit welcher ernsten Ruhe er sich den Bittstellern widmete. Meist hörte er nur aufmerksam ihren Sorgen und Geschichten zu. Wurde ihm eine Frage gestellt, gab er stets erst mit einigem Nachdenken eine Antwort oder hakte besonnen nach.

Am Abend jedoch wandelte sich sein Verhalten. In sich ruhend, aber bestimmt wehrte er weitere Anliegen der Dorfbewohner ab. Stattdessen bestand er darauf, am Fest teilzuhaben. Überrascht sah Talaan mit an, wie die MaKri bereitwillig nachgaben. Allmählich begriff er, dass er sich seine Dämonen selbst herbeigerufen hatte. Dieser *Maigan* ließ sich seine Aufgabe nicht beliebig aufzwängen.

So schloss sich Sorral nun den Tanzenden an und Talaan verlor ihn aus den Augen, als unerwartet Kirra an ihn herantrat.

»Ist dir eigentlich schon mal aufgefallen, dass nur du es fertigbringst, in trüben Gedanken versunken danebenzustehen, während alle um dich herum Spaß haben?« Ihre Worte hatten wohl vorwurfsvoll klingen sollen, doch verdarb das fröhliche Glänzen ihrer Augen den belehrenden Auftritt.

»Das bringt die Geschichte meines Lebens gut auf den Punkt«, entgegnete Talaan mit einem schiefen Grinsen.

»Damit ist jetzt Schluss«, entschied Kirra und packte ihn am Unterarm.

Überrumpelt ließ er sich mitziehen, doch stellte sich ihm das Nackenfell auf, als er sich augenblicklich mitten unter den Tanzenden wiederfand.

»Es wird Zeit, dass du lernst, zu tanzen.« Sie blickte ihn derart freudig erwartungsvoll an, dass er gar keine Widerworte fand. Er hatte den liebevollen Spott der Elfen ertragen, als er sich deren Reigen aneignen wollte – da würde er das hier auch überstehen. Als Kirra dann noch bittend die Augenlider klimpern ließ, war es um seinen Widerstand geschehen.

Lachend schüttelte er den Kopf und holte tief Luft. »Nun gut, ich liefere mich deiner Gnade aus.«

Das raubtierhafte Grinsen, dass sie ihm daraufhin schenkte, brachte ihn erneut zum Lachen. *Worauf habe ich mich da nur eingelassen?*

Unter dem gutmütigen Gelächter der Dorfbewohner folgte er ihren Anweisungen. Zunächst gelang ihm das nur mit der Eleganz eines trunkenen Seemanns auf Landgang. Doch mit der Zeit gehorchten ihm Beine und Schwanz besser. Für eine Weile vergaß er seine Sorgen und genoss das schwungvolle Beisammensein mit seiner Freundin.

Wie die MaKri selbst, so war auch das Fest eine zwanglose Angelegenheit. Mit den Stunden, die verrannen, wurden nicht nur die Lagerfeuer kleiner. Wer Lust hatte, rückte an ihnen näher zusammen. Andere verließen ebenso müde wie gut gelaunt mit lautem Hallo die Runde.

Während Kirra blieb, schickte sich Sorral an, zu gehen. Schweren Herzens ließ Talaan sie schließlich zurück. Am oberen Ende einer Strickleiter gelang es ihm, den Erwählten einzuholen.»Mein Name ist Shimar. Darf ich dich wohl unter vier Augen sprechen, *Maigan* Sorral?« Der hielt nicht inne, sondern strebte über eine Hängebrücke weiter auf sein Ziel zu. Talaan schloss sich ihm an.»Ich bedaure, junger Freund, aber der Tag war lang und der Weg beschwerlich. Meine Füße und Ohren haben Ruhe wahrlich nötig.« Seinem breiten Gesicht, das eher an einen Löwen als an einen Puma erinnerte, haftete eine wohlwollende Gutmütigkeit an. Die feste Stimme stand indessen in einem deutlichen Kontrast dazu.»Du bist gewiss nicht der erste Neugierige heute.«

Darüber schmunzelte Talaan amüsiert, schließlich verstand er Sorral nur zu gut.»Wenn alles so dringend und wichtig wäre, wie man es an dich heranträgt, müsste man denken, die Geschicke unseres Volkes hingen am seidenen Faden.«

Das ließ den *Maigan* innehalten und er musterte ihn interessiert.»Das fasst das Leben seit meiner Erwählung ganz gut zusammen. Ich gehe recht in der Annahme, dass du glaubst, die Ausnahme von dieser Regel zu sein?«

Talaan erkannte, dass der Moment zu verfliegen drohte, in dem er Sorrals Aufmerksamkeit für sich hatte. Doch immer noch waren zu viele neugierige und hoch empfindliche Raubtierohren in der Nähe. Also wagte er ein Zitat, das keinem der anderen etwas sagen dürfte:»In meinem Fall ist die Vergangenheit stets ein Teil der Gegenwart.«

Die Augenbrauen des Erwählten hoben sich unmerklich.»Du bist ein Kenner der *Einen Schrift*? Ich leihe dir ein Ohr.«

Erleichtert erwiderte Talaan:»Für das, was wir besprechen müssen, ist der Wald bei Nacht besser geeignet als die Brücken dieses Dorfes.«

Sorral setzte zu einem Einwand an, schüttelte aber schicksalsergeben das Haupt und seufzte. Sehnsüchtig blickte er in jene Richtung, in die er gegangen wäre.»Gut, ich glaube dir. Wenngleich ich es bedauere, mein Stelldichein warten zu lassen.« Ein hintersinniges Lächeln verjüngte seine Züge.»Es ist schon erstaunlich. Seit ich *Maigan* bin, scheine ich für das andere Geschlecht an Anziehungskraft gewonnen zu haben.« Talaan deutete mit einer Hand auf den kürzesten Weg zum Wald.»Ich werde gewiss nicht die ganze Nacht in Anspruch nehmen.«

Gemeinsam machten sie sich auf den Weg. Während sie durch das Dorf zogen, auf Hängebrücken entlang, an erleuchteten Häusern vorbei und Leitern hinab, hielt es Talaan für klüger, sein wahres Anliegen unerwähnt zu lassen. Stattdessen ließ er seiner Neugier freien Lauf:»Ich bin überrascht, dass unser Schamane von seinen Geistesbrüdern nicht erfahren hat, dass das Schicksal eine weitere Wahl getroffen hat.«

Sorral nickte verständig.»Ich wollte nicht, dass es bekannt wird. Der Dschungel ist nicht mehr sicher, da die Menschen nahezu ungestraft umherziehen. Ich würde es bedauern, sollte auch nur ein Leben auf der Suche nach mir erlöschen.«

Seine Worte gingen Talaan nahe. Er wünschte, er hätte die Makri damals genügend gekannt, um eine solche Entscheidung zu fällen.»Was hältst du davon, dass es gleichzeitig zwei *Maigan* gibt?«

Die breite Stirn seines Begleiters legte sich in Falten.»Diese Frage rumort in meinem Kopf, seit ich erwählt wurde. Wenn ein *Maigan* vom Schicksal gesandt wird, um dem Waldvolk in Zeiten der Not Beistand zu leisten, welches Übel mag dann erst das Erscheinen von zwei bedeuten?«

»Den drohenden Untergang der MaKri vielleicht«, sinnierte Talaan düster. Des Öfteren hatte er andere hinter vorgehaltener Hand über die Auswirkungen eines Krieges mit den Menschen sprechen hören. Die MaKri waren ein altes, aber kleines Volk.

Nachsinnend erwiderte Sorral:»Nun, das ist eine Möglichkeit, an die ich nicht zu denken wage. Doch wer weiß schon, was die Wogen des Schicksals mit sich bringen? Ich kann mir derweil schwerlich eine Macht vorstellen, die unser Volk auszulöschen vermag. Die wenigen Bücher, die wir von der

Geschichte des Westens besitzen, berichten über zerstrittene Königreiche, wogegen wir in Einigkeit zusammenstehen.«

»Hat denn niemand das Orakel befragt, was uns bevorsteht?« Der Erwählte warf ihm einen eingehenden Seitenblick zu. »Das ist eine seltsame Frage von jemandem, der vorgibt, die *Eine Schrift* studiert zu haben.« Talaan zuckte hilflos mit den Schultern und Sorral beließ es dabei. »Mehr als einmal wurde es zu Fragen des kommenden Krieges konsultiert. Aber wie du wissen solltest, ist es nicht in der Lage, Vorhersagen zu verkünden. Zumindest nicht auf die Weise, wie wir Sterbliche das Konzept der Zukunft verstehen.«

»Selbstverständlich«, war das Einzige, das Talaan dazu einfiel. Er würde Kirra ausgiebig über das Orakel ausfragen müssen. Es besaß offensichtlich eine ebenso zentrale wie schwer zu greifende Bedeutung für die MaKri.

»Dessen ungeachtet hat es uns das Herz des Feindes offenbart«, fuhr Sorral mit besorgten Blicken in alle Richtungen fort. »Es ist voller Finsternis und ihm liegt rein gar nichts an unserem Überleben. Sollten wir zwischen ihm und dem stehen, was er begehrt, werden die Menschen des Westens uns angreifen.«

Von Belangen des Krieges verstand Talaan nur wenig. Jedoch dämmerte ihm, dass die Ziele des Feindes den Schlüssel zu allem darstellten. Wieder kam ihm in den Sinn, dass er in der Gestalt eines Menschen den Westen ausspähen könnte.

Sorral indessen schüttelte betrübt den Kopf. »Das Furchteinflößendste ist allerdings, dass es einen Punkt in vielen möglichen Zukünften gibt, hinter den das Orakel nicht sehen kann. Das kann nur eines bedeuten: Die *Halle des Lichts* wird vernichtet werden, wenn wir im Kampf versagen.«

Dieser Gedanke beunruhigte Talaan auf das Äußerste. »Sie wird fallen?« Kirra hatte gesagt, dass es das Orakel seit dem Anbeginn der Zeiten gab. »Ich dachte, es wäre unsterblich.«

Nachsinnend nickte Sorral und erwiderte nur: »Ja, nicht wahr?«

Den Rest ihres Weges legten sie schweigend zurück. Keiner der beiden hatte noch rechte Lust zu reden.

Der letzte Lichtschein von den Lampen und Feuern des Dorfes lag eine Weile hinter ihnen und auch das Lachen sowie die Musik war nun in ihren Ohren erstorben. »Wir sind weit genug gegangen, junger Freund«, sagte Sorral freundlich. »Deine Worte, die unseren Weg begleitet haben, lassen mich vermuten, dass meine Zeit heute Abend nicht verschwendet sein wird. Beginnen wir unser verschworenes Palaver doch damit, wer du bist.«

Die Wahrheit kam Talaan nur seltsam schwer über die Lippen. Dieses wunderbar gewöhnliche, sorgenfreie Leben als Shimar lag inzwischen wie ein warmer, behaglicher Mantel auf seinen Schultern. Ihn abzustreifen, hieß, sich dem Sturm auszuliefern.

Zögerlich fragte er: »Kann ich auf deine Verschwiegenheit vertrauen?« Der *Maigan* sah ihn nur geduldig wartend an. »Nun gut: Ich bin Talaan.«

Ein Schmunzeln erwuchs ganz langsam auf dem Gesicht des Älteren. »Wie über meine Person seit der Erwählung gesprochen wird, hätte mich warnen müssen, nicht allzu viel auf die Lobgesänge aus der *Großen Stadt* zu geben.«

»Hast du einen anderen erwartet?«

»Eine Aura der Erhabenheit und Weisheit sollte dich umgeben, um dem zu entsprechen, was ich hörte«, erwiderte der Erwählte erheitert. »Auch hatte ich nicht geahnt, einen solch jungen Mann vorzufinden.« Er musterte ihn eingehend. »Wir sind wohl Opfer übertriebener Heldenverehrung.«

»Wir sind keine Helden«, stellte Talaan voller Ernst richtig. »Sie laden dennoch all ihre Hoffnung auf uns.« Seit sie von der Vernichtung des Orakels gesprochen hatten, waren ihm zwei Dinge bewusst geworden: Welche Macht den MaKri gegenüberstand und wie viel Verantwortung auf den Schultern der beiden *Maigan* lastete.

Nachdenklich ließ Sorral die Krallen an Daumen und Zeigefinger umeinanderkreisen. »Vermutlich hast du Recht. Noch haben wir nichts Bedeutsames zustande gebracht. Nichtsdestotrotz bin ich glücklich darüber, dass das Schicksal mich erwählt hat. Es erfüllt mich mit Stolz, dass ich dem

Waldvolk auf eine Weise dienen kann, wie sie anderen verwehrt bleibt.«

»Du wirst töten. Viele Male – und ich ebenso. Das wird den Stolz auf unsere Gaben dämpfen«, gab Talaan zu bedenken. Ein durch und durch finsterer Gedanke.

Eindringlichen Blickes musterte Sorral ihn. Seine dunkelgrünen Augen schienen tief wie der Wald. »Du sprichst wie ein alter Krieger der TaKri, den ich einst kannte, und nicht wie der junge Mann, der du bist.«

»Ich weiß um den Wert des Lebens, das ist alles. Es ist das wertvollste Gut auf dieser Welt und unwiederbringlich verloren, wenn es einmal zerbrochen ist. Es werden einfache Soldaten sein, die durch unsere Hand sterben. Diejenigen, welche den Krieg mit uns begehren, werden kaum ihre feisten Hintern von ihren Thronen erheben.«

Diese mahnenden Worte ließen Sorral vor Talaans Augen altern. »Die Wahrheit in dem, was du sagst, gibt mir zu denken. Lass dir wenigstens zum Trost gesagt sein, dass die Ältesten dich nicht auch nur in die Nähe der Kampflinien schicken werden. Deine Gabe der Heilung wird in Lagern der MaKri wertvoller sein. Sie wird dem Erhalt des Lebens dienen, nicht seiner Vernichtung.«

Wie sehr wünschte Talaan, dass der andere *Maigan* damit Recht hätte. Seit seinem ersten Wirken eines Geistessymbols hatte er stets ihre natürliche Macht bewundert. Mit dem Erproben seiner Kampfzauber kam noch die Begeisterung über ihre Schnelligkeit und Effizienz hinzu. Doch unter den Vorzeichen eines nahenden Krieges schwand seine Freude an alledem. Sorral musste begreifen, welches Ausmaß die Verwüstung annehmen konnte, wenn ein Schlachtenmagier der MaKri Kampfmagie wirkte.

»So einfach ist es leider nicht.« Ohne Umschweife beschwor Talaan einen Feuerball zwischen den Handflächen und schleuderte ihn nach einem kleinen Baum, der sofort in Flammen aufging. »Die Menschen werden sterben, wo auch immer ich hingehe.« Er formte eine Kraftkugel, diesmal groß und erfüllt vom tiefen Brummen eines gewaltigen Insekts. Beinahe träge schwebte sie auf den brennenden Stamm zu. Die Entladung beim Aufprall ließ das Holz krachend bersten. »Und obwohl ich das Töten verabscheue ...«, sagte er, seinen aufkeimenden Raubtierzorn unterdrückend, brachte den Boden vor sich zum Beben und brach ihn auf. Bäume, Unterholz und Steine versanken im kochenden Grund.» ... werde ich es tun. Weil ich nicht zulassen werde, dass sie die MaKri auslöschen.« Er griff im Geiste nach der Erde und wandelte die Erdbeherrschung ab. Stalagmiten stießen überall aus dem Untergrund hervor und verwandelten den Dschungel Dutzend Schritte im Umkreis in einen undurchdringlichen Stachelwald.

Ungläubig sah sich Talaan um. Er hatte dieses Fleckchen Regenwald vollkommen verwüstet und es war ihm erschreckend leichtgefallen. Kopfschüttelnd schloss er: »Wir müssen einen Weg finden, diesen Konflikt zu verhindern, Sorral. Ich möchte nicht so viel Tod auf meine Seele laden.«

»Ein *Maigan* mit solcher Macht kann nur bedeuten, dass es einen Krieg geben wird. Einen gewaltigen, der das Orakel und unser Volk hinfortfegen könnte.« Mit sichtlicher Anstrengung riss er sich vom Anblick der Zerstörung los. »Du beherrschst mehrere Gaben. Vermochtest du aus diesem Grund, den Zauber der *Einen Schrift* zu wirken?«

Talaan hob abwehrend die Hände. »Ich werde vielleicht eines Tages mit dir darüber sprechen, wenn wir beide älter, weiser und gute Freunde sind. Warum konntest du seine Wirkung nicht entfalten?«

Sorral sah ihn an, als ob er gefragt hätte, weshalb Fische nicht im Himmel schwämmen. »Ich habe das Muster in meinem Geist geformt, so wie ich auch die Blitze befehlige, doch seine Magie blieb leer und ohne Kraft.«

Das war die Antwort, auf die Talaan gehofft hatte. Die Aufregung eines leidenschaftlichen Forschers magischer Künste brandete in ihm empor. »Du wirkst ebenfalls Geistessymbole?« Ein Gedanke regte sich in ihm. »Wir sollten etwas versuchen.«

Mit dem Zeigefinger fuhr er durch die Luft, während er in seinem Verstand das Muster eines simplen Illusionszaubers erstrahlen ließ. Seine Kralle hinterließ eine bläulich weiß schimmernde Spur. Für eine Weile arbeitete er konzentriert, bis er das recht einfache Symbol der Ruhe fertiggestellt hatte. Nun schwebte es vor ihrer beider Augen: Ein kleines Kunstwerk aus räumlich verschlungenen, gebogenen und geraden Linien.

»Probiere dein Glück«, forderte er den anderen Erwählten auf. »Fokussiere dich dabei auf die Flammen vor uns.«

Zweifel standen Sorral ins Gesicht geschrieben, während er das Muster studierte. Er zog konzentriert die Brauen zusammen und warf einen Blick in Richtung der brennenden Überreste des Baums. Es geschah nichts. Nicht einmal die Aura des Magiewirkens umgab ihn. »Ich kann das Zeichen vor mir beinahe fühlen. Es bringt in mir etwas zum Klingen, ähnlich wie die *Eine Schrift*. Aber ich bin nicht wie du. Ich kann es nicht einfach lernen.«

So schnell gab Talaan sich nicht geschlagen. Er fühlte, dass sie die richtige Spur verfolgten. »Ein Geistessymbol ist mehr als eine Ansammlung von Linien. Es lenkt und formt die magischen Ströme in unserem Innern. Sie sind zugleich wie Sätze, die unsere Lippen gestalten. Simple Bestandteile formen einen Sinn. Doch ohne Kenntnis der Sprache bleiben selbst die einzelnen Worte Geplapper. Du musst verstehen, was jedes einzelne Element des Symbols bewirkt, um seine Magie nutzbar zu machen.«

Bedächtig nickend musterte Sorral die Zeichnung vor ihnen. »Ich habe das Muster des Kugelblitzes ausgiebig ergründet und es ist, wie du sagst, nur eher wie eine Geschichte denn wie ein Satz.« Er hielt inne und seine Miene hellte sich auf. Mit dem Zeigefinger deutete er auf einen Punkt im Geistessymbol. »Das da erkenne ich wieder. Der Blitz bezieht daraus seine Energie.«

»So ist es!« Nun konnte Talaan seine Begeisterung nicht mehr im Zaum halten. Sie beide mochten nur Suchende und keine Gelehrten der Magie der MaKri sein, doch gemeinsam würden sie ihr Ziel finden. »Ich nenne es den Fokus. Er existiert in jedem Symbol.« Er erklärte dem Erwählten ausführlich, wieso Ruhe Flammen zum Erlöschen bringen konnte und welche Teile des Zaubers was bewirkten.

Plötzlich flammte dessen magische Aura auf und das Feuer vor ihnen legte sich schlafen. Triumphierend reckte Sorral eine Faust empor. Er wirkte um viele Jahre verjüngt, als er begeistert ausrief:»Ich kann es lernen! Es sind seltsame Pfade, auf die du meine Gedanken schickst, aber am Ende können sie ihnen folgen!«

Nachdenklich massierte Talaan sein Kinn. Wenn ein *Maigan* dem anderen einen Zauber beibringen konnte, stellte sich unweigerlich die gegenläufige Frage:»Wie hast du den Blitzzauber erlangt?«

Sorral, immer noch euphorisch, zuckte mit den Schultern, als wären Details unwichtig.»Vor knapp vier Wochen wurde ich unerwartet von einem Tiger angegriffen. In diesem Augenblick schien es mir, als könnte ich eine Macht spüren, die ich nur ergreifen müsste. Ich tat es und das Geistessymbol flammte in mir auf. Mein Instinkt begriff weit vor dem Verstand, wie ich die Energie bündeln und dem gestreiften Pirscher entgegenschleudern konnte. Wie es die Überlieferungen berichten: Das Schicksal hat mich erwählt und geleitet.«

Talaan erkannte, wie gering die Aussicht darauf war, dass ein MaKri mit einer magischen Gabe durch Zufall – sei es pures Glück oder dass es ihm von der Fügung zufiel – einen Zauber entdeckte. Nun dämmerte ihm, weshalb es so selten einen *Maigan* gab.

Die Neugier trieb ihn, Sorral zu bitten, ihm hier und jetzt den Kugelblitz zu lehren. Er ahnte, dass dieser – ebenso entflammt durch seinen Erfolg mit der Ruhe – ohne Zögern zustimmen würde. Mit einem gedanklichen Kopfschütteln schob er diesen Impuls kindlicher Ungeduld jedoch zurück.»Es würde mich freuen, wenn wir unser Gespräch ein anderes Mal fortsetzen könnten.« Mit einem Blick auf die Verwüstung um sie herum fügte er hinzu:»Ich werde die Dinge hier ein wenig ordnen, aber ich glaube, dass da jemand auf dich wartet.«

Sorral lachte mit der Fülle einer bronzenen Glocke.»Ich wollte heute Abend einfach nur MaKri sein und jetzt will ich die Magie kaum loslassen.« Er reichte Talaan die Hand und der schlug nach Art des Waldvolkes ein. »Es gibt keinen besseren Grund, als es genau deswegen dennoch zu tun. Wir sehen uns morgen, *Shimar*.«

Talaan machte sich daran, das Bild der wüsten Zerstörung ein wenig zu ordnen. Er hieß die Stalagmiten, in die Erde zurückzukehren, und formte den Boden mit der Erdbeherrschung derart um, dass es wie eine eingestürzte Aushöhlung aussah. Diese kreative Arbeit bereitete ihm geradezu Freude und er ließ sich Zeit damit.

Hätte er gewusst, dass Kirra auf ihn wartete, wäre ihm diese Ruhe wohl kaum vergönnt gewesen.

HEILENDE WUNDEN

Die Lampen hinter den meisten Fenstern waren bereits erloschen und nur noch ein Lagerfeuer brannte auf dem Festplatz, als Talaan endlich heimkehrte. Kirra saß am Rande der Plattform, die seine Rundhütte umgab, und ließ mit trüber Miene die Beine baumeln.

Dieser Abend hatte so schön angefangen. Das fröhliche Fest, das sie beflügelt hatte, ihn vollends unbefangen zum Tanz zu bitten. Seine herrlich unbeholfene Art, die er mit verlegenem Humor und Lachen zu verdecken suchte. Seine Aufmerksamkeit hatte voll und ganz ihr gegolten. Bis er – ausgerechnet heute – seiner Pflicht als *Maigan* gefolgt und mit dem anderen Erwählten für ein Vieraugengespräch verschwunden war. Zurückgeblieben war sie, die wieder einmal das Gefühl hatte, Talaan würde für sie auf immer unerreichbar sein.

Wenigstens leuchteten seine Augen auf, als er sie erblickte. »Kirra!«, rief er freudig und beschleunigte seine Schritte. Er ergriff ihren Unterarm und half ihr auf die Füße. »Was tust du denn hier?«

Das brachte ihre Gedanken auf den zweiten Grund, weshalb ihr nach Trübsal blasen zumute war. »Loma hat sich diesen Sorral eingesponnen. Unser Zimmer ist so schon klein und für bestimmte Dinge einfach zu beengt.« Die Wahrheit, die sie nicht aussprach, war vielmehr, dass ihr geschundenes Herz gerade keinerlei Zärtlichkeiten bei anderen ertrug. Sogar das verliebte Händchenhalten von Narati und Soresh hatte sie grimmig werden lassen. »Ich dachte mir, dass ich vielleicht bei dir unterkommen könnte, bis er das Dorf verlässt?«

»Also war sie es, von der er gesprochen hat.« Amüsiert stellte sie fest, dass sich Talaans Schnurrhaare anlegten. Diese den Kri eigene Form des Lächelns hatte sie an ihm nie zuvor beobachtet.

»Aber sie ist doch deutlich jünger als er! Ich meine, selbst wenn MaKri das doppelte Alter von Menschen erreichen …« Mit einem herausfordernd erhobenen Haupt sah Kirra ihm in die Augen. Sie war heute Abend in Kämpferlaune. »Ich schätze, die Schwäche für erfahrene Männer liegt bei uns in der Familie.«

Diese Worte trieben ihm ein breites Grinsen ins Gesicht. Es war beinahe wie vor dem versuchten Kuss, als er ihr noch ohne Scheu seine Gefühle gezeigt hatte. »Ist das so?« Mit einer einladenden Geste deutete er auf die Tür. »Nur hereinspaziert.« Die Traurigkeit, die bei seiner frechen Aufforderung durch ihr Herz huschte, zeigte ihr indessen, dass es nicht wie früher war.

Talaan merkte das ebenfalls. »Kirra …«. Er zögerte kurz. »Hältst du das für eine gute Idee? Hier zu schlafen, meine ich?«

Ärgerlich zog sie die Stirn kraus. Wieso schob er sie jetzt wieder von sich? »Wenn du mich nicht hier haben willst, gehe ich eben.« Mit Nachdruck packte sie ihr Bündel, das neben ihren Füßen lag, und versuchte, sich an ihm vorbeizuschieben.

»Ich bin dir nicht ausgewichen. Du warst es«, sagte er ernst und gab den Weg frei.

»Ausgewichen?« Sie warf ihm einen bösen Blick zu. »Ich habe mehr Zeit mit dir verbracht, als mir gutgetan hat!« Schnaubend betrat sie die Hängebrücke. Talaan begriff offenbar nicht, wie schwer das alles für sie war.

»Bitte bleib, Kirra.« Seine Stimme folgte ihr mit leisem Flehen. Wieder einmal brachte er ihr Gefühlsleben mit wenigen Worten in wildes Durcheinander. Ihre Schritte wurden unsicher und nach einer kurzen Strecke hielt sie inne und wandte sich mitten auf der Hängebrücke zu ihm um. Sie wollte so sehr bei ihm sein, aber ihre Wunden waren zu frisch, als dass ihr ein bisschen Reue genügte.

Ratlos sah er sie an. »Warum hast du heute mit mir getanzt, wenn ich so schlecht für dich bin?«

Begriff er denn gar nichts? All die säuberlich weggesperrten Gefühle, die sie in seiner Nähe nicht zu zeigen wagte, brachen mit einem zornigen Brodeln durch die Oberfläche. Ihre Nackenhaare richteten sich auf und das Fell auf dem Rücken folgte. »Weißt du überhaupt, wie viel Kraft es mich immer kostet, einen Schritt auf dich zuzugehen, da ich nun einmal Verantwortung für dich habe? Weil du mich als Freund so dringend brauchst? Nur, um jedes Mal zu spüren, dass deine Herzlichkeit mir gegenüber purer Freundlichkeit gewichen ist?«

Talaan blinzelte irritiert. Ihm war offensichtlich nie in den Sinn gekommen, wie schwer es für Kirra gewesen war, für ihn da zu sein, obwohl ihr ein paar Tage ohne ihn äußerst gutgetan hätten. »Ich wollte nur nicht in deinen Wunden bohren, aber nicht Abstand halten«, erklärte er zerknirscht.

Langsam entspannte sie sich wieder und fuhr die Krallen ein. Wie konnten Menschen so miteinander leben? »Es war für mich, als würde ich dich ganz und gar verlieren«, entgegnete sie murrend. »Ich brauche dich jetzt als Freund mehr denn je – nicht weniger von dir.«

Erleichtert atmete er auf. »Warum bist du heute Abend eigentlich so gereizt?«

Verlegen kratzte Kirra mit den Zehenkrallen über das Holz der Brücke. »Ich glaube, ich bin eifersüchtig auf Loma«, murmelte sie und hoffte gleichzeitig, dass sie zu leise sprach und dass er es hörte. Ihre Schwester hatte so unverschämt leicht einen *Maigan* um ihren Finger gewickelt.

»Ich kann mir vorstellen, wie sehr das zwicken muss«, sagte Talaan mit weicher Stimme und sanftem Blick. Endlich kam er hinter der unsichtbaren Mauer hervor, die er zwischen ihnen errichtet hatte. Er ging zu ihr und reichte ihr die Hand. »Kommst du? Du bist in meinem Haus jederzeit willkommen.«

Erleichtert ergriff Kirra sie – Haut auf Haut – und ließ sich mitziehen. »Ich weiß.«

Das Dorf war längst zur Ruhe gekommen, doch für Kirra blieb sie unerreichbar. Mit offenen Augen lag sie wach und streichelte Talaan mit ihren Blicken. Der schlief friedlich mit ihr zugewandtem Gesicht nur eine Armeslänge entfernt. Lächelnd erinnerte sie sich daran, dass er wie selbstverständlich ihre Felle so dicht bei seinem Nachtlager ausgebreitet hatte. Er wollte sie in seiner Nähe haben.

Sie hatten viel miteinander geplauscht und gescherzt in dieser Nacht, ohne auf die fortgeschrittene Stunde oder auf mögliche Wirren der Gefühle Acht zu geben. Für eine ganze Weile schienen sie wieder Kirra und Talaan zu sein, die gerade gemeinsam die *Große Stadt* hinter sich gelassen hatten. Bis ihr Gespräch auf Sorral gekommen war. Da wurde er bedrückt und wortkarg. Er sprach von Krieg und – vollkommen undenkbar – vom Tod des Orakels. Das Gerede von Kampfmagie, die er offenbar heimlich geübt hatte, wollte ihr auch nicht recht gefallen. Zum ersten Mal hatte sie in ihm nicht nur einen verträumten jungen Mann, sondern wahrhaftig einen *Maigan* gesehen. Allmählich begann er seine Verantwortung zu akzeptieren, doch war Kirra zwiegespalten, was sie davon halten sollte.

Jetzt hatte der Schlaf ihn gefunden und sein Gesicht wirkte von allen Sorgen befreit. Da sah sie wieder den unbekümmerten Jüngling, in den sie sich verliebt hatte. Ohne seltsame Vergangenheit, kein *vom Schicksal Erwählter*.

Ihre eigene Besorgnis leistete ihr hingegen hellwach Gesellschaft. Sein Anblick schmerzte, aber auf eine bittersüße Weise. Sie fragte sich bei Weitem nicht zum ersten Male in dieser Nacht, ob Talaan nicht Recht daran getan hatte, ein wenig seiner Warmherzigkeit vor ihr zu verbergen. Gerade schien ihr, als hätte sie sich maßlos überschätzt, sich ausgerechnet auf seine Freundschaft zu stützen, um ihren Kummer zu bewältigen. Im nächsten Augenblick wiederum wusste sie unverrückbar, dass sie eine lohnende und richtige Entscheidung gefällt hatte. Ihn nicht ganz zu verlieren, sondern um ein Miteinander zu kämpfen, war die Mühen wert. Doch was waren das für Bande, wenn sie ihm ihre größten Sorgen – ihren Herzschmerz seinetwegen – nicht anvertrauen konnte? Schulterzuckend dachte sie, dass dafür Lomas Ohren bluten würden.

So oder so ähnlich ging das in einem fort.

Irgendwann unterlag die Vernunft. Vorsichtig, aus Angst ihn zu wecken, strich sie ihm liebevoll über die Stirn. Als sie die Hand zurückzog, lag ein Lächeln auf seinen Lippen, das ihr Herz wärmte. Mit diesem Bild im Gedächtnis fand ihr Sehnen vorerst Frieden – und Kirra ihren Schlaf.

Am nächsten Tag verkündete *Maigan* Sorral, er würde länger als geplant im Dorf bleiben. Es gäbe einen seltsamen Ort der Verwüstung in der Nähe, den er untersuchen müsse. Kirra vernahm diese Botschaft mit einem lachenden und einem weinenden Auge. Nicht nur, dass ihre Eltern vor Stolz fast überquollen, den Erwählten zu beherbergen. Dass er blieb, bot Kirra einen willkommenen Grund, noch ein wenig unter Talaans Dach zu verweilen.

Leider verbarg sich hinter dem Vorwand des *Maigan* eine Wahrheit, die ihr so gar nicht schmeckte. Denn in Wirklichkeit trafen sich die beiden Erwählten Abend für Abend im Wald, um magische Belange zu bereden. Davon kehrte ihr Freund immer in Gedanken versunken und selten fröhlich heim.

Doch Kirra wäre nicht sie selbst gewesen, wenn sie nicht auch darin etwas Gutes finden könnte. Es erleichterte offensichtlich sein Herz, mit ihr über das zu reden, was ihn beschäftigte. Sie wiederum besaß offensichtlich das Talent, ihm sogar seine tiefergehenden Sorgen zu entlocken. So erfuhr sie, dass Sorral nur langsam Fortschritte mit friedlicher Magie wie der Heilung und einem Schlafzauber machte. Kampfmagie jedoch erlernte er ohne große Mühe, obwohl die Geistessymbole viel komplexer waren. Warum das Talaan so beunruhigte? Auch ihm gelang es mühelos, das Wirken des Kugelblitzes zu meistern. Wie es schien, hatten beide eine Gabe für tödliche Zauber. Das gab ihm zu denken und sie verstand ihn ganz und gar.

Kirra begriff in diesen Tagen, dass er nie wieder das unbesorgte Flauschohr sein würde. Aber der *Maigan*, zu dem er sich allmählich entwickelte, war in einer tiefen Liebe zum Leben verwurzelt. Das rührte mehr an ihrem Herzen als das oberflächlich Verträumte, das sie bisher von ihm kannte.

Sie genoss es wider Erwarten, nicht länger im Elternhaus zu wohnen. Zwar handelte es sich genau genommen um Talaans Dach, doch fühlte sie sich bei ihm derart wohl, dass sie sich geradezu häuslich niederließ. Sie gingen jeden Tag gemeinsam jagen und erledigten auch andere Aufgaben zusammen, die im Dorf anfielen. Das brachte ihnen einiges Getuschel und später offene Fragen der Dorfbewohner ein, wann sie endlich heiraten und Kinder bekommen wollten. Kirra hatte nichts mehr dagegen einzuwenden.

Eine Zeit lang schien wieder alles normal zu sein. Sie gab sich Mühe, die Sorgen eines *Maigan* von Talaan fernzuhalten. Für eine Weile führten sie das Leben zweier ganz gewöhnlicher MaKri. Doch vollends gelang es ihr nicht, die Schatten über ihm zu vertreiben. Ab und zu ertappte sie ihn dabei, dass er sich tief in seine Gedanken verirrte, und selten waren es erfreuliche Gefilde, in denen er wanderte. Sie konnte nicht leugnen, dass es schleichend immer schlimmer wurde.

An diesem Morgen gingen Kirra und Talaan einmal mehr gemeinsam auf die Jagd. Sie genoss es sehr, ihre Leidenschaft mit ihm zu teilen. Und tatsächlich lösten sich mit jeder Pirsch die Gewitterwolken über seinem Kopf ein wenig mehr auf. Heute ertappte sie ihn sogar bei einem zufriedenen Grinsen, als er Beute machte.

Doch nun, als sie am Rande des Dorfes saßen und die erlegten Guons ausnahmen, war seine gute Laune verflogen. Eine ganze Regenzeit ging auf ihn nieder, so, wie er dreinschaute.

»Guck nicht so trübsinnig«, beschwerte sich Kirra. Wie ein Schlafwandler, der geweckt wurde, tauchte Talaan aus seinen Gedanken auf. »Du steckst mich noch an.«

Beinahe gelang es ihr, die Grübelfalten von seiner Stirn zu vertreiben. Aber nicht ganz. »Erzählst du mir vom Orakel?«, bat er sie mit ruhigem Ernst.

Ihr eigenes Lächeln schwand. Sie ahnte schon, was ihn zu dieser Bitte trieb. Die Ältesten der *Großen Stadt* hatten ihm aufgetragen, sich mit Wissen für den kommenden Krieg zu wappnen. Dabei brachten ihn die täglichen Gespräche mit Sorral dazu, dieser Aufgabe nachzukommen. Nur wollte Kirra nicht darüber reden. Sie würde mit ihm viel lieber bei ihrer alltäglichen Arbeit sitzen und das Leben eines *Maigan* noch ein wenig von ihm fernhalten. »Es gibt wahrlich andere MaKri, welche dir deutlich mehr über die *Halle des Lichts* und das Orakel erzählen können als ich«, wiegelte sie ab.

»Jedoch kann ich sie nicht fragen. Ein jeder würde sich sehr wundern, dass mir selbst die einfachsten Dinge unbekannt sind. Zumal Shimar aus der *Großen Stadt* kommt.«

Mit schief gelegtem Kopf musterte sie ihn. »Wie lange soll das so weitergehen, Talaan? Wie viele Wochen oder Monate kannst du dich noch hinter deinem geliehenen Namen verstecken und alle, die du kennst, täuschen?«

Das traf einen empfindlichen Nerv und er suchte sich unwohl eine neue Sitzhaltung. »Ich weiß es nicht. So lange wie möglich? Ich habe endlich das Gefühl, dazuzugehören. Jeder hier nimmt mich so, wie ich bin und nicht so, wie ich sein sollte.« Er schnaubte und schaute überrascht drein. »Ich glaube, ich fange allmählich an es zu lieben, ein MaKri zu sein.« Als Kirra ihn weiterhin fragend ansah, brach dieses schiefe, verlegene Lächeln durch, das sie so an ihm liebte. »Lass mir noch ein bisschen Zeit, ja?«

Sie bemühte sich um ein fröhliches Grinsen, das ihr nur nicht ganz gelang. Sie konnte auch ein wenig Verzweiflung unter der Oberfläche seiner Bitte spüren. »Von mir bekommst du so viel Zeit, wie du willst.« *In jederlei Hinsicht.*

Dieser schwärmerische Gedanke zerschellte an zwei Worten Talaans: »Das Orakel.«

Schwermütig seufzend gab sie es endlich auf, vom Thema abzulenken. »Da hast du's: Dein trübes Gemüt hat mich erwischt.« Sie rümpfte schmollend die Schnauze und entlockte ihm damit ein Schmunzeln, das sie selbst wieder aufmunterte. »Was möchtest du hören?«

Neugier schlich sich in seine Stimme. »Alles, was du weißt. Was ist es? Wo kommt es her?«

Unweigerlich kicherte sie über seine ungezügelte Wissbegier, diesmal ehrlich und unbeschwert. Sie fühlte sich in ihre Kindheit zurückversetzt, als sie mit anderen Kindern des Dorfes mit großen Augen um die alte Rerrena herumgesessen und genau dasselbe gefragt hatte. Also begann sie. »Die Königin aller Fragen gleich zuerst. Sogar die Orakelgelehrten sind sich uneins darüber, was es ist. Es steht fest, dass es lebt, da es zu uns spricht. Und wir wissen, dass es unsterblich sein muss. Es war bereits da, als die MaKri dieses Land besiedelten. Das ist ewig lang her, weißt du? Die einzige Aufzeichnung aus dieser Zeit ist die *Eine Schrift* des Orakels.« Einmal in Schwung ergriff die Faszination von Kirra Besitz und ließ sie umso bereitwilliger weitersprechen. »Keiner hat es jemals die *Halle des Lichts* verlassen sehen. Auch besitzt es viele Gesichter. Oder jeder Pilger sieht es durch andere Augen, wer weiß das schon.

Fest steht, dass es über alle Zweifel erhaben und unbegreiflich weise ist. Bisher gab es niemanden, der von den Antworten, die es gab, enttäuscht wurde. Außer den Narren vielleicht, die lächerliche Fragen im Herzen trugen.«

Wohlig genoss sie, wie Talaan jetzt an ihren Lippen hing. »Jedermann darf es besuchen?«, fragte er.

»Jeder kann die *Halle des Lichts* betreten, sobald er an der Reihe ist. Auch die TaKri kommen, um ihre Anliegen vorzutragen, obwohl sie den Regenwald sonst meiden. Es soll sogar Menschen gegeben haben, die es um Rat ersuchten.

Das Orakel verfolgt jedoch eine unausgesprochene Regel: Die Probleme, die ein Pilger vorbringt, müssen dem Suchenden viel bedeuten. Sie brauchen nicht von großem Wert für andere sein, lediglich der eigene Glaube an ihre Wichtigkeit zählt. Nur dann zeigt sich das Orakel.«

Nun staunte Talaan wie ein kleiner Junge. »Hast du es schon einmal besucht?«

Mit Bestimmtheit schüttelte sie das Haupt. »Bisher hingen die schwersten Fragen, die sich mir stellten, mit der Jagd oder ähnlich belanglosen Dingen zusammen. Weißt du, mein Leben war unkompliziert, bis ich dich getroffen habe.« Sie sah ihn halb belustigt, halb traurig an.

Wieder setzte er sich unwohl anders hin, während er sichtlich bemüht nach einer passenden Antwort suchte. Beinahe tat er ihr leid, aber ihre Freundschaft musste das aushalten, sonst war sie nichts wert. »Kirra, ich …«

Wie schwer ihm eine Erwiderung fiel, wiegte sie in dem Trost, dass sie ihm viel bedeutete. Also hielt sie einen Finger vor seine Lippen und zwinkerte ermutigend.

Sie fuhr fort, als hätten sie nicht das Thema gewechselt. »Das Orakel beantwortet auch nicht jede Frage. Es kann zwar in die Zukunft blicken, jedoch sieht es aus irgendeinem Grunde eine unendliche Anzahl verschiedener Möglichkeiten. Die Sicht in die Vergangenheit scheint ihm auf ähnliche Art verwehrt zu sein.«

Die Täler zogen erneut auf seiner Stirn ein, aber dieses Mal waren es konzentrierte Denkfalten. Kirra wurde allmählich eine Kennerin seiner Gesichtsausdrücke.

»Was ist mit der *Einen Schrift*? Das Orakel hat offenbar zumindest mein Kommen erahnt. Das ist eine Art Prophezeiung.«

Sie machte sich erst gar nicht die Mühe, darüber nachzudenken. Die Weisen ihres Volkes bissen sich seit Generationen an dieser Frage die Zähne aus. »Das wird wohl auf ewig sein Geheimnis bleiben. Es selbst betont immer wieder, dass es keine bestimmten Ereignisse voraussehen kann. Auch weiß niemand, weshalb es den MaKri die *Eine Schrift* überhaupt anvertraute.«

Talaans Augen gingen auf Wanderschaft in ferne Lande. »Das ist seltsam«, murmelte er. »Ich habe bisher nur von Orakeln gehört, die kryptische Prophezeiungen über die Zukunft der Suchenden oder ganzer Nationen verlauten lassen. Was für eine Frage kann ich ihm denn stellen?«

Unweigerlich dachte sie daran, wie sie genau dasselbe von der alten Rerrena hatte wissen wollen. Kirra setzte das gleiche geheimnisvolle Lächeln wie die Gelehrte auf und vollzog eine theatralisch weit ausholende Geste mit den Händen. »Das wird für dich dann Gewissheit sein, wenn du sie gefunden hast«, erklärte sie bedeutungsschwanger und kicherte wegen ihres eigenen Theaters. Als Kind hatte sie das beeindruckt. »Das hat zumindest die Orakelgelehrte Rerrena jedem erzählt, der sie danach fragte. Sie ist eine der großen weisen Frauen, die das Orakel ihr Leben lang studiert haben.«

Jetzt, da sie als Erwachsene über die Worte der Gelehrten nachsann, stimmten sie Kirra ernst. »Sie wird wohl Recht haben. Es gibt Pilger, die auf der Reise zur *Halle des Lichts* umkehrten, da sie mitten im Regenwald von allein die Antwort fanden oder ihnen ihre Frage zu lächerlich für solche Mühen erschien.«

»Vielleicht sollte ich mir eine Hütte an der Wohnstätte des Orakels bauen?« Talaan bemühte ein vollendetes Lithiálekon-Denkergesicht. Doch das verschmitzte Funkeln in seinen Augen verdarb das Drama.

Als er dann noch mit den Augenbrauen wackelte, war es um ihren Ernst geschehen und sie lachte laut von ganzem Herzen. Sie scherte sich nicht um die fragenden Blicke anderer Dorfbewohner oder dass das die Gerüchte umso mehr befeuern würde. Nachdem ihr Lachen verklungen war, fühlte sie sich, als wären ihre Schultern um die Hälfte aller Sorgen leichter.

»Denkst du, ich sollte die *Halle des Lichts* aufsuchen?«, meinte Talaan schließlich, während sie sich die letzten Tränen aus den Augenwinkeln wischte. »In meinem Kopf rumoren ausreichend Probleme für zwei Orakel.«

Sie zuckte mit den Schultern. »Solange das deine Frage ist, lohnt sich selbst die erste Meile nicht. Sind es diese Sorgen, die dich jeden Tag ein wenig finsterer aussehen lassen?«, erkundigte sie sich, legte das Messer beiseite und die Hände in den Schoß.

Talaan entschied sich, weiter die Guons zu zerlegen. Eine Weile ging er stumm zu Werke, doch kannte sie ihn inzwischen gut genug, um zu wissen, dass er reden würde. Er suchte nur den richtigen Anfang für sein Gedankenknäuel.

»Ich tue mich schwer damit, dir die Wahrheit zu sagen«, sagte er schließlich zögerlich. »Zu meinen Pflichten als *Maigan* zählt auch, ein Symbol der Hoffnung zu sein.« Er blickte zu ihr auf. Die Hilflosigkeit in seinem Blick erschreckte und berührte sie gleichermaßen.

»Du weißt, dass du mir alles anvertrauen kannst?«, fragte sie mit einem aufmunternden Lächeln.

Talaan nickte und Dankbarkeit vertrieb die Verzweiflung. »Das weiß ich. Dennoch war es mir wichtig, es nicht als selbstverständlich zu nehmen.« Er machte sich daran, die letzten Handgriffe zu vollziehen, die noch blieben. »Sorral und ich sind vermutlich die mächtigsten *Maigan*, die das Waldvolk je gesehen hat. Die Verheerung, die wir anrichten können, ist erschütternd umfangreich. Trotzdem glaube ich nicht, dass wir beide einen Unterschied auf dem Schlachtfeld machen werden. Wir haben versucht, die Natur unserer Magie zu ergründen. Wir wollten Zauber entdecken, die uns den Weg zum Frieden oder Macht im Krieg verleihen. Aber all diese Bemühungen blieben fruchtlos.«

Nun begriff Kirra. »Du hast Sorge, deiner Verantwortung nicht gerecht zu werden.«

Endlich ließ Talaan ebenfalls die Arbeit ruhen und wandte ihr seine volle Aufmerksamkeit zu. »Ich habe Angst um die MaKri. Mit jedem Tag wird sie größer, weil es Dinge gibt ...« Er zögerte und seine Lider flatterten. »Da es solche gibt, die mir immer mehr ans Herz wachsen.«

Wäre seine Traurigkeit nicht gewesen, hätte ihr Herz jetzt einen Sprung vollführen mögen. Stattdessen blieb ihr nur ein kleiner Seufzer, erdrückt von seinen Sorgen, die nun auch ihre Probleme wurden. Das war sicherlich ein schreckliches Gefühl für ihn. Wenn sie ein wenig darüber nachdachte, würde sie um nichts auf der Welt mit ihm tauschen wollen. Sorral mochte sich damit trösten, dass ihm vielleicht tatsächlich nur die Rolle eines Fackelträgers der Hoffnung zufiel. Jemand, dessen Erscheinen auf dem Schlachtfeld Mut in den MaKri entfachte. Nicht so Talaan. Er hatte es nicht ausgesprochen, aber Kirra ahnte, dass er diese größte Bürde vor ihr verbarg.

Behutsam sprach sie es für ihn aus: »Es ist vor allem der Blick des Orakels, der auf dir lastet, nicht wahr?« Er nickte zögerlich und stumm. »Die einzige, unmögliche Prophezeiung – vor Urzeiten gesprochen und unter den Vorzeichen eines Krieges erfüllt. Das kann nur eine große Verantwortung bedeuten.«

Erneut nickte Talaan. Doch mildes Erstaunen und eine leise Freude spiegelten sich nun in seinen Augen. »Das hätte ich besser nicht ausdrücken können. Je mehr ich die MaKri kennenlerne und je länger ich über all dies nachdenke, umso sicherer bin ich mir: Der beste Weg, diesen aufziehenden Krieg zu überdauern ist, ihn zu vermeiden. Dabei werde ich – in der Sprache der Menschen bewandert, mit ihrem Denken und ihren Sitten vertraut und dazu noch in der Lage, ihre Gestalt anzunehmen – derjenige sein, der die Verhandlungen führt.«

Seine Gedanken schienen Kirra für einen Augenblick derart schlüssig, dass es sie betroffen machte. Das also war das volle Ausmaß seiner Sorgen. Dann jedoch begriff sie den fundamentalen Fehler dieser Überlegungen.

Wie der erste Sonnenstrahl nach der Großen Himmelsflut erwärmte diese Erkenntnis ihr Gemüt. Fröhlich doch mit aufgesetzt grimmigem Blick und brummiger Stimme sagte sie: »So, wie du dreinschaust, hast du das Gefühl, diese Last allein auf deinen Schultern zu tragen.«

»Und dass sie zu schwer für mich ist, ja«, antwortete Talaan, sichtlich irritiert.

»Weißt du, wie die MaKri so lange überleben konnten, ohne ein einziges Mal von Fremden erobert zu werden?«

In Demut schüttelte er den Kopf.

»Gemeinsam, du einsamer Grübler.« Entschlossen, dies die letzten Worte in dieser Angelegenheit sein zu lassen, erhob sie sich schwungvoll. »Jetzt aber genug geredet! Wir müssen die Beute im Dorf verteilen, bevor sie immer mehr Fliegen anzieht und verdirbt.« Sie machten sich daran, das Fleisch in die ausgeschabten Felle zu legen.

»Eines würde ich gerne wissen, Kirra. Warum hast du vorhin versucht, von meiner Frage nach dem Orakel abzulenken?«

Sie zögerte in ihrer Bewegung, sah jedoch nicht auf. »Ich wollte nicht, dass wir darüber sprechen«, murmelte sie leise.

»Ich mag es nicht, wenn du dir das Gehirn zermarterst. Die Sorgen werden dich noch früh genug finden.«
Mit diesen Worten packte sie die fleischgefüllten Felle und stapfte in Richtung des Dorfes.

Während sie jene Familien aufsuchten, für die sie gejagt hatten, blieb Talaan auf eine seltsame Art schweigsam. Er überließ Kirra das Reden und sinnierte vor sich hin. Neu war, dass er dies nicht mit einer düsteren Miene tat oder schwermütig aus seinen schönen Augen blickte. Vielmehr schien er erfreulichen Gedanken nachzuhängen, die ihn begleiteten, bis ihre Runde beendet und ihre Felle im nahegelegenen Fluss gereinigt waren.

Doch erst als sie ihre Hütte erreichten brach er das Schweigen. »Manchmal kann ich schwer von Begriff sein«, stellte er ein wenig zerknirscht fest.

Kirra hielt vor der Tür zum Haus inne und wandte sich zu ihm um. »Was sich wohl auch im Zeitpunkt dieser Erkenntnis beweist«, neckte sie ihn und verschränkte demonstrativ die Arme. Sie hatte keine Ahnung, was gerade hinter seiner Stirn vor sich ging, aber sobald Männer diesen Tonfall anschlugen, galt es im Allgemeinen, ihr schlechtes Gewissen auszukosten.

Inzwischen schien sie jedoch für Talaan ein offenes Buch zu sein. Das ruinierte die meisten Versuche, ihn zappeln zu lassen. Doch wenn er sie so ansah wie jetzt – ruhig und mit einem wissenden Schmunzeln und irgendwie mitten in sie hinein – ließ sie sich nur allzu gerne von ihm lesen.

Mit seinem schiefen Lächeln rieb er sich den Hinterkopf. »Es ist mir ernst, Kirra. Die Wahrheit lag vor meiner Nase ausgebreitet, nur habe ich sie nicht gesehen: Ich bin nicht allein.« Seine Stimme war ein wohlig warmes, gleichzeitig samtenes und raspelndes Bächlein. Er räusperte sich, starrte kurz auf die Krallen an seinen Füßen und hob den Blick wieder zu ihren Augen. »Seit Ginuthals Tod bin ich ein anderer geworden. Ich habe mich verschlossen und niemandem mehr geöffnet. Doch bei dir ist das nicht so. Das war es schon am Lagerfeuer nach dem Biss der Grünblattviper nicht, aber ich habe mich erneut in einem Panzer eingenistet. Du hast mir heute klargemacht, dass ich diese Schale bei dir nicht brauche. Ich kann bei dir ich selber sein und das ist eine Wohltat für meine Seele.«

Kirra blieb nur, ihn sprachlos anzusehen. Wenn das nicht die schönste Liebeserklärung war, ohne eine Liebeserklärung zu sein, die sie sich vorstellen konnte, wusste sie auch nicht. Sie blinzelte, verlor sich in seinen Augen, blinzelte wieder und bekam kein Wort über die Lippen. Selbstverständlich konnte er bei ihr er selbst sein. Sie liebte ihn doch.

Indessen verstand Talaan ihr Schweigen falsch und wurde unruhig. »Habe ich geplappert?« Er stutzte. »Nun, vielleicht nicht geplappert, aber was ich eigentlich sagen wollte: Danke, Kirra.« Mit zwei Schritten war er bei ihr und schloss sie in die Arme.

Wohlig seufzend folgte sie ihrem Herzen, schmiegte sich ohne Furcht und Herzschmerz an ihn, kuschelte den Kopf an seine Brust und genoss es, gehalten zu werden.

Eine ganze Weile standen sie so dort vor der Hütte. Sie badete in seiner Nähe und gemeinsam ließen sie die Sonne ein wenig weiter untergehen.

Mit jedem vergehenden Tag wurden die beiden unzertrennlicher. Talaan verscheuchte endgültig seine Sorgen, zu viele Gefühle zu zeigen, könnte Kirra verletzen. Sie selbst richtete sich wohlig darin ein, von ihm wie von einem großen Bruder behandelt zu werden. Einem zugegebenermaßen sehr anhänglichen Bruder, der ausgiebige Umarmungen zu schätzen wusste. Dabei schien er ohnehin stets glücklich zu sein, wenn sie in seiner Nähe weilte.

Dann kam der Tag, an dem Sorral das Dorf verließ. Beim Abschied wirkte er ebenso sorgenbeladen wie sonst nur Talaan. Er sprach davon, seine neu gewonnenen Gaben für die Sicherheit der Siedlungen einsetzen zu wollen. Obwohl Kirra ihn kaum kannte, spürte sie sofort, dass der Titel eines *Maigan* nun auch für ihn zur Bürde geworden war.

Eigentlich hätte sie wieder zu ihrer Familie ziehen können, doch blieb sie kurzerhand bei Talaan wohnen. So verging

Woche um Woche, bis der Tag kam, an dem sich für sie alles ändern sollte.

DAS KUSSREH

An diesem Morgen verhielt sich Kirra besonders ausgelassen. Bei allem, was sie tat, summte sie gut gelaunt und mit einem hintergründigen Lächeln vor sich hin. Wann immer Talaan sie ansprach, brauchte sie einen Augenblick, um ins Hier und Jetzt zu finden. Ihrem Gang haftete schon beinahe etwas Tänzerisches an. Bei jedem anderen hätte er einen schweren Fall von Frischverliebtsein diagnostiziert.

Als sie auch noch begann, ihm bedeutungsvolle Blicke zuzuwerfen, während sie durch das Dorf schlenderten, konnte er seine Neugier nicht mehr bändigen. »Was ist denn mit dir los, Kirra? Deine gute Laune färbt geradezu auf mich ab und du weißt, wie gerne ich meinen grüblerischen Anschein pflege.«

»Hast du etwa vergessen, welchen Tag wir haben?«, fragte sie und hob anklagend die Augenbrauen auf ungeahnte Höhen.

»Heute?« Talaan kannte sich mit Festtagen der MaKri nicht aus. Ebenfalls konnte er sich nicht entsinnen, dass jemand aus der Nachbarschaft eine Bemerkung in dieser Richtung gemacht hätte. »Ich habe keine Ahnung.«

Tadelnd schnalzte sie mit der Zunge. »Wir haben vor genau drei Monaten eine Wette abgeschlossen«, half sie ihm auf die Sprünge.

Mit einem Schlag ergab alles einen Sinn. Er hatte damals Kirra bei ihrer Ehre als Jägerin gepackt und behauptet, heute schneller als sie ein Reh erlegen zu können. Entweder sie warf ihn in den Fluss oder er verdiente sich einen Kuss. »Deswegen freust du dich so?«

»Gleich, wer auch gewinnen mag, es verspricht, unterhaltsam zu werden«, antwortete Kirra mit einem äußerst selbstsicheren Grinsen.

Jetzt begriff er endgültig und ihm wurde mulmig. »Versprich mir, dass du nicht mogelst.«

Gekränkter Stolz wie aus dem Bilderbuch kam als Antwort. »Dir, Flauschohr, den Sieg schenken? Mein Ruf als Jägerin wäre ruiniert.« Zähne, einem Piranha würdig, blitzten auf. »Außerdem kann ich es gar nicht erwarten, dich im Fluss um dein Überleben kämpfen zu sehen.« Nun packte sie wiederum ihn bei der Ehre. »Das wird sich noch zeigen!«, behauptete er zuversichtlich. Er hatte von Kirra viel gelernt und blickte zudem auf Jahrhunderte Jagderfahrung in seinem letzten Leben zurück. »Wann wollen wir anfangen?« Spitzbübisch grinsend sah sie auf den Speer in ihrer Hand und auf seine leere. »Warum nicht gleich?«

»So sei es«, bestätigte er. »Wer zuerst mit einem Reh wieder im Dorf ist, gewinnt.« Mit einem schelmischen Grinsen wirbelte er herum und stibitzte ihr in der Drehung die Waffe.

»He, was fällt dir ein, du Flauschohr!«

Doch da rannte er auch schon los, triumphierend den Speer über den Kopf erhoben.

Nach einer geraumen Weile erfolgloser Suche dämmerte Talaan die Erkenntnis, dass Kirra ihm die ganze Zeit verschwiegen hatte, wo in der Nähe des Dorfes Rehe ästen. Zudem hatte er es freilich versäumt zu fragen. So blieb ihm nichts anderes übrig, als die weißen Flecken auf der Karte in seiner Erinnerung abzusuchen.

Es mochten zwei Stunden ins Land gegangen sein, als er endlich auf die Fährte von mindestens sechs Tieren traf. Das Herz schlug ihm schneller, als er sich neben den Abdrücken niederließ, um sie zu untersuchen. Bedächtig maß er mit den Fingerspitzen die Tiefe der Hufabdrücke und schätzte anhand der Feuchtigkeit in den Vertiefungen den Zeitpunkt ab, an dem die Rehe sie in den Boden gedrückt hatten.

Sehr frisch. Ein erstes Kribbeln kroch durch seine Glieder. Er maß mit dem Auge den Abstand zwischen den Trittsiegeln, die zu ein und demselben Reh gehörten.

Sie sind gemächlich vorbeigekommen. Sie sind nah.

Das Prickeln wurde stärker. Er wusste, was nun folgen würde. Doch ohne Scheu nahm er die Witterung auf. Genüsslich sog er die würzige Luft des Dschungels in die Nase. *Ich kann sie riechen.* Der Jagdinstinkt erwachte mit einer feurigen Welle, die durch ihn brandete. Er hieß ihn willkommen, brachte ihn jedoch sogleich unter die Herrschaft des Willens. Seine Sinne wurden zu einem hochpräzisen Werkzeug. Nun konnte er die Gerüche der einzelnen Tiere unterscheiden. Talaans Sicht schärfte sich. Die Fährten stachen klar für ihn aus dem braungrünen Wirrwarr des Bodens hervor. Das Herz hämmerte, alle Muskeln füllten sich mit Kraft. Wie der Pfeil auf der Sehne eines gespannten Bogens kniete er da und zwang sich kurz zum Innehalten.

Auch sein Verstand arbeitete jetzt mit höchster Präzision. Dass er die Rehe riechen konnte, bedeutete, dass der Wind günstig stand. Sie würden sein Nahen nicht mit den Nüstern erkennen. Also galt es, geräuschlos und behutsam vorzugehen. Eine der Fährten besaß eine Auffälligkeit: Der fordere linke Huf war im Boden kaum auszumachen. *Es schont einen Vorderlauf.* Dieses Reh musste er in der Herde ausmachen. Es bot sichere Beute.

Die Finger seines Willens ließen die Sehne los und er schnellte vor. Lautlos und dennoch fließend wie ein flinkes Bächlein huschte er durch das Unterholz. Er rannte nicht, der Gier des Blutes gehorchend, sondern eilte mit ihr als gezügeltem Gehilfen.

Die Witterung brannte immer deutlicher in der Nase und Talaan lauschte höchst angespannt. Dabei wirkte sein Jagdtrieb auf wundersame Weise. Kirra hatte ihn gelehrt, was gut und was hinderlich an dem Trieb, etwas zu erlegen, sein konnte. Das Gehör wurde zum besten Diener, denn es dämpfte all die unwichtigen Laute und hörte alles Rascheln, Knacken, Rupfen und Atmen umso klarer.

So wusste er plötzlich, dass es Zeit war, innezuhalten. Das unverkennbare Geräusch von Lippen, die Blätter von Büschen zupften, drang vielfach in seine Ohren. *Ganz nah.* Er duckte sich weiter, nutzte jetzt jeden noch so niedrigen Strauch als Deckung und schlich sich ebenso langsam wie sprungbereit vorwärts.

Seine Schnauze schob sich zwischen zwei anlehnenden Farnen hindurch, wo er die Herde auf einer kleinen Lichtung äsen sah. Offenbar hatten sie etwas bemerkt, denn alle Tiere hoben zugleich die Köpfe und richteten die Ohren auf. Talaan brauchte nicht lange suchen, da das Brennen in seinem Innern die Sinne nun bis zum Zerreißen schärfte.

Das verletzte Reh stand mitten in der Gruppe. Ein schwarzer Strich von Schorf zog sich quer über die Fessel.

Er packte den Speer fester. Ein Wurf war zu riskant – zu weit, zu viele Rehe im Spiel. Er grub die Krallen seiner Füße in den Boden, spannte jeden Muskel und sprang los.

Gute drei Stunden nach ihrem Aufbruch kehrte Talaan mit seiner Beute auf dem Rücken in das Dorf zurück. Die Hatz war kurz, der Speerstoß präzise und der Tod des Tiers gnädig gewesen. Er hatte sich in der Art der Waldelfen bei dem Reh dafür bedankt, dass es sein Leben für das Überleben der MaKri gegeben hatte. Von der Angst, er könne sich an die Jagd verlieren, blieb nichts mehr übrig.

Wenig überrascht fand er Kirra bereits beim Ausnehmen eines Rehs vor. Bei näherer Betrachtung war sie beinahe damit fertig.

Entsprechend fröhlich begrüßte sie ihn. »Du hast dir Zeit gelassen! Bist du so versessen auf ein Bad im Fluss?« Triumphierend musterte sie ihn und seine Beute.

Talaan murmelte etwas von »Glück« und machte sich seinerseits methodisch daran, das Tier zu zerlegen. Freilich vollendete sie ihre Arbeit weit vor ihm und genoss es sichtlich, ihm bei allem zuzusehen. Sie zeigte sich mit jedem Haar ihres Fells als strahlende Siegerin.

»Mach dir nichts daraus. Wenn du den heutigen Tag überlebst, werde ich dir zeigen, wo in dieser Gegend die meisten Rehe äsen«, stichelte sie.

Gleich, wie schamlos sie sich jetzt mit ihrer List schmückte – er gönnte ihr nicht die Genugtuung, sich darüber zu ärgern. Stattdessen behauptete er mit einem Lächeln: »Ich werde es genießen, den Staub aus meinem Pelz zu waschen.«

»Sicher.« Nie zuvor hatten zwei Silben so deutlich eine Lüge unterstellt.

Doch Kirra würde noch ein Wunder erleben. Soweit er es aus den Gesprächen der anderen Dorfbewohner herausgehört hatte, hassten die MaKri Wasser in größeren Mengen. Obwohl sich ein beachtlicher Fluss in der Nähe des Dorfes durch den Regenwald wand, vermochten nur die wenigsten zu schwimmen. Talaan hingegen machte das nichts aus.

Am frühen Nachmittag standen sie am Ufer jenes Stromes, der breit und träge eine Schneise unbeschatteten Sonnenlichts durch den Dschungel zog. Beide hatten sie einen kräftigen Ast erklommen, der wie eine Schiffsplanke über dem Wasser schwebte.

»Das ist die letzte Gelegenheit, dein Fell zu retten!«, drohte sie ihm. »Du weißt, was zu tun ist, um dem hier zu entkommen.«

Talaan wusste, dass sie es nicht ernst meinte. Seit ihrem ersten und einzigen Beinahekuss hatte Kirra ihn nie gedrängt. Nichtsdestotrotz irritierte sie ihn. Weniger damit, was sie sagte, sondern vielmehr dadurch, dass sie ohne Scheu dicht vor ihm stand und ihm vollkommen ruhig seelentief in die Augen blickte. Er spürte ihre vertraute Nähe, während ihr gewohnter, milder Duft beruhigend in seiner Nase lag. Alles altbekannte, gute Empfindungen und dennoch gänzlich neu, da er nur eine Antwort und eine Handbreit von einem Kuss entfernt war.

Verwirrt durch seine so unerwartet durcheinanderwirbelnden Gefühle trat er lieber die Flucht nach vorn an, anstatt Kirra durch impulsives Handeln zu verletzen. »Dich selbst in den Fluss schubsen?«, fragte er.

»Du!«, brauste sie auf und stieß ihn lachend vom Ast hinunter. Er erlaubte sich eine elegante Drehung und tauchte mit einem Kopfsprung ein. Das Wasser umfing ihn angenehm erfrischend, zerrte jedoch bei jeder Bewegung gewöhnungsbedürftig am Fell. Zur Probe machte er ein paar Tauchzüge und wurde sehr von seinen veränderten Beinen irritiert. Doch an beides gewöhnte er sich rasch.

Als er auftauchte, sprudelte er vergnügt einen Wasserstrahl aus dem Mund und ließ sich sichtlich entspannt auf dem Rücken treiben. Die Sonne wärmte ihn wohltuend auf. »Ah, ist das herrlich«, seufzte er betont genüsslich und paddelte ein wenig vor sich hin, bis Kirra über ihm in sein Sichtfeld kam.

Sie war auf allen vieren auf einen niedriger gelegenen Ast geklettert und starrte ihn ungläubig an. »Du kannst schwimmen!«, protestierte sie geradezu empört.

»Habe ich dir das nicht erzählt?« Nun erlaubte sich Talaan ein selbstzufriedenes Schmunzeln. »Das muss mir entfallen sein.«

Immer noch fassungslos, aber mit zuckenden Mundwinkeln schüttelte sie ihr Haupt. »Ein Kri, dem das Wasser Freude bereitet. Ich schätze, wir sind quitt.«

Sein Grinsen wurde wölfisch. »Oh, das glaube ich nicht. Komm doch rein!« Er griff nach ihrem Schwanz, der vom Ast herunterbaumelte. Panisch zog ihn Kirra im letzten Augenblick zurück.

»Ich kann nicht schwimmen!«, fauchte sie. »Ich habe keine Lust, triefend nass und halb tot unten an der Flussbiegung an Land gespült zu werden, so wie ich es eigentlich dir zugedacht hatte.«

»Ich bringe es dir gerne bei«, bot er ihr entwaffnend friedlich an.

Sie legte den Kopf schief und schien abzuwägen, ob er verrückt war oder nicht. »Wozu? Es gibt nur sehr wenige Gewässer im ganzen Regenwald, in denen man nicht stehen kann.«

»Wenn man es erst beherrscht, ist einem, als könne man fliegen«, schwärmte er. Zum Beweis holte er tief Luft und tauchte unter. Geschickt vollführte er eine Rolle, glitt in geschlängelten Bahnen mal nach links, mal nach rechts und fühlte sich schwerelos und frei.

Wieder an der Oberfläche blickte er erwartungsvoll zu ihr hinauf. Sie schaute unverändert zweifelnd drein, doch erkannte er in diesem Moment, dass sie angebissen hatte. »Ach komm,

Kirra. Gönne mir die Freude, endlich einmal dir etwas Neues zu zeigen. Ich lasse dich bestimmt nicht ertrinken.«

»Ich wusste schon immer, dass meine Neugier eines Tages mein Untergang sein würde. Nur hatte ich keine Ahnung, dass ich das wörtlich nehmen würde.« Mit einem gequälten Lächeln gab sie schließlich nach. »Einen Versuch ist es wohl wert.«

Seine aufschäumende gute Laune machte ihre mangelnde Begeisterung mehr als wett. »Die Flussbiegung, die mich halbtot retten sollte, ist eine flache Stelle?«, vergewisserte er sich.

Kirra nickte nur zögerlich.

»Dort können wir anfangen. Wer zuerst ankommt, gewinnt!« Mit diesen Worten schwamm er los.

Kirra erreichte die besagte Stelle freilich schneller als er und wartete betont gelangweilt auf ihn. »Ich glaube, ich habe es mir anders überlegt«, maulte sie, kaum dass er in Hörweite kam. Versuchte sie ihrem Schicksal zu entgehen?

»Nichts da. Komm schon rein. Das Wasser ist schmeichelnd warm.«

Ausgelassen schwamm er ein wenig umher. Als er wieder zu ihr blickte, lag ihr Oberteil am Boden und sie nestelte gerade unnötig umständlich am Gürtel herum. »Was tust du da?«, fragte er entgeistert.

Verwundert hielt sie inne. »Was meinst du?«

»Warum ziehst du dich aus?« Wie aus einem Reflex heraus heftete er den Blick auf ihr Gesicht. Das war irritierend.

»Eine dumme Frage. Du möchtest, dass ich ins Wasser komme. Ist das bei Menschen etwa nicht üblich?«

So hatte er sich das nicht vorgestellt. Freilich hatte er bereits am Rande mitbekommen, dass die MaKri wohl nicht so viel Wert auf Kleidung legten und Nacktheit für etwas vollkommen Natürliches hielten. Für sie besaßen Kleider vor allem einen praktischen Nutzen, um empfindliche Körperteile zu schützen. Bis gestern hätte Talaan auch noch Stein und Bein geschworen, dass ein Fell ohnehin ein gottgegebener Mantel wäre. Seit der verwirrenden Begebenheit auf dem Ast indessen beschämte es ihn auf einmal, dass Kirra sich vor seinen Augen auszog. »Nicht so richtig, nein.«

Sie runzelte die Stirn. »Ich werde jedenfalls meine Kleidung nicht im Wasser tragen. Das ist albern und unpraktisch.« Damit wandte sie ihre Aufmerksamkeit wieder ihrem Gürtel zu.

Nach kurzem Kampf verlor der Anstand und sein Blick zuckte zu ihren Brüsten. Das vorne hellere, beinahe weiße Fell bedeckte sie freilich vollständig, überließen von deren Form allerdings nur wenig der Vorstellung. Seltsam unwohl drehte er sich weg. Das Bild ihrer geschmeidigen Figur haftete jedoch weiter in seiner Erinnerung.

Er machte ein paar Schwimmzüge, um den Kopf freizubekommen. Der ursprüngliche Ekel, den er bei dem Gedanken an körperliche Nähe zu einer MaKri verspürt hatte, wurde gerade von seiner erwachenden Faszination für Kirra zurückgedrängt. Doch beide Gefühle lieferten sich einen heftigen Wettstreit um die Vorherrschaft, der sehr verwirrend war. *Es ist nichts Schlimmes daran, sie anziehend zu finden,* versuchte sein Verstand ein Machtwort zu sprechen.

Als er sich wieder in Richtung Kirras umdrehte, stand sie immer noch am Ufer. Nackt. Es mochte nicht verwerflich sein, aber es würde das Kommende unendlich kompliziert machen. Es fiel ihm jetzt schon schwer, alles unterhalb der Schultern zu ignorieren, zumal sich sein Kopf auf Höhe ihrer Sprunggelenke befand.

»Wasser ist widerlich«, maulte Kirra und tippte vorsichtig einen Ballen in den Fluss. Rasch zog sie ihn zurück. »Es ist lebensfeindlich und wenn man rauskommt, ist das ganze Fell nass.«

Freiwillig würde sie nicht hereinkommen, das stand außer Frage. Es blieb ihm wohl nichts anderes übrig, als seine Scheu zu überwinden und zu versuchen, sich ein wenig zu entspannen, obwohl ihre Nacktheit ihn gleichzeitig irritierte und anzog. Er schwamm zu ihr und stieg bis ans Ufer. »Solange du noch nicht vor Nässe triefst, gibt es keinen Grund, dich zu beschweren.«

Blitzschnell schnappte er nach ihrer Hand und zog sie in Richtung des Stromes. Sofort versteifte sie sich und leistete Widerstand. Mit einem schelmischen Grinsen ließ er sich nach hinten fallen und riss sie mit sich. Dabei brachte er einen Fuß zwischen sie beide, setzte ihn auf ihren Bauch und warf sie im Abrollen über sich hinweg in den Fluss.

Es platschte laut, als Kirra mit einem Aufschrei unter Wasser verschwand. Mit einem Prusten und dem Inbild eines aufgebrachten Gesichts tauchte sie wieder auf und sprang auf die Beine. »Wie kannst du es wagen?!«

Mit dem freundlichsten Lächeln, zu dem er fähig war, ließ er ihren Zorn in Rauch aufgehen. »Was sagst du? Ist es so schlimm, wie befürchtet?«

Immer noch verärgert rümpfte sie die Schnauze. Er liebte es, wenn sie das tat. Sie sah dabei umwerfend putzig aus, aber diese Meinung würde er mit ins Grab nehmen. »Nein«, murrte sie.

»Dann können wir ja anfangen, jetzt, da du einmal nass bist«, folgerte er und deutete einladend auf die Mitte des Flusses. »Kommt mit.«

Sie wateten weiter zu einer tieferen Stelle, wo sie beide bequem stehen konnten. »Es ist wichtig, dass du ruhig bleibst. Das Wasser ist nicht dein Feind, sondern ein Freund. Es trägt dich, solange du ihm vertraust. Es lässt dich jedoch fallen, sobald du wild auf es einschlägst.«

Er zeigte ihr, worauf es bei den einfachsten Schwimmzügen ankam. Anschließend forderte er sie auf, es ihm gleichzutun. Für den Anfang schob er unterstützend eine Hand unter ihren Bauch und ließ ihr Zeit, sich an das ungewohnte Gefühl zu gewöhnen. Zu seiner großen Erleichterung füllte ihn die Aufgabe genug aus, um sich keine lästigen Gedanken wegen irgendetwas anderem zu machen. Sie lernte schnell, auch wenn es sie einige Überwindung kostete, dem Wasser und seiner Hilfe zu vertrauen.

Die Sonne wanderte ein Stückchen weiter über den Fluss, bis Kirra ihre ersten selbstständigen Schwimmversuche bewältigt hatte. Sie erweckte dabei zwar stets den Eindruck, gleich unterzugehen, ließ sich aber weder von verschlucktem Flusswasser noch von ihrer Abneigung gegen das Nass davon abhalten, es immer wieder zu wagen. Ihre Ohren hatten sich bereits vor Erschöpfung gesenkt, als sie zum Himmel blickte und sagte:»Lass uns für heute aufhören. Ich bin vollkommen entkräftet und wir werden die restliche Sonnenwärme brauchen, um trocken zu werden.«

Also wateten sie ans Ufer. Kirra stieg vor ihm aus dem Wasser und Talaans Blick glitt hierbei unweigerlich über ihren Po. Der Schwanz in der Mitte störte ihn auf einmal wenig. Irritierenderweise schien sie nun, da ihr Fell schwer von der Nässe anlag, noch nackter zu sein als zuvor.

Als sie sich unerwartet zu ihm umdrehte, schnellten seine Augen fort. Er war nur nicht sicher, ob sie es nicht doch bemerkt hatte. Wie beim letzten Mal blieb ihr Abbild jedoch haften. Wieso fiel ihm erst jetzt auf, wie ansehnlich ihr Körper war? Oder das, was unter ihrem Fell verborgen lag? Dabei hatte er sie flüchtig schon des Öfteren ohne Kleidung gesehen. Das war nun einmal so, wenn man dieselbe Hütte teilte.

»Das müssen wir wieder machen«, sagte sie mit einem zufriedenen Lächeln – vielleicht auch einem wissenden? »So scheußlich ist das mit dem Baden gar nicht. An besonders drückenden Tagen ist es bestimmt sogar wundervoll.« Kirra schüttelte sich heftig und das Wasser spritzte in alle Richtungen.

Talaans Lendentuch klebte schwer am Körper. Jetzt verstand er, aus welchem Grund sie ihre Kleider vorher ausgezogen hatte. Nun musste er sie ohnehin irgendwie loswerden. Was hatte er sich bei dem Angebot, ihr das Schwimmen beizubringen, nur gedacht?

Unterdessen war sie mit dem Auswringen des Schwanzes beschäftigt und schien ihn nicht zu beachten. *Es ist wohl an der Zeit, wie ein MaKri zu denken,* ging es ihm durch den Kopf und er streifte den nassen Lendenschurz ab. Er hängte ihn an einen Ast, auf dem Sonne lag, damit er schneller trocknete. Als Talaan sich wieder umdrehte, musterte Kirra ihn ohne Scheu. Spätestens jetzt wurde er sich seiner Nacktheit endgültig und vollkommen bewusst. Es kam ihm reichlich seltsam vor, schlagartig nicht länger den Eindruck zu haben, Fell wäre eine Art von Kleidung – weder bei ihm noch bei ihr. Verschämt blickte er irgendwo in das grüne Chaos des Dschungels.

Aus den Augenwinkeln nahm er das Schulterzucken und Kopfschütteln Kirras wahr, bevor sie es sich im sonnendurchtränkten Gras am Ufer gemütlich machte. Das erinnerte Talaan einmal mehr daran, dass das Fell nur einen Teil der Unterschiede zwischen Menschen und MaKri ausmachte. Was erwartete sie von ihm? Dass er sich ohne Scham an ihrem schlanken Körper sattsah? *Zumindest rechnet sie damit, dass ich nicht weiter dumm herumstehe.*

Also gab er sich einen Ruck und wandte sich wieder Kirra zu. Den Blick wie einen Pflock in den Boden neben ihr schlagend, ging er zu ihr und legte sich in die Sonne. Dabei tarierte er den Abstand so aus, dass der Anstand gewahrt blieb und es zugleich nicht nach Feigheit aussah. *Angsthase,* protestierte dennoch die Stimme in seinem Kopf. Er verscheuchte sie wie eine lästige Fliege. Er würde diesen Nachmittag nicht im Zwiespalt verbringen, denn er versprach schön zu werden.

Genüsslich schloss er die Augen und ließ den Sonnenschein sein Werk tun. Die Wärme kroch in seinen leicht ausgekühlten Körper und ließ ihn wohlwollend schnurren. Verdutzt hielt er inne. Er hatte noch nie geschnurrt. Doch gerade fühlte es sich einfach passend und richtig an. Wieder die Instinkte. »Allein dafür lohnt es sich, schwimmen zu gehen.«

»Pah«, wehrte Kirra ab. »Das kann ich auch haben, ohne nass zu werden.«

Talaan genoss den Frieden hinter seinen geschlossenen Lidern viel zu sehr, um zu widersprechen. Eine Weile teilten sie ein angenehmes Schweigen und badeten in der wohligen Wärme.

Es dauerte nicht lange, da rollte sie herum. Dabei schien es kein Zufall zu sein, dass sie das in seine Richtung tat. Danach streckte sie sich auf eine Art und Weise, die – selbst zwischen halb aufgeschlagenen Augenlidern hindurch betrachtet – ihre Figur äußerst gut zur Geltung brachte. Unweigerlich huschte sein Blick über ihren Körper. Wie hatte er all die Wochen keine Frau in ihr sehen können, nun da der Anblick ihrer Rundungen und die Geschmeidigkeit ihrer Muskeln so verlockend waren?

Irgendwann kam Talaan nicht mehr umhin, sich ebenfalls auf den Bauch zu drehen, tat dies aber auf der Stelle. Sonst wäre er gegen Kirra gestoßen. Ein Rückzug, fort von ihr, kam nicht in Frage. Sie spielte mit ihm und diese wunderbar verwirrenden Gefühle in seinem Innern hießen ihn, mitzuspielen. Die Zeit verstrich und sie schien einzuschlafen. Auch er wurde in der wärmenden Sonne angenehm dösig. Doch etwas verriet ihm, dass sie nur versuchte, ihn zu täuschen. Als sie sich mit einem wohligen Schnurren zu ihm herumwälzte und ein Haarbreit entfernt auf dem Rücken zu liegen kam, war er sich sicher.

Nur kümmerte es ihn nicht mehr. Talaan drehte sich auf die Seite, stützte den Kopf auf eine Hand und sah sie unverhohlen an. Erst jetzt wurde er sich bewusst, wie viel Weiblichkeit ihr Gesicht barg. Wo er bis heute das Haupt eines Pumas gesehen hatte, entdeckte er nun die vertrauten Züge einer Frau, die ihm ans Herz gewachsen war. Schnurrhaare, die sie stets anlegte, sobald sie besonders glücklich lächelte. Ihre ledrige Nasenspitze, die sie so herrlich rümpfte, wenn sie etwas ärgerte. Den Rundungen ihrer Ohren wohnte eine Schönheit inne, die er bisher übersehen hatte. Mit geschlossenen Augen sah sie so friedlich und zauberhaft aus.

Sanft strich er mit den Fingerspitzen über den Rücken ihrer Schnauze hinauf zur Stirn. Das Gefühl ihres kurzen, weichen Fells ließ ein warmgoldenes Licht in sein Herz fließen. »Was du heute mit mir machst, ist nicht statthaft, Kirra«, flüsterte er.

Tief und genüsslich sog sie Luft in ihre Lungen, als hätte sie viel zu lange den Atem angehalten. Als dieser sie wieder verließ, hielt ein wonniger, geradezu seliger Ausdruck in ihrem Gesicht Einzug – ganz so, als würde die Sonne lautlos durch regenschwere Wolken brechen. Sie schlug die Lider auf und schenkte ihm ein friedliches Lächeln.»Irgendwann musstest du ja einsehen, dass du nicht mein großer Bruder bist.«

Diese sanfte und dennoch ungebändigte Freude in ihren topasblauen Augen erwärmte seine Seele. Die Unsicherheit, die er zuvor auf dem Ast verspürt hatte, kehrte zurück, doch schwand sie ebenso rasch wieder. All die Wochen war Kirra für ihn eine MaKri gewesen, aber im Laufe des Tages zur Frau geworden. Vor ihm lag die Frau, die er liebte, nicht mehr nur die innige Freundin, an der er sich festhalten konnte. Für all die Zuneigung, die er schon seit Langem für sie empfand, bot sich jetzt endlich ein Weg, sich auszudrücken. Die letzten Reste seiner Bedenken ignorierend beugte er sich vor und küsste sie. Das Fell um ihren Mund vermischte sich dabei mit seinem - verwirrend und sinnlich zugleich.

Kirra erwiderte den Kuss unglaublich sanft. Sie forderte nicht, sondern kostete behutsam, was er zu geben bereit war. Und das Lächeln, das unter seinen Lippen erblühte, versprach ihm, dass sie es so, wie es war, genoss.

Für eine wunderbar lange Weile gab es keinen Zweifel mehr. Sie zu küssen, fühlte sich endlos gut und richtig an. Sein Herz sang vor Freude und ihre zärtlichen Erwiderungen füllten es mit ungeahnten Melodien.

Doch dann öffnete sie leicht den Mund und ihre Zunge tastete nach seiner. Wie eine Kralle auf Seide zog dieses ungewohnt raue Gefühl Risse durch das wärmende Tuch seiner Glückseligkeit und er schrak zurück.

»Daran werde ich mich erst einmal gewöhnen müssen«, stellte er entschuldigend lächelnd fest.

Zu seiner großen Erleichterung strich Kirra nur seine Schnurrhaare nach hinten und nickte verständnisvoll. »Du weißt, dass ich geduldig bin. Auch wenn mir das gerade äußerst schwerfällt.« Sie schmiegte sich enger an ihn.

Froh erkannte er, dass sie es nicht anders wollte. Er ließ dem raubtierhaften Begehren, das er bisher straff an die Kette seines Willens genommen hatte, ein wenig Spiel. Er küsste sie erst auf ihre ledrige Raubkatzennase und wieder auf den Mund. Die Kette spannte sich. Ameisen krabbelten aufgeregt durch seine Lungen und er gab lächelnd klein bei. Er teilte seine Lippen, die ihren taten es ihm bereitwillig gleich. Behutsam tastete er mit der Zunge nach der ihren und wagte ein kurzes Lecken. Als er sich zurückzog, folgte ihre Zungenspitze ihm. Sie war zwar rauer als eine menschliche, aber das Fremdartige, das ihn zuerst erschreckt hatte, lockte ihn nun, es zu entdecken. Also befühlte er vorsichtig ihre Reißzähne. Die scharfen Spitzen ließen ihn schaudern, doch zugleich wohnte ihnen eine verlockende Neuartigkeit inne.

Sie kosteten voneinander. Liebevolle Zungenküsse wechselten sich mit einfachen, zutiefst innigen Küssen ab. Kirra verlor jede Scheu und dennoch fühlte er sich auf wundersame Weise nicht bedrängt. In diesem Augenblick gab es keine Kette, mit der er seine Instinkte zügeln musste, nur ein gemeinsames Bad in diesem wunderbaren Gefühl tief empfundener Zweisamkeit. Es war mal ein Taumel, mal ein Tanzen, doch stets getrieben von erleichtertem Glück.

Sie atmeten beide schwer, als sie auseinanderwichen. Erst jetzt wurde er sich bewusst, wie eng sie sich aneinandergeschmiegt hatten und sich in den Armen hielten. Ohne Reue, bar jeder Zurückhaltung.

»Du weißt, dass ich dich liebe, nicht wahr, Kirra?«, sagte er mit seiner sanftesten Stimme. Viel zu lange hatten sich ihm diese Worte verweigert, hatte ihn die Sorge zerfressen, dass er sie deswegen verlieren könnte. Sie auszusprechen, war wie eine Befreiung.

Sie schlang ihren Schwanz verführerisch um den seinen und nickte. »Seit Wochen schon. Du hast dir nur reichlich Zeit gelassen, mich als begehrenswert zu entdecken.« Wie groß ihre Verlockung war, spürte er deutlich an dem, womit er gegen ihre Hüfte drückte. Erst jetzt fiel ihm auf, dass sie sich vollkommen nackt aneinander kuschelten.

Unruhe machte sich in ihm breit. Die Instinkte an der nun längeren Kette forderten mehr. Indessen war bereits das Erschrecken vor ihrer Zunge Warnung genug, es nicht zu übertreiben. Dennoch wollte er sie nicht verletzen, sah er doch Bedauern in ihrem Blick. Aber … er konnte es nicht.

»Es tut mir leid«, sagte er und blickte verlegen zu Boden.

Offenbar spürte sie seine Zerrissenheit. »Wenn du ein Mensch wärst, und da wären nur Haut und flache Zähnchen, würde ich mich genauso fühlen«, beruhigte sie ihn. Sie küsste ihn erneut, sanft und liebevoll, und schob sich mit sichtlichem Widerwillen von ihm fort. »Du solltest jetzt besser etwas anziehen.« Ein inniger Kuss zähmte die Unsicherheit. »Wir werden diesen Weg gemeinsam gehen. Ganz behutsam. Ich liebe dich, Talaan, und ich werde um unser Willen geduldig sein.«

Widerstrebend nickte er und stand auf, ging zu dem Ast, an dem sein Lendenschurz hing, und zog sich an. Er versuchte seine Erregung ein wenig unter Kontrolle zu bringen, nur gelang ihm dies nur mit Schwierigkeiten. Das war das Raubtier in ihm, seine Instinkte. Aber Kirra kannte ihn und sein inneres Zerwürfnis genauer als er selbst. Hast würde, auch bei guten Absichten, alles verderben.

»Gehen wir?«, fragte er und drehte sich zu ihr um.

Zwar trug sie inzwischen ebenfalls wieder ihr Lendentuch, das Oberteil lag jedoch immer noch im Gras. Sie kam mit sinnlich wiegendem Gang auf ihn zu, umarmte und küsste ihn. »Sei kein Narr, Talaan. Ich stoße dich doch nicht von mir fort, nachdem ich so lange gewartet habe.«

Vollkommen verwirrt ließ er sich von ihr zu Boden ziehen und schon bald lag sie über ihm und liebkoste seine Schnauze mit ihrer eigenen. Sanft rieb sie ihre Wange an der seinen. Diese durch Fell und Schnurrhaar ungewohnte Zärtlichkeit fühlte sich sonnenlichternd gut, so durch und durch richtig an. Sie verhieß eine neue Welt von Liebkosungen. Eine Welt, die er erkunden wollte – wie sie sagte, ganz behutsam.

So lagen sie voller Liebe und Nähe im Gras an jenem friedlichen Fluss inmitten des Regenwalds und vergaßen bis weit nach der Dämmerung die Zeit.

Das Dorf hatte sich bereits unter die Decke der Nacht gekuschelt, als Kirra und Talaan heimkehrten. Zwar schob sie enormen Hunger vor, als sie vorschlug, bei ihrer Familie vorbeizuschauen, doch wurde er den Verdacht nicht los, dass sie ihr junges Glück einfach mit ihren Nächsten zu teilen wünschte. Selbst der verliebte Narr, der er war, stimmte er diesem Vorschlag allzu willig zu.

»Wenn das nicht unser verschollenes Kind ist«, begrüßte Eliha die beiden, als sie in das goldgelbe Licht im Innern der Hütte traten. Trotz des milden Tadels wirkte Lomas Mutter glücklich, Kirra zu sehen. Ohne ein weiteres Wort stellte sie zwei zusätzliche Gedecke auf den Tisch.

Loma, die ihre Schwester stürmisch umarmen wollte, wurde von Chandrika wie beiläufig zurückgehalten. Sie musterte die Frischverliebten ruhig und gründlich, bis sich ein fröhliches Glitzern in ihren Blick schlich. Sie umarmte Talaan herzlich und sagte nur: »Bist du also endlich zu Verstand gekommen, Shimar.«

»Wovon redest du?« Loma schaute fragend drein. Als sie begriff, wurden ihre Augen groß. Sie juchzte ausgelassen und fiel ihrer Schwester um den Hals. Kirra ließ es mit einem breiten Grinsen geschehen. Doch als Loma sich löste, wurde sie nachdenklich. »Jetzt nimmst du sie mir endgültig weg«, schmollte sie und drückte Talaan dennoch fest, als sie auch ihn umarmte.

Seine Mundwinkel zuckten. »Du scheinst nicht gerade darunter zu leiden, dass du euer Zimmer für dich hast.« Ihre Ohrinnenseiten liefen rot an.

Nashem trat auf ihn zu, blickte ihn durchdringend an und legte ihm schließlich eine Hand auf die Schulter. »Kirra hat Glück. Mir würde für jeden Jungspund aus unserer Siedlung ein guter Grund einfallen, warum er nichts für sie ist. Bei dir bleibt ihr diese Ansprache erspart. Du scheinst ein feiner Kerl zu sein.« Ein bübisches Grinsen brach durch seine ernste Miene und er drückte Talaan kurz und fest. »Jetzt lasst uns feiern!«

Es folgte ein ausgiebiges Essen, das schon einer kleinen Verlobungsfeier nahekam. Ausgerechnet Chandrika, die bei Talaans Ankunft im Dorf aufgeregt wie eine gackernde Glucke gewesen war, saß oft einfach nur da und strahlte abwechselnd ihre Tochter und ihn an.

Talaan genoss Kirras Nähe und die liebevolle Art, mit der ihre Familie ihn aufnahm in vollen Zügen. Seit Ginuthals Tod fühlte er sich zum ersten Mal vollkommen unbeschwert und glücklich. Das Leben meinte es wieder gut mit ihm.

Nach vier Tagen holte ihn die Realität gnadenlos ein.

DAS ENDE DES FRIEDENS

Eine seltsame Unruhe lag über dem Dorf, als Talaan mit Nashem vom Gewürzsammeln aus dem Dschungel zurückkehrte. Zu viele Bewohner eilten aufgeregt zum Platz in der Mitte der Siedlung. Doch ihnen wohnte nichts Fröhliches oder Schaulustiges inne, wie an jenem Tag, als Sorral hierhergekommen war.

Talaan kannte diese Stimmung. Sein Rückenfell richtete sich mit einem Schauer auf. »Es hat einen Angriff gegeben!« Mühsam schluckte er die Angst herunter. »Wer war heute auf der Jagd?«

»Beim Schöpfer, Loma!«, entfuhr es Nashem. Er ließ den Sack mit den gesammelten Kräutern fallen und rannte los.

Erleichtert stieß Talaan ein Stoßgebet des Dankes aus, dass er nicht »Kirra!« gerufen hatte und fühlte sich augenblicklich schlecht dabei. Die eigene Ernte beiseite werfend heftete er sich an Nashems Fersen.

Aus der Nähe betrachtet wurde aus seinem Verdacht Gewissheit. Vier Jägerinnen lagen am Boden und es genügte ein flüchtiger Blick, um zu wissen, dass man ihnen übel mitgespielt hatte. Loma hatte mit am meisten einstecken müssen. Die Kräuterfrau hatte ihr und zwei anderen bereits Bandagen angelegt und kümmerte sich gerade konzentriert um die vierte – Jurrea.

Erst der Tiger und jetzt das.

Nashem ließ sich neben Kirra auf die Knie fallen, welche Lomas Hand hielt. Seine Augen füllten sich mit stummer Traurigkeit.

Also war es an Talaan, die unausweichliche Frage zu stellen: »Wie geht es den vieren?« Sollte es unabdingbar sein, würde er sie alle hier und jetzt heilen, auch wenn dies das Ende der Maskerade wäre.

Die Kräuterfrau blickte nicht auf.»Die Menschen haben sie schlimm zugerichtet, Shimar. Knochenbrüche, tiefe Schnittwunden und Prellungen. Aber sie werden es mit guter Medizin und viel Ruhe überstehen.«

Talaan ließ sich auf Lomas freier Seite nieder. Nun erst wurde Kirra seiner gewahr und sah ihn hilfesuchend an.»Sie hat große Schmerzen, Geliebter.« In ihren tränenfeuchten Augen schimmerte das bittere Flehen, er solle ihre Schwester von dem Leiden befreien. Im Kontrast dazu sprach sie es nicht aus – um seinetwillen.

Das bot einen allzu verlockenden Ausweg. Sein Verantwortungsbewusstsein focht einen kurzen Kampf mit dem Sehnen nach einem gewöhnlichen Leben. Loma sah erschreckend schwach aus. In ihrem sonst so fröhlichen Gesicht gab es nur noch Tränen, die aus ihren geschlossenen Lidern hervorquollen und im Fell ihrer Wangen versanken. Wie könnte er diesen Anblick auch nur einen Moment länger ertragen? Sein Mitgefühl nahm dem Gewissen die Entscheidung ab.

Sanft strich Talaan eine ihrer Tränen mit dem Finger fort.»Was haben sie dir nur angetan?«, flüsterte er, ergriff ihren Kopf mit beiden Händen und beschwor die Heilung. Er sandte das Lebensgespür aus und öffnete sich Loma. Ihm schien, als schlüge jemand all ihre Wunden in seinen Körper. Eine tiefe, dicht unter dem Herzen, wo er zudem zwei Rippen zertrümmert fand. Die Sehnen eines Sprunggelenks waren durchtrennt und sie blutete aus diversen kleineren Schnitten. Die Qualen, die sie so tapfer stumm ertrug, erfüllten ihn mit Grauen.

Also ließ er den heilenden Strömen freien Lauf und lenkte sie als Erstes zu den beiden gebrochenen Knochen. Sie jagten mit jedem Atemzug eine knirschend sengende Pein durch Lomas Leib. So fiel es ihm schwer, die Brüche zu schließen. Der pulsierende Schmerz riss ständig an den Fäden seiner Konzentration und die anderen Verletzungen dazu nötigten ihm all sein Können ab.

Nach einer halben Ewigkeit trug er den Sieg davon. Girrads einzelne Wunde zu heilen, so tödlich sie auch gewesen sein mochte, kam ihm nun wie ein Kinderspiel vor. Fürsorglich strich er über Lomas Kopf.

Ihre Augen öffneten sich zitternd. »Was …«

Lächelnd legte er einen Finger auf ihre Lippen. »Du brauchst jetzt Ruhe. Kirra, bleib bitte bei ihr.« Ohne Zögern wandte er sich der nächsten Leidenden zu, wobei er das eingetretene Schweigen auf dem Dorfplatz ignorierte. Jetzt erst erkannte er Limari, die er außer von dem Vorfall mit dem Tiger nur flüchtig kannte. Erleichtert stellte er fest, dass sie keine so tiefen Verletzungen wie Loma erlitten hatte und heilte sie rasch.

Die dritte Jägerin jedoch ertrug viele üble Schnitte und einen gebrochenen Arm. »Wer ist sie?«, fragte Talaan allein schon, um sich zu wappnen. Es half zu wissen, für wen man die Schmerzen auf sich nahm.

»Shanri« Die Stimme der Frau, welche die Hand der Verwundeten hielt, war brüchig vor Tränen. »Oh, meine arme Shanri.«

Mehr als diese Trauer, die sein Herz erweichte, brauchte es nicht und Talaan begann. Die Heilung nahm einige Zeit in Anspruch, während ihre Qualen ihn zunehmend schwächten. Als er endlich auch von Jurrea, der letzten Jägerin, ablassen konnte, fühlte er sich unfassbar müde. Die Risse im Lebensgeflecht der Verwundeten zu spüren war leider notwendig und der Fluch im Segen der Heilmagie.

Das ganze Dorf blickte ihn schweigend an. Unter ihnen entdeckte Talaan Merrel, an dessen Fell getrocknetes Blut klebte.

»Eine Menschenpatrouille?«, fragte er ihn.

Der erfahrene Krieger schüttelte erbost das Haupt. »Das war keine Patrouille mehr. Zehn Soldaten haben uns angegriffen. So, wie sie ausgerüstet waren, muss es ein Spähtrupp gewesen sein. Sie suchen irgendetwas oder erkunden den Dschungel für den drohenden Angriff.«

»Die Ältesten aller Orte sollten davon wissen«, sprach Talaan laut aus, was er dachte.

Eine Hand legte sich auf seine Schulter. Während er sich umwandte, bemerkte er, dass das Staunen in vielen Gesichtern einem freundlichen Lächeln Platz machte. Verlegen erwiderte er es.

Die Hand gehörte Nosher, dem Schamanen. »Die anderen Siedlungen sind bereits gewarnt. Mein Geistesbruder Tonri hat mich heute Nacht im Traum aufgesucht. Er berichtet von einer Häufung derartiger Übergriffe in der Nähe diverser Dörfer und Städte. Zudem bat er mich, mit dir zu sprechen, Talaan. Jetzt.«

Etwas zuckte in ihm, als er seinen wahren Namen hörte. Doch der ernste Tonfall des Mannes, der über den üblichen Habitus eines Schamanen hinausging, machte ihm deutlich, dass die Zeit für solche Befindlichkeiten der Vergangenheit angehörte.

Schicksalsergeben nickte er. »Gib mir noch einen Moment.« Zu den anderen MaKri gewandt sagte er laut: »Kümmert euch um die Geheilten. Tragt sie am besten in ihre Hütten. Sie brauchen viel Wasser, jede Menge Ruhe und reichhaltiges Essen.«

»Das werden wir tun«, antwortete Nashem, erhob sich und umarmte ihn stumm. Nur das. Keiner der Dorfbewohner verfiel in irgendwelche *Maigan-Lobpreisungen*. Sie muteten einfach nur dankbar dafür an, dass ein unerwartetes Wunder den Kelch des Leidens für vier von ihnen geleert hatte. Erleichtert atmete er auf und folgte Nosher.

Diesen umgab zwar stets eine Aura des düsteren Grübelns, heute jedoch wirkte seine Miene noch finsterer als sonst.

»Du schienst nicht sehr überrascht, als du mich bei meinem wahren Namen nanntest«, stellte Talaan fest, um das Unangenehme ein wenig länger fernzuhalten.

Der Schamane hob eine Braue. »Du hast doch nicht ernsthaft geglaubt, die Räte der anderen Siedlungen wären nicht eingeweiht? *Ein junger Mann in Begleitung der Jägerin Kirra.*« Ein schmales Lächeln durchbrach die Düsternis in Noshers Gesicht. »Die Wahrheit über dich war bei uns sicher. Wir Ältesten sind keine Kinder mehr, die kein Geheimnis hüten können.«

Dankbarkeit durchströmte Talaan. »Ich stehe in eurer Schuld. Es war wichtig für mich, ein alltägliches Leben zu führen.«

Die Aura des Fatalen legte sich wieder über den Schamanen. »Damit ist es jetzt vorbei, fürchte ich. Ich empfing von Tonri eine Botschaft vom Rat der *Großen Stadt*. Es gibt viel zu bereden.«

Talaan suchte Selbstmitleid in seinem Innern, doch er fand keines. Da war nur ein zufriedenes Glücklichsein, dass ihm genug Zeit geblieben war, Kirra sein Herz zu öffnen. Mit ihr an seiner Seite würde er das Kommende überstehen. Er holte tief Luft, ließ sie langsam entweichen und straffte die Schultern. »Ich bin ganz Ohr.«

Der Schamane ging kurz in sich, nickte – schicksalsschwer, wie es schien. »Von den zunehmenden Zusammenstößen habe ich bereits berichtet. Was ich vor den anderen jedoch verschwieg, ist die Tatsache, dass es Kriegern der *Großen Stadt* gelang, einen feindlichen Soldaten zu fangen. Selbstredend wurde er befragt. Er erwies sich als widerborstig, aber dumm. Am Ende hat er sich wohl verplappert. Die Menschen sind auf der Suche nach der *Halle des Lichts*.«

Talaan horchte auf. »Sie wollen das Orakel finden?« Offenbar griffen sie deshalb MaKri im Urwald an, da sie ihrerseits Gefangene zu machen und zu verhören hofften. »*Maigan* Sorral berichtete, dass es in verschiedenen möglichen Zukünften vernichtet werden wird. Das kann kein Zufall sein.«

Sorgenvoll nickte Nosher. »Auch die Ältesten der Siedlungen fürchten seine Vernichtung. Das Waldvolk kann das nur verhindern, solange wir weiterhin die Hüter der *Halle des Lichts* bleiben. Wenn ein Krieg uns hinfortfegt, können wir dieser Pflicht nicht mehr nachkommen.«

Die Wortwahl des Schamanen irritierte Talaan. »Du klingst, als wäre die Niederlage unseres Volkes das geringere Übel. Deine vorrangige Sorge scheint dem Orakel zu gelten.«

Nosher unterbrach ihr zielloses Umherwandern und wandte sich ihm zu. »*Maigan*, ohne die Weisheit, die es mit uns teilt, wäre das Waldvolk nie zu dem geworden, was es jetzt ist. Auf seine Anregung hin wurden vor Urzeiten die Ältestenräte gegründet und auf seine Einsichten hin fanden die Stammesfehden zwischen den Siedlungen ein Ende. Wir schulden es dem Orakel, seinen Schutz über unser bloßes Überleben zu stellen.«

»Sowohl unsere Leben als auch das seine zu retten, erscheint mir das erstrebenswerteste Ziel«, entgegnete Talaan. Irgendwie kam ihm das angesichts der Worte Noshers schwach vor.

Doch der Schamane nickte zustimmend. »Ich sehe, wir verstehen uns. Der beste Weg ist es, den Frieden zu wahren. Jetzt, da der Grund für die Übergriffe bekannt ist, eröffnen sich neue Möglichkeiten. Die *Halle des Lichts* befindet sich in unserem Einflussbereich, was das Waldvolk in die Lage versetzt, Forderungen zu stellen.

Die Ältesten der *Großen Stadt* haben einem vertrauenswürdigen Händler der Menschen eine Botschaft mitgegeben. Sie bieten dem Herrscher des Westens Beratungen, um einen begrenzten Zugang zum Orakel auszuhandeln. Ihre Hoffnung ist es, einen Konflikt auf diesem Wege gänzlich abwenden zu können.«

Verhandlungen, dachte Talaan resigniert. Nun war sie fast ausgesprochen, jene Drohung, die ihm seit Wochen über dem Haupt schwebte wie das Schwert des Dionysios über Damokles. Dennoch konnte er nur zustimmen. »Gespräche mit dem Ziel, den Frieden zu erhalten, sind ein weiser Ansatz. Ich habe bisher von keinem Krieg gehört, bei dem am Ende nicht beide Seiten mehr verloren als gewonnen hätten. Wann wird der König erwartet?«

»Die Ältesten erwarten die Antwort frühstens in einem Monat. Vermutlich werden es eher zwei, wenn der Herrscher auf einen berittenen Boten verzichtet. Denn der Weg durch die Savanne ist weit und beschwerlich während der fortschreitenden Trockenzeit. Aber er selbst wird nicht kommen.

Unsere wahre und leider geringe Anzahl muss dem Feind verborgen bleiben. Der Rat der *Großen Stadt* hält es für klug, die Verhandlungen in der Hauptstadt des Westens, *Tullma,* stattfinden zu lassen. Und sie wünschen, dass du diese Unterhandlungen führst.«

Nun, da Talaans Schicksal ihn einholte, senkte sich die Last der Verantwortung wie ein schwerer Mantel auf seine Schultern. »Diese Wahl liegt nahe«, erwiderte er brummend. »Ich spreche die Sprache der Menschen.«

»Und bist der Erfüller der *Einen Schrift* des Orakels«, erinnerte ihn der Schamane mit einer gewissen Ehrfurcht. »Deine menschliche Gestalt mag nützlich sein bei der Aufgabe, die auf dich zukommt.«

Schicksalsergeben stimmte Talaan zu. »Haben die Ältesten noch etwas gesagt?«

»In der Tat: Sie wünschen, dass du es bist, der bestimmt, wer mit dir nach Westen zieht und ebenfalls an den Gesprächen mit dem König teilnimmt.«

»Der Rat der *Großen Stadt* setzt viel Vertrauen in mich, dabei bin ich für euch ein Fremder«, stellte er fest. Die Last des unsichtbaren Mantels verdoppelte sich.

Noshers Düsternis verschwand, was schon beinahe einem Lächeln gleichkam. »Ein Fremder? Ich glaube, wir haben in der Zeit, als jedermann dich Shimar nannte, genug von dir gesehen, um zu wissen, wer du bist. Du hast Merrels Sohn geheilt, auch wenn das niemand außer dem Dorfrat ahnen konnte. Dein beherztes Handeln im Kampf gegen den Tiger wird für Jahre zu den Jagdlegenden unseres Dorfes gehören. Und wir Ältesten haben Kenntnis von den Gesprächen zwischen dir und *Maigan* Sorral. Aber vor allem, was du heute getan hast, zeigt uns, dass das Vertrauen jedes einzelnen Rates in dich durchaus gerechtfertigt ist, Erwählter.«

Allzu leichtfertig wollte Talaan das Gesagte abwiegeln. Etwas Gescheites lag ihm auf der Zunge, wie etwa, dass es ihm an Verantwortungsgefühl gewiss nicht mangelte. Doch irgendetwas an Noshers Worten brachte eine Saite des Verstehens in ihm zum Klingen und ließ ihn eine bedächtigere Antwort wählen. »Ich werde darüber nachsinnen. Hab Dank.«

Der Schamane vollzog eine geschwungene Geste, die am Herzen begann. »Ich werde jetzt die Familien der Geheilten aufsuchen. Vielleicht hat der ein oder andere Schatten, die er sich von der Seele reden möchte. Ich wünsche dir fruchtvolle Gedanken und ruhige Nächte, *Maigan.*«

»Und ich werde ein wenig durch den Wald ziehen, um Samen für die Gedankenfrüchte zu finden«, erwiderte Talaan. Laufen, Ruhe und ganz viel Grün, das klang vielversprechend. »Geruhsame Tage, Nosher.«

Mit diesen Worten zog er los, um das Wirrwarr in seinem Kopf zu ordnen.

Der Abend dieses bewegten Tages brachte einen Besuch von Eliha mit sich. Wohlbemerkt war sie die erste Dorfbewohnerin, die ihn in seiner Hütte aufsuchte. Das war ein Umstand, den er angesichts seiner schlechten Erfahrungen in der *Großen Stadt* sehr zu schätzen wusste. Ganz besonders, da sein Spaziergang zwischen Farn und Palmen wenig Antworten und stattdessen noch mehr Fragen mit sich gebracht hatte. Neue Gedanken und allzu oft die Worte, die er mit Nosher gewechselt hatte, spukten durch seinen Verstand.

Entsprechend bemerkte er Elihas Eintreten nur am Rande. »Wie fühlst du dich, mein Junge?«, fragte sie fürsorglich und setzte sich zu ihm auf eines der Sitzkissen. »Kirra sagte, die Heilung habe dir übel zugesetzt.«

Wie aus einem unwohlen Traum erwacht, hob Talaan den Kopf und blickte sie zum ersten Mal bewusst an. »Es geht mir gut, danke. Das Heilen solch schwerer Wunden hat mich nur erschöpft. Fühlt sich Loma derweilen besser?«

Eliha schmunzelte. »Sie hat sich erholt. Als ich zu dir aufbrach, war sie schon fast wieder so frech wie sonst.« Ihre Augen wurden feucht, auch wenn sie immer noch fröhlich dreinblickte. »Ich bin dir unendlich dankbar für das, was du für meine Tochter getan hast ...« Ihre Zunge hielt kurz wie im Stolpern inne. »... Talaan.«

Erneut zuckte in ihm etwas, als er seinen wahren Namen hörte. Wie oft hatte sie ihn voller Warmherzigkeit Shimar genannt? Und je mehr er Kirras Familie in sein Herz gelassen hatte, umso stärker hatte ihn die Lüge umgetrieben. »Ich bitte dich um Vergebung, dass ich euch alle belogen habe«, sagte er reumütig.

»Wir werden es verkraften.« Eliha wischte sich die Tränen fort. »Kirra hat uns von dem Trubel in der *Großen Stadt* berichtet und auch davon, warum es für dich wichtig war, ein wenig Ruhe zu finden. Am meisten hat uns überrascht, dass sie uns so gekonnt angeschwindelt hat. Wir haben stets geglaubt, sie könne kein Wässerchen trüben.«

Noch mehr als ihre Worte beruhigte ihn Elihas mütterliche Art, die das ganze Gespräch begleitete. Mit der Heilung Lomas hatte sie ihn wohl endgültig als künftigen Schwiegersohn angenommen.

»Wie hat es das restliche Dorf aufgenommen?«, fragte Talaan unverändert zerknirscht. »Nehmen sie es mir sehr übel?«

Nun lachte Eliha erheitert auf. »Übel? Nein, mein Junge. Sie sind unglaublich stolz darauf, dass sich ein *Maigan* ausgerechnet bei uns niedergelassen hat. Mit dem, was du heute vollbracht hast, hast du ohnehin einige Herzen im Sturm genommen. Und die Leute wundern sich, wie ein so bescheidener Mann wie du ein Erwählter sein kann.« Sie hob schelmisch mahnend den Zeigefinger. »Aber erwarte jetzt bloß nicht, dass auf einmal alle auf die Knie fallen und um deine Weisheit betteln, wie sie es bei Sorral getan haben.«

»Der Prophet gilt nichts im eigenen Land«, zitierte Talaan melodramatisch. Als Eliha die Stirn runzelte, da sie mit einer Anspielung auf eine zwei Welten entfernte Bibel wenig anzufangen wusste, winkte er ab. »Du glaubst gar nicht, wie gerne ich höre, dass hier niemand denselben Zinnober wie in der *Großen Stadt* vorhat. Ich bin nicht umsonst von dort geflohen.«

Einmal mehr dachte er an das Gespräch mit Nosher und wurde wieder ernst. Er würde dem Dorf ohnehin nicht lange erhalten bleiben.

»Was ist los, Talaan?« Eine geradezu mütterliche Sorge lag in Elihas Stimme. »Du schaust, als hättest du gerade dein Todesurteil empfangen.«

Über die Ironie ihrer Worte konnte er nur schnauben. »Vielleicht habe ich das. Unser Schamane hatte eine Botschaft von den Ältesten der *Großen Stadt* für mich. Sie wollen, dass ich nach Westen ziehe, um mit dem König in *Tullma* Friedensverhandlungen zu führen. Ich weiß nicht, ob ich dem gewachsen bin.«

Sie beugte sich vor und legte ihm tröstlich eine Hand auf die Schulter. »Das brauchst du auch nicht, mein Junge. Du bist nicht auf dich gestellt und musst ebenfalls nicht allein bewältigen, was dir aufgetragen ist. Du bist der *vom Orakel erwählte Maigan*. Wen du zu dir rufst, der wird an deine Seite treten.«

Nun holten ihn seine Versäumnisse ein. Er hatte sich in den letzten Wochen Gedanken zu so vielen Dingen gemacht, dass er einen Auftrag der Ältesten ganz aus dem Auge verloren hatte: sich Wissen über die Geschichte und Gegenwart beider Völker anzueignen. »Ich wüsste nicht einmal, wen ich um mich scharen soll. Sorral wird mitkommen, um uns den Rücken freizuhalten, falls es zum Kampf kommt. Abgesehen davon bin ich bar jeder Idee.

Es mag in deinen Ohren seltsam klingen, aber ich muss dich fragen: Wer ist in der Orakelkunde am bewandertsten? Da sich die Verhandlungen um das Orakel drehen, wird ein Gelehrter von unschätzbarem Wert sein.«

Eliha legte auf die gleiche Art den Kopf schief, wie es auch Kirra zu tun pflegte. »Meine Beitochter hat Recht: Du bist manchmal reichlich sonderbar. Willst du behaupten, du kennst unsere großen Weisen nicht?«

Ein Seufzer aus der Tiefe seines Herzens stieg aus seiner Kehle. Er war es leid, die MaKri anzulügen, die ihm nahestanden. Dennoch spürte er unverrückbar, dass manche Geheimnisse besser bei Kirra bleiben sollten. Und doch verdiente Eliha die Wahrheit. »Ich möchte nicht über die Gründe sprechen, aber ich wurde nicht im Dschungel aufgezogen. Daher weiß ich nur sehr wenig vom Waldvolk.«

»So viele Rätsel?« Sie zog eine übertrieben schmollende Miene. »Ich schätze, das ist das Vorrecht eines Mystikers.«

Talaan blieb jedoch ernst. »Nein, du bist Familie.« Wie seltsam und zugleich richtig es sich anfühlte, das zu sagen. »Ich bitte dich einfach nur um Nachsicht. Gewährst du sie mir?«

Kurzerhand setzte sich Eliha neben ihn, legte einen Arm um seine Schultern und drückte ihn mütterlich. »Du musst mehr lächeln, mein Junge – und weniger Sorgen auf deine Seele laden. Selbstverständlich helfe ich dir.« Dann berichtete sie ihm ausführlich, welche großen Geister unter den MaKri lebten, und nahm ihn mit auf eine Reise durch die Kultur ihrer Zivilisation.

Der Ruf nach jenen, die Talaan in den Westen begleiten sollten, war dank Nosher schnell ausgesandt.

Botschaften über das Reich der Träume auszutauschen verursachte bei gestandenen Schamanen offenbar ein abfälliges Naserümpfen, aber in Zeiten der Not ließen sie es duldsam über sich ergehen.

Die Antwort der Gerufenen war für Traumreisen indessen nicht dringlich genug. So nahm die Nachricht, wann die Unterhändler der Friedensmission eintreffen würden, den zweitschnellsten Weg, den die MaKri kannten: zu Fuß.

Talaan raubte das unbestimmt lange Warten jedoch in den ersten Tagen jegliche Ruhe. Bald war er des Nichtstuns Leid. Also vertiefte er sich in die wenigen Bücher, die es in Kirras kleinem Dorf gab.

Wirklich viel Gehaltvolles fand er allerdings nicht. Das einzige Werk zur menschlichen Kultur war eine Abhandlung über das Wesen der Monarchie. Das Konzept, dass Blutlinien den Herrscher bestimmten und dass derart umfassende Macht und Willkür in der Hand eines Einzelnen lagen, hatte die Verfasserin offenbar in maßloses Staunen versetzt. Für Talaan gab es zwischen den Buchdeckeln gleichwohl kaum Neues. Am Ende wusste er nur, dass die Menschen des Westens größtenteils von Stadtkönigen beherrscht wurden, welche die für Monarchen üblichen Spielweisen von Intrigen, Verrat und schlichtem Mord pflegten.

Dennoch las er alles, dessen er habhaft werden konnte. Auch die MaKri besser verstehen zu lernen, war für ihn ebenso spannend wie nützlich.

DER RUF DES MAIGAN

»Was liest du da?«, fragte Kirra mit gehobenen Augenbrauen. Talaan machte den Fehler, sich nicht von den Zeilen lösen zu können. »Eine Abhandlung über die Komplexität gesellschaftlicher Interaktionen«, murmelte er.

»Und dabei musst du grinsen?« Jetzt alarmierte ihn etwas in Kirras Tonfall, dass sie ihm auf die Schliche gekommen war. Mühevoll riss er sich vom Geschriebenen los.

Dreist behauptete er: »Das ist mein neues Denkergesicht. Du hast dich oft genug beschwert, dass meine Grübelfalten manchmal zum Fürchten wären.«

Ihre Krallen trommelten einen gleichmäßigen Rhythmus auf den Tisch, an dem sie lange Zeit konzentriert Strich um Strich auf einen Bogen Papier gebracht hatte. Nicht minder lauernd klang ihre Stimme. »Warum steht *Karisha und Ramesh* auf dem Deckel deiner Abhandlung? Soweit ich weiß, gilt dieses Bühnenstück als eine der herzerwärmendsten Liebesgeschichten unseres Volkes.«

Nun war es an ihm, die Augenbrauen zu heben. »Das ist ein Schauspiel? Allerhand.« Seine verräterischen Schnurrhaare zuckten.

»Der *vom Orakel erwählte Maigan* und *Friedensbringer* Talaan ist ein erbärmlich schlechter Lügner«, pikierte sich Kirra, während sie ihren Stift beiseitelegte, sich von ihrem Schemel erhob und vor seinem Sitzkissen in die Hocke ging. »Eines der Dinge, die ich seltsamerweise an dir liebe.« Mit einem bezaubernden Lächeln beugte sie sich vor und küsste ihn. Schnurrend fügte sie hinzu: »Du solltest mehr Zeit mit mir als mit Karisha verbringen. Am Ende werde ich noch eifersüchtig.« Auf das Zärtlichste liebkoste sie seine Schnauze mit der ihren.

Ein Räuspern erklang von der Tür her. »Ich möchte euch von nichts abhalten, Kinder. Soll ich später wiederkommen?« Kirras Ohren liefen rot an, während er an ihnen vorbeischaute. In der Tür stand ein Fremder von behäbiger Statur, der sich in eine luftige, dunkelrote Robe gehüllt hatte. Das silbergraue Fell um seine Lippen herum und mehr als eine Falte im Gesicht verrieten, dass er selbst für einen MaKri ein hohes Alter erreicht hatte.

»Wer bist du?«, fragte Talaan.

Kirra war immer noch wie erstarrt. »Das ist der Gelehrte Reshero«, zischte sie zwischen zusammengebissenen Zähnen hindurch und wandte sich ihrem Gast zu. »Ehrenwerter Reshero!«, begrüßte sie ihn, während sie eine Verbeugung andeutete. »Es ist so schön, dich wiederzusehen. Unser Dach ist dein Dach, tritt ein!«

Der schmunzelte und tat wie ihm geheißen. »Na, immerhin weißt du, wer ich bin.« Eine Handvoll weiterer Falten trat auf seine Stirn. »Kirra, nicht wahr? Du und deine Schwester habt bei meinem letzten Besuch darum gewetteifert, wer die klügeren Fragen stellt.«

Obwohl Talaan dies nicht für möglich gehalten hatte, liefen ihre Ohren noch dunkler an. »Das ist zwölf Jahre her. Inzwischen bin ich nicht mehr so vorlaut.«

»Ist das so?«, fragte er und stahl seiner Geliebten einen Kuss, als sie zum Protest ansetzte. An seinen Gast gewandt deutete er nun ebenfalls eine Verbeugung an. »Bitte vergebt meine Unwissenheit, ehrenwerter Reshero. Aber so wie mein Gesicht Euch unbekannt sein dürfte, geht es mir nun einmal auch mit dem Euren.«

Anstatt sich darüber zu empören, leuchteten die Augen des Gelehrten geradezu. Er zog ein in Leder gebundenes Büchlein unter der Robe hervor, schlug es auf und nahm einen Stift heraus. »Tonri erwähnte bereits, dass du viele menschliche Verhaltensweisen pflegst.« Beim Schreiben murmelte er: »Der *vom Orakel Erwählte* verwendet das an den Höfen des Westens für Höhergestellte reservierte *Ihr* und *Euch*.« Beherzt klappte er den Einband wieder zu, während er sein Schreibutensil in einem

Lederriemen am Handgelenk verstaute. »Bitte vergib mir diese nahezu zwanghafte Angewohnheit, Notizen zu machen, *Maigan* Talaan. Ich bin hocherfreut, dir endlich zu begegnen.« Der Gelehrte bot ihm die Hand dar und er schlug nach Art der MaKri ein. »Hab Dank, Reshero, dass du meinem Ruf gefolgt bist.«

»Wie hätte ich nicht kommen können?«, erwiderte dieser, als er mit Kirra den Handschlag tauschte. »Du vermagst den Text zu lesen, der die Rückseite der *Einen Schrift* bedeckt. Tonri hat berichtet, dass du auch tiefere Kenntnisse über die Kultur der Menschen besitzen würdest. Du sprichst die Sprache des Westens!« Während Resheros Stimme immer lauter wurde, fiel Talaan zum ersten Mal auf, was ihn an ihr irritierte: Sie ließ alles Rollende und Raspelnde vermissen, welches den MaKri sonst eigen war. Der Gelehrte klang beinahe wie ein Mensch.

Sein Gast deutete den neugierigen Blick falsch und räusperte sich. »Und du bist ein *Maigan*. Dich auf die Friedensmission zu begleiten, ist mir nicht nur eine Ehre, sondern auch die einmalige Gelegenheit, Chronist eines historisch bedeutsamen Ereignisses zu sein.«

Verlegen kratzte sich Talaan das Kinn. »Nur keinen Erwartungsdruck. Ich bin jedenfalls froh, dass du an meiner Seite sein wirst.«

»Hast du schon eine Bleibe im Dorf oder dürfen wir dir ein Lager unter unserem Dach anbieten?«, erkundigte sich Kirra.

Talaans Herz machte einen unerwarteten Hüpfer. Verliebt blickte er zu Kirra. Sie hatte zum zweiten Mal *unser Dach* gesagt. Das gefiel ihm.

»Nur wenn ich euch Turteltauben wirklich keine Last bin.« Reshero schmunzelte nachsichtig.

»Es wäre uns eine Ehre und ganz sicher keine Last«, versicherte sie eilig.

Das wohlige Gefühl in Talaans Brust wurde abermals wärmer. Sie schien in ihrem Geist schon fest bei ihm eingezogen zu sein. Er würde nichts sagen, was sie diesen Standpunkt noch einmal überdenken ließ.

Der Gelehrte strahlte und wirkte gleich um zehn Jahre jünger. »Wunderbar. Dann müssen wir lediglich meine Bücher hochholen.«

»Bücher?«, fragten beide gleichzeitig.

Wie sich herausstellte, hatten sich wohl zwei Kriegerinnen freiwillig als Geleit für Reshero gemeldet. Doch statt Feinde abzuwehren, hatten sie eine große, gegen Feuchtigkeit versiegelte Kiste voller Schriften durch den Dschungel schleppen müssen. Mit dem reumütigen Schulterzucken eines Kindes mit der Hand im Zuckertopf räumte der Gelehrte ein, dass er sich bereits stark eingeschränkt habe.

So gab es für Talaan wieder viel zu lesen, denn unter den mitgebrachten Werken befanden sich echte Juwelen über die Geschichte und die Kultur der westlichen Stadtstaaten. Und es gab noch mehr zu besprechen. Reshero war freilich nicht untätig geblieben und hatte sich nicht nur auf die Aufzeichnungen verlassen. Seit jeher sammelte er auch die kleinsten Neuigkeiten, die durch die Savanne zum Waldvolk getragen wurden.

Bedächtig auf und ab gehend berichtete er von allen Erkenntnissen, die er im Laufe seines Lebens gesammelt hatte. »Die Bücher, welche die Reiche der Menschen beschreiben, sind umfangreich, aber dennoch unvollständig. Sie taugen bestenfalls noch als Fundament für das, was es jetzt zu wissen und zu begreifen gilt.

So, wie die *Große Stadt* der MaKri im Osten der Savanne das Zentrum des Handels ist, den unsere Völker treiben, so ist *Tullma* das Spiegelstück im Westen. Nicht nur liegen beide Orte dichter zusammen als alle anderen bedeutenden Siedlungen, auch sind die Pfade zwischen ihnen in vielerlei Hinsicht freundlich zu den Reisenden: ohne viele Hindernisse und gesäumt von Oasen.«

Talaan zog seine Schlüsse. »Ich verstehe. *Tullma* zieht also Nutzen aus seiner für die Karawanen günstigen Lage.«

Der Gelehrte unterbrach sein geschäftiges Umhergehen. »So ist es. Was, würdest du sagen, ist einer der gravierendsten

Unterschiede zwischen den Völkern der Menschen und der MaKri?«

Zunächst war Talaan über die Richtung dieser Frage überrascht, dann dämmerte ihm jedoch der Zusammenhang. »Das Waldvolk besitzt einen beachtlichen Mangel an Profitgier.«

»Ha!« Sein Gast klopfte sich auf den Bauch. »Ich habe dies bisher nie als Defizit gesehen. Indessen magst du wahre Worte sprechen. Das Königshaus von *Tullma*, die Linie der Mohabs, erhebt auf alle durch sein Gebiet fließenden Waren etwas, das die Menschen Zoll nennen. Ich begreife nicht warum, aber die Karawanen zahlen Geld dafür, wenn Güter in die Stadt gelangen.«

Statt fortzufahren, blickte Reshero ihn voller Erwartung an. Offenbar hoffte er auf eine Erklärung für das in seinen Augen absurde Gebaren.

Talaan gab sein Bestes. »Nun, einfach ausgedrückt: Der König stellt die Händler vor die Wahl, den Tribut zu entrichten oder vor verschlossenen Toren zu stehen.«

»Das ist Erpressung!«, erboste sich der Gelehrte ungläubig.

Diese Entrüstung kam derart von Herzen, dass Talaan das Schmunzeln darüber verging. »Die meisten Herrscher der Menschen errichten ihr Regime auf Zwang und Gewalt. Ich nehme an, der Handel mit den MaKri ist für die menschlichen Kaufleute lukrativ genug, um den Zoll zu verschmerzen.«

»Womit wir wieder auf den Profit kommen. Es scheint, wir haben mit dazu beigetragen, dass das Königshaus der Mohabs beträchtliche Schätze anhäufen konnte. Ein weiteres Konzept, das uns reichlich fremd ist. Nun begreife ich jedoch allmählich, dass bei den Menschen Reichtum mit Macht einhergeht. Der Einfluss der Herrscher *Tullmas* wuchs beständig. Im Großen und Ganzen herrschte Frieden und gelegentliche Scharmützel mit benachbarten Stadtstaaten blieben die Ausnahme. Aber vor zwanzig Jahren wandelte sich das. Der amtierende König begann mit einer gezielten Expansion. Einige Städte fielen ihm durch Überschuldung in die Hände, andere durch Verrat – sicherlich in Aussicht auf beträchtliche Summen an Gold. Manche wurden von seinem wachsenden Heer niedergemacht.

Bis heute hat König Mohab ein Großreich geschaffen. Dies bedeutet, dass sich für uns alles ändert. Wenn ein Krieg über uns hereinbricht, stehen wir nicht länger einer fragilen Allianz einzelner Reiche gegenüber, sondern der Macht vieler Städte, vereint unter einem Banner.«

»Das sind fürwahr keine guten Neuigkeiten«, brummte Talaan. »Wissen wir, wie weit der Einfluss *Tullmas* reicht?«

Das verneinte Reshero. »Wir können nur ahnen, was in den letzten zwanzig Jahren geschehen ist. Die Zahl der Händler, welche sich in die *Große Stadt* begeben, hat stetig zugenommen. Im Laufe der Zeit suchten uns Karawanen von immer ferneren Ländern auf. Bisher haben wir uns nichts dabei gedacht. Der Austausch mit neuen Kulturen und der Handel mit exotischen Waren war uns willkommen. Unter den Vorzeichen des Krieges betrachtet ist das jedoch alles andere als erfreulich.«

Darauf versuchte Talaan sich einen Reim zu machen. »Vermutlich hat früher jeder Stadtregent Zölle erhoben. Je mehr Grenzen zwischen der Heimat der Kaufleute und der MaKri lagen, umso weniger lohnte sich das Geschäft. Mit jeder Stadt, die der Kontrolle Mohabs zufiel, fiel ein Hindernis für interessierte Händler weg. Folglich nahm die Zahl der Karawanen stetig zu. Wie viele Völker sind dazugekommen, Reshero?«

Der Gelehrte machte zur Antwort ein betretenes Gesicht.

Der Abend hatte sich irgendwann unbemerkt herangeschlichen und der Welt jenseits der Fenster das Licht gestohlen. Reshero und Talaan standen immer noch über jener Landkarte des Westens gebeugt, die sie schon seit Tagen studierten.

»Die Helliten.« Der Weise tippte mehrfach auf eine Stadt im Norden. »Ihre Händler haben zwar nie einen Fuß in unseren Dschungel gesetzt, aber ihre Handwerkskunst und Gerüchte von ihrer Eroberung haben es bis zu uns geschafft.«

»Das sind eine Menge Reiche auf dem Weg bis zu ihnen«, stellte Talaan mit einem unwohlen Gefühl im Magen fest.

Mühevoll hatten sie chronologisch anhand der handeltreibenden Völker und der Neuigkeiten, die diese neben den

Waren mit sich brachten, rekonstruiert, wie weit sich der Machtbereich Mohabs ausgedehnt hatte. Dabei ging es nicht nur um den Grenzverlauf. Einen deutlich größeren Wert besaßen die Schlüsse, die sie mit Hilfe diverser Aufzeichnungen daraus ziehen konnten. Wie viele Männer und Frauen im waffenfähigen Alter unter dem Einfluss des Königs standen, war einer davon.

»Ja, nicht wahr?« Reshero schüttelte selbst ein wenig ungläubig das Haupt, während er eine Zahl in seinem Notizbuch niederschrieb. »Und das war nur der erste Feldzug.«

Talaan schaute entsetzt zum Gelehrten auf. »Es gab mehrere?« Nun da er aufsah, bemerkte er jemanden im Türrahmen. Es war nicht Kirra, die jederzeit zurückkehren dürfte.

Die dunkelgrüne Robe, die um die Gestalt der älteren MaKri floss, ließ keinen Zweifel, dass es sich um eine Würdenträgerin handelte. Ihre jadegrünen Augen jedoch blickten jung und voller Neugier auf ihn.

»Verzeih das Starren«, brach sie das erwartungsvolle Schweigen. »Aber ich musste mich erst einmal sattsehen an dem Mann, dessen Kommen das Orakel vorhergesagt hat.« Sie verbeugte sich ehrerbietig.

Reshero tauchte mit einem strahlenden Lächeln aus seinen Gedanken auf. »Na, wenn das nicht meine Lieblingsorakelgelehrte ist!« Mit raschen Schritten eilte er zur Tür und umarmte sie herzlich.

»Lass das mal besser nicht die anderen Orakelweisen hören«, tadelte die MaKri ihn schmunzelnd.

»Wieso?« Der Gelehrte tat erstaunt, während er ein wenig zurücktat. »Denen sage ich doch auch, dass sie Lieblingsgelehrte sind.«

Lachend winkte die Frau ab und wandte sich wieder Talaan zu. »Ich bin Rerrena. Ich studiere das Orakel nun seit acht Jahrzehnten und bin hier, um deinem Ruf zu folgen, Erwählter.«

Er tauschte mit ihr einen Handschlag. »Ich freue mich, dass du wohlbehalten hergefunden hast, ehrenwerte Rerrena. Mein Dach ist dein Dach.«

Reshero ergänzte:»Und sie ist aus demselben Motiv hier wie ich. Die blanke Neugier treibt sie. Wie ich sie kenne, war sie bereits auf dem Weg in die *Große Stadt*, bevor du aus ihr verschwunden bist.«

»Der *Maigan* beweist, dass die *Eine Schrift* kein Irrtum, sondern eine wahrhaftige Prophezeiung ist!«, verteidigte sich die Weise lebhaft gegen die Aussage Resheros, der nur vielsagend die Hände ausbreitete. Sie hatte ihm mit ihren Worten Recht gegeben.

»Ihr zwei kennt euch offenbar gut«, stellte Talaan fest.

Reshero blickte sie beinahe liebevoll an. »Jeder Gelehrte findet sich früher oder später an der *Halle des Lichts* wieder, wegen einer Frage, die ihm den Verstand zu rauben droht. Dort traf ich, als mein Fell noch frei von Silber und meine Falten bei weitem nicht so zahlreich waren, auf eine sehr junge Rerrena. Sie vertrieb sich damals die Zeit damit, die ungezählten Fenster in der Kuppel der Halle zu zeichnen. Denn ungewöhnlich viele Kri aus beiden Völkern warteten darauf, dass die Reihe an ihnen war, vor das Orakel zu treten.«

»Keines von Ihnen gleicht in seiner Form einem zweiten«, warf sie ein.

»Ihr scharfer Blick für Details und ihre Akribie, diese festzuhalten, beeindruckten mich. Also ermutigte ich sie, diese Arbeit unbedingt fortzusetzen. Ein solches Werk hatte noch niemand zuvor geschaffen.«

»Ein Jahr nach unserer Begegnung fand Reshero seinen Weg in die Stadt, die ich mein Zuhause nannte«, fuhr Rerrena fort. »Er begutachtete die Fortschritte, die ich gemacht hatte. Was er vorfand, schien ihn zu beeindrucken.«

»Selbst ein tumber Narr hätte erkannt, welches Talent sie besaß«, beschwichtigte er.

Lückenlos griff sie seine Worte auf, als wären derlei Einwürfe unter ihnen ein geübtes Spiel. »Er nahm mich kurzerhand mit auf Wanderschaft und stellte mich der seligen Orakelgelehrten Nerrila vor. Es war eine ungeheure Ehre für ein so junges Ding, wie ich es war.«

»Es war eine Ehre für die alte Nerrila«, korrigierte Reshero sie. »Seither jedenfalls wandeln wir beide auf den Pfaden des Wissens, auch wenn Rerrena einen anderen Weg eingeschlagen hat. Und seitdem habe ich die Freude, sie und ihren wachen Geist meine Freunde nennen zu dürfen.«

»Süßholzraspler.« Sie schmunzelte sichtlich wohlwollend.

»Es ist nur schade, dass ihr einander zu solch einem Anlass wiederseht«, meinte Talaan ehrlichen Herzens.

»Was für ein Unsinn«, widersprachen die zwei wie aus einem Munde.

Erneut kratzte er sich am Kinn. »Unsinn? Ein drohender Krieg, ein machthungriger Despot und viele Tagesmärsche durch die Hitze der Savanne bringen euch zu mir.«

Reshero nickte der Gelehrten zu. Die erwiderte mit zufriedenem Unterton: »Ein Leben lang mehren wir unser Wissen und das der MaKri, nur um der Bildung Willen. Jetzt aber bekommt all diese Erkenntnis Gewicht in der Waage der Ereignisse. Es ist uns eine Ehre, dem Waldvolk damit dienen zu können.«

Talaan dachte an die Last der Verantwortung und wünschte sich, ein wenig von der Zuversicht und dem Vertrauen der beiden Weisen zu besitzen. Enthusiastischer als er sich fühlte, schlug er die Hände zusammen und rieb sie. »Dann sollten wir anfangen. Das Orakel scheint der Dreh- und Angelpunkt des drohenden Krieges zu sein. Ich muss alles darüber erfahren.«

»Alles?« Rerrena schnaubte und schüttelte gemeinsam mit ihrem Freund den Kopf.

»Der Fluch der Jugend«, brummte der Gelehrte.

Augenblicklich dämpfte sie Talaans Tatkraft. »Selbst ich besitze nicht sämtliches Wissen über das Orakel. Aber das, was sich mir offenbart hat, werde ich gerne mit dir teilen.«

Reshero warf der Karte auf dem Tisch einen verdrießlichen Blick zu. »Ich werde derweil die Ausdehnung des Machtbereichs nach Süden nachzeichnen. Es bringt nicht viel, wenn wir dabei zu zweit auf das Pergament starren.«

Die Ehrwürdige lehnte ihr kleines Bündel gegen den Stamm des Riesenbaumes und machte es sich zusammen mit ihrem

Gastgeber ein wenig abseits auf zwei Sitzkissen gemütlich. Ihre Augen leuchteten jung und lebendig. »Also, was wünschst du zu wissen, Erwählter?«

Talaan konnte nicht widerstehen. Mit einem Grinsen von einem bis zum anderen Ohr wiederholte er:»Alles.«

»Was für eine absonderliche Idee, *Maigan*.« Talaan wusste nicht zu sagen, ob Rerrena nur verwundert oder tatsächlich ein wenig beleidigt war. »Wie kommst du überhaupt auf den Gedanken, das Orakel müsse in kommende Zeiten blicken können?«

Zwar hatte er diese Frage – warum die Menschen dem Orakel einen solch hohen Wert beimaßen, wenn es nicht wahrsagen konnte – nur sich selbst gestellt, doch den Ohren einer MaKri entging nichts. »Nun, bisher kannte ich nur Mythen aus weiter Ferne, die von Orakeln berichten. Ihnen gemein ist, dass Orakel die Zukunft sehen und dem wachen Geist in kryptischen Worten auch offenbaren können.«

Rerrenas Augenbrauen senkten sich grüblerisch, während sie über das Gesagte nachdachte. Schließlich zuckten ihre Mundwinkel missbilligend. »Mumpitz. In der bekannten Welt gibt es nur ein Orakel. Und bis heute ist noch nie jemand von seinen Antworten enttäuscht gewesen. Mit rätselhaften Formulierungen ist ihm das sicherlich nicht gelungen.«

Beschwichtigend hob Talaan die Hände. »Menschenlegenden sind anders, Rerrena. Wissen die Menschen des Westens, dass das es nur in die Gegenwart blicken kann?«

»Wenn nicht müssten sie taube Narren sein.« Sie winkte ab, doch ihr Gesicht hellte sich bereits wieder auf. »Jene Händler, die uns in der *Großen Stadt* aufsuchen, plaudern gerne in den Tavernen. Gleich, in welche Richtung du dort in einem Gasthaus einen Krug wirfst: Es ist schwer, nicht einen zu treffen, der von der *Halle des Lichts* berichten kann.«

»Also sieht König Mohab etwas im Orakel, das ihm tote Soldaten und MaKri oder gar einen Krieg wert ist. Was ist es?«

»Diese Frage gefällt mir schon besser.« Rerrena schmunzelte. Beinahe schien Talaan, er wäre mit seiner ursprünglichen Äußerung einem ihrer guten Freunde zu nahegetreten. »Obgleich sie offenbart, wie wenig du darüber weißt. Was nicht minder absonderlich ist, wenn man bedenkt, dass du die *Eine Schrift* entschlüsselt hast.«

»Ich neige mein Haupt in Demut«, seufzte er. »Was ich weiß, ist ein See, was ich nicht weiß, ein Ozean.«

»Das gibt ein gutes Zitat ab«, brummte Reshero vom Tisch aus, schlug sein Schreibbuch auf und hielt etwas darin fest.

»Ich wiederhole nur – weniger bescheiden – die Worte eines klugen Mannes«, wiegelte Talaan sofort ab.

Rerrena zuckte indessen hilflos mit den Schultern. »Dann höre gut zu, was ich dir nun über das Orakel sage, *Maigan*. Ich bin gewiss, dass unser Feind seinen Wert genau kennt. Und das solltest du auch.«

Sie sammelte ihre Gedanken, bevor sie begann. »Es sieht die Zukunft wie in einem hundertfachen Prisma. Sogar seine Weisheit erahnt nur Möglichkeiten und müsste raten, nur um unweigerlich fehlzugehen. Sein Blick ruht daher in der Gegenwart. Und er ist zugleich weit, wie die Sicht eines Vogels, und dennoch tiefgehend wie ein Brunnen.

Es vermag in die entlegensten Winkel der Welt zu schauen. Aber viel häufiger als das – wen kümmert schon die unbekannte Fremde – wünschen Ratsuchende, dass es in ein Herz oder einen Geist blickt. Nicht selten in den Suchenden selbst.«

Darüber sann Talaan eine Weile nach. Ein Orakel, das die tiefsten Sehnsüchte, die innersten Beweggründe und sogar die unbewussten Gedanken offenlegen konnte, war etwas, das er gerade gut gebrauchen könnte. Doch die Zeit lief gegen ihn und andere Dinge wogen schwerer. Obgleich die Frage, was den König trieb, den Krieg entscheiden mochte.

Ihm blieb nur, sich gemeinsam mit der Ehrwürdigen heranzutasten. »Das kann nicht alles sein. Ich kenne die Menschen und zu meinem Leidwesen auch solche, deren dunklere Seiten ihnen zur Macht verholfen haben. Jemandem wie Mohab ist das Herz reichlich egal und er schätzt Taten höher als die Gedanken dahinter. Was also hat es noch mit dem Orakel auf sich?«

Anerkennend und kein bisschen beleidigt neigte Rerrena andeutungsweise das Haupt. »Es besitzt das vereinigte Wissen dieser Welt. Das Geistessymbol, das die *Eine Schrift* enthält, ist eine Ahnung dessen, was es vermag. Es geht die Sage, dass es das Orakel war, das einen TaKri die vollendete Form lehrte, die Klingenstäbe zu führen. Jener Kampfstil – und kein anderer – wird seitdem von jedem Meister gelehrt. Oder nehmen wir die Überlieferung von Trahena, der Bardin mit der silbernen Stimme. Sie erfuhr in der *Halle des Lichts*, wo der perfekte Baum für die vollkommene Flöte zu finden sei. Ihr Instrument ist eine Legende geworden.«

Das klang schon eher nach etwas, das einen Despoten lockte. Der Blick des Orakels konnte alles aufdecken. Mächtige Zauber für die Schlacht. Das Wissen eines Meisterstrategens. Rohstoffe, die Reichtum brachten. In den falschen Händen – und Talaan war sich sicher, dass Mohab unter diese Kategorie fiel – vielleicht noch Schlimmeres.

»Nun, das gibt uns eine Ahnung dessen, was Mohab begehren könnte. Wir müssen bei den Verhandlungen unbedingt herausfinden, was er vom Orakel in Erfahrung bringen möchte. Denn nur dann können wir abwägen, ob das Ziel unserer Gespräche ist, dem König für den Preis des Friedens Zugang zu gewähren oder für die Kosten eines Krieges davon fernzuhalten.«

Reshero blickte erschrocken von seiner Karte auf und Rerrena schaute besorgt drein. »Du meinst, dass vielleicht wir es sind, die den Waffenstillstand ablehnen könnten?«

Mit einer beschwichtigenden Geste wehrte Talaan ab. »Verzeiht, ich befürchte, dass ich von Natur aus ein Schwarzseher bin. Aber Mohab hat mit seinen Feldzügen bewiesen, dass Leben ihm nichts bedeuten und sein Machthunger im wahrsten Sinne des Wortes keine Grenzen kennt. Wir müssen vorsichtig damit sein, welche Macht wir ihm durch das Orakel in die Hände geben.«

»Menschen«, schnaubte Reshero und schaute verdrießlich wieder auf die Karte.

Als die Gelehrte fortfuhr, ihr Wissen mit Talaan zu teilen, fehlte ihrer Stimme jene hemmungslose Begeisterung, die dieser bisher innegewohnt hatte.

Sie hatten gerade beschlossen, es für heute gut sein zu lassen, als Talaans Liebste die Rundhütte betrat. Ihr freudefunkelnder Blick, den sie ihm schenkte, wurde trübe, als sie der Gelehrten gewahr wurde.

»Ehrenwerte Rerrena, welch eine Freude«, sagte sie, doch ihrer Überraschung haftete ein Makel an, der ihm nicht entging.

Wenn es die Gelehrte ebenfalls bemerkt hatte, dann verbarg sie es gut hinter einem warmen Lächeln und freudig ausgebreiteten Armen. »Du musst Kirra sein, so, wie der *Maigan* dich ansieht. Dein Gesicht kommt mir bekannt vor. Du hast bei jedem meiner Besuche in der ersten Reihe gesessen.«

Nun wirkte Kirra irritiert und schenkte Talaan einen fragenden Blick.

»Es kann sein, dass ich deinen Namen zwei oder drei Mal zu oft mit der Verehrung eines verliebten Narren erwähnt habe«, gestand er kein bisschen reumütig. Er warf ihr einen verspielten Kuss über die Handfläche zu.

Das Schmunzeln, das er ihr damit entlockte, war nur ein Schatten dessen, was er lieben gelernt hatte. Besorgt trat er zu ihr. »Auf ein Wort?«, bat er und deutete mit einer Kopfbewegung zum hinteren Teil der Hütte.

Erleichtert lächelte sie und nickte dankbar.

»Ihr entschuldigt zwei frisch Verliebte?«, fragte Talaan seine Gäste und sie winkten gutmütig ab.

Als der Stamm des Riesenbaumes die Gelehrten seinem Sichtfeld entrückte, blieb er stehen und ergriff Kirra bei den Händen. »Was quält dich, Geliebte? Behagt es dir etwa nicht, dass ich jetzt auch Rerrena unter unser Dach eingeladen habe?«

»Ich bin geehrt, dass sie hier ist.« Ihr zögerlicher Tonfall machte deutlich, dass sie mit dieser Antwort nur den Weg zu anderen Worten suchte. Ermutigend drückte Talaan ihre Hände ein bisschen fester. »Es ist nur so …« Sichtlich verlegen blickte sie auf ihre Füße hinab und murrte leise: »Ich wünschte, sie wäre nicht hier. Dass sie da ist, bedeutet unmissverständlich, dass der Aufbruch nach Westen näher rückt. Das ist nichts, worauf ich mich freue.«

Fürsorglich legte er die Arme um sie und bettete das Kinn auf ihren Kopf. »Mir gefällt es ebenso wenig wie dir, Kirra. Mein liebster Satz in menschlichen Märchen ist: *Und sie lebten glücklich bis ans Ende ihrer Tage.*«

Ihre Schnurrhaare kitzelten auf seiner Brust, als sie lächelte. »Das hat einen schönen Klang«, erwiderte sie und kuschelte sich an ihn. Es fühlte sich beinahe so an, als käme wieder alles in Ordnung. Aber nicht ganz.

Also bemühte er sich, sie weiter zu beruhigen: »Es ist auch nicht so, als würden wir sofort aufbrechen, sobald Sorral im Dorf erscheint. Die Antwort des Königs wird auf sich warten lassen. Kein Despot, der glaubt, am längeren Hebel zu sitzen, reagiert augenblicklich auf eine Nachricht.«

»Wie viel Zeit haben wir noch?«, nuschelte Kirra in seine Brust hinein.

Talaan zuckte mit den Achseln. »Einen Monat? Vielleicht mehr?« Er zerraufte das Fell auf ihrem Kopf mit der Schnauze und setzte einen Kuss darauf.

»Einen Monat ...«, wiederholte sie geistesabwesend und verfiel in kuschelndes Schweigen.

Als sie dann etwas sagte, war es nichts, mit dem er auch nur im Traum gerechnet hätte. »Ich denke, ich werde solange wieder zu meinen Eltern ziehen.«

Ihm war für einen Augenblick, als würde ihm Kirra den Boden unter den Füßen wegziehen. Was hatte er falsch gemacht? »Habe ich dir zu wenig Zeit gewidmet?«, fragte er reumütig und beteuerte: »All diese Vorbereitungen sind wichtig, aber du bedeutest mir mehr!«

Sanft löste sie sich aus der Umarmung und blickte ihn neugierig an. Oder war es amüsiert? Schließlich erwiderte sie milde: »Nichts dergleichen, Geliebter. Du umwirbst mich, wie eine MaKri es sich nur wünschen kann. Zugleich sehe ich, wie es dir jeden Tag schwerer fällt, all diese gewichtigen Gedanken fernzuhalten, wenn wir Zeit miteinander verbringen. Du darfst nicht länger entzweigerissen sein.«

Erneut ergriff er ihre Hände, doch fühlte es sich für ihn beinahe an, als wäre er ein Ertrinkender, der sich nach einem vorbeitreibenden Ast streckte. »Kirra, sollte ich diese Verhandlungen für unser Volk gewinnen, aber dich verlieren, ist es mir dieser Erfolg nicht wert.«

»Du …« Sie erforschte eindringlich seine Augen. Ein Lachen entstieg ihrer Kehle, das sie erschrocken wieder einfing. »Du meinst das wirklich ernst.« Kopfschüttelnd lächelte sie – nicht diesen Schatten eines Lächelns, sondern vollends unbefangen. »Vor dieser Wahl stehst du gar nicht, du romantischer und liebenswürdiger Träumer. Ich habe so lange um deine Liebe gerungen, denkst du, da lasse ich mich von ein paar Pflichten als *Maigan* in die Wüste jagen?« Unvermittelt küsste sie ihn innig, beide Hände um seine Schnauze legend. »Vertraue mir einfach. Kannst du das?«

Talaan setzte zu einer Antwort an, doch kam ihm kein Ton über die Lippen. Angst umwölkte sein klammes Herz wie ein finsterer Nebel. Er schloss die Augen. Ihre Nähe gab ihm Halt und Zuversicht. Gerade deswegen fürchtete er sich so sehr davor, dass sie auf Abstand ging. »Auf dich verlasse ich mich blind«, sagte er bedächtig. »Bei mir selbst hingegen will mir das nicht immer gelingen.«

Sie drehte seine Handflächen zu sich und küsste sie. »Ich traue dir voll und ganz. Als Frau und als Tochter unseres Volkes. Und jetzt lass mich gehen, bevor ich bei deinem traurig verliebten Gerede noch schwach werde.«

Bereits während er Luft holte, legte sie ihm einen Finger auf den Mund und schüttelte andeutungsweise das Haupt. »Untersteh dich, nicht bei uns vorbeizuschauen. Wenn ihr von euren weisen Worten und klugen Plänen für einen Tag genug habt, dann ist am Tisch meiner Familie immer ein Platz für dich frei.«

Erneut wollte er etwas erwidern, doch sie erhöhte nur den Druck auf seine Lippen. »Übermorgen habe ich dich zur Jagd eingeteilt. Nicht, dass du auf die Idee kommst, du würdest dich von deinen irdischen Pflichten fernhalten können.«

Nun konnte Talaan nicht anders, als zu schmunzeln. »Und was wird aus dem Schwimmunterricht? Du hast gute Fortschritte gemacht und es wäre eine Schande, wenn das wieder verloren ginge.«

»Lüstling«, spöttelte sie nur, küsste ihn leidenschaftlich, wandte sich jäh um und umrundete zügigen Schrittes den Baumstamm.

Ratlos, was all das zu bedeuten hatte, folgte er ihr bedächtigen Schrittes.

Rerrena blickte zunächst Kirra hinterher und dann ihn an. Mütterlich legte sie ihm eine Hand auf den Arm. »Glaube einer alten Frau: Lass sie ziehen und alles wird gut werden.«

Talaan jedoch starrte nur verwirrt durch die leere Tür nach draußen und versuchte zu verstehen, was ihn getroffen hatte.

Er sollte es viele Tage später erfahren.

SHARASH TAR TALIMAR

»… dreihundertsiebzigtausend Männer und Frauen im waffenfähigen Alter.« Schweigen. Erst in der Stille begriff Talaan, dass Reshero offenbar auf eine Antwort von ihm hoffte. Nur dass er kaum zugehört hatte, während sie über die Karte und den Tabellen von Volkszählungen gebeugt nachsannen.

»Mir scheint, *Maigan*, deine Gedanken wandeln auf anderen Pfaden als dem drohenden Krieg«, stellte der Gelehrte fest.

»So, wie er dreinschaut, möchte man eigentlich genau das erwarten«, ergänzte Rerrena. Sie studierte auf einem gemütlichen Haufen Sitzkissen einmal mehr Talaans Übersetzung der Rückseite der *Einen Schrift*.

»Was bereitet dir größere Sorgen als die Schlagkraft unseres Verhandlungspartners?«, fragte Reshero ein wenig ratlos und blickte kopfschüttelnd auf die Tabelle vor ihm.

Die Gelehrte schnaubte nur. »Männer. Er denkt selbstverständlich an Kirra.« Wesentlich sanfter fuhr sie fort: »Habe ich Recht?«

Talaan hob die Schultern. »Ganz gleich, was ich auch anstelle, sie wird mit jedem Tag betrübter. Es ist fast so, als würde ich ihr beim langsamen Ertrinken zusehen.«

Sie horchte erschrocken auf. »Na, na, na. Komm mal zu mir.« Sie winkte ihn heran und mahnte Reshero mit einem Kopfschütteln, als dieser protestieren wollte. Talaan, der sich ohnehin keinen Deut mehr konzentrieren konnte, tat wie ihm geheißen und nahm gegenüber der alten MaKri Platz.

Rerrena legte nach einem letzten Blick seine Abschrift beiseite und beugte sich vor, als würde sie verschwörerische Gedanken mit ihm teilen wollen. Doch erst einmal kam nur ein vorwurfsvolles »Junge« aus ihrem Mund. Deutlicher hätte sie nicht machen können, dass sie jetzt nicht von Gelehrter zu *Maigan* sprach. »Wie sag ich es am besten? Frischverliebte neigen im Allgemeinen zu zwei Dingen: das Offensichtliche mit vollem Eifer zu übersehen und zu hemmungslosem Schwarzsehen. Ihr beide bildet da keine Ausnahme.«

»Das mit dem Pessimismus bekomme ich auch ohne verliebt zu sein hin«, erwiderte er mit schiefem Lächeln. »Aber was entgeht mir?«

»Das Offenkundige. Kirra weiß, dass mit jedem Tag, der vergeht, der eine näher kommt, an dem ein Herold des Königs eintreffen wird. Das bedeutet für sie, dass damit der Zeitpunkt nicht mehr fern ist, an dem wir Gesandten aufbrechen und sie zurücklassen werden.«

Talaan stutzte. Es war ihm derart selbstverständlich geworden, dass seine Liebste in seiner Nähe weilte. Selbst jetzt, nach ihrem Auszug, sahen sie sich jeden herrlich langen Abend. Ihm war nie in den Sinn gekommen, dass sie nicht mitkommen würde. Über all den Vorbereitungen hatte er keine Zeit gefunden, darüber nachzusinnen – besonders nicht während all der schönen Stunden, die sie an seiner Seite verbracht hatte.

Die Alte nickte, als hätte ihr sein verdutztes Gesicht Bestätigung genug gegeben. »Was du bei Kirra für Ertrinken hältst, ist vermutlich nur ein ausgiebiges Bad in der Vorstellung, wie unerträglich diese Trennung für sie sein wird.« Offenbar versuchte sie ihn zu beschwichtigen. Nur irgendwie wollte ihr das nicht gelingen. Die Aussicht, von seiner Geliebten getrennt zu sein, die Rerrena in Talaans Kopf gepflanzt hatte, stimmte ihn mit jedem Herzschlag melancholischer.

Hilflos stöhnend hob die Gelehrte die Hände. »Ach, herrje. Es ist zu lange her, dass ich verliebt war. Ich habe inzwischen wohl vergessen, wie schön schrecklich das sein kann.«

Sofort warf Reshero einen Kommentar ein: »Ich empfehle *Die neun Tode der Weberin*. Die Autorin schafft es auf unvergleichliche Weise, all die verschütteten Gefühle wieder zu wecken.«

Rerrena schnaubte ungläubig und winkte ab. Sie sah Talaan an, als wäre ihr entfallen, dass er vor ihr saß. »Ihr könnt eure letzten gemeinsamen Tage mit Trübsal verbringen, weil sie irgendwann vorbei sind, oder ihr feiert jeden einzelnen davon als Geschenk«, schloss sie ihre Beratung und wedelte ihn fort. »Jetzt husch, ans Werk, *Maigan*. Ich habe zu tun.« Grienend erhob er sich und kehrte zu Reshero an den Beratungstisch zurück. »Wie hoch bezifferst du die waffenfähigen Untergebenen des Königs?«

Der Gelehrte schob ihm ein Papyrusblatt mit seiner jüngsten Kalkulation hinüber und tippte mit der Kralle auf die Zahl ganz unten.

Talaan sah sie und ihm wurde kalt.

Die erschreckende Wahrheit, welche Macht ihnen am Verhandlungstisch in *Tullma* gegenübersitzen würde, hüllte Talaan wieder in den Mantel der Konzentration. Die kühne Idee, die Entscheidung über Krieg oder Frieden von Mohabs Plänen mit dem Orakel abhängen zu lassen, erwies sich als illusorisch. Selbst die optimistischsten Schätzungen, wie viele Männer und Frauen der König in die Schlacht schicken würde, waren erdrückend. Das dämpfte die Hoffnung auf einen Sieg der MaKri zu einem glimmenden Funken.

Von da an nahm der Weg ihrer Gedanken eine neue Richtung. Wie verschleierte man in den Friedensgesprächen die geringe Zahl des Waldvolks am geschicktesten? Wie vermied man, dass Mohab im Laufe der Gespräche den genauen Standort der *Halle des Lichts* erriet? Nicht weniger schwer wog die Frage, wie man die Wohnstätte des Orakels jetzt in diesem Moment verbarg, da Menschen durch den Dschungel streiften, um sie zu finden.

Um diese Dinge kreisten ihre Debatten und Überlegungen. Doch als sie es für diesen Tag gut sein ließen, schwappten die zurückgedrängten Gedanken rund um Kirra wie eine Flutwelle über Talaan und spülten den *Maigan* in ihm mit all seinen Sorgen beiseite. Zurück blieb ein verliebter Mann mit Kummer und bittersüßer Melancholie in der Brust.

Jeglicher Begeisterung beraubt und ohne die übliche freudige Zielstrebigkeit machte er sich in der fortschreitenden Dämmerung auf den Weg zur Hütte von Kirras Familie.

Bedächtigen Schrittes sinnierte er über Rerrenas Worte. Der Abschied von seiner Geliebten würde ihm das Herz zerreißen. Nein, das stimmte nicht. Die drohende Trennung allein tat es bereits. Nur gab es nichts, das etwas an dem Aufbruch der Friedensdelegation ändern würde. Die beiden Gelehrten und er hatten heute entschlossen, dass sie nach Ablauf der zwei Monate auch beim Ausbleiben einer Antwort des Königs gen Westen aufbrechen würden. Zu viel hing von einer erfolgreichen Friedensmission ab.

Doch Rerrena hatte ihm mit auf den Weg gegeben, dass ihnen noch Tage blieben, die ein wertvolles Geschenk sein konnten. Talaan war durch und durch ein Romantiker. Er hatte bereits zwanzig Entwürfe für einen besonderen Abend mit Kirra heraufbeschworen und wieder verworfen. Seit sie zurück zu ihren Eltern gezogen war, war es schier unmöglich, mit ihr ungestört zu sein. Stets war irgendwer in der Nähe. Sogar zu ihrem Schwimmunterricht hatte sie Loma begleitet, angeblich um es vielleicht selbst irgendwann zu versuchen. Allerdings hatte bisher nicht einmal ihre Schwanzspitze das Wasser berührt. Beinahe schien ihm, Kirra würde es vermeiden, mit ihm allein zu sein.

So sehr er ihre Familie auch mochte, unter harmonischer Zweisamkeit verstand er etwas anderes. Wieso nur waren die Dinge so schnell wieder kompliziert geworden, nachdem sie sich endlich gefunden hatten?

»Ah, da ist er ja«, sagte jemand freudig. Talaan blickte auf und erkannte Jurrea, die ihm sichtlich gut gelaunt auf der Hängebrücke entgegenkam. »Ich hatte ja keine Ahnung. Ich freue mich für euch!« Mit diesen Worten umarmte sie ihn herzlich.

»Ähm …« Klügeres als diese drei Buchstaben kamen ihm partout nicht in den Sinn. »Wovon sprichst du?«

Die Jägerin wich beinahe tänzelnd vor ihm zurück. »Oh, so ist das also. Meine Lippen sind versiegelt.« Mit einem verschwörerischen Blinzeln und einem Winken wandte sie sich ab und setzte ihren Weg fort.

Was war das denn? Verwundert kratzte Talaan seinen Hinterkopf. Seit er sie geheilt hatte, behandelte ihn Jurrea wie einen langjährigen, eng vertrauten Freund, auch wenn sie einander kaum sahen. Schulterzuckend machte er sich wieder auf den Weg.

Während er die Strickleiter hinabstieg, kreiste sein Geist darum, wie er bei der nächsten Gelegenheit ihre Verfolger abschütteln könnte, ob Kirra nun wollte oder nicht. Die Gedanken, die sie quälten und seine Gegenstücke dazu waren eine Angelegenheit für vier Ohren und keines mehr. *Was ist denn da los?* Talaan hielt inne. Sein Weg führte ihn stets am zentralen Platz des Dorfes vorbei. Doch anstatt im Dämmerlicht der versinkenden Sonne einzutauchen, badete er in einem herrlich warmgoldenen Licht. Dessen Ursprung bildete eine schwebende Insel aus einem reichlichen Dutzend Mosaikglaslampen. Weder erkannte er, warum sie schwebten, noch was sich hinter den durchscheinenden Stoffwänden verbarg, die den gesamten Steinkreis umstellten. Neugierig ging er darauf zu.

Bereits beim Näherkommen nahm er einen schweren, süßlichen und gleichermaßen würzigen Geruch war, den er nicht einzuordnen vermochte. Wahrscheinlich irgendein Kraut, das nur in dieser Welt wuchs und auf einem Duftpfännchen verbrannte. Drinnen regte sich eine Kontur auf einem Berg von Schatten. Ungelöste Rätsel mochte er nicht, also umrundete er die von Licht durchdrungene runde Wand aus weißem Stoff und fand einen Eingang.

Aus Sorge, fehl am Platze zu sein, lugte er vorsichtig hindurch. In einem Hügel aus Sitzkissen lag Kirra an einem reich gedeckten Tischchen und schenkte ihm ein wunderbar ungetrübtes Lächeln. »Allein deine vor Staunen leuchtenden Augen geben mir das Gefühl, dass der Abend bereits gelungen ist«, sagte sie ihm. Geschmeidig erhob sie sich und küsste ihn lang und innig.

Immer noch bezaubert von dieser ungewöhnlichen, luftigen Kemenate blickte er sich um. Fraglos hatte sie sich alle Mühe gegeben, dieses bemerkenswerte Zelt gemütlich zu machen.

Teppiche bedeckten den Stein. Dicke Kerzen standen auf kleinen Kommoden entlang der Zeltwand. Das Dach bestand nur aus einem Gestänge ohne Stoff, an dem die Lampen im sachten Wind baumelten.

»Was ist das hier?«, fragte Talaan staunend.

»Das?« Kirra bemühte in einem unschuldigen Tonfall. »Das ist ein *Sharash tar Talimar*. Wieso?« Sie lächelte einmal mehr auf eine Art und Weise, die sein Herz zum Singen brachte.

»Ein *offenes Zelt des Einen Monats?*«, übersetzte er recht unbeholfen. Ihm schien, als verstünde er die Worte und zugleich doch nicht.

»Ich erkläre es dir später.« Schmunzelnd führte sie ihn an der Hand zu dem gedeckten Tisch. Sie ließ sich nach hinten in die Kissen fallen und zog ihn kurzerhand mit sich.

»Heißt das, wir sind tatsächlich ungestört?«, fragte er gleichermaßen staunend wie skeptisch.

»Du magst wegen der Lampen das Dorf nicht sehen, Geliebter, aber ein jeder sieht uns umso besser.« Bevor er auch nur Luft geholt hatte, legte sie ihm den Finger auf den Mund. »Ich erkläre es dir später. Genügt es dir fürs Erste, wenn ich dir sage, ich wollte mit dir unbelauscht sprechen?«

Behutsam nahm er ihre Hand beiseite und küsste sie zärtlich. In diesem Moment scherte es ihn überhaupt nicht, ob hundert Augenpaare auf ihnen lagen oder kein einziges. Das *Sharash tar Talimar* entledigte ihn der Hälfte seiner Sorgen. Als sich seine Lippen lösten, fragte er schelmisch. »Reicht dir das als Antwort?«

Mit strahlenden Augen nickte Kirra. »Hast du Hunger? Wie ich dich kenne, hast du bei all dem Pläneschmieden mit den Weisen unseres Volkes die Mahlzeiten vergessen.«

»Gerade ernähre ich mich von Luft und Liebe«, behauptete er. Ihre Nähe allein wollte ihm in diesem wunderbaren Augenblick genügen.

»Schmeichler«, protestierte sie und schob ihn halbherzig von sich. Einen weiteren Kuss später gab er nach. »Ich jedenfalls werde jetzt essen. Das halbe Dorf hat Leckereien für uns gemacht. Du kannst mir gerne dabei zuschauen und mich anschmachten.«

Peinlichst darauf bedacht, dass seine Schnurrhaare stillhielten, ließ Talaan sie gewähren. Mit besonders großen Augen beobachtete er Kirra, wie sie sich über die Lippen leckend aus diversen Schüsselchen etwas auftat. Mit noch größeren Augen folgte er dem ersten Stückchen, das sie mit zwei Krallen aufpickte, vom Teller bis zum Mund.

Doch damit beeindruckte er sie gar nicht. Mit wippenden Augenbrauen und einem Biss ließ sie das Gebäckkügelchen verschwinden und schmatzte genüsslich. »Meine Güte ist das lecker. Das hat bestimmt Soresh gemacht. Er ist ein begnadeter Bäcker.«

Talaan hielt eisern an seiner hingebungsvollen Miene fest, auch wenn ihm inzwischen das Wasser im Munde zusammenlief. Mit einem leisen, schmachtenden Seufzer folgte er Kirras zweitem Häppchen auf seiner kurzen Reise.

»Ich höre deinen Magen knurren. Was habe ich mir da nur eingefangen?«, fragte sie sich kopfschüttelnd und schob ihm das Gebäck in den Mund. »Jetzt schnapp dir endlich einen eigenen Teller, ehe du mir verhungerst.«

Das köstliche teigummantelte Fruchtbällchen auf seiner Zunge fegte sein Possenspiel beiseite wie der Wind lose Blätter. »Beim Schöpfer, ist das lecker«, staunte er und eilte sich, sich selbst Essen aufzutun.

»Jeder im Dorf hat seine Lieblingsspeise zubereitet«, erklärte Kirra. »Davon wird ein wenig für das *Sharash tar Talimar* vorbeigebracht.« Damit biss sie beherzt in ein mit einer dunklen Soße beträufeltes Stückchen Fleisch und schloss genüsslich die Augen.

»Die MaKri teilen gerne«, stellte Talaan einmal mehr bewundernd fest. »Das lerne ich an unserem Volk langsam, aber sicher lieben.« Er verkniff sich die offensichtliche Frage, was es mit diesem Zelt so Besonderes auf sich hatte, dass jedermann bei Aufbau und Bewirtung half. Stattdessen sprach er seinem eigenen Essen zu.

Zwischen den Bissen fragte er: »Kannst du eigentlich Gedanken lesen – aus der Ferne?«

Kirra neigte nur das Haupt schief und sah ihn fragend an, während sie genüsslich kauend schnurrte.

Rasch sagte er, was ihn so sehr beschäftigte: »Ich habe seit Tagen das Gefühl, dass etwas nicht stimmt. Mir scheint, als ob es jeden Tag schlimmer wird. Also habe ich mir heute Abend den Kopf darüber zermartert, wie um alles in der Welt ich mal eine ungestörte Stunde mit dir verleben kann.«

Mit genießerisch geschlossenen Augen schluckte sie den Happen hinunter, spießte dessen Zwilling auf ihrem Teller mit der Gabel auf und bot ihn Talaan mit einem unterdrückten Schmunzeln an.

Der fragte sich immer noch, wo all die Trübsal hin verschwunden war, die all die Tage auf ihr gelegen hatte. Schulterzuckend nahm er das Angebot an. Das zarte, vollendete Aroma von Gewürzen, deren Existenz er nur erahnen konnte, schob für einen Moment alle Sorgen beiseite.

Zufrieden legte sie ihr Besteck ab und die Hände in den Schoß. »Was glaubst du denn, was mit mir nicht stimmt?«

Talaan hatte bereits Luft geholt, um Rerrenas Worte zu wiederholen, seufzte aber nur und schüttelte den Kopf. »Ich muss gestehen, ich verstehe es immer noch nicht. Der Tag rückt näher, an dem ich mit der Delegation aufbrechen werde. Wenn ich daran denke, wird mir sehr schwer ums Herz. Seit wir uns gefunden haben ...« Er hielt inne. »Nein, das ist nicht wahr. Schon eine Weile, bevor ich verstanden habe, dass ich dich liebe, habe ich das Gefühl, ohne dich nicht mehr ganz vollständig zu sein. Diese Empfindung wird mit jedem Tag ein wenig stärker. Falls es dir ähnlich gehen sollte ...«

Wortlos erhob Kirra eine Hand aus ihrem Schoß, suchte damit die seine und umschmiegte sie sanft und fließend.

»... dann ist die Vorstellung an eine Trennung für dich jetzt bereits ein Grund zur Trübsal.«

Ihre Finger umschlossen die seinen fester. »Es ist mehr als das, Talaan. Ich schaue dich an und erblicke meinen Geliebten, der sich anschickt, an den Hof eines Tyrannen zu ziehen, der es gewohnt ist über Leben und Tod zu gebieten. Das ist kein Kummer, Liebster. Die nackte Angst wohnt in meinem Herzen, dich nie wieder zu sehen. Sie nährt sich davon und wird jeden Tag fetter.«

»Ich habe das Gefühl, dass du langsam darin ertrinkst«, erinnerte er sich an seine eigene Ahnung, die Rerrena beschwichtigt hatte.

Kirra sah sich im Zelt um. »Das hier ist eine Insel für mich. Hier und jetzt werde ich nicht untergehen. Aber gestern und vielleicht morgen sind deine Worte wahrer, als mir recht ist.«

Ihm lag etwas Beruhigendes auf den Lippen – dass er auf sich aufzupassen wisse. Oder dass er in seinem letzten Leben mehr als einen Tod gefunden hatte, von denen bis auf einer keiner von Dauer gewesen war. Doch im Herzen erkannte er, dass er Kirras Kummer nicht herunterspielen wollte und auch, dass eine Frage wichtiger war als betäubender Trost. »Warum bist du dann auf Abstand gegangen? Ich frage mich die ganze Zeit, womit ich dich dazu getrieben haben könnte. Nun verstehe ich noch weniger, wie das zu deinen Worten von ewiger Trennung passen möchte.«

»Du hast die Schuld bei dir gesucht?«, fragte Kirra und wirkte leicht erschrocken dabei. Sie gesellte die zweite Hand zu ihrer ersten. Eine wunderbare Empfindung der Nähe, obwohl es doch nur ihre Hände waren, welche die seine umschlossen. »Das wollte ich nicht. Es war nur ein vages Gefühl, das mich trieb. Eines, über das ich zunächst in Ruhe Gewissheit finden musste.«

»Eines, für das du Abstand brauchtest?« Talaan verstand immer noch nicht.

Während sie weitersprach, sah sie auf ihre Finger hinab. »Wenn ich dich so halte, Liebster, dann scheinen mir alle Zweifel töricht.« Sie hob den Blick und ihre sommerhimmelblauen Augen erforschten die seinen. »Aber sobald ich aussprechen will, dessen ich mich eigentlich sicher wähne, könnten meine Angst und Unsicherheit nicht größer sein.«

Nun war es an ihm seine zweite Hand aufzulegen. Mit einem ermutigenden Lächeln gab er ihr die Zeit, jene Worte zu finden, die ihr den Weg ebnen würden. Daran, dass sie ihr Herz öffnen würde, zweifelte er zu keinem Augenblick. Dass sie sich einander anvertrauen durften, wahrhaftig und ohne Masken, war Teil der Bande, die zwischen ihnen wuchsen und gediehen.

»Du hast mich gefragt, was es mit dem *Zelt des Einen Monats* auf sich hat«, sagte sie schließlich. Ihre Topasaugen funkelten im Schein der unzähligen Lampenmosaikscheiben. »Nun, wenn zwei Liebende sich gefunden haben, denen es ernst miteinander ist, dann gewährt ihnen das Dorf einmal das *Sharash tar Talimar*. Jeder Haushalt trägt drei Dinge dazu bei: ein wenig Licht, etwas Gemütliches und eine Leibspeise.«

»Das ist ein wunderbarer Brauch«, schwärmte Talaan und ließ dieses Mal ganz bewusst den Blick wandern.

Nach wie vor schien Kirra hin und hergerissen zwischen übersprudelnder Freude und zögerlichem Unwohlsein. »Der Sinn dieses Zeltes ist nicht nur, zwei MaKri zu verwöhnen. Es ist ein Rückzugsort vor neugierigen Ohren.«

»Aber nicht vor wachsamen Beobachtern«, erinnerte er sich an das, was sie vorhin gesagt hatte. Vergeblich suchte er, gegen das Licht der vielen Lampen anzublinzeln. Über ihnen lag ein Dach aus undurchdringlichem Schwarz. »Mit beidem hatten wir kein Problem, bevor du ausgezogen bist«, fügte er grübelnd hinzu und versuchte die Antwort in Kirras Augen zu lesen. Doch war sie in diesem ohne Frage magischen Moment ein wunderbares Mysterium für ihn. Ein Rätsel, dessen Schnurrhaare zuckten.

Alles hing irgendwie zusammen und dennoch begriff er es nicht. Ein Teil des Puzzles fehlte. »Du sagtest, das *Sharash* würde Liebenden einmal gewährt. Einmal im Monat?« Augenblicklich schüttelte er den Kopf. »Ich begreife die Feinheiten unserer Sprache offenbar noch nicht so ganz, aber es heißt *offenes Zelt des Einen Monats* – nicht *Zelt eines Monats, monatliches Zelt* oder dergleichen. Was ist das für eine besondere Zeit, dass man solch einen Aufwand dafür pflegt?«

»Es ist Brauch bei den MaKri, dass Liebende einen Monat lang beweisen, dass es wahre Liebe und nicht körperliche Lust ist, die sie verbindet, bevor sie …« Kirra schluckte.»… heiraten dürfen.«

»Das ist eine …« *interessante Tradition,* wollte Talaan sagen doch seine Gedanken überholten die Worte und ließen ihn verstummen. Nun war es an ihm zu schlucken. »Ist das ein Heiratsantrag?«

Kirras Schnurrhaare bebten und sanken zusammen mit ihren Ohren hinab. »Ich weiß, dass es schrecklich naiv und zudem wirklich übereilt erscheinen muss, aber …«

Seine rasenden Überlegungen kamen wieder im Hier und Jetzt an und sein Herz machte einen Hüpfer aus purem Glück. »Du und ich? Ein Leben lang?«

Kirra nickte eifrig, zärtlich zerknirscht vor banger Erwartung. »Ich kann den Gedanken nicht ertragen, dass du ohne ein Versprechen, das uns beide trägt, nach Westen gehst, Geliebter.«

Seine Seele tanzte, lachte und streifte alle Sorgen ab, er könnte sie verlieren. »Nichts würde mich glücklicher machen.« Er zog sie zu sich und küsste sie ausgiebig und innig.

Während sie sich so herzlichst in den Armen lagen und von den Lippen des anderen kosteten, spürte er mit Gewissheit, dass er in dieser Welt nur mit Kirra an seiner Seite wahrhaft vollständig sein konnte. Sie war sein Anker, den er brauchte. Sie war die Liebe, die ihn tragen würde.

Auf eine Nacht voller Licht und Wärme folgte nur allzu rasch ein Tag, der Düsternis und Kälte im Herzen mit sich brachte.

In dem Augenblick, als Sorral mit einem knappen Nicken als Gruß die Hütte betrat, erkannte Talaan die Veränderung, die über den *Maigan* gekommen war. Der Schatten des Todes lag auf ihm. Nicht seiner und nicht der eines Angehörigen. Er trug das Gesicht eines Mannes, der getötet hatte und nun mit den Folgen haderte.

Raunend bat Talaan die beiden Gelehrten, sich die Beine zu vertreten, und bot dem anderen Erwählten mit einer stummen Geste einen Platz auf einem Sitzkissen an. Immer noch wortlos holte Talaan einen Becher aus dem Regal, füllte ihn mit etwas

Kräftigem und schob ihn Sorral hin. Für eine Weile schien dieser den Trunk gar nicht zu bemerken. Dann jedoch griff er blind danach und leerte ihn mit bedächtigen, kleinen Schlucken, zwischen denen er mal kurz, mal lang in eine unbestimmte Ferne starrte.

»Deine Worte sind schmerzhaft wahr geworden«, sagte er schließlich ruhig und leise, als er das Gefäß zurück auf das Tischchen stellte. »Das Töten hat den Stolz auf meine Gaben gedämpft.« Nachdenklich betrachtete er seine Hände und schwieg wieder.

»Du bist auf Soldaten des Westens getroffen«, folgerte Talaan.

Sorral schüttelte träge den Kopf, weiter versonnen auf seine Finger blickend. »Nein, ich habe sie gejagt. Ich habe Menschen nachgesetzt, damit die MaKri sicher sind – und das Orakel.« Eine längere Pause. »Es ist falsch, dass mir die Macht gegeben wurde, so leicht Leben auslöschen zu können.« Er nickte in Richtung des Bechers. »Kann ich noch einen haben?«

»Er wird nicht helfen«, entgegnete Talaan leise. »Ebenso wenig wie irgendeiner der vielen gut gemeinten Sätze, die man mir damals gesagt hat.« Dennoch füllte er das Trinkgefäß erneut.

Doch Sorral schenkte ihm keine Beachtung mehr. Stattdessen sah er seinen Gastgeber durchdringend an. »Du sprichst zu alt für ein solch junges Gesicht. Wie bist du darüber hinweggekommen?«

Er hob und senkte die Schultern. »Beim ersten Mal? Die Zeit ist gnädig. Was danach kam?« Ungebeten kehrten die Toten von *Ferragun* zurück in sein Gedächtnis. Aber auch die Überlebenden von *Fernhelm*. Und unzählige andere Orte durchdrungen von Vitalität und Vergänglichkeit. »Ich lernte, das Leben höher zu schätzen als den Tod. Und der Dank der Lebenden hilft hin und wieder gegen den Zweifel, der bleibt.«

»Kein leichter Ausweg, wie?«, fragte Sorral und lächelte bitter.

Voller Ernst pflichtete Talaan ihm bei: »Kein leichter Ausweg. Und das ist gut so.«

»Und das ist gut so«, stimmte sein Gast zu und hob den Becher. »Auf die Lebenden.«

Tatsächlich schien es, als wäre ein Hauch von Dämmerung in die Dunkelheit seines Gemüts eingezogen.

Die Tage eilten nun immer rascher dahin. Neben den Vorbereitungen der Verhandlungen drehte sich sein Streben nun auch um die kommende Hochzeit. So lagen Sorgen und Freude nicht selten nah beieinander.

Wie in jenem Moment, als eine schwer beladene junge Frau, deren Gesicht ihm vage bekannt vorkam, am späten Abend seine Hütte betrat.

»Sei gegrüßt, *Maigan* Talaan«, sagte sie und deutete eine Verbeugung an. »Ich erbitte ein wenig deiner kostbaren Zeit.«

Trotz ihrer ergebenen Worte strahlte ihr ganzes Auftreten eine beachtliche Zuversicht aus.

Ihr Gebaren machte es ihm nicht gerade leichter, sich daran zu entsinnen, woher er dieses Antlitz kannte. Denn als es ihm einfiel, schaute er ein zweites Mal genauer hin. Bei ihrer letzten Begegnung war die junge Frau die Unsicherheit in Person gewesen. »Ich grüße dich. Da du den weiten Weg aus der *Großen Stadt* auf dich genommen hast, teile ich eine Weile gerne mit dir. Mach es dir gemütlich und greif zu.«

Die MaKri neigte zum Dank das Haupt. Dennoch entging ihm nicht, dass sie ebenso versuchte, ihr Lächeln zu verbergen. Sie streifte ihr geräumiges Bündel von der Schulter und legte es umsichtig neben der Tür ab.

Gemeinsam ließen sie sich an einem der Tischchen im Wohnbereich nieder, auf dem bereits Obst in Schalen darauf wartete, verspeist zu werden.

»Habe bitte die Güte, mir deinen Namen zu verraten«, bat sie Talaan. »Als wir uns das letzte Mal begegneten, war mein Kopf zu voll mit anderen Dingen.«

Die Ohren der jungen Frau färbten sich rosa, doch sonst merkte er ihr nichts an. Ihre Begegnung vor einigen Monaten war aufgeladen von Begierde ein wenig angespannt verlaufen.

»Mutter und Vater befanden, dass Noruna zu mir passen würde, *Maigan*.«

»Was bringt die beste Näherin der *Großen Stadt* in dieses bescheidene Dorf, Noruna?« Mit einem Seitenblick auf das sperrige Bündel der MaKri konnte er jedoch schon ahnen, wie die Antwort ausfallen würde.

Damit wurde er nicht enttäuscht: »Ich kam mit dem Schamanen hierher, um meinen Teil zum Gelingen der Friedensverhandlungen beizusteuern.« Sicherlich hatte sie diesen Satz ein Dutzend Male vorher geübt, denn unter ihrer leicht brüchigen Fassade des Selbstbewusstseins konnte er Unsicherheit vibrieren hören. »So sehr du auch schlichte Kleidung zu schätzen weißt, *Maigan*, ist das ...« Sie nickte in Richtung seines Lendentuchs. »... nichts, mit dem man vor einen Herrscher tritt.« Mit den letzten Worten verschränkte sie die Arme und schaute wild entschlossen drein.

Talaan blickte indessen an sich hinab und fand den Lendenschurz gut, wie er war. Freilich würden König Mohab und sein Gefolge das anders sehen. »Ich danke dir, Noruna, für den Weg, den du auf dich genommen hast, um mich an das Offensichtliche zu erinnern. Ich nehme dein Angebot in Dankbarkeit an.«

Ein stolzes Lächeln brach durch ihre energische Miene. »Wirklich? Es ist mir eine Ehre, *Maigan*.«

»Ich werde die beste Näherin der *Großen Stadt* brauchen. Denn ich habe eine besondere Herausforderung für dich.«

Mit funkelnden Augen richteten sich ihre Ohren ganz gezielt auf ihn. »Was ist es?«

»Ich benötige ein Gewand für meine menschliche Gestalt.«

»Für deine was?« Noruna wirkte für einen Augenblick fassungslos. »Aber natürlich, das Orakel hat dir den Gestaltenwandel geschenkt.« Sie stutzte und schaute ein wenig verzweifelt drein. »Ich verstehe mich nicht auf die Mode des Westens.«

Talaan hob beschwichtigend die Hände. »Dieses Kleidungstück soll der Inbegriff der Kultur unseres Volkes werden. Solltest du es zudem noch so hinbekommen, dass es mir auch als MaKri passt, so werde ich deine Nähkünste jedem gegenüber preisen, der es hören will.«

»Ein Gewand für beide Gestalten?« Erneut blickte sie sehr skeptisch drein. »Das ist unmöglich. Die Beine der Menschen sind äußerst seltsam geformt, da fällt der Stoff ganz anders. Und der Schwanz! Ich kann ja wohl kaum ...« Sie stutzte. »Vielleicht kann man da doch etwas machen. Wann kann ich Maß nehmen?«

»Das nenne ich Kampfgeist!« Talaan grinste. Unweigerlich wurde er sich eines in jeder Hinsicht naheliegenden Umstandes bewusst. »Darf ich noch eine Herausforderung als Zugabe erbitten?«

Das Siegerlächeln der Näherin wackelte. »Was ist es? Gibt es eine dritte Gestalt, von der ich wissen sollte?«

Schmunzelnd schüttelte er den Kopf. »Würdest du mir die Ehre erweisen und mein Hochzeitsgewand nähen?«

Noruna horchte auf. »Du heiratest? Das ist ja wunderbar!« Kurz hatte er das Gefühl, sie wolle ihn stürmisch umarmen. Stattdessen blickte sie verlegen drein und räusperte sich. »Ich ziehe die Frage zurück und werde jetzt Maß nehmen. Sofort.« Sie machte eine entschlossene Miene. »Ein Würdengewand in mehrfacher Ausfertigung und ein Festgewand in so wenigen Tagen? Selbst wenn mir eine Näherin aus dem Dorf helfen sollte, werde ich jede Stunde brauchen.«

»Von Herzen Dank!«

»Danke mir danach, falls ich darüber nicht den Verstand verliere«, winkte Noruna ab, voll und ganz auf ihre Aufgabe fixiert. »Nun aber husch, nicht trödeln!«

EWIGE BANDE

Zum vielleicht zwanzigsten Male strich Talaan eine Passage auf dem Pergament mit einem Knurren durch. Das wohl entscheidendste Schriftstück dieses Lebens glich inzwischen eher einem Schlachtfeld als einer Ansprache. Indessen wollte es ihm nicht gelingen, seine Gedanken zu zähmen. Dabei musste doch sein Eheschwur, den er an Kirra richten würde, perfekt sein. Statt den Tiefen seines Herzens Wort und Stimme zu verleihen, stahlen sich seine Überlegungen immer wieder in Richtung der Verhandlungen fort. In den letzten Tagen war so viel besprochen, geplant, verworfen und neu durchdacht worden, dass sein Kopf sich wie ein Heckenlabyrinth mit garstigen Dornen anfühlte: Ganz gleich, welchen Weg er auch nahm, kratzten die Zweige an ihm oder versuchten gar, ihn festzuhalten.

Als ob das noch nicht Last genug auf seinen Schultern wäre, kamen andauernd Erinnerungen an *Ferragun* in ihm hoch. Es waren weniger konkrete Bilder, sondern vielmehr die Emotionen. Das Grauen wegen der Toten. Das Gefühl der Ohnmacht Marten gegenüber. Und allem voran die nagenden Zweifel, die Vorboten der Schuld, weil er sich für *Fernhelm* und gegen *Ferragun* entschieden hatte. Es brauchte keinen schamanischen Rat, um zu verstehen, warum all dies ihn ausgerechnet jetzt heimsuchte: Er fürchtete, dass *Ferragun* sich in *Tullma* wiederholen würde. Wenn er eine falsche Entscheidung traf, würden MaKri sterben. Und Talaan zweifelte nicht daran, dass dieser Mohab noch schlimmer und skrupelloser als Marten sein würde.

So wenig war berechenbar, die Möglichkeiten des Scheiterns waren vielfältig und zu viel hing davon ab, was er sagen und tun würde. Mit jedem Tag, an dem die Nachricht des Boten näher rückte, schien der Felsbrocken, der über seinem

Kopf am Rande der Klippe ruhte, größer und kantiger zu werden. Immer wieder rief er sich ins Gedächtnis, was ihm gesagt worden war: Er würde diese Last nicht allein tragen; die MaKri würden überleben, weil sie zusammenhielten. Aber es half nichts. Obgleich er den belesensten Gelehrten und die glühendste Kennerin des Orakels an seiner Seite wusste, war ihm, als wäre das nicht genug.

Er würde sich dieser Aufgabe stellen, ob er sich dafür bereit fühlte oder nicht. Seine Rolle war es nicht nur, die rechten Worte zur passenden Zeit zu sprechen – reden konnte er. Es galt Sicherheit auszustrahlen, um dem König keine Schwäche zu zeigen, und seinen Gefährten eine Stütze der Zuversicht zu sein.

»*Maigan* Talaan«, drang eine gehetzte Stimme von draußen in die Hütte. »*Maigan* Talaan!« Vollkommen außer Puste stürmte ein junger MaKri zur Tür herein, den er nicht kannte.

Talaan legte den Stift beiseite. »Du hast mich gefunden. Setz dich und schöpfe Atem.«

»Ich bin nicht wegen eines Kissens so weit gewandert und gerannt«, stieß der Mann zwischen heftigem Schnaufen hervor. Wie zum Beweis reckte er Talaan eine Papyrusrolle entgegen, auf dessen gewölbtem Bauch ein gebrochenes Siegel aus purpurnem Wachs prangte.

»Dann lass mich dir Ruhe und Erfrischung als Dank für deine Eile anbieten«, erwiderte er und beim Anblick der Botschaft lief ihm ein Schauer den Rücken hinab. Ehrfürchtig ergriff er die Schriftrolle, schenkte dem Boten Wasser und Saft ein und ließ sich neben ihm auf ein Kissen sinken.

Kurz studierte er das beschädigte Siegel. Obwohl es bereits geteilt war, konnte er noch gut einen Falken im Sturzflug erkennen. Behutsam rollte er die Depesche auseinander und las leise für sich: »Hochgeschätzte Älteste des Volkes der MaKri!

Seine allmächtige Majestät, der Herrscher des Vereinigten Muronischen Reiches, Mohab der Fünfte, Sohn des Mohab, entsendet euch seinen Gruß. In seiner endlosen Weisheit hat seine königliche Hoheit euer Angebot, über Frieden und Zugang zum Orakel zu verhandeln, gewogen und für wert befunden. Seine Majestät zeigte sich hocherfreut über die Möglichkeit, einen zivilisierten Austausch mit diplomatischen Würdenträgern des Waldvolkes führen zu können. Ferner erweist seine königliche Hoheit eurem Volk das Zeichen seiner Freundschaft und hat den Befehl ergehen lassen, dass weitere unglückliche Zusammenstöße im Gebiet des Regenwaldes mit aller Macht vermieden werden sollen.

Seine Majestät lässt somit eine Einladung zu Verhandlungen in den Mauern seines Palastes mitteilen und erwartet, die Delegation der MaKri so bald als möglich in *Tullma* zu sehen. Seine königliche Hoheit verbleibt euch mit Gnade gewogen.«

»Ach du meine Güte«, stöhnte Talaan und las das Schreiben noch ein zweites Mal. Mit kunstvoll gedrechselten Worten enthielt diese Depesche ein galoppierendes Maß an Hochmut und verklausulierter Geringschätzung für das Waldvolk. Der ganze Sermon ließ ihn Übles erahnen.

Erst als sich sein Geist vom Inhalt der Antwort des Königs löste, begriff er, was ihr Eintreffen bedeutete: Das Warten hatte ein Ende. Die Abgesandten konnten aufbrechen.

»Erhole dich, solange dir danach ist«, sagte er zu dem Boten. »Ich muss die Nachricht mit den anderen teilen.« Obwohl er in jenem Augenblick genau das Gegenteil davon fühlte, fügte er noch hinzu: »Hab Dank für deine Eile und die Gefahr, die du auf dich genommen hast.« Mit diesen Worten machte Talaan sich auf, Kirra die Neuigkeiten zu überbringen.

»Bedeutet das, dass ihr euch jetzt gleich auf den Weg machen werdet?« Kirras Stimme stand kämpferisch Seite an Seite mit den Pflichten des erwählten *Maigan*, doch ihre Augen spiegelten ein zittriges Flehen an ihren Verlobten und rührten sein Herz.

Selbst wenn Talaans Antwort nicht bereits festgestanden hätte, wie sollte er sie da von sich weisen? Er zog sie an sich, schlang die Arme um ihre Hüfte und küsste sie lang und zärtlich. »Ich soll meine eigene Hochzeit verpassen?« Verspielt stupste er ihre ledrige Nasenspitze mit der seinen an.»Um nichts auf der Welt.«

Nur mühsam gelang es ihr, ein aufkeimendes Lächeln niederzukämpfen.»Aber die Verhandlungen …«

»… können noch drei Tage warten«, behauptete er.

»Hältst du das für eine gute Idee?«, fragte Kirra, doch ihr Widerstand schwand bereits.

Herrschte in ihm nur der Übermut eines verliebten Narren oder bargen seine Gedanken tatsächlich ein Körnchen Wahrheit? Der König hatte nachdrücklich eine hohe Eile der Delegierten eingefordert. Ohne Frage der erste Zug in einem komplexen Spiel. Talaans in dieser Lage nicht sehr vertrauenswürdiges Bauchgefühl sagte ihm, dass Mohab ein allzu eifriges Herbeieilen als Zeichen der Schwäche auslegen würde.

Er wollte bereits den Mund öffnen, um etwas Kluges in dieser Richtung von sich zu geben, doch konnte er nur seufzend den Kopf schütteln.»Kirra, ich sage dir: Ich habe keine Ahnung. Ich habe noch nie mit einem Despoten mit solcher Machtfülle verhandelt. Verärgern wir ihn mit einem späteren Eintreffen derart, dass er uns in den Verhandlungen weniger gewogen ist? Oder zeigen wir ihm damit, dass unser Leben nicht so sehr von seiner Gnade abhängt, wie er das gerne hätte?«

Ratlos schloss er sie fester in die Arme und vergrub die Schnauze im kurzen Fell ihres Hauptes.»Mein Herz rät mir, zu warten. Das ist alles, was ich sagen kann.«

»Mein eigenes könnte sich darüber nicht genug freuen.« Sie seufzte und klang dabei selig.»Gleichzeitig erschreckt es mich aber auch.«

Er warf einen Blick hinüber zu Loma, die heute Abend über Kirras Enthaltsamkeit wachte. Sie war ausreichend weit entfernt, um ihr gerauntes Gespräch nicht verfolgen zu können. »Es verängstigt dich?«

»Talaan, ich weiß um deine Zweifel.« Sie tastete sich mit ihren Worten vorwärts wie eine Suchende.»Nichtsdestoweniger vertraue ich dir. Grenzenlos. Vielleicht gerade deswegen. Das Herz dieses Königs kennt seit Jahrzehnten keine

Ungewissheit mehr. Er nimmt sich, was er begehrt, und tötet dafür ohne Bedenken. Du musst sein Gegenpart sein, sonst kann dieser Friedensvertrag etwas ganz Furchtbares werden.«

Eine Weile konnte er nur wegen der Poesie ihrer Antwort staunen, dann jedoch stolperte er über den offensichtlichen Widerspruch. »Und das erschreckt dich?«

Sie rieb die Wange an seiner Brust. »Mir flößt der Gedanke Furcht ein, wie sehr deine Zweifel die anderen Gesandten lähmen könnten. Du weißt, dass sie – die großen Gelehrten unseres Volkes – zu dir aufschauen? Ein *Maigan* war schon immer ein Träger der Hoffnung. Du darfst sie ihnen nicht mit deinen Zweifeln nehmen. Sonst werdet ihr scheitern.«

In diesem Augenblick begriff Talaan, wer in der Delegation noch fehlte. Einmal mehr fragte er sich: Sprach da der Narr oder die Vernunft?

Schließlich verlieh er beiden eine Stimme. »Würdest du mich begleiten?«

Kirras Augen glühten auf. »Du möchtest, dass ich mitkomme?«, rief sie erfreut. Lomas Kopf schnellte in ihre Richtung. »Welche Aufgabe sollte ich in solch erwähltem Kreise haben?«

»Vielleicht die wichtigste von allen.« Er sog ihren Duft in sich auf. Er wirkte so vertraut wie Heimat, wie ein Anker – sein Halt in stürmischer See. »Ohne dich bin ich nicht vollständig. Du siehst Dinge, die mir nicht in den Sinn kommen. Du stärkst mir den Rücken, wenn er sich beugen will. Dir kann ich mich anvertrauen. Begleite mich, Kirra.«

»Wehe, das war gerade ein Teil aus deinem Hochzeitsschwur«, versuchte sie zu protestieren, doch versagte ihre Stimme den Dienst.

Ebenso leise wie eindringlich raunte er in ihr Ohr: »Es wird gefährlich. Ich habe nicht ohne Grund Sorral gebeten, für den Fall eines Kampfes mit nach Westen zu gehen.«

»Umso richtiger ist es, einen weiteren Speer an deiner Seite zu haben«, knurrte sie entschlossen.

Dieser kämpferische Mut rührte ihn und für eine Weile hielt er sie einfach fest in seinen Armen. Er hoffte nur, dass er diese Entscheidung nicht bereuen würde.

Aufgeregt zupfte Talaan an seinem Gewand herum. In den letzten Monaten hatte er verlernt, etwas anderes als ein Lendentuch zu tragen. Dabei hatte Noruna geradezu gezaubert – er konnte keine Falte oder Nahtstelle spüren. Doch die bevorstehende Hochzeit ließ all den Stoff viel zu deutlich und äußerst irritierend auf Schultern und Gliedern liegen.

Shanri, Jurrea und Limari – die Jägerinnen, die er geheilt hatte – standen etwas abseits in seiner Hütte und gaben nicht einmal vor, ihr Grinsen zu verbergen. Der Brauch verlangte es, dass Braut und Bräutigam von ihrer Familie zum Dorfplatz geführt wurden. Die drei hatten um die Ehre gebeten, diesen Platz einnehmen zu dürfen.

»Warum denn so nervös, *Maigan*?«, fragte Jurrea amüsiert.

Er strafte sie mit einem strengen Blick. »Sobald du vor deiner Hochzeit stehst, werde ich mich mit Freuden mit dir über diese Frage austauschen.«

Seit er mit der Dämmerung die Augen aufgeschlagen hatte, versuchte er, sich vor Augen zu führen, dass er nicht zum ersten Mal heiratete. Zudem konnte er sicher sein, dass es sich Kirra ganz gewiss nicht anders überlegen würde. Nur half es nichts. Sie würde heute seine Frau werden. Vor lauter Glück verhedderten sich seine Gedanken unentwegt, wann immer er den Hochzeitsschwur stumm aufsagen wollte, den er in der späten Nacht endlich vollendet hatte. Ein wunderbarer Brauch der MaKri, doch auch unbestreitbar einer, der ihm das Grau drei Jahre eher ins Fell treiben würde.

Merrel steckte den Kopf zur Tür herein. »Es ist alles vorbereitet. Bist du so weit?«

Das pure Glück schoss wie eine wärmende Fontäne in Talaans Innerstem empor und trieb ihm ein seliges Grinsen ins Gesicht. »Ob ich bereit bin?« Wenn es nach ihm gegangen wäre, stände er schon längst auf dem Dorfplatz.

Voller Elan versuchte er hinauszustürmen, als ihm zwei der Jägerinnen die Tür mit ihren Speeren versperrten. »Geduld ist nicht deine Tugend, wie es scheint«, tadelte ihn Limari bestens gelaunt. »Wir sind deine Ehrenwache und du wirst nicht ohne uns gehen.«

Mühsam atmete er tief durch und trat einen Schritt zurück. »Bitte entschuldigt. Ich bin nur so …«

»… aufgeregt«, schloss sie und bezog vor ihm Stellung, während Shanri und Jurrea sich rechts und links hinter ihm postierten. Ihre Aufgabe würde es sein, ihm »den Weg freizukämpfen«, sollte sich irgendjemand zwischen ihn und seine Liebe stellen.

Quälend langsam setzten sie sich in Bewegung. Talaans Lunge schien mit Hunderten von Ameisen gefüllt, die ständig in ihr umherkrabbelten. Auf einmal war er sicher, dass er keinen Ton hervorbringen würde, wenn er Kirra gegenüberstand. Während sie die Hängebrücke entlangschritten, wiederholte er zum tausendsten Male gedanklich den Hochzeitsschwur.

Plötzlich sprang Loma aus einer der Hütten. Sie wirbelte einen Speer über dem Kopf, um dann mit einem weit ausholenden Schlag auf Limari zu zielen. Die riss ihre Waffe empor. Doch anstatt, dass Holz aufeinandertraf, schien es, als würde eine unsichtbare Kraft den Speer der Angreiferin kurz vor dem Aufprall abfangen. Limari drehte sich um die eigene Achse und hieb mit dem stumpfen Ende des Schaftes nach Lomas Bauch. Obwohl sie vorher stoppte, fiel Loma mit deutlich zu viel Drama rückwärts und die Waffe glitt ihr aus der Hand.

»Pass gut auf meine Schwester auf, Talaan«, sagte sie mit einem aufblitzenden Lächeln.

»Das werde ich«, erwiderte er verdattert und begriff nur allmählich, was eigentlich geschehen war. Magie.

Die ganz banale Magie eines Schauspiels hatte ihn zum Staunen gebracht und seine zittrige Ungewissheit in die Flucht geschlagen. »Hab Dank, Loma!«

Dieser wunderbare Zauber trug ihn weiter. Denn nun gewährte sein staunendes Herz all den Dingen Einlass, die ihn umgaben. Auf den Ebenen um den Dorfplatz und erst recht auf diesem selbst herrschte eine vor Aufregung vibrierende Atmosphäre. Unzählige Stimmen lagen in der Luft und er war sich sicher, dass das gesamte Dorf und all seine Gäste versammelt waren. Mit einem beinahe zärtlichen Gefühl wurde Talaan bewusst, wie herrlich überschaubar diese Siedlung doch war.

Als die Festgemeinschaft sich seines Nahens gewahr wurde, reckten sie neugierig die Hälse und vielfache Begeisterungsrufe wurden laut. Schmunzelnd erkannte er, wie ähnlich und gleichzeitig grundlegend anders diese Szene im Vergleich zu dem Weg zum Einführungsritual war. Statt schicksalsergeben seine Rolle als *Maigan* zu akzeptieren winkte er fröhlich den unten wartenden MaKri zu und strahlte als Bräutigam über das ganze Gesicht.

Gerade setzte er den Fuß auf die Strickleiter, da sprangen mit wildem Geschrei Narati und Soresh durch zwei Fenster der Rundhütte und griffen Jurrea und Shanri an. Wieder folgte ein dramatischer Schlagabtausch, an dessen Ende die Jungvermählten grinsend zu Boden gingen. »Viel Glück, mein Freund, du wirst es brauchen«, rief Soresh.

»Du!«, drohte Narati ihrem Gatten mit der Faust.

»Habt Dank, ihr beiden!«, antwortete Talaan und stieg hinab.

Unten tauchte er ein in die wartende Menge. Ihn umringten vertraute Gesichter. Unverfängliche Kusshände von lachenden MaKri-Frauen – »Überleg es dir noch mal, Talaan!« – erfüllten ihn mit Heiterkeit. Eine Hochzeit bot einen viel besseren Grund für ein Fest der Freude als das Einführungsritual. Er war jetzt nur ein Mann, der den glücklichsten Tag seines Lebens erlebte. All die freundlichen Blicke, die Berührungen im Vorübergehen und selbst die großstaunenden Kinderaugen ließen ihn den Weg zur Mitte der Siedlung federleichten Schrittes gehen. Er trat nicht als verirrter Wanderer vor das Dorf. Er stand auf dem Boden seiner Heimat.

Schließlich kam er zu der kleinen Fläche aus bläulich schimmerndem, warmem Stein, die das Zentrum des Dorfes bildete. Häuptling Joshad wartete dort bereits auf ihn und strahlte die Zufriedenheit einer Katze mit der Pfote im Sahnetopf aus. Von Kirra konnte Talaan weit und breit nichts erblicken.

Die Ungeduld vibrierte wie ein Schwarm Wildbienen in Kirras Innerem. Ein Wildbienenschwarm, dem es in ihr zu eng war und den es nach außen drängte. Der Brauch verlangte, dass der Bräutigam zuerst die steinerne Fläche betrat und die Braut mit ihrer Familie am Rande der Versammelten wartete. Sie urteilte, dass diese Sitte nur erfunden wurde, um sie ganz persönlich auf die Folter zu spannen.

Nicht zum ersten Mal strich sie ihr weißes, ärmelloses Kleid glatt, das unterhalb der Hüfte an ein bodenlanges Lendentuch erinnerte. Selbstverständlich hielt der Gürtel, der aus grün glänzendem Silber gewirkt und zu ineinander verschlungenen Ranken geformt war, alles perfekt an seinem Platz. Auch der Kranz aus dunkelblauen Orchideen auf ihrem Haupt befand sich an Ort und Stelle.

Loma stellte in diesem Augenblick einmal mehr unter Beweis, warum Kirra sie derart lieb hatte. Ihre sonst so quirlige kleine Schwester legte ihr ganz mit Bedacht beide Hände auf den Rücken und ließ sie damit ein wenig zu Ruhe kommen. Kirra atmete tief durch und besann sich auf das, was zählte. Ihre Eltern waren ebenso hier wie Loma und schenkten ihr die wohl seligsten Blicke, die sie je an ihnen gesehen hatte. Besonders Chandrika hatte unentwegt mit Tränen der Rührung zu kämpfen.

Endlich kam Bewegung in die Versammelten und die MaKri am Rand machten frohgemut Platz. Wer nicht an dieser Kerbe stand, reckte den Hals erwartungsvoll in Kirras Richtung und winkte die Braut herbei.

Sie trat vorwärts. Wie eine Hand, die Wasser teilte, glitt sie durch die Menge all der vertrauten Gesichter, die vor ihr beiseite wichen und sich hinter ihr wieder schlossen. Endlich gaben die letzten Dorfbewohner die Sicht auf Talaan frei, der in der Mitte auf sie wartete.

Als sie ihm schließlich gegenüberstand, konnte sie sein ungläubiges Staunen nicht übersehen. Unter seinen Blicken fühlte sie sich mit einem Mal wunderschön und all ihre Zweifel, ob sie ihm gefallen würde, verwehten im Wind. Er selbst trug ein schlichtes, wenn auch elegantes weißes Gewand mit langen Ärmeln. Unaufdringlich, wie es seiner bescheidenen Art entsprach. Dafür aber zeigte er das wohl zauberhafteste, verliebteste Lächeln, das sie je an ihm gesehen hatte.

Wie der Brauch es verlangte, streckte sie ihm die rechte Hand entgegen, die Innenseite zugewandt. Ohne den Kontakt mit Kirras Augen zu verlieren, legte er die seine an ihre. Ganz von allein flossen ihre Finger ineinander und verschränkten sich. Nur am Rande bemerkte Kirra, wie Joshad ein blütenweißes Band mehrfach um ihre vereinten Hände schlang. Wenn es nach ihr ginge, würde sie ohnehin nicht loslassen, bevor dieser Mann, um den sie so lange gekämpft hatte, ihr Gatte war.

Feierlich erhob der Häuptling die Stimme. »Diese beiden MaKri haben, obwohl und eben weil sie sich lieben, den *Einen Monat* auf sich genommen.« Weitaus weniger festlich fügte er hinzu: »Ich weiß, dass jeder von euch mit den Augen von Tigern über sie gewacht hat, damit ihr etwas zum Klatschen und Tratschen findet.« Ein heiteres Lachen plätscherte durch die Versammelten. »Da mir nichts zu Ohren kam, bezeuge ich hier vor dem gesamten Dorf, dass Kirras und Talaans Gefühle füreinander wahrhaft die Bande echter Liebe sind.

Sie sind heute hier erschienen, um sich ein Leben lang aneinander zu binden.«

Wie ein zufriedenes Waswari, das von Kindern mit Leckereien gefüttert wurde, sah Häuptling Joshad Braut und Bräutigam mit väterlicher Wärme an. »Kirra, Tochter von Chandrika und Nashem, und du, Talaan, Sohn unseres Volkes, seid ihr euch darüber im Klaren, welche Verpflichtung ihr mit dem Bund der Ehe euch selbst und dem Waldvolk gegenüber eingeht?«

»Das sind wir«, antwortete sie im Einklang mit ihrem Geliebten. Aber in diesem Moment dachte sie nicht an Nachkommen und deren Erziehung oder an harte Zeiten und Belastungsproben. Hier und jetzt gab es nur ihn.

»Dann sprecht eure Schwüre.«

Kirras Herz pochte so laut in der Brust, dass sie glaubte, ihr Bräutigam müsse es hören. Doch seine rubinroten Augen, die in ihre Seele zu blicken schienen, beruhigten sie ein wenig. »Talaan, ich liebe dich seit jenem Tag, an dem du so verloren wirktest, als die *Große Stadt* dich wieder gefangen nahm. Obwohl ich es war, die dir meine Heimat zeigte, waren es dein kindliches Staunen und deine Zuneigung zu allem Lebenden, die mich den Dschungel neu entdecken ließen.

Seit damals ist meine Liebe zu dir stets gewachsen. Selbst, als du meine Gefühle noch nicht erwidern konntest, hast du als engster Freund zu mir gehalten und so die Bande zwischen uns gerettet. Ich werde dich auf ewig im Herzen tragen, zu dir stehen in jeglichen Widrigkeiten und da sein, wann immer du mich brauchst. Das gelobe ich vor Zeugen, denn in unserer Liebe gedeihe ich.« Während die Worte derart über Kirras Lippen flossen, aus ihrem Innersten in seines, schien ihr, Talaan würde in ihren Augen versinken.

Es dauerte tatsächlich einen Moment, bis er wieder zu sich fand. »Auch du hast zu mir gehalten«, sprach er mit seiner sanftesten Stimme. »Du bist mir eine Freundin gewesen, als ich verzweifelt eine brauchte. Ich war verloren und in jeder Hinsicht ohne Halt. Du hast mir geholfen, meinen Platz zu finden. Durch dich habe ich angefangen, Wurzeln zu treiben, und bei dir, wo immer du bist, habe ich Heimat gefunden.

Wann aus dieser wundervollen Freundschaft Liebe wurde, vermag ich nicht zu sagen, Kirra. Was ich weiß, ist, dass wir unzertrennlich sind, seit ich dir in jener Nacht meine Vergangenheit offenbarte. Du hast mir mehr Vertrauen geschenkt, als ich es mit Verzagen für möglich gehalten hätte.

Jetzt aber stehe ich hier und bin mir nichts so sicher wie meiner Liebe zu dir. Bin ich bei dir, kommt mein rastloser Geist zur Ruhe. In deinen Armen finde ich Frieden. Nur mit dir bin ich ganz ich selbst. Ich werde dich ewig in mir tragen, auch über den Tod hinaus und die Grenzen aller Welten hinweg. Das gelobe ich vor Zeugen, denn unsere Liebe erfüllt meine Seele.«

Kirras Herz sang vor Glück, als sie jene Worte hörte. Für jeden anderen hatte Talaans Schwur nur halb so viel Bedeutung und das machte ihn umso kostbarer. Tränen wegblinzelnd beugte sie sich über ihre gebundenen Hände hinweg und küsste ihn innig. Sie begriff immer noch nicht, wie ein so wundersamer Mann und *Maigan* sie lieben konnte – eine einfache, sterbliche Jägerin. Aber in diesem Kuss nach diesem Gelübde fand sie die klare Sicherheit, dass sie nie wieder daran zweifeln würde.

Als sie den wunderbarsten aller Küsse beendeten, schnitt Joshad den weißen Stoffstreifen mit einer zeremoniellen silbernen Klinge entzwei.»Weltliche Fesseln braucht ihr nicht mehr, denn ihr seid jetzt durch stärkere Bande vereint. Von ganzem Herzen wünsche ich euch ein langes, erfülltes gemeinsames Leben. Möge der Segen des Schöpfers stets über euch sein.«

Die Dorfbewohner brachen in lauten Jubel aus und Kirra war von Herzen froh, diesen wunderbaren Moment nicht nur mit ihrer Familie, sondern im Kreis all jener zu verbringen, die seit jeher dazugehört hatten. Sie war umringt von MaKri, deren Freude wahrhaftig und voller Zuneigung war.

Ihr Mann zog Kirra zu sich heran, umarmte sie geradezu behutsam und rieb seine Schnauze zärtlich an ihrer. Dabei raunte er ihr zu:»Du bist noch nie so bezaubernd gewesen wie heute, Geliebte. Aber wann immer ich dich von nun an sehe, wirst du in meinem Geist eine Krone aus Orchideen tragen.«

Weitere Tränen quollen aus Kirras Augen und rasch verbarg sie diese in einem liebevollen Kuss. Erst als sie in ihren beiden Fellen versickert waren, blickte sie ihm tief in seine rubinroten Iriden.»Mein Ehemann«, flüsterte sie lächelnd.»Das müssen wir feiern.«

Das daraufhin folgende Fest stand dem, welches für Sorral ausgerichtet worden war, in nichts nach. Man konnte vielleicht sogar sagen, dass die Dorfbewohner mit mehr Gelassenheit und Herzblut dabei waren. Es entwickelte sich wie von allein ein fröhliches Beisammensein, zu dem sich die ganze Siedlung und ihre Gäste einfanden. MaKri schlossen sich zu vergnüglich plauschenden Grüppchen zusammen, scherzten und lachten unbeschwert. Die einen machten es sich an Tischen gemütlich und tafelten gebratenes Fleisch und köstliche Früchte, die anderen tanzten zu Trommeln, Flöten und den »singenden Hölzern« der *JaramArkat*. Hatte mal einer der Musiker keine Lust mehr, fand sich immer jemand, der den leeren Platz einnahm. So herrschte ständig Bewegung im Fest und je nachdem, wer spielte, erklangen mal fröhliche und mal besinnliche Töne. Talaan hingegen wich nicht von der Seite seiner geliebten Kirra und ließ sich von dem Glück, sie nun Ehefrau nennen zu dürfen und dem Spektakel um sie herum berauschen.

Als die Sonne unterging, wurde dem Dorf ein seltenes und beeindruckendes Schauspiel zuteil: Der Gelehrte Reshero sang. Man rühmte ihn als einen der wenigen Kri, die mit dem Talent einer weichen Stimme gesegnet waren. Sein klarer Bariton zog alle in seinen Bann und es wurde still auf dem Platz. Mal trug der Ehrwürdige Heldensagen aus vergessenen Tagen vor, mal amüsante Lieder von der Liebe.

So verging die Zeit wie im Fluge, bis die Nacht die Dämmerung beiseiteschob. Resheros Gesang lag immer noch wie ein Zauber in der Luft, als Kirra sich zu Talaan hinüberbeugte. »Wir sollten die Gunst des Augenblickes nutzen, um ohne viel Aufmerksamkeit und Hallo das Weite zu suchen, Geliebter«, raunte sie. Urplötzlich glitt ihre Zunge betont langsam über die empfindliche Innenseite seines Ohrs. Sofort schien seine Lunge in wärmenden Flammen zu stehen.

Äußerst anschmiegsam liebkoste er ihre Schnauze mit der seinen. »Können wir einfach so verschwinden? Schließlich ist das unser Hochzeitsfest.«

Verspielt küsste sie ihn auf seine ledrige Nase. »Sie werden mit dem Fest nicht eher aufhören, bis wir morgen früh mit den Malen aus dem Haus treten.«

Er wurde hellhörig. »Welche Male?«

Statt einer Antwort küsste Kirra ihn mit einer Leidenschaft, die er so von ihr noch nicht kannte. Die Flammen wurden zum Feuersturm. »Das musst du schon selbst rausfinden, mein frischvermählter Gatte.«

Er warf einen abschätzenden Blick in die Runde. Niemand schenkte ihnen gerade Beachtung. »Nichts lieber als das, Schönheit meines Herzens. Lass uns gehen.«

Vor ihrer Hütte angekommen, folgte Talaan einer spontanen Eingebung. Er zog Kirra zu sich und hob sie hoch.

»He, was machst du?«, rief sie verdutzt.

Lächelnd küsste er sie, während sie auf seinen Armen lag. »Ein alter, menschlicher Brauch.« Mit diesen Worten trat er durch die Tür.

»Du willst mich also auf Händen tragen?« Bezirzend schmiegte sie den Kopf an seinen Oberarm. »Pass auf, dass du nicht stolperst.« Kaum hatte sie das gesagt, schlang sich auch schon ihr Schwanz um seinen Fuß. Mit einem überraschten Ausruf Talaans gingen sie gemeinsam zu Boden. Sie kullerten zwei schrittweit und kamen zum Liegen.

Kirra hatte die Oberhand gewonnen und nutzte die Gelegenheit augenblicklich aus. Liebevoll ließ sie die Zungenspitze über die Außenlinie seines Ohres gleiten. Erregt schnappte er nach Luft. Sie wiederholte diese Liebkosung einige Male mit langsamen, verführerischen Zügen, bis er wonnig zu schnurren anfing.

Ihre dezent raue Zunge beschwor ein Begehren in ihm, wie er es nicht für möglich gehalten hatte. Die Ohrmuscheln der MaKri erwiesen sich als sehr empfänglich für Zärtlichkeiten. Seine Instinkte kehrten mit voller Wucht zurück, doch hieß er sie diesmal willkommen.

»Traue niemals einer Frischvermählten, wenn sie nur das Eine will«, verriet sie ihm amüsiert und ließ einen ausgiebigen, liebevollen Kuss folgen. All dem Wohlgefühl vollkommen ausgeliefert blickte Talaan lächelnd zu ihr auf und strich mit dem

Handrücken ihre Schnurrhaare nach hinten. »Mal sehen, ob ich dich auch zum Schnurren bringen kann.«

Sie rollten herum und Kirra bot ihm bereitwillig ihr Ohr dar. Genüsslich widmete er sich ihm. Er nahm sich reichlich Zeit mit jedem einzelnen Zungenschlag und den Pausen dazwischen. Schon bald schnurrte sie derart kehlig, dass es ihm die Nackenhaare hochstehen ließ.

Seine Liebkosungen wanderten ihre Schnauze hinauf. Ihr seidiges Fell störte ihn kein Bisschen mehr. Im Gegenteil – es fühlte sich verlockend weich unter seiner Zunge an und verhieß eine ganz neue Welt an zärtlichen Möglichkeiten. So sanft er nur konnte, küsste er sie.

Talaans Herz sang vor Freude, als er nebenher erkannte, wie gut und richtig sich all das anfühlte, was er gerade tat. Andächtig hielt er inne und musterte jedes kleine Detail ihres wunderschönen Gesichts: Die feinen Spitzen ihrer Fangzähne, die immer hervorlugten, sobald sie wie jetzt lächelte; ihre Schnurrhaare, die sie dabei so zauberhaft anlegte; die fließenden Kurven, mit denen ihre Schnauze zu Wangen und Stirn überging.

Als er zu lange vernarrt auf sie hinabschaute, schlug Kirra mit überraschtem Ausdruck die Augen auf. »Was ist?«, fragte sie fröhlich. Ihr verliebtes Lächeln wärmte sein Innerstes.

Zärtlich streichelte er ihr über den Kopf. »Wenn ich dich ansehe, frage ich mich, wie ich zuvor all die Weiblichkeit, deine Schönheit nicht bemerken konnte.« Er küsste sie erneut und tastete mit der Zunge nach ihrer. Sie umschlangen einander und liebkosten sich.

Kirra verfolgte seinen Mund noch ein Stück, als er das Haupt hob, gab ihn aber schließlich frei. Da lag ein betörendes Sehnen im Blick ihrer Topasaugen, das ihn aufs Äußerste verlockte. Als könne sie in sein Innerstes schauen, schnurrte sie aufwühlend verführerisch: »Lass uns zu unserem Bett gehen.«

»Alles, was du willst, Geliebte«, erwiderte er schelmisch lächelnd. Mit einem Satz sprang er auf und mit wenigen weiteren lag er schon auf den Fellen ihrer Schlafstätte. Mit betont laszivem Pendeln ihres Schwanzes folgte sie auf angemessenere Art. Ihr Gürtel fiel dabei wie von allein von den Hüften ab.

Ein beherzter Griff in ihren Nacken öffnete den Verschluss und das Kleid glitt fließend zu Boden. Überrascht wanderten seine Augenbrauen nach oben.

Kirra lachte glockenhell. »Unsere Kleidung ist immer so gemacht, dass sie praktisch ist. Was könnte unpraktischer sein als ein Hochzeitskleid, das man nur schwer aufbekommt?« Sie zwinkerte ihm aufreizend zu und entlockte ihm damit wieder ein verliebtes Lächeln.

Geschmeidig legte sie sich neben ihn. Als sie anfing zu sprechen, klang es mehr wie ein melodisches Schnurren. »Sag mir, Geliebter: Wie soll ich meine wilde ...« Ein kehliges Knurren drang aus ihrem Mund. »... leidenschaftliche ...« Mit einem ironischen Zwinkern ließ sie die Kralle ihres Zeigefingers über seine Brust gleiten. »... Verführungskunst in mir wecken, wenn Du mich so entwaffnend ... « Ein zärtlicher Kuss folgte. »... und schrecklich vernarrt anlächelst? Hm?« Eine Liebkosung seiner Schnauze mit der ihren vollendete den spielerischen Vorwurf.

Mehr als diese Worte brauchte es gar nicht, um die Ketten, an denen sein Begehren zerrte, endgültig zu brechen. Zugleich bot die Liebe in seinem Herzen ein Netz, in das er sich fallen lassen konnte. Also schmiegte er sich ohne Scheu enger an sie und hauchte in ihr Ohr: »Ich habe da so ein, zwei Ideen, Geliebte.«

Tatsächlich feierte das Dorf noch, als sie bei Sonnenaufgang wieder auf den zentralen Platz traten. Einige Erwachsene und fast alle Kinder hatten der Müdigkeit schließlich doch nachgegeben und lagen zusammengerollt hier und da auf dem Boden, aber keiner war heimgegangen.

Talaan sehnte sich selbst nach Schlaf, denn er hatte diese Nacht nicht viel davon bekommen. Er lächelte Kirra wie ein verliebter Narr zu. Es hatte gewisse Vorteile, ein MaKri zu sein. In schönen Erinnerungen badend rieb er das Bissmal an seinem

Nacken. »Du hättest mich vorwarnen können«, sagte er schmunzelnd mit milder Stimme.

Sie kicherte leise in sich hinein. »Ich habe dir doch gesagt, wir würden dem Dorf unsere Male zeigen. Beißen sich die Menschen nicht, wenn sie so lange enthaltsam waren?« Er ließ von seinem Nacken ab und küsste sie innig. »Nein, zumindest nicht so. Aber ich bin schrecklich froh, dass ich keiner mehr bin.«

Es war Jurrea, welche sie als Erste bemerkte. Sie sprang auf, hob einen Kelch und rief aus voller Lunge: »Ein Hoch auf die frisch Vermählten!«

Alle, die noch wach waren, brachen in lauten Jubel aus. Selbst jene, die geschlafen hatten, rappelten sich auf und fielen in den Chor ein. Man führte Kirra und Talaan zurück zu ihren Plätzen und bis auf diejenigen, die sich gerade verschlafen die Augen rieben, wirkte es, als wären sie nicht fort gewesen.

»Macht ihr das jedes Mal, wenn hier jemand heiratet?«, fragte er behaglich zu seiner Liebsten gebeugt. Die Lebensfreude dieser Wesen überraschte ihn immer wieder aufs Neue.

»Selbstverständlich. Es gibt keinen besseren Grund für ein Fest als eine Hochzeit.« Sie stupste seine Schnauze mit ihrer. »Wir sind jetzt die Zukunft des Dorfes.«

»Daran könnte ich mich gewöhnen«, seufzte er glücklich und ließ den Blick über die feiernden MaKri wandern.

Seine unbeschwerte Fröhlichkeit bekam Risse, als er unter all den Freunden und Nachbarn die Orakelgelehrte Rerrena ausfindig machte. Sie hatte den weiten Weg nicht auf sich genommen, um zu feiern. Sein Ruf, der Ruf eines *Maigan*, hatte sie hierhergebracht – sie und die anderen. Er suchte die Menge nach ihnen ab.

Tonri, der Schamane der *Großen Stadt*, schien seine Augen auf sich zu spüren, sah zu ihm und nickte schicksalsschwer. Nahebei fand Talaan Sorral, den er zu einem tödlichen Schlachtenmagier gemacht hatte. Jenseits des Feuers saß Reshero und blickte nicht minder nachdenklich drein als er selbst.

Keiner der Gerufenen wirkte ausgelassen. Heute würden sie aufbrechen. Verantwortung, schwer wie ein Berg, senkte sich auf Talaans Schultern. Und im Hintergrund flüsterten einmal mehr die Toten von *Ferragun* von seinem Versagen und der Schlächter Marten grinste ihn über die Grenze des Todes hinweg an.

Sie werden alle wegen dir sterben, Weltenwandler. Die Abgesandten früher, der Rest ein wenig später.

Schuldbewusst sah er zu Kirra, seiner geliebten Frau. Selbst ihr Lächeln flackerte, als sie seine Gedanken erriet. Sie würden gemeinsam gen Westen ziehen. Dorthin, wo die felllosen Dämonen lebten – die Menschen des Westens.

GLOSSAR

Seit ich als MaKri erwacht bin, schwirren mir derart viele neue Dinge im Kopf umher, dass es mir hilft, sie geordnet niederzuschreiben. Auch wenn die Sprache des Waldvolks sehr bildlich ist, erschließen sich manche Begriffe einem Von-außen-Kommenden nicht in ihrer Bedeutung.

Ein Wort der Warnung: Wenn du diese Zeilen liest, aber noch nichts von den Ereignissen meiner Erwählung zum *Maigan* und den Verwicklungen, die der König des Westens über die MaKri gebracht hat, weißt, solltest du hier mit Bedacht weiterlesen. – Talaan

Für wen schreibst du das eigentlich? Glaubst du, jemand könnte das hier als Anhang für deine Memoiren verwenden wollen? Steigt dir das mit dem Vom-Orakel-Erwählten langsam zu Kopf? (Falls du mich jetzt vor deinem inneren Auge mit herausgestreckter Zunge siehst, hast du absolut Recht.) »Erwählung zum Maigan« ist außerdem eine unnötige Doppelung. Schau mal unter deinem eigenen Eintrag zu »Maigan« nach. (Meine Zunge ist übrigens immer noch draußen.) — Kirra

Beimutter

Dass die Männer der MaKri mehr als einmal heiraten, ist naheliegend, schließlich hat eine Laune der Natur dafür gesorgt, dass es ungefähr zweimal so viele Frauen gibt. Interessant daran ist auch, wie eng die Bindung zwischen der Tochter einer Ehefrau zu der anderen Gattin ist. Das Wort »Beimutter« scheint eher eine traditionelle Bezeichnung zu sein, die keinerlei Abstufung der Zuneigung bedeutet. – Talaan

Wusstest du, dass Chandrika und Eliha Geschwister sind und sie Vater gleichzeitig geheiratet haben? Ich kann mir ein Leben mit nur einer Mutter gar nicht vorstellen. — Kirra

Eine Schrift, die

Die *Eine Schrift* ist eine erstaunlich leicht zu verstehende Anleitung für ein Geistessymbol. Das Orakel übergab sie bei ihrem ersten Kontakt an die MaKri und seitdem wird eine Abschrift des Originals jeder Siedlung anvertraut. Sie ist zum festen Bestandteil der Initiation eines jeden *Maigan* geworden. Besonders rätselhaft an ihr ist, dass sie einen Verweis auf Weltenwandler enthält und ihre Rückseite in der Sprache der Alten verfasst ist.

Beide Seiten beschreiben denselben Teil eines Gestaltenwandels in der jeweiligen arkanen Wirkungsweise. Ich bin froh, dass fast niemand weiß, wieso es mir gelungen ist, den Zauber zu wirken. Als *vom Orakel erwählter Maigan* zu gelten, ist schon schlimm genug, da kann ich auf noch mehr Rummel um meine Person verzichten. – Talaan

Mein Fell juckt wie unter tausend Ameisen bei dem Gedanken, dass die Antwort auf eine der größten Fragen in der Orakelkunde wenige Armeslängen von mir entfernt sitzt und sich in Schweigen hüllt. Aber ich respektiere deinen Wunsch, Maigan. — Rerrena

Fernhelm

Ein kleiner Ort weit vom *Jungen Wald* entfernt, durch den ich wenige Tage vor meinem Wiedererwachen im Dschungel geritten bin. Wegen meiner Entscheidung, den Bürgern *Fernhelms* zu helfen, haben sie überlebt. Ihre Dankbarkeit ist der Ast, an dem ich mich auf dem reißenden Fluss meiner Zweifel festhalte. – Talaan

Ferragun

Einen Tagesritt von *Fernhelm* gelegen. Marten hat alle Bürger abgeschlachtet – restlos. Alles nur, um mir eine unmögliche

Entscheidung aufzudrängen. Je länger ich darüber nachdenke, umso mehr komme ich zur Überzeugung, dass Marten damit in mir maßlosen Zorn wecken wollte. Ich sollte wohl alles geben, um ihn dann blindwütig einzuholen. Sonst hätte er hier ebenfalls alle Pferde vertrieben oder getötet. So oder so: Das elfische Sprichwort »Zorn ist der Tod des Klingentanzes« hat sich bewahrheitet. – Talaan

Geistesbrüder und Geistesschwestern
Die Bezeichnung der MaKri für andere, die denselben Beruf ausüben. – Talaan

Betrachten die Menschen alles so nüchtern? Es ist schon ein bisschen mehr als das an dieser Wortwahl. Im Allgemeinen ergreift ein MaKri jenen Beruf, der ihm auch wirklich etwas bedeutet. Uns Jägerinnen verbindet dieselbe Leidenschaft, also sind wir Schwestern im Geiste. – Kirra

Geistessymbol
Ein komplexes, räumliches Gebilde leuchtender Linien, Kurven und anderer Muster, das ein *Maigan* in seinem Verstand formt. Diese unvergleichliche Art der laut- und gestenlosen Magie ist nicht nur schnell zu wirken, sondern auch äußerst potent.
Maigan Sorral und ich haben inzwischen einige Zeit damit verbracht, die Geistessymbole zu erforschen. Weit gekommen sind wir nicht. Fest steht, dass ein jedes von ihnen eine Gemeinsamkeit hat: den Fokus. Aus diesem bezieht das Symbol seine Energie. Woher, wissen wir nicht. – Talaan

Es liegt auf der Hand, dass ein Zauber der Erwählten keine Frage der Geometrie, sondern des Verstehens ist. Das reine Nachäffen der Symbole, die du mich lehrtest, hat bestenfalls ein schwaches Glimmen ohne Kraft gebracht. Erst als du mir erläutert hast, welche Prinzipien der Wirkung dahinterstecken, konnte ich die Magie entfesseln. Das lässt vermuten, dass ein Geistessymbol genau das ist: Ein bildliches Gleichnis der Meisterschaft eines Zaubers. Damit beißt sich die Schlange unserer Forschung selbst in den Schwanz. Wir kommen ohne Eingebung des Schicksals nicht weiter. — Sorral

Ich wünschte, ich hätte mein altes Zauberbuch. In ihm waren unzählige Zaubersprüche enthalten und erläutert. Leider musste ich es zurücklassen. – Talaan

Gestreifter Pirscher
Er ist das hiesige Pendant für einen bengalischen Tiger. Das Waldvolk begegnet ihm mit einer Achtung, die schon beinahe an Bewunderung grenzt. Kein Wunder, ist er doch Auge in Auge ein ehrfurchtgebietender Anblick. Kraftvolle Muskeln, scharfe Krallen und eine geisterhafte Geschmeidigkeit machen ihn zu einer Gefahr, die man zu keiner Zeit unterschätzen darf. – Talaan

Die Makri sehen im gestreiften Pirscher einen Wink des Schöpfers, dass wir den Regenwald ehren und nicht Untertan machen sollen. Jedes Flauschohr, das irgendwann einmal auf die überhebliche Idee kommt, nach Lust und Laune jagen zu können, wird durch den Tiger an die Wahrheit erinnert — wenn es überlebt. — Kirra

Große Stadt
Sie gleicht keiner Stadt, die ich je gesehen habe. Befreit vom alles zuwuchernden Unterholz entfalten die Riesenbäume hier ihre volle Pracht. Die in bis zu drei Ebenen um die Stämme herum gebauten Hütten tragen ihr Übriges dazu bei, mich zu beeindrucken.

In der Nacht ist sie mir am liebsten. Da wird aus dem lärmenden Trubel, der allen Ortes herrscht, ein Lichtermeer aus erhellten Fenstern und die fröhlichen Laute eines viel gemütlicheren Familienlebens erfüllen die Dunkelheit. – Talaan

Die Riesenbäume wirken in Siedlungen der Makri nicht nur beeindruckender, weil sie einzeln stehen. Sie sind tatsächlich um einiges größer als in der freien Natur. Das liegt an der guten Düngung. Die Aborte, die über Rohre mit dem Innern der hohlen Stämme verbunden sind, erweisen sich also in mehrerlei Hinsicht als praktisch. — Reshero

Grünblattviper
Kein Spielzeug für kleine Jungen. — Kirra

Sehr lustig, als ob ich das jemals wieder vergessen würde.

Diese tödlich giftige Schlange misst ungefähr zwei Fuß, hat hellgrün changierende Schuppen und einen markanten gelben Längsstreifen auf dem Rücken. Ihr Biss macht rasch benommen und zersetzt später das Fleisch ihres Opfers. Ein Abbinden der Bissstelle kann verhindern, dass das Muskelgewebe des Herzens angegriffen wird. – Talaan

Was ist »Fuß« bitte für eine seltsame Maßeinheit? Du solltest es für deine Lesenden in »Pfoten« umrechnen. (Nicht, dass wir das so angeben würden ...) Messen die Menschen größere Abstände mit Ellbogen oder Knien? — Kirra

Manche menschlichen Kulturen messen tatsächlich in Ellen. – Talaan

Am Ende behauptest du noch, Lithiálekon gab es wirklich. T3. — Kirra

Danke für die Erinnerung, ein Namensverzeichnis anzulegen. Du darfst dort nachschlagen, da du deine Schnauze offenbar ohnehin nicht aus meinen Aufzeichnungen heraushalten kannst. - Talaan

Guon

Es gibt viele mir bekannte Tierarten im Regenwald der MaKri, doch die Guons gehören zu keiner Spezies, die es auf der Erde gibt. Sie sind kaum größer als Feldhasen, haben erstaunlich flinke, kurze Beinchen und einen dicken Pelz. Wie sie mit dieser seltsamen Mischung aus Eigenschaften in einem Dschungel überleben können, in dem Hitze und Tiger herrschen, ist mir schleierhaft. Sie geben bei der Jagd eine recht leichte Beute ab, wenn man sich auf das Anpirschen versteht. - Talaan

Dir ist schon aufgefallen, dass sie mit ihren kurzen Beinen und der keilförmigen Schnauze spielend leicht durch Farne und Buschwerk schlüpfen können? Ihr Fell ist zudem äußerst dicht und zugleich sehr seidig. Nur mit einem gut gezielten Prankenhieb kann ein gestreifter Pirscher sie wirklich verletzen. Gegen unsere Speere sind Guons aber nicht gewappnet. — Kirra

Halle des Lichts
Wohnstätte des Orakels – Talaan

Es ist schon beinahe frevelhaft, dass du diesem Wunder nur drei Worte widmest, Maigan. Selbst wir Gelehrten wissen bis heute nicht, was die Halle des Lichts genau ist. Fest steht, dass die Ausmaße der Kuppel gewaltig und die Schönheit der eingelassenen Fenster unbestreitbar sind. Es ist zudem Konsens, dass ihre Existenz nicht ganz irdisch ist, da sie sich einigen Naturgesetzen entzieht.

Sie als »Wohnstätte« abzutun ist ungefähr so, als würdest du die Regenzeit als leichtes Tröpfeln bezeichnen. — Rerrena

Häuptling
Ein Häuptling der MaKri ist weit vom Bild eines primitiven Stammesführers entfernt. Er oder sie wird von den Bürgern

gewählt und bringt nur eine von fünf Stimmen in den Ältestenrat ein. Zu den Pflichten gehören offenbar unter anderem das Leiten von Festlichkeiten und öffentliche Ansprachen. Ich glaube, das ist der Grund, weshalb dieses Amt Plaudertaschen anzieht wie Speck die Mäuse. – Talaan

Schuldig im Sinne der Anklage. Ich muss zu meiner Verteidigung anführen, dass ich den Klang meiner Stimme nun einmal liebe. Abgesehen davon gibt es zwei gute Gründe, warum vor allem Redegewandte Häuptling werden. Sie sind meist gesellig und bei vielen Bürgern beliebt und werden somit leichter gewählt. Zum anderen sind wir Schlichter bei Streitigkeiten — jemand der von beiden Parteien geschätzt wird, hat es oft leichter.

Übrigens hat es einen Grund, warum der Rat eine ungerade Zahl an Stimmen hat. Ein Patt wird so stets vermieden. Der Häuptling kann bei einer Abstimmung von dem Recht Gebrauch machen, als Letzter seine Entscheidung zu fällen. Er oder sie hat also nicht nur eine von fünf, sondern die entscheidende Stimme. — Firr

JaramArkat

Wörtliche Bedeutung: »Singende Hölzer«. In einem Rahmen hängenden Klanghölzern werden wie bei einem Xylophon mit Schlägeln die Töne entlockt. Sie erfreuen sich bei den MaKri einer beachtlichen Beliebtheit, was am weichen Klang liegen dürfte, aber auch daran, dass es sich recht intuitiv lernen lässt. Da sich bei Festen die Feiernden gerne selbst einbringen, dürfen die JaramArkat auf keiner Feier fehlen.

Alle Exemplare, die ich bisher gesehen habe, waren vollendet gefertigt. Sie habe eine seidig glatte Oberfläche, in die kunstvolle Ziermuster eingraviert sind. – Talaan

Die Gravuren dienen nicht nur der Zierde. Sie helfen, die Hölzer perfekt auf den Ton abzustimmen. — Rinara

Kräuterfrauen

Sie sind die Heilerinnen unter den MaKri. Wie der Name sagt, verstehen sie sich exzellent auf Kräuter und ihre Wirkungen. Sie besitzen auch ein erstaunlich hohes Wissen über Anatomie. In jeder Siedlung gibt es genau eine, auch wenn sie junge Schülerinnen als Nachwuchs ausbilden. Diese gehen ihnen dann offenbar zur Hand. Tatsächlich ist dieser Beruf ausschließlich Frauen vorbehalten. Die Kräuterfrau ist auch stets Mitglied des Ältestenrates. – Talaan

Wir vertreten im Rat zu allen Zeiten das Leben selbst. Kräuterfrauen sind einer der Gründe, warum es seit Jahrhunderten keine Fehden mehr zwischen den Siedlungen gibt. – Shaila

KriSam

Wörtliche Bedeutung: »Sprache des Volkes«. Eine wundervolle Sprache voller rollender r-Laute. Je nach Wortwahl und Stimmung des Sprechenden kann sie wie ein andauerndes Schnurren oder ein bedrohliches Knurren klingen. Zudem ist KriSam eine sehr bildliche Sprache. So nennen sie die Regenzeit beispielsweise *RishKawjular* – Große Himmelsflut. – Talaan

Das ist nicht ganz korrekt. Wörtlich bedeutet KriSam »Sprache der Völker«, denn ebenfalls unsere fernen Geschwister, die Takri, sprechen sie, wenn auch mit einem für unsere Ohren absonderlichen Akzent. Das ist ein klarer Beweis dafür, dass beide Völker einen gemeinsamen Ursprung haben, auch wenn Berichte oder Schriften aus jener Zeit längst in Vergessenheit geraten sind. – Reshero

Maigan

Wörtliche Bedeutung: vom Schicksal Erwählte. Ein selbst von den MaKri bisher kaum erforschtes Phänomen. Offenbar erhalten äußerst selten einzelne MaKri eine magische Fähigkeit, quasi aus dem Nichts. Nach meinen Gesprächen mit *Maigan* Sorral und mit Blick auf die *Eine Schrift* steht fest, dass alle Erwählten Geistessymbole benutzen. Da diese beachtenswert komplex sind und ihr Wirken nur mit dem notwendigen Verständnis gelingt, kann Zufall beim Erlernen ausgeschlossen werden. Ist hier eine höhere Macht am Werk? – Talaan

Was glaubst du, warum wir an der Bezeichnung vom Schicksal Erwählte über Jahrhunderte festhalten? Nicht, weil wir glauben, dass Maigan ihre Gabe beim Glücksspiel gewonnen haben. – Sorral

MaKri

Wörtliche Bedeutung: das Waldvolk. Eine ebenso zutreffende wie einleuchtende Eigenbezeichnung für eine Kultur, die Jahrhunderte lang keinerlei Kontakte zu Menschen kannte.

Was für eine absonderliche Herleitung. Offensichtlich hast du »Die frühe Ära« aus meiner Feder nicht gelesen. Wie kommst du auf die Idee, wir würden uns anders nennen, wenn wir keinen Kontakt zu Menschen gehabt hätten? Weil sie anders aussehen als wir? Eine Unterscheidung nach Rassen wäre absurd. – Reshero

Orakel

Rätselhaftes Wesen, das in der *Halle des Lichts* irgendwo im östlichen Dschungel lebt. Es hat eine zentrale Bedeutung für das Waldvolk. Offenbar vermag sein weltumfassender Blick, alle Dinge und sogar Gedanken zu sehen. Oft konsultieren die MaKri es auch, um sehr persönliche innere Konflikte zu lösen. Sein Rat gilt als unfehlbar.

Auch wenn alle behaupten, es könne keine Zukunft vorhersagen, vermag es sie offenbar zu sehen. Die *Eine Schrift*, die vor Urzeiten vom Orakel an die MaKri übergeben wurde, war ganz offensichtlich für mich bestimmt. Kirra meinte hierzu, das Orakel würde »unendlich viele Möglichkeiten« der Zukunft

sehen. Meint sie damit einfach nur, dass es verschiedene Zeit-
linien sehen kann? Oder gar alternative Realitäten? – Talaan

Es ist mir immer noch schleierhaft, wie du so wenig darüber
wissen kannst. Es entbehrt nicht einer gewissen Ironie,
dass ausgerechnet der Erfüller der Einen Schrift das Orakel
nicht kennt. Selbstverständlich kann es die Zukunft nur wie
durch ein Prisma unendlich vieler Möglichkeiten sehen. Die
Vorstellung, die Zukunft könnte festgeschrieben sein, ist
erschreckend. Bezüglich der Einen Schrift ist die am
häufigsten vertretene These, dass sie uns für den Fall
anvertraut wurde, falls ganz bestimmte Ereignisse Realität werden. Ich vermute, wir würden bis an das Ende aller
Zeiten rätseln, was es mit der Einen Schrift auf sich hat,
wenn du niemals geboren worden wärest, Maigan. Auf der
anderen Seite bedeutet dies auch unweigerlich, dass eine
große Gefahr vor den Makri liegt, sonst hätte das Orakel
nicht für eine von unendlichen Möglichkeiten solchen Aufwand betrieben. – Rerrena

Romantik
Ein besonders gefühlvolles Gespür für Momente der Zweisamkeit zwischen Liebenden. (Auf vielfachen Wunsch Elihas hier
aufgenommen.) – Talaan

Sehr amüsant. Sehr. Amüsant. – Nasehm

Liest hier eigentlich jeder mit? – Talaan

Wir sind eine Familie, wir teilen alles. – Loma

Der Schöpfer steh' mir bei. – Talaan

Dir ist bewusst, wie kostbar Bücher für die Makri sind?
Daher gehören sie dem Dorf. Die meisten stehen nur
deswegen in deinem Regal, weil sie traditionell von

demjenigen gehütet werden, dem man die größte Weisheit zuspricht. In deinem Fall glauben sie das, da du ein Maigan bist. — Kirra

Schamane

Aus irgendeinem Grund können nur Männer diesen Beruf ergreifen. Die Schamanen der MaKri scheinen fähig zu sein, andere Ebenen der Existenz zu berühren. Das versetzt sie in die Lage, mit den Seelen der Verstorbenen zu sprechen. Sie sind durch diese Zwiesprache äußerst gute Kenner aller Wesenszüge und durchschauen mühelos Lügen und Täuschungen. Obwohl sie betonen, dass der Tod nur ein Übergang ist, sind sie allesamt ernste, geradezu finstere Gesellen. Mit Ihrer Gabe können sie zudem im Schlaf Kontakt zu ihren Geistesbrüdern aufzunehmen. Siehe Traumpfade. – Talaan

Du hast unsere eigentlichen Aufgaben vergessen. Wir sind Seelsorger, der Lebenden und der Toten. Glaube nicht, dass unter der fröhlichen Oberfläche unseres Volkes weniger Nöte und Abgründe lauern als bei den Menschen. Wenn du die Sorgen jedes einzelnen Bewohners deines Dorfes kennen würdest, wärest du auch ein so finsterer Geselle wie ich. — Tonri

Sharash tar Talimar

Ich kann nicht über das »offene Zelt des Einen Monats« schreiben, ohne dass es von meinem noch sehr jungen Glück eingefärbt wäre. Das Waldvolk pflegt die Sitte, dass nur heiraten darf, wer einen Monat enthaltsam gelebt hat. Ich vermute, dass sie damit das Herz über die doch recht wilden Triebe, die im Körper eines MaKri rumoren, siegen lassen wollen. Während dieser Zeit steht die Verlobte unter Beobachtung. (Warum eigentlich nicht der angehende Gatte ebenfalls?) Wie Kirra und ich feststellen mussten, eine äußerste Belastung für das die Zweisamkeit ersehnende Herz.

Daher gibt es den wundervollen Brauch des Sharash tar
Talimars. Den Liebenden wird in diesem Zelt, das oben offen
und somit von den Hängebrücken aus einsehbar ist, Unge-
störtheit geschenkt. Damit dieser Abend auch etwas ganz
Besonderes wird, trägt das ganze Dorf allerlei Dinge
zusammen: Licht, Naschwerk und Gemütlichkeit. Etwas
Romantischeres habe ich noch nie erlebt. – Talaan

Glaube nicht, dass du nicht auch unter Beobachtung stan-
dest, Geliebter. Nur ist es dir vermutlich nicht aufgefallen,
da die Rolle des Begleiters engen Freunden und der Familie vorbehalten ist. Es genügt voll und ganz, wenn einer
der beiden Verlobten die Enthaltsamkeit bricht, damit
ihnen die Ehe verweigert wird. – Kirra

TaKri
Wörtliche Bedeutung: das Bergvolk. Manche MaKri nennen
sie auch »die fernen Brüder«. Offenbar lebt in den Bergen weit
im Osten, jenseits des Orakels und des Dschungels, ein schwarz
befelltes Volk von Panthermenschen. Wirklich Kontakt zwischen beiden Kulturen scheint es nur an der *Halle des Lichts* zu
geben. – Talaan

Panthermenschen? Sind die MaKri für dich etwa Pumamenschen? Wir nennen die Menschen doch auch nicht Affenvolk.
– Kirra

Also … – Talaan

Du darfst dir meinen missbilligendsten Blick vorstellen. Aber
du kannst auf Vergebung hoffen, wenn du mich ein Jahr
lang jeden Abend massierst. – Kirra

Traumpfade

Irgendwie können die Schamanen der MaKri durch Träume reisen und so im Schlaf mit ihren Geistesbrüdern sprechen. Das ist äußerst praktisch, wenn man schnell Botschaften zwischen Ortschaften austauschen möchte. – Talaan

Wir sind keine Eilboten. Ich hoffe um deinetwillen, dass du niemals herausfinden musst, wofür wir die Traumpfade tatsächlich bereisen. – Tonri

Tullma

Hauptstadt des Königreichs der Menschen des Westens. Nahezu alle Waren, die mit den MaKri gehandelt werden, fließen hier durch. Dadurch ist dieser Ort und somit das Königshaus zu beachtlichem Reichtum gelangt. – Talaan

Viele Händler, die in den Dschungel kamen, sprechen mit Bewunderung und Ehrfurcht von Tullma. Diese Stadt muss ebenso schön wie wehrhaft sein. Sie wurde in den Zwistigkeiten zwischen den Stadtstaaten mehrfach angegriffen, hin und wieder belagert, aber niemals eingenommen. – Reshero

Vertreterin der Frauen

Wie der Titel dieser Stelle im Ältestenrat schon sagt, tritt die Amtsträgerin für die Belange der weiblichen Bevölkerung ein. Da es doppelt so viele Frauen wie Männer unter den MaKri gibt, würde ich zwei Vertreterinnen erwarten, aber das ist nicht der Fall. Ich verstehe zudem nicht ganz, wofür dieser Posten da ist. Ich kenne keine Gesellschaft, die so wenig Unterschiede zwischen beiden Geschlechtern pflegt. – Talaan

Du vergisst, dass wir ein sehr altes Volk sind und es nicht immer so war wie jetzt. Die Ältestenräte wurden in dieser Zusammensetzung auf Empfehlung des Orakels gegründet. Dass die Sichtweisen von Mann und Frau im Rat Gehör

finden ist ein wesentlicher Grund, weshalb schon so lange
Zeit Frieden herrscht. — Kirra

Vertreter der Männer
Das Gegenstück zur Vertreterin der Frauen. – Talaan

Eine sehr interessante Wortwahl. Betrachten die Menschen beide Geschlechter als Gegensätze? Wie seltsam. Für
die MaKri sind sie eine wunderbare Ergänzung des jeweils
anderen. Gemeinsam haben Männer und Frauen stets mehr
erreicht als auf sich gestellt. — Reshero

Waswari
Wörtliche Bedeutung: nutzloser Fellball. Wie Igel, nur mit
ganz viel Fell statt Stacheln – und kugelrund. Knopfaugen und
ein unentwegt schnüffelndes Näschen tun das ihre, mich in
Verzückung zu versetzen. Für Beutetiere sind sie äußerst
zutraulich. Ich frage mich, warum die MaKri, die ganz offensichtlich von ihnen genauso angetan sind wie ich, sie nicht als
Haustiere halten. – Talaan

Sie sind in freier Wildbahn nicht so zutraulich wie in der
Nähe von Siedlungen. Was daran liegt, dass Kinder Tage
damit verbringen können, diese kleinen Tierchen mit Naschwerk anzulocken, um sie dann streicheln zu können. Wirklich
zahm werden sie aber nie. Außerdem sind Waswari ziemlich dumm. Dummheit und die Höhe, in der Baumhäuser
gebaut sind, sind keine guten Freunde. — Kirra

PERSONENVERZEICHNIS

Da offenbar ein jeder das Recht hat, in meinen Aufzeichnungen zu lesen, halte ich meine Notizen hier knapp. Ich würde Verwicklungen gerne vermeiden.

Amisha – die Vertreterin der Frauen in der *Großen Stadt* schien mir bei der Abstimmung wohlgesonnen zu sein.

Erana – Wieso muss ich an Erana denken? Sie ist nur eine Figur in einem terranischen Märchen, das in Ost-Frikana spielt.

Eliha – Kirras Beimutter und Lomas Mutter ist eine gute Seele. Seit der Sache mit ihrer Tochter behandelt sie mich wie einen Sohn.

Firr – der Häuptling der *Großen Stadt* hat eine äußerst eifrige silberne Zunge.

Ginuthal – beim Schöpfer, ich vermisse meine verstorbene Frau immer noch.

Girrad – mit seiner Heilung habe ich mir den ganzen *Maigan-Trubel* eingebrockt und zugleich war er der erste MaKri, den ich einen Freund nennen möchte.

Harjit – der Vertreter der Männer ist für mich das Mitglied des Ältestenrates der *Großen Stadt*, das ich am schlechtesten durchschauen kann.

Hritani – sie ist die jüngste Tochter meiner direkten Nachbarn in der *Großen Stadt*, die sich immer rührend um mich kümmert.

Joshad – der Häuptling von unserem Dorf ist nicht weniger redselig als sein Geistesbruder Firr.

Joshra – ich muss immer lächeln, wenn ich den Sohn von Sarsha und Merrel gesund und munter über die Seilbrücken rennen sehe.

Jurrea – beinahe wäre die Jägerin aus Kirras Dorf wegen meiner Nachlässigkeit von einem Tiger getötet worden.

Karisha – Karisha und Ramesh sind wie Romeo und Julia für die MaKri.

Kirra – Wo wäre ich jetzt ohne sie?

Chandrika – die Mutter Kirras ist mit Leib und Seele eine Kupplerin.

Lithiálekon – es gab ihn, doch er war kein Meister für Denkergesichter.

Loma – Kirras Schwester ist vorlaut wie ein Ara, aber ich mag sie sehr.

Maresh – wenn er und Rashek mich nach meinem Erwachen nicht aufgelesen hätten, wäre mein Leben vermutlich sehr kurz ausgefallen.

Marten – Schwarzmagier, Schlachtenmagier, Schlächter von *Ferragun*. All das wird diesem Scheusal nicht gerecht.

Merrel – der Vater Joshras und Mann Sarshas ist immer zur Stelle, wenn ich eine helfende Hand brauche.

Mohab – der König des Westens beweist mit dem Verhalten seiner Soldaten in unserem Dschungel, dass wir von ihm keine Geschenke erwarten dürfen.

Soresh – Narati und Soresh sind ein frisch vermähltes Paar in Kirras Dorf.

Nashem – der Vater Kirras ist ein angenehm unaufgeregter Zeitgenosse.

Noruna – die Meisternäherin der *Großen Stadt* hat mir deutlich vor Augen geführt, wie sehr mich dieser halbtierische Körper im Griff hat.

Nosher – der Schamane in Kirras Dorf scheint mir weniger düster als sein Geistesbruder Tonri zu sein.

Rashek – ich verdanke ihm für meine Rettung nach meinem Erwachen ebenso viel wie für seine ruhige und ernste Hilfe vor meiner Initiation.

Ramesh – Karisha und Ramesh sind wie Romeo und Julia für die MaKri.

Rerrena – sie ist die bedeutendste Orakelgelehrte unter den MaKri.

Reshero – wenn man von diesem großen Gelehrten des Waldvolks spricht, wird fast immer seine Singstimme erwähnt – offenbar ein seltenes Phänomen unter den MaKri.

Rinara – sie ist die Schreinerin in Kirras Dorf.

Sarsha – seit sie von der Sache mit ihrem Sohn Joshra weiß, bringt mir Merrels Frau hin und wieder Essen vorbei.

Shaila – die Kräuterfrau der *Großen Stadt* besitzt ungefähr so viel Kenntnis von der Anatomie wie ein terranischer Arzt – bemerkenswert.

Shimar – dieser Tarnname war mir eine Zeitlang wie eine zweite Haut.

Simraakh – der Tod des jungen Mannes, der Kirra auf ihrer Pilgerreise begleitete setzt ihr immer noch zu.

Soresh – Narati und Soresh sind ein frisch vermähltes Paar in Kirras Dorf.

Sorral – mein Geistesbruder.

Talaan — vom Schicksal Erwählter mit vielen Gaben und Deuter der Einen Schrift.

Tonri – der Schamane der *Großen Stadt* hat das Herz am rechten Fleck.

NACHWORT

Mit dem Aufbruch nach Westen, in die Höhle des Löwen, endet der »Traum von Klauen und Dämmergrün«. Wenn du dich jetzt fragst, was es mit dem Titel überhaupt auf sich hat, geht es dir wie Kirra, Talaan und ihren Gefährten: Die Antwort auf diese und andere Rätsel liegt in der Zukunft des zweiten Bandes »Wille aus Stahl und Morgenröte«. Dort wird Talaan auf einen alten Widersacher treffen und erfahren, was es mit der »Macht der Weltenwandler« auf sich hat.

Ich freue mich, dass du gemeinsam mit mir Talaan bei seinem Aufbruch in ein neues Leben begleitet hast. Und dass du Kirra durch alle Tiefen und Wirren gefolgt bist, in die sie durch ihre Verwicklung mit dem Schicksal eines *Maigan* geraten ist.

Ich hoffe, du hast es beim Lesen ebenso genossen, die beiden zusammenzuführen, wie ich es beim Schreiben getan habe. An meiner Wand hängt ein Gemälde von Kirra und Talaan im *Sharash tar Talimar* und es macht mich jedes Mal glücklich, sie so zu sehen.

Zum Schluss möchte ich dich herzlich darum bitten, wenn dir das Buch gefallen hat, eine Rezension in einer Online-Buchhandlung deiner Wahl zu hinterlassen. Ob als Sternchen-Bewertung, die schnell erledigt ist, oder sogar mit Text liegt ganz bei dir. Mir als Indie-Autor ist es jedenfalls eine ungeheure Hilfe.

Falls du auf dem Laufenden bleiben willst, findest du mich auf Instagram unter @christopher_abendroth_autor oder im Web unter www.abendwelten.de, wo du auch meinen Newsletter abonnieren kannst.

Als dann: Ich hoffe, wir lesen uns wieder in »Wille aus Stahl und Morgenröte« oder in einer anderen Abendwelt. Es wäre mir ein Vergnügen.

Herzliche Grüße

Christopher Abendroth

DANKSAGUNG

Dieses Buch hat eine zwanzig Jahre lange Geschichte. Dass es letzten Endes das Licht der Welt erblickt hat, habe ich vor allem meiner Frau Steffi zu verdanken, die mich immer wieder ermutigt hat, es zu veröffentlichen. So begann ich vor circa fünf Jahren, es komplett zu überarbeiten. Aus einem dahingestümperten Erstlingswerk wurde eine Trilogie mit vielen Facetten. Doch meine Frau musste erst selbst den Entschluss fassen, ein Buch zu veröffentlichen, damit ich ernsthaft dazu überging, Autor zu sein, statt es nur zu wollen. Daher gilt ihr mein ganz besonderer Dank. Die kreative Energie, die in unseren gemeinsamen Schreibstunden in der Luft lag, hat die Publikation von »Traum von Klauen und Dämmergrün« erst möglich gemacht.

Danken möchte ich ebenfalls meiner Lektorin, Veronika Moosbuchner. Sie hat mir geholfen, bei meinem Debüt »Der salzige Geschmack unserer Freiheit« viel über das Veredeln von Texten zu lernen. Und sie hat mir auch jetzt wieder aufgezeigt, wie man aus einem guten Manuskript ein noch besseres Buch macht.

Für das wundervolle Cover dieses Bandes danke ich Ria Raven von Ria Raven Coverdesign. Sie besitzt das großartige Talent, aus einer vagen Idee ein Cover zu entwickeln, von dem ich dann sagen kann: »Genau das ist es!«.

Nicht zuletzt danke ich Steffi Frei dafür, dass sie die letzten Fehlerteufel aus meinem Text vertrieben hat, die sich hartnäckig vor mir versteckt gehalten haben.

Und dann ist da noch eine ganze Menge Menschen, der mein Dank gebührt: Die tolle Bücher-Community auf Instagram. So viel Unterstützung, Bestärkung und Inspiration ist der absolute Hammer für einen Indie-Autoren wie mich.

Aber all das wäre nichts, ohne dich, liebe Leserin oder lieber Leser. Ich danke dir, dass du »Traum von Klauen und Dämmergrün« eine Chance gegeben hast und Talaan und Kirra über all die Seiten treu geblieben bist. Ich hoffe, du hattest ebenso viel Spaß beim Lesen wie ich beim Erträumen.

Herzliche Grüße

Christopher Abendroth

Die preisgekrönte Novelle
von Christopher Abendroth

»Du behandelst mich so … anders«, sagte Ashari unvermutet. »Nicht wie Miss Randell. Ist sie ein böser Mensch?«

Traurig lächelte David und legte die Gabel nieder. Die Unsicherheit und Unschuld ihrer Stimme rührte ihn. Er verabscheute Sandy Randell, weil sie für ihn all das Unmoralische und Verwerfliche am Umgang mit den Morphs verkörperte. »Was denkst du?«

»Warum stellst du immer Gegenfragen?«, fragte sie ungehalten zurück.

»Weil es wichtig ist, dass du selbst entscheidest.«

»Du willst dich nur vor einer Antwort drücken.« Das Knurren in ihrer Stimme klang gefährlich. Ein Seitenblick zum Essen bedeutete wohl, dass sie bereits bereute, es gekocht zu haben.

»Nun?«, bohrte David ungeachtet dessen nach.

»Sie hat mich verspottet, wann immer sie Gelegenheit dazu hatte«, sagte sie leise. Anspannung vibrierte in ihren Worten. »Seit ich einem Käufer Kratzer ins Gesicht geschlagen habe, kam sie manchmal nur vorbei, um das Armband zu benutzten.« Asharis Blick wurde immer finsterer. »Nie wusste ich, wann es mich treffen würde! Mitunter blieb sie vor meiner Zelle stehen, ohne etwas zu machen, andere Male konnte ich sie nicht einmal sehen, wenn sie den Knopf drückte!« Tränen der Wut krochen in ihre Augenwinkel. »Manchmal nachts! Kannst du dir vorstellen, wie es ist, sich vor dem Schlaf zu fürchten?!«

Asharis traurige, brennende Wut schnürte David die Kehle zu und er schüttelte nur benommen den Kopf.

»Ich bin bei jedem kleinsten Laut aufgewacht! Ich *hasse* Miss Randell!«, schrie sie die letzten Worte hinaus und schlug mit der Faust auf den Tisch. Porzellan splitterte und Ashari erstarrte mit schuldbewusstem Blick.

David schluckte schwer. »Und trotzdem fragst du mich, ob sie eine böse Frau ist?«

»Sie ist ein Mensch«, antwortete die Leopardenfrau und sah dabei sehr müde aus.

»Du dachtest, sie hätte das Recht dazu?«, platzte es ungläubig aus ihm heraus. »Nach all diesen Grausamkeiten?«

Irritiert blickte Ashari auf den kaputten Teller hinab und schob die großen Scherben unsinnigerweise wieder zusammen. Dann sagte sie etwas derart leise, dass David sie nicht verstand. Verärgert pulte sie einen Splitter aus ihrer Hand und fügte ihn wie ein Puzzlestück in den Teller ein. Trotzig hob sie den Blick und sprach noch einmal lauter: »Ihr habt uns doch erschaffen.«

Eine einzigartige Welt, eine geheimnisvolle Vergangenheit, eine schicksalhafte Liebe …

Die epische Dark-Fantasy-Trilogie von Yola Stahl

»Bereits in den ersten Kapiteln komme ich aus dem Staunen nicht mehr heraus. Die Magiesysteme (Mehrzahl!) sind originell. Die Stadt der Sterne ist so liebevoll beschrieben, von den gesellschaftlichen Spannungen bis hin zu den Blitztürmen und es wird klar: Die Magie, die Geschichte, die Völker und das gesamte Setting sind nicht nur Kulisse, sondern wirken sich bis hinab in die kleinsten Details aus. Und sie treiben die Handlung voran, denn zwischen den Charakteren und Völkern ergeben sich daraus Spannungen, die sich allerorts entladen. Schon lange hat mich eine erdachte Welt nicht mehr so gefangen genommen, wie Yolas Kontinent Dheubharia.«

Christopher Abendroth